"Alguien debería [...]

Su voz sonaba leja[...]
Algo había invadido [...]
de sentido común que le quedara.

—Estás cambiando el tema— le dijo ella, alejándose.

—No. Estoy preparando la respuesta—. Le agarró la muñeca y la atrajo hacia él de nuevo. El calor ardiente que emanaba de sus cuerpos no podía ser producto de su imaginación. Miró por sobre el hombro hacia las montañas, a treinta kilómetros al oriente, y esperaba ver lava fundida rezumar por los bordes de las verdes colinas que cubrían los esparcidos peñascos. Su propio cuerpo traicionero acabaría por fundirse si permanecía mucho más tiempo cerca de Rubí…

"Some should write a song about your eyes"

His voice sounded far off and gruff, and unlike his own. Something had invaded his body and short-circuited any shred of common sense he had left.

"You're changing the subject." She pulled away.

"No. I'm leading up to the answer." He grasped her forearm and pulled her back.

It couldn't be his imagination, the smoldering heat emanating between their bodies. He glanced over her shoulder, at the mountains twenty miles to the east, expecting molten lava to ooze down the verdant green slopes and over the scattering of boulders. His own traitorous body could turn molten if he hung around Rubi much longer...

BOOK YOUR PLACE ON OUR WEBSITE AND MAKE THE READING CONNECTION!

We've created a customized website just for our very special readers, where you can get the inside scoop on everything that's going on with Zebra, Pinnacle and Kensington books.

When you come online, you'll have the exciting opportunity to:

- View covers of upcoming books
- Read sample chapters
- Learn about our future publishing schedule (listed by publication month *and author*)
- Find out when your favorite authors will be visiting a city near you
- Search for and order backlist books from our online catalog
- Check out author bios and background information
- Send e-mail to your favorite authors
- Meet the Kensington staff online
- Join us in weekly chats with authors, readers and other guests
- Get writing guidelines
- AND MUCH MORE!

**Visit our website at
http://www.pinnaclebooks.com**

ON FIRE

AL ROJO VIVO

Sylvia Mendoza

Traducción por
Nancy Hedges

Pinnacle Books
Kensington Publishing Corp.
http://www.pinnaclebooks.com

Para mis hijos Bryan, Kayla y Cassandra. Ahora ya saben que los sueños se hacen realidad. Pongan empeño, tengan fe, y los de ustedes también se cumplirán.

PINNACLE BOOKS are published by

Kensington Publishing Corp.
850 Third Avenue
New York, NY 10022

Translated by Nancy Hedges

Pinnacle and the P logo Reg. U.S. Pat. & TM off.

First Pinnacle Printing: December, 1999
10 9 8 7 6 5 4 3 2 1

Printed in the United States of America

CAPÍTULO UNO

Rubina Flores miró su brilloso Mustang rojo desde el otro lado del estacionamiento. La hoja de papel blanco colocada abajo del limpiador del parabrisas ondeaba, y a ella se le secó la garganta.

—¡Ay, no! ¡No una infracción! — Se le olvidó la bolsa de papel de estraza llena de fruta que acababa de comprar en el Mercado de Pancho, aplastándola contra su pecho. El contenido se cayó hacia adelante.

Unas fresas maduras y unos deliciosos duraznos cayeron sobre sus pies, rodaron y se desparramaron sobre el pavimento, junto con todas las manzanas menos una.

—¡Caramba!

Se agachó para recoger la fruta, pero el forro sedoso de su ajustado vestido escogió ese preciso momento para romperse a lo largo de la costura central de atrás. Puso la mano sobre su muslo, sin poder decidir como moverse.

—¡Ay, ay, ay! ¿Y ahora qué? — lentamente se enderezó.

Su fruta adornaba el pavimento con manchas de color, y ella consideró dejarla madurar o pudrirse ahí mismo, pero su estómago gruñó en protesta. Inhalando profundamente, se agachó cuidadosamente, recogió la fruta desparramada y la metió en la bolsa.

No se atrevía a voltear a ver al ventanal de la tienda. ¿Y si alguien la reconocía? Quería ser tomada en cuenta como actriz seria, por el amor de Dios. No le convenía una imagen inmortalizada para siempre de sí misma con su vestido alzado y las nalgas al aire, pepenando fruta en el estacionamiento de un mercado.

De existir justicia alguna en el mundo, habría un repentino eclipse solar para distraer a todo el mundo.

Pero con su suerte a últimas fechas, se preparó para una emboscada de paparazzi, quienes se darían gusto encontrándola en esta postura.

El sudor perlaba el escote de su vestido, escurriendo hacia su sostén, mientras ella luchaba por balancear la bolsa de papel, su bolsa y sus gafas de sol. El intenso calor, excepcional para esta temporada del año, hacía que los mechones de su largo cabello se pegaran contra su cuello. Trató de no hacer caso a la húmeda sensación que eso le provocaba, y se dio prisa para dar fin al espectáculo que estaba dando gratuitamente.

La casa de la playa parecía muy lejos.

Lo único que necesitaba era el cabello en cola de caballo, su pies descalzos en la arena y una cerveza Lowenbrau en la mano. Pensó en Enrique, quien exageraba sus deberes de agente, a veces preocupándose como una segunda madre. Ella se conformaría con un simple vaso de té helado si él estuviera ahí.

Rubí recogió la última manzana, y se arriesgó a echar una mirada hacia el ventanal. Dio un salto. Un muchacho larguirucho estaba parado a menos de un metros de distancia tras ella, y Rubí se preguntó cuánto tiempo habría estado ahí, en silencio, con los frenos dentales brillando en el sol.

Ella jaló su vestido hacia abajo y trató de alisarse el cabello antes de darse por vencida. Calculaba que el muchacho tendría unos doce años.

—Hola, joven. Hace mucho calor hoy, ¿no?

Los ojos del muchacho se abrieron ampliamente.

—Sí, señora —sus pecas bailaban con cada aspiración—. Señorita Rubí, ¿podría molestarla con su autógrafo? —dijo él, extendiendo un guante de béisbol y un marcador negro.

—Una vez soñé con jugar como campo corto para los Padres. Soy una gran fanática ahora. ¡Bravo, Padres! —extendió su bolsa de fruta—. Me daría mucho gusto firmar, mi hijo. Intercambiemos éstos un segundo.

Cuando terminó de firmar el guante, intercambiaron las cosas de nuevo. Él abrazó el guante contra su pecho.

—¡Caray! ¡Gracias, Rubí!

—De nada.

Él corrió hacia una mujer que Rubí no había notado, que estaba parada cerca de la entrada de la tienda. Otra media docena de personas estaban justo adentro, contra el ventanal, y la saludaron agitando las manos. Rubina devolvió el saludo como pudo.

No habría podido darse más prisa para llegar a su coche. Sus tacones rojos chasqueaban sobre el pavimento al ritmo de sus blasfemias. Se fijó de nuevo en la hoja de papel blanco, y tuvo ganas de gritar.

Rojo. Su agente, Enrique, le había dicho que destacara y que hiciera algo estrafalario si quería llamar la atención. Antes de que pudiera terminar la frase, ella había pensado en el rojo. Todo rojo. Eso incluiría un nuevo coche con el avance de regalías de su nueva película, en la cual desempeñaba su primer papel estelar.

Él había estado totalmente de acuerdo.

—Ya eres estrella, por fin— había machacado el punto—. Hazlo bien, Rubí. Y aliviánate al mismo tiempo. Empieza con ese coche con que siempre has soñado.

Un faro era lo que parecía—lo que era ella— en este pequeño numerito de color bermellón que portaba. El rojo no estaba funcionando. No le convenía otra infracción, y sabía que no era exactamente lo que tenía en mente Enrique cuando hablaba de publicidad.

Cambiando la bolsa al otro brazo, levantó sus enormes gafas de sol para poder ver mejor la hoja de papel sobre el parabrisas. Reajustando sus gafas sobre el tabique de la nariz, respiró hondo y arrebató el papel de su lugar. Se trataba de un simple volante.

Su alivio fue instantáneo al leerlo. Su sonrisa seguramente se veía demasiado amplia y boba, pero no le importaba.

Por esto regresé a San Diego, pensó. La risa empezó a formarse en la boca del estómago, corrió por todo su ser, y escapó como grito de alegría. *Tienes que tranquilizarte Rubí. No todo el mundo está conspirando en contra tuya.*

Está bien, pero ¿quién era responsable de aterrorizarla al hacer que el papel pareciera como una infracción? Se enderezó bruscamente, controlando la dulce risa que quedaba en sus labios.

Vio al culpable en el otro extremo del estacionamiento, caminando de coche en coche, con un montón de papeles en la mano.

—Ya te agarré —murmuró.

De haber traído pantalón, se lo habría subido de un tirón, lista para la batalla. Sentía la necesidad de desquitarse, y este tipo estaba en el lugar equivocado en el momento menos apropiado ese día.

No era lo que Marco Carrillo había tenido en mente para su día de descanso. Estacionamientos en lugar de olas, que estaban a sólo unos kilómetros de ahí. El sol de la tarde calentaba su espalda, implacablemente recordándole lo que había sacrificado con tal de darle publicidad al negocio de tiempo parcial de su hermano, mientras aquél trabajaba el segundo turno en la central de bomberos.

La temperatura era más alta que algunos de los condenados fuegos forestales que luchaban por apagar a mediados del verano. Le costaba trabajo seguir enojado con Luis durante mucho tiempo. Marco metió otro volante bajo otro limpiaparabrisas. Luis trabajaba duro durante sus días de descanso de la central, resuelto a vivir con lujos y a ayudar a su madre al mismo tiempo.

Marco se quitó la gorra descolorida de los Padres de San Diego, limpiándose el sudor que corría por su frente con un brazo igualmente sudoroso. Se frotó la incipiente barba de un día. Sus cabellos húmedos le hacían cosquillas en el cuello, recordándole que le hacía mucha falta un corte de pelo, otra tarea que había pospuesto.

Más vale aprovechar el momento, pensó. Metió el montón de papeles en el bolsillo de su pantalón de mezclilla y se quitó la camiseta blanca. La gorra de los Padres de San Diego se cayó al suelo.

—¡Carajo!

Medio agachado, se fijó en unos zapatos rojos de tacón alto que no habían estado ahí un momento antes. Los zapatos estaban pegados a unas de las piernas bronceadas más sensuales que había visto en mucho tiempo. Esperando que no hubiera sido ilusión, permitió que su mirada se detuviera ahí, mientras alcanzaba su gorra.

Uno de los zapatos rojos de tacón alto empezó a tamborilear impacientemente.

Aleluya, pensó él. *No era una ilusión.* Era un sueño hecho realidad, si el resto de ella se parecía en algo a las piernas.

—Disculpe —la voz de ella se filtró hacia él, una voz grave al estilo de la de Demi Moore que lo excitó.

Marco se enderezó lentamente, mientras su mirada disfrutaba cada centímetro del exquisito cuerpo de la desconocida. La cadera de ella sobresalía un poquito, y un brazo balanceaba la bolsa de fruta que ahí descansaba. En la otra mano, ella tenía uno de sus volantes.

Tendría que agradecer a Luis por haberle pedido que distribuyera los volantes. Ser técnico en todo tipo de reparaciones, un "milusos", podría tener sus ventajas, después de todo.

—¿Señora?

Quedó alelado cuando por fin la miró a los ojos. Eran del color dorado bronceado más extraño que él hubiera visto; le recordaban a los pumas que vagan por los bosques de California. Como si estuviera hipnotizado, logró, con gran dificultad, desviar la mirada de los ojos de ella para observar el resto de su cara.

Un rayo de luz iluminó la tez más suave, brillante y cremosa, de color caramelo, que él jamás hubiera visto.

Perfección. Sus dedos anhelaban tocar la mejilla de ella, e imaginó la sensación de tocar su piel. Tenía ganas de tocar el pequeño hoyuelo cerca de la esquina izquierda de los rojos labios de ella.

Dios, ¿de dónde salió ella?, pensó.

Él agarró la visera de su gorra de béisbol, casi doblándola en dos, mientras su mirada seguía las largas ondulaciones del largo, brilloso cabello color caoba de ella. El cabello seguía los tirantes del vestido escotado hasta tocar la curva superior de sus senos, que no podrían ser más perfectos.

Hebras sueltas de cabello estaban pegadas a la piel húmeda del pecho de ella, formando un diseño complicado que él quería grabar permanentemente en su cerebro.

No era un ángel en absoluto. Se veía endiabladamente seductora vestida de rojo de los pies a la cabeza, lo cual hacía resaltar los labios perfectos que formaban un mohín de aburrimiento. *¿Aburrimiento?*

Él se humedeció los labios.

Ella despejó la garganta.

—¿Terminó?

—Disculpe —dijo él. Metió la gorra en el bolsillo de la cadera, se quitó sus gafas RayBan y las limpió con su camiseta húmeda—. Demasiado sol. Me impide hablar y me hace olvidar la buena educación —metió la camiseta en el otro bolsillo de su pantalón y volvió a ponerse los lentes—. ¿En qué puedo servirle?

Ella señaló el papel enrollado en su mano y luego a él.

—Un volante interesante —viendo por sobre sus lentes, ella habló lentamente—. No sabía si debiera agradecerle o pegarle con un durazno.

—Reacciones extremas. ¿Puedo escoger? — él bajó sus propios lentes para poder observar el movimiento de sus labios rojos sin ser distraído por los lentes oscuros—. Yo preferiría el agradecimiento —se inclinó hacia ella, olvidando respetar el espacio de ella, gozando el aroma mezcla de perfume floral y sudor que emanaba de su cuerpo—. ¿Estoy en peligro inminente si pregunto algo indebido o doy un paso equivocado?

El volante sirvió como bastón entre los dos, y ella lo sostuvo firmemente contra el pecho de él.

—Tengo buen tino. Lanzadora rápida, estrella de softbol. Segunda base. No me tiente.

Ella echó una mirada dentro de la bolsa; los duraznos maduros y fragantes estaban a la vista. Y *mortales a esta distancia,* pensó Marco. Agarró un durazno antes de que ella pudiera protestar, y con facilidad lo lanzó de mano a mano.

—Equipo colegial de la Universidad del Sur de California, seleccionado en la segunda ronda de conscripción profesional. Lanzador.

—Está bien —ella se encogió de hombros. Con un golpecito de sus dedos, desenrolló el volante que tenía en la mano—. Y ahora, al asunto. Estaba a punto de decir que casi me provocó un infarto cuando pensé que esto era otra infracción.

—Ah. Problemas con la ley, ¿eh?

Sus logros atléticos obviamente no la habían impactado mucho. Tiró de nuevo el durazno en la bolsa, deseando poder llevárselos a la playa. Con un par de cervezas y langostas entre los dos, ella le podría contar la historia de su vida. Ella podría traer su bolsa de fruta...Demonios, podría traer lo que fuera o absolutamente nada.

—¿Cómo sé que su negocio es real con un anuncio como éste?

—¿Cree que estaría aquí en el pavimento en un día como hoy si no fuera cosa de trabajo? Piénselo bien.

—¿Qué tipo de referencias tiene? ¿O tiene un número novecientos para llamadas de los posibles clientes? —ella empezó a tamborilear de nuevo con el pie. Esta vez a él no le cayó en gracia.

—¿De qué está hablando? —logró decir.

—Y otra cosa… está un poco viejo para estar haciendo esto, ¿no cree?

—¡Ah, qué discreta! ¿no?

—Tan discreta como sus habilidades de observación.

—Punto concedido, señora. Mis disculpas si la he ofendido — haciendo una reverencia exagerada, acercó su cara a escasos centímetros de la de ella—. Es que me pareció conocida.

Ella sonrió. El cuerpo de él se tensó. Era una locura. Si ella podía afectarlo así con una simple sonrisa, entonces era muy peligrosa.

—¿Cree usted?

Él pensó detectar un poco de esperanza en su aliento con olor a chocolate. Casi gimió, deseando saborearlo, aunque jamás hubiera sido fanático del chocolate antes. Se enderezó, y el aroma de fresas y duraznos despertó el resto de sus sentidos.

—¿Nos hemos visto antes? ¿Frecuenta el Fidel?

—¿Qué es el Fidel? —dijo ella, mientras la sonrisa se desvanecía de sus labios.

—Una cantina en la Playa de Solana.

La sonrisa de ella desapareció por completo.

—Debería mejorar sus tácticas de ligue, amigo. Éstas están pasadas de moda y no hacen mucho para agradar al ego de la mujer. El buen aspecto físico tiene que tener algún respaldo… como el arte de la conversación… ¿no cree? — ella empezó a voltearse.

—Caray, querida, usted necesita una buena zambullida en el mar. Parece que el calor distorsiona su percepción de las cosas.

—¿Ah, sí? ¿Y cómo debo analizar sus tácticas?

Marco sacó la camiseta de su bolsillo trasero, desconcertado por su propia imagen de ella en la playa, o en cualquier parte menos aquí.

—No hay nada que analizar. Me pareció conocida y se acabó—.

Se tensaron sus hombros, y trató de flexionar los bíceps antes de ponerse la camiseta, pero sus músculos fatigados y carentes de sueño se negaron a responder. Se la puso sobre la cabeza de un tirón.

Haber trabajado tiempo extra en el tercer turno y andarse agachando a los limpiaparabrisas de los coches toda la mañana estaba deteriorando tanto su cuerpo como su sentido del humor. Tenía que irse antes de decir algo de lo cual podría arrepentirse después.

—Vamos al grano, Escarlata. ¿Hay en ese maldito volante alguna oferta que no puede resistir?

—Ahora que lo menciona, acabo de comprar una casa que necesita unas pequeñas reparaciones —dijo, soplando un poco de aire hacia arriba, su fleco abanicando antes de acomodarse suavemente en su lugar—. Así que ¿cuál es usted… Alvarado o Carrillo?

—Déjeme ver antes de incriminarme.

—¿Qué, no sabe? Son sus volantes. Medio ingeniosos e… intrigantes, diría yo. Cuando lo vi con ese pantalón y esa camiseta me pregunté si no sería demasiado joven como para cumplir con sus… promesas.

Ella extendió el brazo para darle el volante, y el hoyuelo de su mejilla se profundizó al esforzarse ella para no sonreír. Cambió la postura, moviendo la bolsa de fruta a la otra cadera.

—¿Qué tal quedó la fruta? ¿Se le dañó alguna pieza allá? —indicó él con un movimiento de la cabeza hacia las puertas del mercado.

Ella abrió la boca asombrada.

—¿Vio? ¡¿Vio, sin ofrecer ayuda?!

—Lo pensé un momento, pero usted tenía todo bajo control. Sin embargo, creo que le faltó una manzana que corrió abajo del Suburban.

Ella empezó a sonrojarse desde la base del cuello, y el rubor rápidamente subió hacia sus pómulos, hipnotizándolo. La piel de ella adquirió un tono de cobre pulido. Se veía ardientemente cálida, y él quiso tocarla, sentir el calor de ella quemando sus dedos.

Ella hizo rechinar los dientes.

—¡Ay, qué hombre! — le arrebató a él el papel de la mano, le plantó un puño en medio del pecho y lo empujó hacia atrás. Giró y caminó en dirección del Mustang rojo, murmurando sin parar.

Él corrió tras ella.

—¡Espere! Discúlpeme. No pude leer su volante.

Ella hizo bola el volante con una mano y lo lanzó a los pies de él sin verlo y sin perder el paso.

Agacharse de nuevo para recogerlo le podría provocar un infarto. Él respiró hondo, cerró los ojos y lo recogió con un solo movimiento.

—Espere. Permítame un minuto. Señorita, señorita…

—Flores —dijo ella, deteniéndose y volteando para enfrentarlo.

—Perfecto. Señorita Flores. No quise ofenderla — él levantó las manos en son de rendición fingida, se quitó las gafas y las colgó del cuello de su camiseta—. ¿No aguanta una broma?

—Hoy no—. Ella empezó a girar hacia atrás, sin dejar de mascullar rápida y coléricamente.

Él se rió a pesar de sí mismo.

—Suena como Ricky Ricardo después de uno de los fiascos de Lucy.

Él se forzó a contener la risa cuando se dio cuenta de que a ella no le había caído en gracia.

Si no fuera porque traía las manos ocupadas, ella probablemente habría cruzado los brazos para mirarlo furiosamente. Él se tapó la boca tratando de controlar el ataque de risa, pero, recordando el último episodio de Lucy que había visto, le estaba costando trabajo.

Ella se quitó las gafas y lo miró directamente a los ojos, hasta que él estuvo seguro de que se le iba a parar el corazón. Luego ella sonrió.

—Un fanático de Lucy. Así que no puede ser del todo malo. ¿Vio el programa de anoche?

Con eso, los dos se rieron. Lucy había usado sartenes y ollas de cocina como ropa antibalas cuando, por alguna razón ridícula, había pensado que Ricky estaba tratando de matarla. "Es difícil pegarle a un blanco movedizo," había dicho Lucy, saltando por la sala.

Marco miró a la mujer —a la señorita Flores— detenidamente. La risa de ella lo llenó de calor. Él tragó saliva y sonrió ampliamente.

—Le voy a hacer una proposición.

Ella dio un paso hacia atrás, y levantó una ceja oscura en arco perfecto.

—Una proposición —dijo, señalando al volante—. Es exactamente a lo que suena esto.

Él alisó el arrugado volante. Leyó las palabras, moviendo la boca silenciosamente, sintiendo que le subía el calor a la cara. "Milusos a su servicio. Ningún trabajo es demasiado pequeño. Ningún trabajo es demasiado grande. Haremos todo lo que su marido no haga. Satisfacción completamente garantizada. Llame a Felipe Alvarado o a Luis Carrillo para presupuestos gratuitos." Los números telefónicos estaban listados bajo cada nombre.

¿Cuándo carajos había cambiado Luis sus volantes?

—Creo que de verdad está usted ruborizado, señor…

—Carrillo —murmuró.

—Carrillo —repitió ella y sonrió.

Ese hoyuelo de la mejilla sería su perdición tarde o temprano. Él despejó la garganta, más fuertemente de lo que había querido.

—Señorita Flores, no puedo perder a ningún cliente potencial. Mi …este… socio me mataría. Simplemente iba a ofrecerle servicios durante un día, sin costo alguno, para demostrar mi buena voluntad.

—Servicios, ¿eh?

—Somos los mejores en… reparaciones domésticas—. Dobló el papel y se lo entregó de nuevo a ella, sin soltarlo cuando ella lo agarró—. Llámenos. Cuando guste. Aquí tiene usted el número.

Él hizo una pausa, frotándose el mentón.

—¿Tiene usted una pluma? Le daré mi número privado. A mi socio podría no agradarle mucho la oferta que le acabo de hacer. El anuncio puede funcionar, y podríamos estar inundados con las llamadas.

—Sí, estoy segura de que están inundados— dijo ella secamente, buscando con una sola mano en su bolsa. Su cabello caía hacia adelante, y sus ojos al mirar hacia abajo hacían que sus pestañas se vieran extremadamente largas. La mente de él volvió a fantasear con imágenes lujuriosas.

Ella se enderezó y extendió una pluma Bic hacia él. Él garabateó su número en el volante.

Levantó la vista, con la pluma en su mano izquierda detenida en el aire. ¿Qué demonios estaba haciendo? Tenía un turno de cuatro días en la estación de bomberos a partir de mañana. No podía salir ni a comer.

Ya podría preocuparse de eso más tarde. Ella lo miró, quitada de la pena. Él le entregó el volante.

—Nada más le pido que no lo vaya a garabatear sobre las paredes de los baños.

—Caray… y yo que iba a regresar ahora mismo al tocador en el mercado — Rubí le tocó el brazo con el volante—. Y ahora que lo pienso, me imagino que podría conseguir bastantes trabajos colocando éstos en las paredes de los baños públicos. Cuidado cómo se anuncien. Adiós.

Ella empezó a alejarse, mientras su largo cabello se columpiaba y cubría el escote en la espalda de su vestido; se paró para buscar algo en la bolsa.

—Ay, ¿señor Carrillo?

Él la escuchó, inhalando el débil aroma de lo que quedaba de su perfume.

—¿Sí?

Ella volteó a darle la cara y dejó caer un durazno moteado, picado con desperfectos y despellejándose, sobre su palma.

—No creo en las cosas gratuitas. Considere esto como enganche, y aceptaré su oferta.

CAPÍTULO DOS

Carrillo tiraba el durazno hacia arriba y lo recogía con la mano izquierda. Sus pómulos tallados y su mandíbula vibraban, llamando la atención hacia sus labios perfectos, que se vieron más perfectos cuando por fin se abrieron en una lenta y torcida sonrisa.

—Trato hecho —dijo él lentamente—. ¿Cuándo quiere que vea su casa?

Él la miró entre pestañas largas y oscuras que enmarcaban unos ojos tan azules y seductoramente llamativos como las aguas del Caribe.

¿Qué tal si en este preciso momento?, pensó ella, su mirada fija en los ojos de él mucho más tiempo que el debido, y un calor desconocido pasó por todo su ser.

—¿Escarlata? —él abanicó la mano ante la cara de ella.

Esas manos le quemarían la piel como las arenas del Caribe que las agencias de viaje anunciaban. Rubí buscó desesperadamente otro punto en que enfocarse.

—¿Puede venir mañana? —dijo roncamente.

Los ojos de Rubí descansaron sobre el talle de él. Ella sintió ganas de quitarse sus zapatos con tacón de diez centímetros, descansar la cabeza cómodamente entre las ranuras del ancho pecho de él, y escuchar su corazón palpitar con un ritmo digno de bailar.

¿Bailar? ¿De dónde salió eso?

Ella dio un paso hacia atrás, mirándolo a través de sus gafas oscuras. No había nada seguro respecto a Carrillo. Facciones fuertes. Cuerpo más fuerte. Músculos tensados desarrollados por el arduo trabajo físico. Una gran diferencia de sus colegas con cuerpos de niños bonitos.

Ella sabía que tenía que escaparse, y pronto. Cambió la bolsa de fruta para sostenerla delante de ella, como escudo poco efectivo ante el calor que emanaba del cuerpo de Carrillo, que seguramente no podría igualar el calor que aumentaba en el suyo propio.

—¿Qué le parece a las diez de la mañana? —preguntó ella.

—No se arrepentirá —dijo él—. Somos una compañía de la mejor categoría, a pesar de los volantes—. Su risa relajó la tensión que sentía ella en los hombros.

Rubí caminó hacia su coche, meneando la cabeza. *¿Qué diablos se apoderó de mí?* Por supuesto que se iba a arrepentir. ¿Cuándo fue la última vez que la había afectado así un hombre?

Su casa en la playa de verdad necesitaba reparaciones, pero contratar a este técnico para hacerlas podría representar un peligro.

¿Cómo había permitido que la afectara así ese macho? Si había algo en el mundo que definitivamente no necesitaba, era un hombre, y en especial un hombre con el aspecto físico de este, y que le convertía las entrañas en jalea.

Si Enrique se enterara de su reacción hacia Carrillo, se volvería loco. Estaría feliz por ella, por supuesto, pero se volvería loco. Había negociado un contrato de tres películas que aseguraba una enorme fama si hacían bien las cosas. Lo que le habían ofrecido los ejecutivos del estudio era cosa bastante seria, que demostraba gran confianza en una actriz que hasta el año pasado nada más había desempeñado papeles secundarios.

Había trabajado demasiado duro a lo largo de los últimos doce años para llegar a este punto de una carrera que describían algunos como "un éxito de la noche a la mañana." Enrique no tenía nada de que preocuparse. Nadie, ni siquiera tipos como Carrillo, volvería a obstaculizar su camino ni a engañarla como lo había hecho Alex Hamilton.

Ese hombre tan vacuo la había utilizado para impulsar su propia carrera hasta que alguien mejor que ella llegara a tomar su lugar. Por mucho que quisiera gritar "adiós y buen camino", eso no aliviaba el dolor, y ella había aprendido una buena lección respecto a en quién confiar en Hollywood.

En nadie.

Desempeñar el papel principal con Alex en su próxima película era estrictamente cosa de negocio. Él y Enrique valoraban la publicidad tal y como era. Rubí tuvo que admitir que si pudieran proyectar en pantalla la atracción crepitante que existía entre ellos, la prensa los seguiría como moscas.

Dos semanas antes de la filmación, Rubí estaba preparada para él.

Finalmente llegó a su coche. Le encantaba el Mustang, un sencillo lujo, realmente el único que se había permitido en la vida cuando había decidido que podía detenerse y gozar sus logros. Las infracciones ocasionales por correr con exceso de velocidad la mantenían anclada a la tierra, como pequeños relámpagos de realidad.

Rubí colocó cuidadosamente la bolsa de mercado en el asiento del pasajero, y se deslizó hacia adentro del coche. Se quedó sentada, perpleja, unos momentos antes de ponerse el cinturón. Suspiró. Carrillo se le había metido en la mente de manera asombrosa.

Casi había vacilado allá cuando Carrillo lentamente desdobló su cuerpo después de recoger su gorra de béisbol. Estirando el cuello para mirarlo bien, había permitido que su mirada se detuviera en su fuerte abdomen, ni en el sudor que perlaba sus hombros desnudos, en el oscuro cabello estilizado que caía en rizos sobre la nuca de él.

Lo que más la había descontrolado fueron sus ojos. Parecían ver a través de la amedrentadora vestimenta roja que ella llevaba, y de la actitud que ella adoptaba cuando se vestía así, la cual normalmente mantenía suficientemente lejos a los hombres: *una actitud segura.*

Carrillo no se había intimidado, ni siquiera había parpadeado.

Ella tenía que admitir que si de distracciones se trataba, él era una distracción agradable. ¿Cómo podía ser bueno por dentro alguien con un aspecto físico tan tentador?

Gracias a Dios, ella había tenido las manos ocupadas. Había sentido un hormigueo en sus dedos al visualizarse parada de puntitas para cosquillear la barba que enmarcaba su mentón cuadrado. Esto la había hecho observar los labios de él de modo distinto, unos labios que parecían listos para sonreír, pero aún mejor, parecían saber exactamente cómo besar.

—Ah, sí —dijo ella en voz alta—. Creo que necesito echarme al mar, después de todo, señor Carrillo —sacó el coche del lugar de estacionamiento—. En agua fría... agua realmente fría.

—¡Oiga!

— El grito de Carrillo fue seguido por un golpe fuerte sobre la cajuela del coche. Rubí frenó de golpe. Mirando por el espejo retrovisor, vio que los volantes ondeaban por todos lados antes de caer al suelo.

—¡Carrillo! —Rubí saltó del coche—. Señor Carrillo, ¿está usted bien?

—Yo tuve la culpa, Escarlata. No importa. Yo no me fijé por dónde caminaba —a escasos centímetros de la defensa trasera, él estaba agachado, sobándose la pierna.

—Estoy muy apenada. ¿Está bien?

—De veras, estoy bien —él señaló al durazno que ella le había regalado antes, aplastado sobre el pavimento—. Nada más triste porque mi enganche no sobrevivió —él se agachó de nuevo para recoger los volantes, y luego se enderezó de golpe—. Sin embargo, esto no le quita la obligación del contrato verbal que tenemos. Un trato es un trato. Al ponerme en la mano ese durazno, se comprometió —siguió sobándose la rodilla.

—El que se va a comprometer es usted, si no está quieto. Déjeme verle esa rodilla.

—No me gustaría ver lo que pasa cuando está enojada, Escarlata. Recuérdeme que no debo acercarme a menos de un kilómetro de usted en los estacionamientos. Primero duraznos y ahora esto.

—Muy chistoso. ¿Le duele esto? —suavemente tentó su pierna, y cuando él negó con la cabeza, ella suspiró aliviada.

—¿Es enfermera? — Carrillo volteó y la miró hacia abajo, con una chispa de diversión en sus peligrosos ojos azules.

—Los viejos hábitos son difíciles de cambiar —Rubí se enderezó y se frotó las manos, tratando de calmarlas—. Debería haber sido enfermera. Tengo tres hermanos que creían que pasar un día sin derramar sangre era como pasar un día sin sol. Volvían loca a mi madre. Yo era la intermediaria.

—Se parece a nuestra casa.

Ella puso los ojos en blanco.

—Machismo. ¿Conque usted también?

—Sólo corriendo riesgos se puede apreciar la vida.

¿Se imaginó ella que la voz de él se había puesto ronca?

Él extendió la mano para quitar un mechón de cabello de los labios de ella. Su mano rozó la mejilla de Rubí y le hizo sentir una sacudida que hizo que ella diera un paso hacia atrás.

A ella le habría sido fácil dejarse llevar por esa tierna seña inesperada, olvidando su propia política precavida respecto a los hombres. Volvió a su sensatez acostumbrada de inmediato.

—Riesgo. Con esa actitud, ser 'milusos' no le queda.

—Ser 'milusos' puede ser una cosa muy arriesgada. Aceptar nuevos clientes también lo es —dijo él, guiñándole un ojo.

De nuevo el estómago de ella se zangoloteaba como un flan.

—Además, siempre hay fines de semana y pasatiempos.

Ella gruñó.

—No me diga que le gusta el boliche y el baile de salón —se apoyó contra la cajuela, olvidando el pulido, olvidando que su coche estaba bloqueando el tráfico, olvidando el calor del sol de mediodía. No quería ni saber qué más podía olvidar por estar mirando esos ojos color azul cielo.

Seguramente no le harían olvidar su franca determinación de mantenerse libre de distracciones para concentrarse en su carrera.

El se agarró del pecho.

—Está bromeando, ¿verdad? Querida, yo surfeo y vuelo en planeadores. Bailo la salsa. Manejo rápido —rió él—. No me diga que el boliche y el baile de salón son sus pasatiempos.

Ella levantó el mentón, tratando de hacer caso omiso de la manera en que la risa de él la penetraba, haciéndola querer sonreír a pesar de sí misma.

—Son pasatiempos perfectamente aceptables. Aunque no haya tenido tiempo para ellos últimamente.

Él dejó de reír.

—Mi más sentido pésame. Me imagino que le gusta ir al cine de permanencia voluntaria también, ¿verdad?

Dile *la verdad,* pensó ella. *Ahora.* Pero no quería que la mirara de otra forma, porque realmente le gustaba como la miraba ahora.

—Me encanta el cine. Es el pasatiempo nacional, ¿no? ¿Usted no va al cine? —aguantó la respiración.

—Hace más de cinco años que no voy al cine, y no lo extraño. No tengo tiempo para eso. ¿Para qué sentarse durante tres horas, cuando puedes estar afuera, en el sol, deslizándote sobre la cresta de una gran ola de tres metros, o saltando desde la cima de la Montaña Cúpula? ¡Eso es vida!

—Aja. ¡Ya me voy a enganchar a una cuerda para golpear mi cuerpo! Ya me convenció, ¿eh?

—¿Recuerda aquel dicho que dice que una vida aburrida vuelve aburrida a la gente?

Ella entrecerró los ojos.

—No me parece exactamente como un cumplido.

Él levantó las manos con ademán de protesta.

—No es que usted sea aburrida ni nada. Nada más parece que necesita un poco de diversión en la vida, y quizás un buen maestro de surf. Vive en la playa, que es un buen comienzo —suavemente la tomó por las muñecas, y examinó sus palmas—. Tiene buenas manos. Puede agarrarse bien de la tabla. ¿Cuándo la puedo llevar a las olas?

Él estaba progresando demasiado rápido para ella. Por lo menos hasta que cumpliera con su contrato para hacer tres películas. Lo observó melancólicamente, sin poder recordar siquiera la última vez que se había dado el lujo de divertirse, fuera de reuniones familiares.

—¿Qué tal en mi próxima vida?

—Lástima. No sabe lo que se está perdiendo, querida.—

Meneó la cabeza, mientras sus ojos azul cielo evocaban una mirada de tristeza que lo hacía irresistible.

¿No lo había visto ella en alguna película? Rubí sonrió. A él ni le gustaba el cine, así que él no la podía haber visto a ella, a Dios gracias, en *Tesoros del Tiempo* o *Sin Citas en Seattle*. Sus papeles terciarios habían sido pésimos, pero habían ayudado para lanzarla hacia papeles más importantes y de mejor calidad.

—Si puedo preguntar, ¿cuál es la cosa más tranquila que hace?

—Ver los viejos programas de *Yo Amo a Lucy*. Ir a los juegos de béisbol. Pero tengo que confesar que trato de alcanzar los "fouls" —respondió él sin titubear ni un segundo.

—Ahí sí somos tal para cual —rió ella.

—Así que, ¿tengo esperanzas?

—Es un decir.—

Ella no pudo admitir que estaría tentada a bailar salsa con él, a practicar el surf, o a escalar una montaña, siempre y cuando pudiera escuchar esa voz murmurándole instrucciones en el oído. Aparte, la ventaja de tenerlo tan cerca de ella abrazándola ...¡caramba!... ¿dónde estaba el mar cuando lo necesitaba? Ya estaba ahogándose.

El tráfico alrededor de ellos estaba embotellado.

—Más vale que nos quitemos.

Empezaron a recoger los volantes cuando una mujer se acercó al coche y le tomó una foto a Rubí. La mujer gritó "¡gracias!" y corrió, meneando la Polaroid, hacia el grupo de gente que estaba reunida en frente de la puerta principal del mercado.

Carrillo miró a Rubí curiosamente.

—¿Por qué hizo eso? —miró a la mujer agitando la Polaroid como si estuviera loca.

Rubí se humedeció los labios, deseando poder borrar todo este episodio que estaba ya fuera de control.

—Quizás trata de ayudarle, sacando fotos para probar que tuve yo la culpa, para poder reportar el accidente —respondió ella, agarrando los últimos volantes y tendiéndoselos a él—. Será mejor que siga trabajando.

—Ya terminé por hoy.

Ella vio que alrededor de ellos, la gente y los carros se habían parado repentinamente y los estaban observando cortésmente desde la distancia.

—¿Puedo ofrecerle llevarlo a su camioneta?

—¿Qué le hace pensar que tengo una camioneta?

—Reparaciones domésticas. Herramienta. Máquinas.

Él abrió la boca listo para decir algo, y luego cambió de parecer.

—Hoy descanso. La camioneta está en casa. Es día de promoción, ¿se acuerda? Meneó el manojo de arrugados volantes.

—¿Cómo podría olvidarlo?

—Hablando de trabajo. Qué bueno que voy a pasar a hacer un estudio preliminar mañana para ver qué necesita. Cuando regrese luego a hacer el trabajo, contaré con todo el equipo adecuado y así no desperdiciaré el tiempo que estará pagando.

El corazón de ella se negaba a volver a latir normalmente.

—Se me olvidó darle la dirección.—

Antes de que él pudiera responder, ella tomó un volante y dio la vuelta hacia el lado del conductor del coche. Necesitaba respirar profundamente algunas veces sin que él se lo notara. Se dejó caer en su asiento, encontró una pluma en la guantera, y escribió su dirección con dedos temblorosos.

Carrillo se inclinó contra la portezuela del coche.

—¿Está bien, Escarlata? Se ve un poco pálida.

Demasiado consciente de su propio cuerpo bajo la mirada de él, jaló su vestido hacia abajo. Aún entonces no le llegaba ni a la mitad de los muslos.

—Tiene que ser el calor —dijo ella tranquilamente—. Ahora, ¿necesita que lo lleve o no?

Él descansó el mentón sobre sus brazos cruzados.

—No, gracias. Estoy estacionado justo al lado suyo. Me atropelló, ¿se acuerda? Era hacia acá que venía —él retrocedió un paso para despejar la vista para ella.

Rubí se quedó boquiabierta.

—¿La motocicleta? —

Era brillante, negra y con el cromo pulido que hacía que su coche se viera deslucido en comparación.

—No, no, no, Escarlata. No es sólo una motocicleta. Es una Harley.—

La pasión en su voz grave temblaba, pero no llegaba a igualar la pasión de sus ojos de seductor. Con su sensualidad, él podía dejar a muchos actores con quienes había trabajado ella en la absoluta vergüenza. Ella desvió la vista.

—¿Y esto no cabe en la categoría de alto riesgo para usted?

De repente ella se moría de ganas de ir a dar la vuelta con él por la carretera costera 101 durante el ocaso. Se deslizó de su coche para observarlo mejor.

—Para nada. Es lo que manejo cuando no traigo mi Jeep.

—¿Su Jeep? Creí que tendría usted una camioneta —dijo ella entrecerrando los ojos.

El se volteó y le dio la espalda.

—Negocios y placer, querida. Hay que separarlos —volvió a ponerse de frente, sin quitarle la vista de encima—. La llevaré a dar la vuelta un día de éstos. No hay nada que se compare con la sensación del aire en la cara, de ir corriendo rápido, dejando la ciudad atrás.

Ella no pudo resistirse. Tocó suavemente el ardiente asiento de piel. La moto susurraba promesas de todo tipo de libertad anónima.

—Quizás algún día. Y sólo si promete no acercarse a mis hermanos con la moto. Ya puedo olfatear la testosterona en el aire. Prométame que no traerá esa máquina alrededor de ellos.

Carrillo rió con gusto.

—Trato hecho. Por ahora —la vio traviesamente—. Así que, ¿piensa presentarme a sus hermanos? Es una buena señal.

—No es señal de nada. Si se acerca a mí, le garantizo que los conocerá. Ellos fisgonean a cualquier tipo que se acerque a menos de un kilómetro de mí, y respeto su opinión. Tienen buen ojo para juzgar a la gente. Además, los hombres suelen portarse bien alrededor de ellos. Juntos, se parecen a la línea defensiva de los Vaqueros de Dallas.

—Ah, bueno. Unos tipos protectores. Así debe ser.

Sus ojos la miraron de la cabeza a los pies. Sus labios se arquearon en una sonrisa lenta que hizo que sonara una alarma en la cabeza de ella. —Y con justa razón, diría yo —carraspeó Carrillo—. A mí hasta me agradan los chaperones. ¿Me veo débil en comparación con ellos?

Rubí meneó la cabeza, sin confiar en poder hablar coherentemente en cuanto al físico de él. Aún comparativamente.

—Está usted advertido. Estarán vigilando todo el trabajo que hace en la casa y lo mantendrán a raya.

Él suspiró, notablemente aliviado.

—Yo puedo con ellos. Tengo un grado universitario, elegancia, sentido del humor… y boletos para la temporada de los Padres —se quitó la gorra para limpiarse el sudor de la frente con su brazo.

Ella sonrió a pesar de sí misma.

—Estoy segura de que podrá manejarlos —se subió a su coche y lo arrancó—. Pero yo soy más dura, y estará trabajando para mí. ¿Cree que puede manejarme a mí también?

Él se quedó boquiabierto. De nuevo se le cayó la gorra.

—Se le cayó algo.

El rubor se le subió a las mejillas y ella ya no se atrevió a decir ni una palabra más. Quemó llantas al salir del estacionamiento. Al echar un vistazo hacia atrás, notó que él no se había movido de su lugar al lado de la Harley, pero estaba estirando el cuello para seguirla con la mirada.

—Dios mío. Es una locura, chica —Carrillo le había hecho decir cosas que no quiso decir, la tenía hablando sola, y la había encendido a niveles inaceptables.

Además, ella le había coqueteado desvergonzadamente, y había disfrutado la sensación de libertad que había sentido al hacerlo. ¿Cuándo había sido la última vez? Pero no quería pensar en Alex. Esos pensamientos la iban a deprimir rápidamente, cuando en estos momentos quería volar con la imagen de Carrillo.

Rubí metió el nuevo CD de Gloria Estefan y subió el volumen para escuchar la nueva pieza de salsa. Su cuerpo se meneaba fácilmente con el ritmo. El impacto del feroz ritmo caribeño encendió su espíritu fuera de control aún más. Cambió el disco por el de la música del *Fantasma de la Ópera* para enfocarse de nuevo en pensamientos más seguros, más serenos.

Sí, Gloria, la salsa es definitivamente caliente, pensó.

Corrió hacia su casa, con ganas de lanzarse en clavado al gélido mar tan pronto pudiera ponerse el traje de baño.

Lo más probable era que el mismo mar herviría en cuanto ella metiera el pie al agua.

Marco se quedó mirando el Mustang mucho después de que éste saliera del estacionamiento. Fuego. Rojo fuego. Peligrosamente caliente. Y no estaba pensando en el coche. La señorita Flores podía provocar un derrame nuclear en el Área 51 de Nevada en cualquier mes del año.

Fino, realmente fino. Le dio una patada a su gorra antes de agacharse para recogerla del suelo. *Sí, señorita Flores, tiene razón. En efecto, he perdido algo. He perdido la cabeza.*

No necesitaba que una mujer le complicara la vida. Los bomberos eran otra especie de humanos, y estaban mejores solos. Ninguna mujer tenía por qué soportar el infierno de estar esperando que un bombero regresara. Los bomberos no siempre regresaban. Como prueba: su propio padre.

Como capitán de una central, ambicionando llegar al puesto de jefe de varios equipos en Oceanside, Marco estaba comprometido con su trabajo. Ningún vínculo emocional arruinaría sus planes.

Estaba soñando si pensaba que iba a poder sacar una cita con esa preciosidad, cuando ni siquiera había tenido las agallas para preguntarle a la señorita Flores su nombre de pila. No le gustaba para nada la intensidad con que deseaba volverla a ver. Con mayor seguridad, aunque temporalmente bajo el pretexto del negocio de su hermano, Marco podría acercársele. Quizás. La clave sería no comprometerse. Nada serio.

Sacó el teléfono celular del bolsillo trasero de su pantalón y marcó el número telefónico de su hermano.

—Luis, ¿qué tal? Terminé con los volantes. Tenemos que hablar.

—Gracias, mano. ¿Qué te parecieron los nuevos?

—Dejaron mucho que desear.

Luis se rió.

—Es exactamente lo que teníamos en mente. Necesitábamos relajarnos después de trabajar nuestros turnos en la central.

Marco gruñó, corrió los dedos a través de su cabello, y se puso la gorra al revés.

—Escogiste las palabras equivocadas. Hablaremos de los volantes más tarde.

—Me pareció buen truco en el momento. Te apuesto a que van a responder.

—Te lo apuesto también. Algo así como una bola de maridos furiosos en la puerta.

—No hay nada como un poco de emoción para hacerte más productivo. Probablemente trabajaríamos doblemente rápido.

—Seguro, y hablando de emociones…

—¿Conociste a una mujer? Ya lo sabía. Conociste a una mujer. En mi territorio. A mí me toca primero.

—De ninguna manera, Luis. ¡Pero qué mujer ésta! Es una nueva clienta, pero… —Marco cambió el teléfono al otro oído—. Le dije que yo era tú. Me espera mañana.

—¿Para qué hiciste semejante cosa?

—No creo que me hubiera dejado ni acercarme a ella si le hubiera dicho que soy bombero.

—¿Y crees que te invitará a quedarte cuando se entere de que le mentiste? Yo que tú, le diría la verdad, mano. Ahora mismo. Antes que nada. Te va a salir el tiro por la culata si no lo haces.

Marco sabía que Luis tenía razón, pero por otro lado, no podía renunciar al trabajo que le había prometido a la señorita Flores.

—No puedo ahora mismo, pero lo haré —se detuvo—. Hice un trato con ella.

La voz de Luis se volvió tensa, un poco desconfiada.

—¿Qué tipo de trato?

—Un día de trabajo, gratis.

—¿Un día? Pero eso podría valer montones de dinero. No puedo pagarlo.

—No te preocupes. Yo te lo cubro. Nada más préstame tu camioneta para que pueda yo revisar su casa mañana.

—Te estás esmerando para impactar a esta mujer. Espera un momento. ¿Sabes lo que es un martillo?

—Muy chistoso. Lo sé, y más te vale que te cuides.

Luis se rió, fastidiando a Marco sobremanera.

—Un trabajo es un trabajo. No me lo pierdas, mano. Te ayudaré en lo que pueda— dijo Luis cuando por fin se calmó.

—Está bien. ¿Puedo ir a tu casa en la noche para unas clases? No llegaré tarde. Tenemos que revisar unos estudios preliminares para una comisión mañana. Tengo que reunirme con el jefe temprano.

—Claro. Ven a la casa —Luis hizo una pausa—. ¿Qué es lo que pasa en la central?

Marco subió a la Harley.

—La Comisión Cinematográfica de San Diego ha contratado a nuestro equipo para montar guardia y servirles de asesores en una escenografía para la grabación de una película en Oceanside. La producción empieza en un par de semanas. Hay algunas obras pirotécnicas en el guión de la película.

—¡Excelente! Hollywood viene a San Diego. ¿Quién es la actriz? ¿Puedo trabajar todos los turnos si es Heather Locklear?

Marco suspiró fuertemente.

—Ay, Luis. Todavía no sé quiénes serán los actores, y no, no puedes trabajar todos los turnos. Sé realista.

—¿Y qué tal autógrafos? ¿Podemos sacar unos?

—No mientras te paga el gobierno, chico.

¿Sería posible que Luis fuera sólo unos cuantos años más joven que él? A veces Marco se sentía mucho mayor que sus treinta y cuatro años.

Levantándose del asiento caliente, Marco saludó a una niña que colgaba de la ventanilla de un coche que pasaba.

—Vamos a lograr lo de mañana, nada más. Sígueme la corriente, ¿está bien? Te dejaré manejar la moto.

—Por todo un día.

—Sí, sí, por un día —suspiró Marco exasperado.

—Palanca, ¿eh? Tengo que conocer a esta mujer.

—No, no la conocerás. Quédate con alguien de tu edad.

—Ay, mano, pero las mujeres mayores…

—No ésta, Luis.

Luis se rió. Sabía como llegarle a Marco.

—Bueno. ¿Le vas a decir a mamá durante la cena en la noche?

—Para nada. Se pondría a preguntarme cuándo puede esperar nietos.

—Bueno. Primero comes y luego te enseñaré a usar un martillo.

Marco colgó el teléfono celular y lo metió de nuevo en su bolsillo mientras la risa de Luis todavía timbraba en su oído.

Marco sonrió y meneó la cabeza. Luis era buen hermano, aunque a veces algo latoso. A pesar de su ligereza, era buen bombero y empresario. Obviamente había aprendido algo valioso de su padre, y Marco no dudaba ni tantito que llegaría lejos en la vida.

Desenganchando el casco del manubrio de la moto, Marco se lo puso, y luego arrancó la Harley. La vibración del asiento lo hizo dolorosamente consciente de su reacción ante la señorita Flores.

Manejar la Harley era arriesgado, viéndolo desde la perspectiva de ella. Igual sus otros pasatiempos. Hacía años había adoptado uno tras otro y todos eran pasatiempos que podía hacer solo. No podía recordar la última vez que había invitado a una mujer a compartirlos con él. Si pudiera hacer todo lo que no sabía hacer su marido, como decía el volante, ¿le daría ella la oportunidad? Luis tenía razón. Él no sabía nada de reparaciones domésticas, pero quizás, posiblemente, si se pavoneaba hacia su casa con un cinturón en la cadera, caído hacia abajo y cargado de herramientas, ella le echaría un vistazo.

Se rió en voz alta.

—¡Cómo no!

CAPÍTULO TRES

Rubí canturreaba mientras preparaba un licuado de fresa para desayunar. No anularía del todo las cuatro enchiladas que había cenado la noche anterior, junto con el sabroso arroz y los frijoles que le encantaban, seguido todo por una margarita; pero honestamente, por la comida de su mamá valía la pena sufrir sentimientos de culpabilidad al día siguiente.

Al correr un largo rato temprano por la mañana, Rubí había podido ahuyentar la culpabilidad un rato. Al observar su reflejo borroso y ondulado en la puerta del refrigerator, se dio cuenta de que jamás tendría que preocuparse por ser demasiado delgada, especialmente porque tenía el mismo apetito de sus hermanos, bocado tras bocado.

El teléfono sonó fuertemente. Rubí le echó un vistazo al reloj de carátula negra que colgaba encima del fregadero. Los números plateados y las manecillas brillaban luminosos y elegantes. *Justo a tiempo*. Recogió el inalámbrico, y lo descansádolo sobre su hombro al servir su licuado en un vaso de plástico.

—Buenos días, mami.

—¿Te desperté, mi hija?

—Por supuesto que no —Rubí estaba ya acostumbrada a este pequeño rito cuando estaba en casa. Bajó su licuado para tomar un poco de su dulce café con leche. Descansando contra la barra blanca, escuchó a su madre con los ojos cerrados y con el calor de su café deslizándose suavemente por su garganta, filtrándose gota a gota hacia su sistema nervioso.

—No te morirías por dormir hasta hasta tarde un sólo día.

Rubí escuchó ruidos en el otro extremo de la línea, y visualizó a su madre preparando el desayuno de su papá. En la casa de los Flores no se escatimaban los sabores y los olores de un mundo de comida. Saborear cada bocado era una de las grandes alegrías de su familia. Aceptar tal lógica era aceptar tener caderas.

—Tuve que correr para bajar tu cena, mamá. Y ahora tengo que memorizar mis líneas. Faltan apenas dos semanas para grabar.

Ella observaba las crestas blancas de las olas a escasos cien metros de donde estaba ella. La extensión del teléfono le permitía abrir la puerta de la cocina hacia el patio. Un golpe del aire salado de mar y el bamboleo de las olas instantáneamente la llamaron por nombre. Tomando una taza en cada mano, sujetó el teléfono entre su cuello y su mejilla y caminó en dirección a su silla, dándole un golpecito a la puerta con el pie para cerrarla.

Un sonido como de algo cocinándose se escuchó a través de la línea antes de que su madre volviera a hablar.

—Yo también fui a caminar. ¿Cuánto corriste?

—Seis millas hoy. Una por cada enchilada, otra por el arroz y los frijoles, y una más por la margarita. Un escalofrío involuntario corrió por el cuerpo de Rubí: el aire fresco de la mañana trabajando junto con el café para avivar sus sentidos.

La risa de su madre le agradó igualmente. Su madre casi siempre se preocupaba por la vida tan solitaria de Rubí— por fuera muy elegante, pero detrás de las puertas cerradas, una vida de soledad. No lo comprendía, pero realmente así quería vivir Rubí.

Rubí colocó su licuado y la taza de café caliente sobre la mesa negra de hierro forjado. El absoluto silencio y la serena belleza de la hora aún la llenaba de asombro, pese a que había adquirido la casa de la playa hacía ya tres meses.

—Sabes que correría diez millas al día el resto de mi vida con tal de no dejar de comer tu comida, tus tortillas hechas en casa. Papas fritas. Helado.

—Ya quieta —dijo su madre—. Jamás se acabará la lista.

Volvió a reírse y Rubí se relajó, acomodándose en los cojines de su gran silla de patio.

Tomó su licuado hasta que había desaparecido la mitad.

—¿Cómo le hacías en la casa para tener suficiente comida cuando vivíamos ahí los cuatro? —Rubina recordó la cena de la noche anterior—. ¿Alguna vez supiste lo que era el silencio en esa casa?

—Hacíamos lo mejor que podíamos. Y siempre había momentos de silencio, lo creas o no.

—No —la palabra "ruidosas" no describía adecuadamente las cenas familiares en la casa de los Flores, especialmente cuando visitaban algunas tías, tíos y primos para agregar un poco más de ruido, además de que ponían el estéreo. Quizás ensordecedoras, seguramente caóticas, pero Rubina no cambiaría esos momentos por nada en el mundo.

Esta casa de playa era el refugio de Rubí— intimidad y silencio por donde fuera. Ella ponía música, una amenidad necesaria, tan fuerte o suave como quisiera. Cuando le parecía demasiado serena la casa, su familia llegaban a interrumpir en el momento más propicio.

Su madre le platicó de sus planes para el día— la cadencia familiar de su voz era tan confortante como la oleada del océano. Rubí disfrutaba el descubrimiento de piedras lisas y negras, algunas tan grandes como su mano, dispersadas al azar sobre la arena mojada. Las olas rompían perezosamente; su color gris oscuro formaba una mezcla homogénea con el cielo nublado de junio que se despejaría antes de mediodía.

Rubí volvió a reconocer lo afortunada que era. Sus padres vivían muy cerca. Sus hermanos, en su condominio que compartían, no estaban mucho más lejos que sus papás.

Por escandalosa que fuera la familia, la protegían de las lenguas chismosas y de la crueldad de Hollywood, recordándole muy seguido de las cosas que realmente importaban. La habían apoyado cuando Alex la había abandonado para reaparecer una semana después en la premiere llevando una estrellita rubia al brazo.

Ésa había sido la última vez que Rubí había salido con alguien remotamente relacionado con la farándula. Caray. La humillación le había impedido salir con nadie desde esa terrible época hacía dos años.

Su madre estaba preguntando sobre la agenda de la película.

—Es un excelente guión, mamá. Ojalá me hubieran juntado como pareja con alguien aparte del desgraciado de Alex.

Sacó el guión de su portafolios, que estaba apoyado en una silla.

Cumplir con su juramento a Enrique de portarse civilizadamente con Alex en el escenario sería la prueba más grande de sus habilidades histriónicas.

—No te molestará, ¿o sí, mi hija? —ese tono de preocupación de nuevo.

—No te preocupes, mamá. La verdad, es profesional en cuanto a su propio trabajo e imagen y sabe que yo también lo soy.

—Está bien, hijita. Pero si te molesta en lo más mínimo, conocerá la ira de la familia Flores.

—Creo que todos ustedes recalcaron eso perfectamente hace dos años—. Rubí no pudo contener la risa—. Estaremos perfectamente bien en el trabajo.

—¡Buenos días, Rubina!—gritó su padre en el teléfono. Prácticamente sin tomar aire, le preguntó a su madre si ella lo iba a acompañar a desayunar. Entendiendo la indirecta, su mamá colgó, prometiendo hablar más tarde.

Una sonrisa seguía en los labios de Rubí al mirar a la playa hacia las casas del lado norte. La reciente embestida de una cantidad extraordinaria de tormentas, una tras otra, había dejado montones de madera flotante y marañas de algas marinas. Miles de piedras habían sido arrojadas por el mar a la playa. Amontonadas, formaban una extraña barrera a lo largo de la arena.

Los vecinos se habían reunido para revivir la playa dañada y para apuntalar las casas, y habían formado amistades duraderas. Rubí había aprendido una que otra lección respecto a abrirse lo suficiente para pedir ayuda, y para ofrecerla cuando se necesitaba.

Su propia casa había soportado las embestidas, salvo por alguna pintura escarapelada, algunas maderas sueltas en la escalera que llevaba a la playa, y el barandal que se tambaleaba y estaba estriado en varios puntos.

El guapo señor Carrillo tenía su trabajo esperándolo. Durante la noche la habían atormentado dulces sueños de él vestido con una camisa que revelaba su musculatura y con un cinturón ceñido muy bajo sobre sus firmes nalgas, haciendo imposible que durmiera bien.

El hombre tenía talento para llegar a los extremos. Durante los cortos minutos que habían compartido en el estacionamiento, él había logrado hacerla enojar, reír, olvidarse de sí misma y fantasear. Frustrante es lo que era. Peligroso es lo que era.

Ella no debería haber caído en la trampa del volante. Le echó un vistazo a su reloj, molesta por tener que admitirlo, pero anhelaba que llegara el momento de su llegada.

Resueltamente despejó las imágenes de él de su mente, y les dio vueltas a las páginas del guión. Conforme se concentraba en ello, aumentaba su emoción. Faltaban dos semanas para empezar a filmar, y su estómago ya estaba revolcándose. Su madre había leído todo el guión con ella la noche anterior, pero sus hermanos no servían como apuntadores. Habían estado atacados de la risa durante su escena romántica. Definitivamente tenía que buscar a alguien aparte de ellos para ayudarla a leer.

A punto de terminar su café, casi lo tiró cuando sonó el timbre de la puerta. Volvió a meter el guión en su portafolios y se apresuró a pasar por la alegre cocina y la sala a medio amueblar.

Es puntual. Bueno. Tenemos que acabar con esto rápidamente, pensó mientras frotaba sus sudorosas palmas contra sus shorts.

Marco se irguió, viéndose un poco incómodo. Sus anchos hombros bloqueaban la vista de la casa de su vecino. Su playera de polo color azul oscuro hacía destacar el azul de sus ojos, contrastando con el color oscuro de sus largas pestañas. La camisa de polo estaba estirada apretadamente sobre los músculos de sus fuertes brazos y pecho. Al recordarlo el día anterior sin camisa, el sudor comenzó a perlar el cuello de ella, a pesar del aire fresco de la mañana.

Él sonrió; la blancura de sus dientes brillaba contra el tono bronceado de su rostro, y su calor era demasiado fuerte para esta hora del día.

—Buenos días, señorita Flores. Bonita casa. Excelente vista de la playa. ¡Excelente mañana! Gracias por dejarme llegar un poco más temprano.

Se detuvo un momento para colocar la mano sobre el marco de la puerta. Su brazo, su increíblemente musculoso brazo, parecía sostener toda la estructura.

—¿Le pasa algo?

—No —logró decir ella y luego despejó la garganta—. Por supuesto que no —se frotó las sienes—. ¿Siempre es tan platicador a estas horas de la mañana?

Ella necesitaba por lo menos dos tazas de café para poder soportar tanta plática.

—¿Siempre es tan callada a primera hora de la mañana?

—Sí, y me gusta el silencio hasta que haya tomado el suficiente café para soportar las intrusiones.

—Usted concertó esta cita, ¿se acuerda?

—No tan temprano. ¿Se acuerda?

Él pasó por alto su comentario y respiró hondo.

—Ah, sí, café. Un café suena sabroso.

Rubina estaba parada tras la puerta de roble blanqueado, todavía observando, repentinamente consciente de que no se había bañado después de correr, y simplemente cambiándose de sudadera. El rostro de Carrillo se veía tan deslumbrantemente limpio que parecía que si ella corría un dedo a lo largo de su mejilla, rechinaría.

Él cambió de posición.

—Por lo visto tampoco entiende indirectas tan temprano. ¿Puedo pasar? Tengo un poco de prisa.

—Lo siento. —ella dio un paso hacia atrás y abrió la puerta, rayando el piso de mosaico de Saltillo—. He aquí el primer proyecto. Me vuelve loca, y además está echando a perder el piso. Normalmente, uso una puerta lateral para evitar esto.

—Déjeme verlo —pasando, él hizo un ademán con la mano para hacerla a un lado para poder probar la puerta—. Sí, está caída de verdad.

—Qué astuto de su parte —dijo secamente Rubina.

Él arqueó una ceja.

—Recuérdeme que no debo llegar antes de las ocho en el futuro. Es demasiado rezongona para mi gusto —se detuvo—. ¿Llegó muy tarde anoche?

—¿Qué tiene que ver eso con arreglar la puerta? —espetó ella.

Él se encogió de hombros y se agachó ante la puerta. Corrió sus largos dedos, desprovistos de anillos, a lo largo de la orilla interior de la puerta.

—Esto es fácil —dijo aliviado—. Con tanta lluvia últimamente, nada más se hinchó la puerta. Debe quedar bien lijándola.

Se paró, sacó un cuaderno de su bolsillo trasero, y empezó a escribir.

—Bueno —ella tiraba de un mechón de cabello que se había escapado de su cola de caballo, y lo hacía girar sobre su dedo—. Nada más por curiosidad, señor Carrillo, ¿Cuál es su gusto?

Él suavemente empujó la puerta para cerrarla y luego volteó a darle la cara.

—¿De qué está hablando?

—Dijo que yo era demasiado rezongona para su gusto.

Él inclinó la cabeza hacia ella, frotándose el mentón.

—Ah, gusto. ¿En cuanto a las mujeres?

Dando un paso hacia atrás, ella se estiró más para ponerse cara a cara. A escasos centímetros uno del otro, percibió ella el aroma de café en su aliento y un olor ligero de una deliciosa colonia de sándalo alrededor de él. Mezcladas con el aire de mar que los rodeaba, las fragancias la mareaban. Tragó fuertemente en seco, forzándose a mirarlo directamente a los ojos, desviando la mirada de la sensualidad tentadora de sus labios.

La mirada de él se volvió traviesa.

—¿Y qué tiene que ver eso con arreglar su puerta?

Se veía divertido. Y demasiado arrogante.

—Olvídelo. Esto ya se convirtió en algo demasiado personal.

—No. No, Escarlata. También es básico. Me gustan las mujeres con inclinaciones físicas y que no se molestan si se ensucian. Me gustan las mujeres que se rían, que sean pacientes…especialmente conmigo… que sepan bailar la salsa. Me vuelven loco las mujeres que se atrevan a vestirse de rojo, mujeres que estén cómodas con o sin maquillaje, mujeres que sepan besar. En especial, me gustan las mujeres que les ofrezcan un café a las visitas, no obstante quiénes sean o la hora del día que sea.

La risa de él empezó a retumbar desde lo más profundo de su garganta. Se estiró para quitar el mechón de cabello que ella enredaba en sus dedos. —Y las mujeres que comprendan las indirectas.

Ella le arrebató el cabello de la mano. Si había esperado que él fuera sutil o halagador, estaba muy equivocada. ¿Por qué iba a creer que un hombre que se lanzaba de los acantilados de las montañas para flotar en el aire o que corría montado en una Harley pudiera comprender el significado de la delicadeza?

Sentía un hormigueo en todo el cuerpo como reacción indeseable ante las palabras tan molestas de él. Directas. Impertérritas. Sensuales como un demonio.

Él la hacía ardientemente consciente de su cuerpo.

Ella no había perdido de vista que estaba vestida de rojo, estaba sin maquillaje, apestaba y estaba físicamente rendida. Seguramente él se estaba mofando de ella, nada más. Ella logró callarse con toda la dignidad que le quedaba.

Carrillo dio unas zancadas, pasando al lado de ella, y se paró justo a la orilla de la sala hundida, silbando a través de los dientes.

Esto era algo que podría manejar ella. Trató de percibir las cosas del punto de vista de él. Los ventanales del piso al techo mostraban una vista del mar como si estuviera justo a sus pies. Ella había trabajado duro para comprar la casa de sus sueños, y su gran orgullo salió a flor de piel.

Él se frotó el mentón.

—Esta casa es algo extraordinario, Escarlata. Tiene que ganar una fortuna. Y no lo digo por metiche, ni nada por el estilo —bajó un paso—. ¿Puedo pasar?

—Por supuesto.

—*Lo que fuera para distraerlo,* pensó Rubí.

—La chimenea. Me gusta también —corrió la mano sobre los ladrillos color salmón que hacían juego con los mosaicos del piso, y luego volteó a verla—. Podría ser bastante acogedora en una noche tormentosa.

Ella se quedó esperando un comentario más, levantando la vista.

Él se inclinó hacia ella.

—Bonito perfume. ¿Cuál es?

—Se llama sudor —ella empezó a caminar hacia la cocina—. Suele suceder al correr.

—Con razón tiene tan buenas piernas. Duro trabajo, eso de correr.

La alcanzó, y ya estaba caminando al lado de ella.

Rubí les echó una mirada a sus shorts rojos de correr. Aunque antes habían sido tan cómodos como una piyama, ahora los sentía demasiado cortos y reveladores.

—A lo mejor su socio debe de hacer el trabajo.

—A la larga, lo hará. Yo nada más estoy haciendo los estudios preliminares —Carrillo sonrió hacia ella.

Más vale que su socio no sea su gemelo, pensó Rubí. Agarró la cruz de diamantes que colgaba de una cadena de plata alrededor de su cuello. A ella se le antojaba otro café.

—¿Quiere un poco? Acabo de preparar el café hace un rato.

—¿Quién? ¿Yo?

Él le echó una mirada sobre el hombro, observando toda la sala.

—Muy chistoso. La oferta se retira en uno, dos…

—Sí. Claro. Definitivamente sí. Y en una taza enorme.

—¿Alguna otra cosa? — preguntó ella, arqueando las cejas.

—Leche, sustituto de azúcar —dijo, aceptando el bote de leche que ella le ofreció—. ¿Tiene algún pan dulce?

A ella se le quedó paralizada la mano, sosteniendo la azucarera llena de paquetes azules frente a su cara.

—No, no tengo pan dulce el día de hoy, señor Carrillo. Pero si de verdad se le antoja, quizás pueda prepararle alguno —golpeó la mesa con la azucarera.

—¡Qué quisquillosa! —sacó un banco de abajo de la barra, y se sentó en el, alcanzando la taza de café.

—¿Por qué no se siente usted en casa? —preguntó ella secamente.

—Con mucho gusto.

Sacó una fresa de un plato hondo de cerámica italiana frente a él.

Él jamás notaría que era cerámica italiana, se dijo Rubí.

Marco mordió la fresa hasta que quedó el puro tallo verde. Volteó buscando un lugar donde tirarlo, con su mano sobre el plato.

—¡Ni lo piense! —Rubí sacó un plato chico del gabinete y lo colocó frente a él.

Él tiró el tallo en el plato chico.

—¿Ha estado en Italia? —dijo, tentando la orilla del plato hondo.

Rubí dejó de servir su segunda taza de café y colocó la cafetera sobre la mesa. Era una señal. Rubí podía imaginar a su madre. El destino. Las señales surgían por todos lados con este frustrante hombre, a diestra y siniestra. Rubí sacudió la cabeza para despejarla de mayores insensateces. Él no era su destino, sino una distracción molesta—una distracción molesta y machista—y ella tenía que trabajar.

—¿De qué se trata, un juego de veinte preguntas? Pensé que iba a inventariar las reparaciones que necesito.

Lentamente, él se puso de pie. Éste si que no era como los chicos bonitos. Era puramente masculino, duro y musculoso. Probablemente no tenía ni idea de lo que era un entrenador personal, y dependía de sus labores físicas y no de máquinas para desarrollar sus músculos. Quizás hasta apreciara un cuerpo sudoroso como el de ella.

Los comienzos de una jaqueca le golpeaban la frente, volviéndola loca. Ningún macho, ningún macho. Hoy tenía cita con un contador, un contador amable, seguro y aburrido, lo cual significaba que llegaría temprano a casa. Le quedaría el resto de la noche para estudiar su guión hasta que lo memorizara de punta a cabo.

—Enséñeme el camino, Escarlata —llevándose la taza a su boca bien formada, él cuidadosamente saboreó un poco del ardiente café colombiano—. A propósito, es excelente café. Gracias por ofrecérmelo —le guiñó un ojo.

—Lo que usted quiera, siempre que le haga trabajar —espetó ella.

—No como alguna gente, yo si comprendo las indirectas.

—El patio está por aquí.

Ella le señaló y lo siguió a través de las puertas francesas.

Él se paró de repente, y a Rubí, tan cerca de él que podía vislumbrar las fibras en la tela de su camisa, la invadió el pánico, y aguantó la respiración.

—No debería haberme hecho esto, Escarlata —dijo al atravesar el patio de un brinco.

Rubí exhaló.

Con las manos sobre el desvencijado barandal, él se agachó, sin importarle como éste se doblaba bajo el peso de su cuerpo.

Rubí cerró los ojos, esperando el gran golpe que nunca llegó. Lentamente abrió un ojo, luego el otro, y lo encontró mirándola. Levantó las manos, exasperada.

—¿Y ahora qué?

—Dándome tentaciones de nuevo.

—No he hecho nada. ¿Cómo pudo pensar eso? —alisó su sudadera—. Estoy sucia. Ésta es mi casa, que es el único lugar donde puedo relajarme y soltarme el pelo.

—¿Usted? ¿Soltarse el pelo? Me encantaría ver eso. Pero no estaba hablando de usted —volteó de nuevo hacia el mar.

Ella buscó algo para tirárselo a la cabeza.

—Este lugar es increíble. La vista. Todo. Me dan ganas de correr hacia allá a agarrar una ola. Podría hacer campamento en este patio y escuchar las olas toda la noche. ¡Tuvo usted suerte al encontrar este lugar!

Su acento era profundo y perezoso y la arrullaba. La reverencia en su grave voz la adormecía. Los pies de ella se movieron sin su permiso, y se encontró parada al lado de él ante el barandal, con sus brazos tocándose ligeramente.

—Es maravilloso, ¿verdad?

El poder curativo de la arena y de las olas la envolvió mientras hablaba.

—Acostumbro sentarme aquí durante horas, nada más leyendo, y dejando que me caliente el sol.

Él asintió con la cabeza.

—Me gustaría ser él —su voz parecía soñolienta y distante.

—¿Quién? —preguntó ella.

—El sol.

Fue el colmo.

—Caramba, hombre. Tiene usted agallas.

Volteó y le dio la espalda.

—Lo más cerca que va a llegar a acampar aquí es cuando esté raspando la pintura escarapelada del barandal. Pero que los golpes de las olas le motiven a trabajar rápido, para que no esté aquí ni un momento más que lo necesario.

—Sí, señora —dijo él, inclinando un sombrero imaginario hacia ella.

—Y deje de ser tan cortés si no es sincero.

—¿Alguna otra cosa que quiera enseñarme antes de irme? —su mirada brillaba con sensualidad y travesura.

—Ay, ay, ay. No. Tiene que largarse ya —señaló hacia la puerta—. A ver si puedo soportar sus machismos, y luego veremos que hacemos. Gracias por venir.

—Volveré el sábado.

Ella cerró la puerta empujando con todo su peso, raspando sin merced el piso al hacerlo. Mirando a través de la mirilla, lo vio a escasos pasos de la puerta.

Él hizo bocina con las manos alrededor de su boca.

—¡Temprano!— gritó.

Pasmada, ella se apoyó contra la puerta y contó hasta diez en silencio. No la ayudó mucho a hacer que su corazón volviera a latir normalmente. Maldijo al señor Carrillo en silencio. Ya era hora de ponerse a estudiar el guión que aguardaba en el patio.

Marco corrió hacia la camioneta de su hermano, que tenía la portezuela ya impresa con el logo del negocio. Deseó haber traído su Harley. Ya quería irse, pero inmediatamente.

Hombre, si quisiste conquistarla, creo que no llegaste muy lejos. Gimió. *Carajo. Meter la pata es crónico en mi caso. Ya no tengo ni esperanza.*

Bajó el volumen del radio y viró hacia el norte.

El corto camino de menos de diez millas de la casa de la señorita Flores en Carlsbad hasta su estación de bomberos en Oceanside, justo al salir de la carretera 101 por el Bulevar de Oceanside, definitivamente no fue suficiente para enfriar su cuerpo acalorado.

Enfocó su atención en las increíbles vistas de muelles de piedras disparejas y de playas solitarias que parecían llegar al infinito. Los surfistas con trajes isotérmicos salpicaban la superficie del agua como manadas de focas; los pescadores echaban su carnada al mar con esperanza.

El olor a tocino frito y huevos que le llegaba cuando se paraba en cada alto provenía de fondas que ofrecían suculentas comidas con los mejores precios de todo San Diego. Le gruñía el estómago. Con su pantalón de mezclilla y playera de polo, estaba demasiado bien vestido para entrar en la mayoría de sus sitios preferidos.

Le encantaba el malecón sobre la carretera 101. Pero la señorita Flores era su principal distracción del día. Aquellos ojos dorados lo calentaban a través de la piel cuando sonreía. Al mismo tiempo lo confundían. Tristeza, precaución, algo había en ellos que no debería estar ahí.

Dios, que cursi andaba. Ella se le había metido hasta lo más profundo de su ser. Ya tenía que llegar a la central, y rápido. Una buena inyección de testosterona al juntarse con los compañeros durante los próximos días arreglaría perfectamente su cabeza. Ya había desperdiciado demasiado tiempo con la señorita Flores.

Su hermano había sido implacable la noche anterior, fastidiándolo sin compasión, queriendo lujo de detalles sobre la ahora famosa señorita Flores. No había muchos detalles que darle aparte de que era una mujercita muy guapa con curvas que enloquecían, que la mujer era tan sensual que le hervía la sangre con sólo pararse cerca de ella, que lo hacía perder el control de sus facultades mentales, y que lo hacía hablar como un macho inadaptado.

¿Cómo podía explicarlo si no lo entendía él mismo? Unos minutos alrededor de ella lo hacían anhelar más. No estaba acostumbrado a ser rechazado, y ella lo estaba rechazando con unas fuerzas desesperadas.

Luis se había dado por vencido después de cenar los chiles rellenos de su madre.

—¿Sabes para qué sirve esto? —Luis le dio un martillo a Marco—. Por favor, no destruyas su casa y no eches a perder el buen nombre de mi negocio.

Su madre no había ayudado en nada, prometiendo rezar por él y por su seguridad al usar las herramientas de Luis alrededor de la casa de la pobre chica.

—¿Estás enamorado? —había preguntado cuando habían quedado solos.

Marco se metió al estacionamiento de la estación. Lujuria, quizás. Amor, nunca. Ni la señorita Flores ni ninguna otra mujer tenía lugar en la vida de un hombre que vivía para el riesgo, y que hacía que vivir como suicida pareciera una buena alternativa.

Marco vio a su hermano bajar del Jeep al otro extremo del estacionamiento. Luis corrió hacia Marco antes de que éste parara completamente la camioneta.

—Hola —Marco se bajó y estrechó la mano de Luis.

—¿Fuiste a surfear en la mañana? Estaban buenísimas las olas.

Marco meneó la cabeza.

—Estuve así de cerca —dijo, levantando las manos, separadas por menos de un centímetro.

Luis caminaba a su lado. Cada uno llevaba una mochila grande empacada con botas de trabajo y ropa de ejercicio, sus artículos de tocador y demás cosas que se les hubiera ocurrido meter. Llevaban sus uniformes limpios en ganchos sobre sus hombros.

—¿Qué hay abierto a estas horas? —volteando a enfrentar a Marco, abrió los ojos ampliamente—. ¿Te fue bien anoche? ¡Cabrón! — Miró hacia la espalda de Marco— Tu ropa no está arrugada. ¿Qué, también sabe planchar la jefa? —rió.

Marco puso los ojos en blanco.

—Con razón no tienes mujer —golpeó a Luis en la frente—. ¿Tienes la cabeza hueca? Estamos en los noventa. Repite. Los noventa—. Su tono se volvió serio y bajó la voz al acercarse a la estación—. Sabes que tendré que reportar ese comentario a la jefa. Ella estará en la estación hoy.

Luis se paró, mientras el color se desvanecía de su cara.

—Oye, no te mandes. Sé que estabas con esa señorita Flores. Te entrené anoche. Nada más te estaba cotorreando con lo de la planchada.

—Nos vemos al rato. Tengo junta a primera hora — Marco caminó en dirección a su catre, guardó su mochila, y se cambió al uniforme, riéndose cada vez que pensaba en la expresión en la cara de Luis. Excelente.

La jefa estaba a la cabeza de la mesa del comedor de la central de bomberos. Era mucho más alta que ellos, y Marco le calculaba por lo menos un metro noventa. No era una jefa, o una mujer, para el caso, con quien se pudiera jugar.

La primera mujer promovida a Jefe en Oceanside y en todo el condado de San Diego, ella sería un ejemplo difícil de seguir, con una atención a los detalles y una manera organizada que no dejaban lugar para insensateces en los asuntos pendientes. Marco no tenía duda alguna de que ella había ganado su puesto después de años de duro trabajo y mucha dedicación.

Como capitán, Marco le había enseñado las instalaciones y había preparado al batallón para su llegada. Ya ella había hecho cambios. Su buena voluntad para trabajar con el sindicato y la manera en que los apoyaba durante las juntas con los altos funcionarios le habían ganado el respeto de los hombres y las mujeres del lugar. Ella había prometido que iba a convertir a la unidad en una de las mejores del Condado de San Diego, y ya estaban a punto de llegar a la meta.

Marco miró a su batallón con afecto. *Pocos de ellos habían descubierto aún el sentido del humor de ella,* pensó. *Con el tiempo se darían cuenta. Quizás durante esta misma junta.*

Ella sacó una pluma del bolsillo de su almidonada camisa azul marino.

—Hay algunas cosas poco usuales, pero importantes, en la agenda de la junta de esta mañana —la plaquita de bronce con el nombre de ella brillaba con la luz.

—Se trata de que necesitamos voluntarios para encabezar la campaña para el Fondo de Viudas. Necesitamos gente que atienda los puestos en la feria callejera en el centro de San Diego y también para el Baile de Bomberos esa misma noche. Pondremos una lista en el tablón de anuncios.

Inclinó su cabeza y arqueó una ceja. Con su cabello canoso recogido en un moño severo, parecía dura y exigente, pero había algo en ella que la hacía tratable. Colocó sus manos con las uñas cortas sin color sobre la mesa.

—Necesitamos ideas originales para el maestro de ceremonias para hacer de esta recaudación de fondos un evento que nadie querrá perderse. Lo haremos como una noche al estilo de los Premios de la Academia. Su capitán, Marco Carrillo, se ha ofrecido a encabezar el grupo de búsqueda. Marco detectó un destello de diversión en los ojos azules acero de ella —Espero muchos voluntarios para esta causa tan valiosa.

Le entregó una tabla sujetapapeles al hombre a su izquierda.

—También en nuestra agenda: la comisión cinematográfica ha pedido nuestra ayuda. La filmación de una película con fuegos pirotécnicos de alto impacto comenzará en un par de semanas en Oceanside. Necesitan camiones en el sitio durante aproximadamente tres días de escenas potencialmente peligrosas —golpeó la mesa con su pluma.

—Bueno, señores…y señora —dijo, echándole un vistazo a la única otra mujer en el batallón—, he aquí su oportunidad para debutar en Hollywood. Ofrecí nuestra unidad para montar la guardia y para servir de asesores.

Los comentarios, primero en un murmullo, y luego más fuertes, llenaron el cuarto.

—Sí, cómo no. Alrededor de esos muchachitos bonitos y afeminados.

—Pero esas muñequitas, sin embargo…

—¿Creen que habrá alguien de *Bay Watch*?

—Actrices. Te menosprecian y luego quieren que les traigas sushi para comer. Con vino blanco. Importado.

—¿Creen que me dejarán hacer una audición?

Luis se puso de pie.

—¿Permiso para hablar, Jefa?

Marco estuvo a punto de reírse, alcanzó su café y esperó. A veces Luis era mucho más formal que lo que quería admitir.

Luis era varios centímetros más bajito que Marco, y aunque los dos tuvieran la misma mandíbula cuadrada, su piel más oscura, sus ojos café y su actitud relajada atraían a las mujeres dondequiera que fuera. Trabajar en una locación cinematográfica ofrecería innumerables oportunidades que lo harían babear—de manera elegante, por supuesto.

—¿Sabe algo sobre las estrellas de la película, Jefa?

—No tengo la menor idea —contestó Kramer—. Pero no importa, ¿verdad? —sonrió ella, mirando a Luis a los ojos.

—No. Por supuesto —Luis carraspeó—. ¿Ofrecen compensación?

—Tiempo extra —contestó Kramer—. Trabajando en turnos entre esta estación y aquel sitio. Haremos una rotación.

Otro miembro del equipo habló.

—Oye, Luis. No puedes trabajar todos los turnos, aunque sea Heather Locklear.

Todos rieron.

Luis se sentó pesadamente, sonrojando.

—Ya madura —murmuró.

Kramer volteó hacia Marco.

—¿Quieres agregar algo más?

—Tengo los horarios durante los cuales la comisión cinematográfica quiere que estemos en el rodaje. Revisen sus turnos personales de trabajo. Ya organicé los tiempos de rotación, así que nada más tenemos que llenar los nombres para estar seguros de estar cubiertos aquí y en el rodaje. Véanme hoy o mañana en mi oficina.

—Es todo. Rompan filas— terminó Kramer. Las sillas rayaron el piso y por encima del ruido, Kramer levantó la voz—Ah, y Luis.

Instantáneamente hubo silencio en el lugar, y todos volvieron su atención hacia la jefa.

—Tengo entendido que eres bueno para planchar. ¿Es cierto?

Luis le echó una mirada asesina a Marco.

—Sí, Jefa.

—Qué bueno —recogió sus expedientes y se encaminó hacia su oficina—. Trae tu plancha. Vamos a demostrarle a esa gente de Hollywood como son los verdaderos hombres de los noventa.

CAPÍTULO CUATRO

Marco manejó la camioneta del negocio de Luis por las calles cortas y angostas del norte de Carlsbad hacia la espectacular casa de la señorita Flores. Una vez fuera de la zona congestionada de edificios de departamentos, la calle se ensanchó y los lotes eran más amplios. Habían una cuantas casas más grandes por los dos lados de la calle.

Siguiendo la curva de la calle, miró por entre los jardines hacia el gran océano. Se estacionó delante de la casa de ella, y silbó silenciosamente.

¡Qué vida! ¿Cómo carambas se ganaría la vida la señorita?

Con interés más que pasajero, observó el césped bien cuidado. A su izquierda había unos geranios recién plantados. Sobre la veranda de la entrada principal, el enrejado que descansaba contra una de las columnas estaba salpicado de manchas del rojo fuerte y del púrpura de la buganvilla que se le entrelazaba. Había una palmera mexicana cerca de la puerta.

Idiota. Su mirada siguió el diseño de la planta hacia el segundo piso donde sabía que tenía que estar su recámara. Aunque fuera su tercera visita en tantos días, no se había acercado más a ella ni a ese cuarto que el primer día que había venido.

Limpió el sudor de las palmas de sus manos en su pantalón de mezclilla, y observó la vieja camiseta manchada de pintura que le había prestado Luis. No le importaba que por la camisa pareciera que había trabajado en ese negocio durante años. Apestaba a trementina que jamás se había quitado al lavarla, y le apretaba más con el paso de cada condenado minuto.

Movió los hombros intentando estirar la tela, pero ésta no cedió. Metió un dedo bajo el cuello y lo jaló. Iba a sofocarse en esa maldita camisa.

El sol tardaría horas en romper la neblina, pero tan pronto lo hiciera, se iba a quitar la camisa. Podría soportarlo hasta entonces, pensaba, y miró hacia el asiento del pasajero.

La delgada caja rosada de la panadería mexicana ocultaba parte del cinturón de herramientas. Luis había sacado una foto de él con el cinturón, caminando por el condominio para acostumbrarse a los golpes de las herramientas en sus caderas y en las nalgas. Entre risas incontrolables y chistes respecto a los plomeros que dejaban ver sus nalgas al agacharse, Luis había logrado ofrecer instrucciones sobre lo que podía hacer con la puerta principal, el barandal y los escalones de la señorita Flores.

Ya puesto el cinturón, no había paso atrás.

Ahora o nunca. Se deslizó de la camioneta y enganchó el cinturón de herramientas con un chasquido intencional. Tardó un momento nada más en desempacar el resto de las cosas.

El cinturón le tiraba del pantalón de mezclilla hacia abajo. Lo sentía pesado e incómodo sobre su cadera, haciéndolo caminar con un pavoneo pronunciado. Tocó el timbre de la puerta, colocando su caja de herramientas al lado de sus pies. En su mano izquierda, tenía una pequeña hielera con su comida, con la caja de la panadería balanceada encima de la hielera.

La puerta se abrió lentamente, con el fondo raspando el piso. Él hizo una mueca por el ruido que afectó sus nervios como si fuera una uña contra un pizarrón.

La señorita Flores se asomó desde detrás de la puerta.

—Buenos días, señor Carrillo. Pase, por favor.

La voz de ella, gutural y sofocada, lo impactó como una ola inesperada. Tragó en seco, observando mientras ella soltaba su cola de caballo, y su cabello oscuro se esparcía para enmarcar ese rostro demasiado exótico. Quería tomar esa cara entre sus manos y plantarle un beso que ella jamás olvidara. Ella recogió su cabello en una cola de caballo aún más apretada antes de que él pudiera seguir fantaseando.

—Buenas —extendió la hielera hacia ella, sintiéndose como un mesero ofreciendo aperitivos—. Para usted.

Si no dejaba de hablar como cavernícola, ella lo iba a descubrir. Pero pensándolo bien, a lo mejor esa era su cubierta. Monosílabos para hacer juego con el ridículo pavoneo machista. Recogió su caja de herramientas y caminó hacia adentro.

—Señor Carrillo. Pan Dulce. Qué amable —lo vio, arqueando lentamente una ceja—. Espere, ¿se trata de una prueba? ¿Otra indirecta?

—Descifra muy bien los mensajes. Usted debe ser muy buena para jugar mímica, Escarlata.

Ella alzó la vista hacia el techo, contemplando.

—Café, ¿pan dulce antes de que empiece a trabajar? Quiero decir, ¿para hacerlo trabajar?

Él pasó por alto la insinuación, simplemente deseando observarla unos cuantos minutos para tratar de comprenderla. Ya sabía que podía hacerla enojar.

—Claro. No hay nada como una buena dosis de cafeína con un poco de azúcar para animarse en la mañana. Caminó delante de ella hasta la cocina.

—¿Qué tal un poco de cereal? ¿Alguna fruta?

Él se paró y volteó para verla. Ella estaba caminando tan cerca de él que le pegó con la caja de la panadería en el brazo y se retiró bruscamente, como si la hubiera quemado el contacto.

—¿Para qué? —preguntó él, observando el blanco rasguño en su antebrazo y luego la esquina doblada de la caja—. El pan dulce no es cosa de todos los días en mi casa. Lo único que necesitamos es café para remojarlo.

Los labios de ella formaron una sonrisa.

—No me diga que le gusta remojar. ¿Probablemente también hará ruido al beber las malteadas?

Él se encogió de hombros y cambió de mano la hielera y la caja de herramienta.

—No tiene nada de malo hacer eso de vez en cuando. Hay que saborear estas cosas. Nunca se sabe cuándo volverá a presentarse otra oportunidad para disfrutarlas.

Ella abrió los ojos ampliamente.

—Es que pensé… se ve como si usted hiciera mucho ejercicio, como si se cuidara de la grasa y el azúcar que come.

—Así es, pero la vida es demasiado corta como para privarse de nada… razonable— dijo sonriéndole.

Se enderezó y caminó de nuevo por el pasillo sin decir una sola palabra más. Ella dejó escapar un suspiro que él pudo escuchar tras sí.

Marco llegó a la cocina y fue directo al armario. Abriéndolo, sacó dos tarros grandes y los llenó con el fuerte café negro de ella.

—Qué bueno que toma café de veras…. nada de esas cosas horribles.

Silbando suavemente, colocó los tarros sobre la barra de la cocina. Abrió la puerta del refrigerador para sacar la leche semi-descremada, volteó para bajar la azucarera de su lugar, y luego cerró la puerta del refrigerador con su bota.

Todo estaba al alcance de la mano en la alegre cocina blanca de accesorios negros y cromados. Él podría hacer una comida sin el menor esfuerzo aquí, con la misma facilidad que podía hacer una jarra de margaritas. Había contactos eléctricos por todos lados, aparatos de alta tecnología, y ¿eran ésos los cuchillos alemanes Henckels? Volteó a preguntarle a la señorita Flores.

Ella estaba parada en la puerta de la cocina, sin moverse, con la caja de la panadería en sus manos y una expresión de asombro en la cara.

—¿Por qué no se siente como en su casa, señor Carrillo?

—Perdón —logró sonreír, esperando suavizar las grietas que de repente habían aparecido en la frente de ella—. Es que tiene una cocina muy accesible. No me pude contener —despejó la garganta cuando ella siguió sin responder—nada más estaba sirviendo su café, señorita Flores.

—Yo puedo sola perfectamente, señor Carrillo.

—Estoy seguro de eso —dijo aliviado al ver que ella había encontrado su voz, aunque no parecía haber logrado ponerla de buen humor—. Pero, ¿cuándo fue la última vez que dejó que alguien hiciera algo por usted, sin condiciones?

Ella casi bufó.

—No existe tal cosa. Siempre hay condiciones en que enredarse. Casi todo el mundo quiere algo a cambio.

—Me parece un poco duro eso. Qué bueno que no hice tortas de huevo o chorizo con huevos.

Ella ni sonrió ni se movió. Estaba dificultando mucho las cosas.

—Es sólo una taza de café, Escarlata. Nada más, nada menos.

Vertió la leche en las tazas de café hirviente, le agregó sustituto de azúcar a cada una, y las removió lentamente.

—Después de observarla el otro día, me parece que así toma el café normalmente —deslizó la taza hacia ella—. Relájese. No está envenenada. No tengo ningún truco escondido en las mangas.

Se subió la manga para que ella pudiera ver si quería.

Se suavizó la expresión en el rostro de ella, mostrando una mezcla de asombro e incredulidad y algo más que él no pudo descifrar.

—Bueno, pues no me haga caso —dijo él, con intencional ligereza. Sacó dos platos del armario y los colocó sobre la brillante barra blanca. Con cada movimiento, sentía clavados en su espalda los ojos de ella. Su silencio se alargaba cada vez más.

Caminó alrededor de la barra hacia ella y le quitó la caja a la cual se aferraba con sus manos. Abriéndola, inhaló el olor de los panes recién horneados.

—Traje surtido, porque no sabía cuáles le gustaban. Conchas, planchas, rollos de canela, esas cosas crujientes.

—Campechanas —ella se apoyó contra el marco de la puerta.

—Correcto —dijo él. *Aleluya*, pensó. *Aleluya.*

Colocando la caja sobre la barra, meneó la mano para indicarle a ella que se sentara.

—No muerdo. Le prometo quedarme de este lado.

El hoyuelo apareció mágicamente cerca de la esquina de la boca de ella cuando se mordió el labio inferior. Se impulsó de la pared y se acercó.

Si él pudiera tener repetición instantánea de cualquier acontecimiento—cualquiera, incluso de los Padres en las eliminatorias finales— sería de ella caminando esos cuantos pasos hacia él, con el suave y lento contoneo de sus caderas, obvio aun con la voluminosa sudadera que casi cubría sus shorts.

Los ojos de ella brillaban, pero aún desconfiaban.

—No sabía que me comportaba de manera irrazonable —murmuró Rubí.

Sus miradas se encontraron durante lo que parecieron horas.

—No lo hizo —dijo él finalmente.

Ella asintió con la cabeza, y se inclinó sobre la caja abierta, cerrando los ojos e inhalando profundamente.

—Dios mío. La cocina de mi mamá y esto durante la misma semana. No sé cuánto puedo correr.

—Ah, le prometo que sobrevivirá.

—Usted es el invitado. Escoja usted primero —dijo, riéndose.

Las malas costumbres son las más difíciles de dejar, y él tocó cada pan, deseando el mejor. El único problema era que todos eran buenos.

Ella le pegó en la mano.

—¡Ya decídase! —le dijo.

Él se decidió por una concha, un pan redondo y suave con cuadros amarillos de azúcar. Se le hacía agua la boca al pensar en remojarla.

—Por favor, acompáñeme, señorita —sacó un banquito para ella.

Ella titubeó sólo un momento, pero en ese momento tragó en seco, enderezó los hombros y sonrió. *Exactamente como salir a un escenario*, pensó él.

—Nada más recuerde una cosa, señor Carrillo. Usted trabaja aquí, no vive aquí.

—Entendido —indicó el banquito con la palma abierta—. Por favor.

Ella sacó un pan crujiente de la caja.

— Éstas son mis favoritas.

Inclinándose sobre la caja, ella mordió el pan, y las migajas y los pedazos delgados de cubierta se deshicieron alrededor de su mano, y cayeron sobre la barra.

Entre sus delgados dedos de uñas cortas pintadas de rojo del tono de los camiones de bomberos, el rico color caramelo del pan casi igualaba el tono de su piel. Al lado de ella, él se veía pálido. Su blanca piel de raíces españolas jamás lograba broncearse más allá de un ligero tono dorado, aun en verano. Él se preguntaba si todo el cuerpo de ella sería del mismo precioso color.

—Ah sí, hace mucho que no disfruto así —cerrando los ojos, y una sonrisa iluminó su cara al disfrutar los ricos sabores.

Hacía mucho tiempo para él también. Tragó fuertemente, apretando la concha en su mano izquierda. De haber sido un lápiz, se habría roto a la mitad. Ella se vería igual al dormir o después de hacer el amor, y él se imaginó cómo podría tocarla para extasiarla de ese modo.

Se fijó en la concha desfigurada en su mano, la rompió a la mitad, y la remojó furiosamente.

—¿No fue suficiente?

Él levantó la vista para verla observándolo.

—Me gustan las mías bien saturadas —gruñó, haciendo que su remojo fuera pronunciado, lento y rítmico.

—Claro, ¿pero no se desintegra…?

Él sacó la concha de la taza. Lo que quedaba de la concha. Pedazos de la concha flotaban en el café lechoso.

La risa gutural de Rubí suavizó la vergüenza de Marco, hasta que él también rió.

—Ay, señor Carrillo, gracias. A veces puedo ser algo terca. Pero mire de lo que me habría perdido: este delicioso pan dulce y una buena risa para empezar el día.

Él se llevó lo que quedaba de la concha a la boca, y tomó un sorbo de café.

—¿No es igual en la vida, Escarlata? —se levantó y descansó el codo sobre la barra para estar cara a cara con ella.

El cuerpo de ella se tensó, dispuesta a hacerse para atrás, pero se quedó firme.

—¿De qué está hablando ahora? —levantó la toalla de cocina y se limpió las manos.

—De cuando uno tiene tantas ganas de algo que se le hace agua la boca— extendió la mano y quitó una migaja de la mejilla de ella, más que contento por tener un pretexto para rozar su cálida piel—. Pero si se comporta estúpidamente o deja pasar demasiado tiempo, pierde la oportunidad. Desaparece. Y jamás llegará a conocer ese sabor que pudo haber experimentado, y de la manera en que ese sabor pudo haber cambiado su vida.

—Eso es muy profundo —sus labios formaron una sonrisa, y el hoyuelo en su mejilla lo arrobó.

Él metió la migaja en la boca.

—Pero es verdad —se inclinó hasta que sus labios estuvieron cerca de los de ella—. Una probadita puede cambiar su vida —murmuró.

—¿Es todo lo que se necesita? —dijo mientras su sonrisa se desvanecía y sus ojos se cerraban.

Él deseaba más que una probadita de sus labios entreabiertos. Pero le daba la impresión de que si lo hacía, sería un cambio de vida total. No estaba preparado para ello de momento. Se enderezó bruscamente.

—Perdón. Ya se acabó la filosofía Carrillo por el día de hoy.

Recogió su caja de herramienta y la hielera, y salió en dirección de la puerta principal.

—Yo hice el desayuno. A usted le toca limpiar.

—Ay, ¡qué hombre!

La toalla voló y pegó en el marco de la puerta al lado de la cabeza de Marco. Una retahíla de palabras iracundas lo siguió al salir con el cinturón de herramientas meciéndose al ritmo de su pavoneo exagerado.

Rubí estaba sentada ante su escritorio, con el guión en la mano. Le costaba trabajo concentrarse por el ruido de la lijada en el primer piso, especialmente cuando pensaba en Carrillo con su camisa percudida y extremadamente apretada. El sol de la tarde estaba en su apogeo, brillando desde más allá de los tejados. Su calor la había tentado a llevar su trabajo afuera, pero Carrillo probablemente se había quitado la camisa a estas alturas, y ella sería la que sudaría al verlo.

Sacudió la cabeza para eliminar esa imagen. Siempre podría tratar de leer la escena de amor, y visualizarlo a él en lugar de Alex.

Sonó el timbre de la puerta. Tomó el guión y corrió escaleras abajo, alegre por la interrupción.

La puerta se abrió con facilidad y ella sonrió. Marco era eficiente con esas manos tan increíblemente bellas, después de todo.

Enrique estaba posando en la puerta. Siempre hacía poses.

—Rubí, amor. Arreglaste tu puerta.

Los paparazzi jamás agarrarían a su agente en fachas.

—¿Tienes una cita? —preguntó ella.

—Nada más con mi cliente favorita —Enrique le besó la mano.

—Eres bueno para inflar mi ego, Enrique. Déjame verte. Hace demasiado tiempo que no nos vemos.

Vestía una ajustada camiseta negra de manga corta que acentuaba su físico delgado y unos bíceps respetables, pantalón de lino negro perfectamente planchado, y mocasines brillantemente lustrados en los que podía ver su reflejo. Su imagen anunciaba a gritos su sensualidad sofisticada.

Un pequeño arete de plata que colgaba de su oreja derecha brillaba al sol y destacaba contra su negro cabello que caía hasta el hombro y que estaba peinado hacia atrás con gel. Un mechón cuidadosamente colocado sobre su frente le daba un aire a la James Dean.

Rubí dudaba que él jamás sudara, aun en el peor de los calores.

Rubí había estado con Enrique desde el principio, cuando él había pasado de ser modelo de GQ a ser representante artístico. Él tenía la capacidad de causar una impresión duradera, tanto de sí mismo como de sus clientes.

—¿Paso inspección el día de hoy, Rubina? —su sonrisa le llegaba hasta los ojos color carbón, con pestañas alargadas aún más con un toque de rímel. La suave perfección de su cutis, gracias a los mejores productos para el cuidado del cutis masculino, hizo que Rubí se avergonzara del de ella y anhelara un tratamiento de mascarillas.

—Siempre, Enrique.

Él se inclinó para darle un beso al aire, y ella lo agarró.

—Ni te atrevas, Enrique. Ya estás en casa.

—Ay, chica. Eres una joya, mi vida —la abrazó y la hizo girar. La bajó en el recibidor, cerró la puerta, y le tronó un gran beso en los labios. Rubí rió de gusto.

—Mejor, ¿Rubí?

—Mucho. Y más vale que no estés actuando.

—Ah, no, mi amor. Ése es tu trabajo —dio un paso hacia atrás y le dio una palmadita en la mejilla—. ¿Dónde está tu rojo hoy?

—Ahora no estoy trabajando —dijo ella, pero levantó su sudadera para que él pudiera ver sus shorts rojos de correr.

—Buena chica. Tienes que recordar tres cosas. Una, nunca estás sin trabajar. Dos, mientras sigas comiendo la comida de tu mamá, tienes que seguir corriendo.

Ella quitó una basurita del hombro de él, y luego envolvió su cintura con los brazos.

—¿Y cuál es la tercera cosa? Sé que tiene que ver con Alex.

—No sólo Alex. Tres, mi amor, es el plan filosófico del negocio —le dio una palmadita paternal en la cabeza, como si fuera una niña—. El sacrificio y el dolor son inevitables en este negocio. Mantienes erguida la cabeza aunque estés muriendo por dentro. Pero no te escondas tras ese escudo. Encontrar a alguien que pueda aceptarte en las malas y en las buenas te ayudará. Créemelo. Pero tienes que ser receptiva para aceptarlo.

Un fuerte pero lento aplauso se oyó desde el otro lado del cuarto.

Rubí brincó de los brazos de Enrique, cruzando los suyos sobre el pecho como si fueran un escudo.

—Y yo pensé que se había hartado de filosofía por el día de hoy, Escarlata. —Carrillo estaba apoyado contra la pared cerca de la entrada a la cocina. Su camisa estaba empapada en sudor y marcaba cada músculo de su pecho.

Rubí miró ferozmente a Marco.

—¿Jamás le enseñó su mamá que ser metiche es de mala educación?

—Estaba en camino a la camioneta para sacar mi traje de baño. Ya no estoy trabajando. Nada más le iba a preguntar que si podía cambiarme aquí en alguna parte—se empujó de la pared y caminó hacia ellos—. Disculpen la interrupción.

Enrique se inclinó para murmurar en el oído de Rubí.

—Mmmmmm. ¿Y dónde tenías escondida a esta criatura tan hermosa?

Rubí le dio un codazo, duro.

Él se enderezó, y habló fuerte y claro.

—Rubí, mi amor, ¿no nos vas a presentar?

Ella suspiró exasperada.

—Enrique, te presento a Luis Carrillo. Está reparando la casa. Carrillo, le presento a Enrique, mi... mi...

—¿Qué te pasa, amor? —Enrique se acercó—. Soy su repr...

Rubí extendió la mano, y le pellizcó y le retorció la piel de su brazo como solían pellizcarla sus hermanos hacía años.

—¡Ay! —la miró sorprendido. Ella sacudió la cabeza, sabiendo que a Carrillo no se le escapaba nada.

Carrillo los miró con una ceja arqueada. Una sonrisa amenazaba con brotar de la expresión seria que había tratado de sostener.

—Soy su... reprimido amigo —al fin dijo Enrique, y alcanzó la mano de Carrillo al plantar un beso sobre la mejilla de Rubí.

—Marco —estrechó la mano de Enrique firmemente.

Rubí trató de quitar el brazo de Enrique que la sujetaba fuertemente por la cintura.

—Pensé que eras Luis.

—Soy Marco.

—¿Y el nombre en los volantes?

Enrique estrechó fuertemente la mano de Marco.

—Ahora bien, niños. Marco. Luis. Quien sea. Es definitivamente un placer conocerlo, señor Carrillo. Lo miró con aprecio.

Rubí temía que Enrique le diera a Carrillo una palmadita en el pecho en cualquier momento.

Enrique volteó hacia ella.

—¿Y en dónde dijiste que has estado escondiendo a este hombre?

Ella dejó escapar un suspiro exasperado.

—Dentro de la pared. ¿Dónde más?

Marco quitó su mano de la de Enrique y agarró la de Rubí, que se perdía en la enorme mano de él. El calor corrió a todo lo largo del brazo de ella.

—Me deja salir cada par de días. Me mangonea. Me alimenta con pedacitos de su vida y migajas de pan dulce. Es un verdadero placer conocerla oficialmente. ¿Se llama Rubí?

Enrique trató de meterse entre ellos de nuevo. Estaba casi hiperventilando.

—No he hecho bien mi trabajo. He fallado —repetía una y otra vez, dándose golpes de pecho.

Observando el dramatismo, Rubí trató de controlar la risa.

—Quiere decir, ¿que no conoce a Rubí Flores? La Rubí que...

Rubí retiró la mano de la de Marco, y la colocó sobre la boca de Enrique, quien la miró como si estuviera completamente loca.

—Enrique, estoy segura de que el señor Carrillo tiene cosas más importantes que hacer. No vayamos a quitarle el tiempo.

—Yo ya terminé. Tengo tiempo—. La miró, esperando.

—Es un nombre nada más, ¡por el amor de Dios! —ella se puso contra la pared, mirando en dirección a Enrique, pidiéndole ayuda. Él abrió las manos como si preguntara de qué se trataba.

Ella no iba a recibir ayuda de su parte.

—Si se lo digo, ¿se irá?

Carrillo asintió con la cabeza, jamás quitándole la vista de encima. Ya no estaba sonriendo, pero la diversión brillaba todavía en sus ojos.

—Me llamo Rubina Dolores Flores. Y por razones obvias, me dicen Rubí.

—No fue tan difícil, ¿verdad? —le guiñó el ojo—. El gusto es mío.

—¡Ay! —interrumpió Enrique—. Aquí tenemos material para una telenovela —abrazó a Rubí con un solo brazo, y la atrajo hacia él.

Marco lo miró ferozmente. Rubí lo empujó.

Enrique se encogió de hombros.

—Hace mucho calor aquí adentro. Yo voy a servirme un vaso de agua con hielo. Ustedes dos necesitan toda una jarra. Te esperaré en la cocina, Rubí —volteó hacia Marco—. Y estoy seguro de que volveré a verlo por aquí, señor Carrillo —caminó ondulando las caderas por el pasillo, con paso ligero y garboso.

—Simpático el hombrecito —dijo Marco, saliendo por la puerta principal—. ¿Está bien si me cambio aquí?

Ella asintió con la cabeza, sin la confianza suficiente para hablar.

—Gracias. Luego nos vemos, Rubí Escarlata —sonrió él, y turbulentas olas de deseo la inundaron a ella.

—Usted me puede seguir llamando señorita Flores —levantó el mentón.

—Como usted diga —al cerrar la puerta tras él, murmuró: —Rubí.

Rubí apretó de nuevo los dientes. Tendría que comprar un protector dental si este tipo iba a estar en su casa mucho más tiempo. Se negaba a permitir que alguien como Carrillo deshiciera tres largos años de ortodoncia en unos cuantos días.

Sobó su mandíbula con la mano mientras caminaba a la cocina. Asomándose, se preparó para la serie de preguntas que le haría Enrique.

El estaba parado frente al refrigerador con la puerta abierta, y con sus pies y sus caderas moviéndose al ritmo de la música disco que sonaba en el radio.

—¿Te diviertes?

Él agarró un frasco de aceitunas orgánicas, cerró la puerta, y se deslizó hacia la barra con la gracia de un bailarín.

—Vives una vida muy espartana, Rubina Dolores. Gracias a Dios que tu mamá te alimenta con verdadera comida de vez en cuando.

— Mi vida es todo menos espartana, Enrique. Dios mío. Hablas como si yo fuera una fanática de la nutrición o algo por el estilo.

—Dios me libre, mi hija —metió una aceituna en la boca—. Sabrosa —sacó tres más del frasco—. Hablando de sabroso, Rubina, me debes una explicación. Quiero saber lo que pasa entre tú y esa criatura, Marco, o Luis o quien sea. Esa encantadora y deliciosa criatura —Enrique se paró derechito, inclinó la cabeza y, con una media sonrisa, la esperó.

Rubí se atragantó con las aceitunas y escupió los huesos en la palma de su mano. Meneó la cabeza, tosiendo, y agarró el vaso de agua que le ofreció Enrique.

—Estás muy equivocado —dijo por fin. La sangre le subió a la cara. Necesitaba urgentemente el abanico que había usado en su última película.

—Juzgando por tu reacción, no lo creo, amor —dijo, cambiando la estación del radio hasta que encontró algo con ritmo latino, y luego bajó el volumen—. La manera en que te miró, mami. Caliente, pero muy caliente —se tocó la lengua con la yema de un dedo, y luego tocó su brazo y retiró el dedo rápidamente como si se le quemara—. ¡Ay! Demasiado caliente, Rubí.

—Ya basta con frases choteadas, ¿no?

—Qué sensible —subió el volumen del radio de nuevo y la tomó entre sus brazos—. ¿Has ensayado?

Ella meneó la cabeza y puso su mano ligeramente sobre el hombro de él. Su mano derecha cupo en la palma de la otra mano de él.

—Prueba una salsa con este ritmo.

Se movieron lentamente sobre el blanco piso de linóleo, acostumbrándose los dos a la estatura y a los movimientos del otro. Hacía mucho que Rubí no se había sentido a gusto en los brazos de un hombre. Pero Enrique era para ella como un cuarto hermano, y no contaba.

—En cuanto al señor Carrillo —había vuelto el brillo a los ojos de Enrique; sus cejas estaban arqueadas muy alto en son de inocencia—. No he visto tanta química desde tu última escena de amor en la pantalla con Alex. Y sabemos lo caliente que les salió para que los críticos estuvieran suficientemente inquietos en su asientos como para darte la mejor de las reseñas.

Ella respondió a la presión de su mano y giró hacia fuera, regresando a su posición original. Sus pies se movían hacia adelante y hacia atrás, rápido, rápido, despacio. Rápido, rápido, despacio. Rubí recordó las innumerables clases en el Estudio de Danza de Mel que hacían que este tipo de paso le saliera casi natural.

—Es la pura actuación, Enrique. No tengo tiempo para llevar ninguna relación.

—Quieres decir que no tomarás el tiempo ni harás el esfuerzo. El amor ilumina tu vida, mi hija. Imagínate que fueras tanto más brillante, tanto más una estrella brillante. Y lo serías, sabes, si te abrieras un poco —hizo una pausa, respirando profundamente y enderezándose hasta ser más alto, con un aspecto absolutamente regio.

—Él nada más está trabajando para mí, Enrique, mi querido romántico. Eso es todo. Me vuelve loca y lo evito cuando está en la casa. No seas alcahuete. Tengo que trabajar.

—¿Yo? ¿Alcahuete? Bueno, por lo menos no cuando la chispa ya está prendida —puso su mano sobre el pecho y la movió como si revoloteara—. Confiésalo. Necesitas un poco de sazón en la vida, querida. Ese chico la sabe deletrear con una ese mayúscula.

La puerta del patio se cerró con un golpe. Marco tuvo que haber caminado justo por la puerta de la cocina para llegar hasta ahí.

—Ay, Enrique. ¿Cuánto crees que escuchó?

—Suficiente, espero.

Observaron a Carrillo corriendo escaleras abajo hasta llegar a la arena, vestido con un traje de baño azul marino que le apretaba un poco las nalgas. Los músculos de sus largas piernas se movían graciosamente con pasos que se hacían cada vez mas rápidos al acercarse al agua.

Corrió a toda velocidad hasta que el agua le llegó a la altura de la cintura, y luego se echó un clavado bajo la primera ola que vio. Subió a la superficie de nuevo y brincó sobre las próximas olas. El agua brillaba sobre sus hombros.

Probablemente tenía una cara muy alegre. Rubí tragó en seco, sintiendo un nudo en la garganta. Carrillo hacía que el agua se viera más que apetitosa, y de no haber estado Enrique a su lado, habría estado tentada a caminar hacia la orilla del agua para echarse un clavado también.

Observaron a Carrillo en silencio durante unos momentos más.

—¡Ay, ay, ay! Rubí, mi amor. Tendrás que hacer algo muy pronto, o alguien más lo hará. ¿Un baile más antes de estudiar el guión?

—Con todo gusto —dijo ella, recordando los comentarios de Carrillo respecto a cómo le gustaba bailar rápido—. Quiero practicar la salsa un poco más.

—Buena chica. Los ritmos contemporáneos no se pueden bailar, aunque sean agradables de escuchar —Enrique la hizo girar con pies ligeros, y se deslizaron sobre el piso. Acercándosela más, le dio la vuelta y luego la soltó. Terminó solo con un ademán elegantemente dramático, tirando la cabeza y el brazo hacia atrás, como un gran torero.

—¡Bravo! —aplaudió Rubina—. Tú deberías haber sido el actor. Te ves bien bajo los reflectores.

—Ya viví bajo los reflectores. Me agrada mucho verte ahí ahora —tomó el agua—. ¿Cómo te va con la lectura?

—Es fácil cuando estoy a solas. Podría ser más difícil si tengo que ver a Alex enfrente de mí.

—Entonces, no lo veas. Visualízate enfrente de Carrillo.

—Ay, cállate ya —ella terminó su propio vaso de agua y lo colocó sobre una mesa—. Ya cálmate y olvídalo. Yo ya lo olvidé.

—Lo que tu digas, mi vida —se llevó otra aceituna a la boca.

Ella subió a la regadera, fantaseando que Marco la seguía.

CAPÍTULO CINCO

El escenario cinematográfico que duplicaba el centro de San Diego apareció de la nada. *Asombroso*, pensó Marco. *Pinta unos rascacielos sobre unas tablas de madera prensada, agrega algunos actores arrogantes, mete algunos explosivos para efectos especiales, y ¡ya! Ciudad instantánea, al estilo de Hollywood.*

La meseta normalmente vacía al lado del Campo Pendleton en Oceanside, una base militar, había sido transformada en un oasis de restaurantes y hoteles, tiendas y trampas para turistas. Las réplicas de la estación de ferrocarril del centro, el juzgado y los teatros eran asombrosas.

Un toque de arquitectura española se veía en algunos de los edificios con muros de estuco y tejados de losa de arcilla. Marco habría preferido los arbustos de salvia y liebres salvajes debajo de las fachadas.

—Como si no fuera suficiente el centro de la ciudad que tenemos —murmuró Marco.

Analizó el área a su alrededor. Este iba a ser su trabajo del día, cubriendo por un miembro del equipo que se había reportado enfermo.

Por lo menos podía disfrutar el aire húmedo que llegaba del mar. Todavía había un poco de neblina, y brevemente se preguntó si eso tendría un buen efecto o si echaría a perder la primera escena del día.

Marco le dio la vuelta al camión de bomberos de escalera telescópica por décima vez. Aún faltaba una hora para comenzar a filmar, y sospechaba que el movimiento empezaría mucho antes de que la directora pudiera gritar "¡Acción!" No sólo quería estar presente para ver eso, sino que los efectos pirotécnicos se veían potencialmente más peligrosos que lo que habían calculado originalmente.

Su grupo estaba reunido, platicando; el eco de sus murmullos y sus risas apagadas se proyectaba por la gran extensión de tierra. Hectáreas de salvia californiana seca y brezo silvestre se extendían hasta donde alcanzaba la vista en el desierto. Ni un vehículo se veía a lo largo de los kilómetros de carretera. Noticias de la filmación ya habían salido en el periódico del día anterior, y estaba seguro de que los fanáticos y los curiosos llegarían en cualquier momento, invadiendo el silencio, desequilibrando la tranquilidad del lugar.

Más temprano, se había asomado a los camiones, cargados con la tramoya y el vestuario, y la simple cantidad lo había asombrado.

Examinó de nuevo el área. Muy al norte de San Diego, tenían una vista despejada del mar, aunque a él le hubiera gustado que estuviera más cerca. Este escenario era una pesadilla para cualquier bombero, lo cual significaba que sería la gloria para los efectos especiales pirotécnicos y escenas peligrosas.

Luis salió del grupo para acercarse a Marco.

—¿Por qué tan serio, mano? —abrió los brazos—. Es bien emocionante todo esto.

Observaron mientras los cargadores desempacaban cámaras de alta tecnología, cables y equipo de los camiones. Su plática matutina tranquilizó a Marco y les envidiaba sus trabajo físico.

Marco sacudió la cabeza y volvió su atención hacia Luis.

—Hombre, no cabe duda que eres joven y fácilmente impresionable. Cualquiera pensaría que el ser bombero durante un año te haría más consciente de las cosas importantes. Mira a tu alrededor. El potencial para un gran incendio es enorme. Puede ser que nos toque trabajar de veras.

—Yo lo sé. Estoy preparado. Y estoy concentrado en el trabajo en este escenario. Y también estoy esperando en

Dios que Heather Locklear sea la protagonista y que tenga que rescatarla. Estoy enfocando toda mi atención en ese dicho que dice que si deseas algo suficientemente y durante mucho tiempo...—se detuvo al ver la cara de Marco.

—Puedo soñar, ¿no?

Marco se preguntó de dónde había salido este chico.

—Eres un romántico e incurable. Combinación peligrosa —tocó la frente de Luis—. ¿No has aprendido nada? Actrices. Son una especie distinta al resto de la humanidad, según me dicen. No, gracias.

—Pero es una especie muy agradable que nunca recibe los halagos merecidos. Yo me sacrifico para investigar la especie —se hizo a un lado para evitar que Marco le pegara en el pecho—. Y hablando de agradable. ¿Qué tal la señorita Flores este fin de semana?

Marco miró hacia el sur; su mirada siguió la costa dispareja. La casa de ella debería de estar a unos dieciséis kilómetros de ahí a vuelo de pájaro, pensó. Podría estar ahí en menos tiempo de lo que le tomaría embobinar la manguera después de un ensayo.

—Hermosa —dijo, y despejó la garganta, pasando por alto la manera en que las cejas de Luis hacían cosas raras—. Nada más le pegué con el martillo una sola vez al dedo gordo. Ella me puso una venda a pesar de estar con un amigo.

No agregó que los había escuchado hablando del posible interés en él de parte de ella. De acuerdo: no tenía escrúpulos en cuanto a escuchar las pláticas ajenas.

—Entonces tienes salvación, gracias a Dios. Pero hubo competencia, ¿no?—Luis meneó la muñeca, como lo haría un director para apresurar las cosas—. ¿Yyyyyy?...

Marco tuvo que reír.

—Por lo menos ya supe su nombre de pila. Es diferente, como ella. Rubina. Rubina Flores. Rubí Flores.

Luis se ahogó con su chicle. Marco le tuvo que pegar en la espalda.

—Rubí Flores. ¿Como la actriz?— espetó cuando pudo controlar su tos.

—No. No es actriz. Espera aquí —corrió al camión, sacó su agua embotellada, regresó, y se la entregó a Luis.

—Gracias —Luis tomó un poco—. ¿Decías?

—Ella es… pues no sé exactamente qué es lo que hace, pero no puede ser actriz. Es suficientemente hermosa, pero demasiado inteligente para eso.

—No puede haber dos Rubí Flores, Marco. Demasiada coincidencia —silbó largamente—. Si es Rubí Flores, mano, está rebien. Al nivel de la Heather. Bueno, pues cerca —guiñó el ojo a Marco—. Tienes que darle su lugar si es Rubí Flores, la actriz. Es su vocación. Es buena.

—No puede ser —pero la duda se le había metido a Marco en la cabeza. Tragó en seco. Rubí Escarlata definitivamente era materia para estrella. Él disfrutaría una versión de ella de tamaño para pantalla grande cualquier día de la semana. Pero eso significaría volver a entrar en un cine. Tragó. Eso significaría tres horas que tendría que pasar allá. Miró hacia el Pacífico.

Parte de la descripción de sus responsabilidades en el trabajo incluía el enfrentarse con el horror de las víctimas, y el trauma que ningún ser humano debería sufrir jamás, y había que asumirlo como parte del trabajo. Un bombero no tenía derecho alguno de compartir ese tipo de vida, esos tipos de imágenes, con nadie que significara algo en la vida.

Si Marco tuviera que sacrificar tres horas de su autoimpuesta terapia, lo haría por Rubí Escarlata.

—¿Y cómo es ella?

Una muñequita. Con la piel color bronce y ojos increíbles de pestañas largas que le harían cosquillas en el mentón como una catarinita caminando sobre la piel desnuda de verano.

Dios, pensó, incómodo por la mirada fija de Luis. *Ya estaba perdido, y apenas conocía a la señorita Flores*. Tenía que decir algo.

—Cabello grueso, oscuro. Las mejores piernas que he visto. Jamás. Curvas que… —el cuerpo de Marco se tensó y Luis lo siguió con la mirada.

Un vehículo llegaba, acercándose rápidamente al camión de bomberos. Marco se alejó del camión, preguntándose dónde estarían las patrullas cuando idiotas como éste manejaban así en las carreteras. Empujó a Luis para quitarlo del camino, repentinamente consciente de que el conductor podría aplastarlos si no calculaba bien el momento de frenar.

El Porsche negro patinó al pararse, justo a unos pies del camión de bomberos, dispersando polvo por todos lados como algo sacado de una vieja película de vaqueros.

Todos dejaron de hablar hasta que el motor se detuvo. El grupo dio la vuelta al unísono para ver el coche, y esperaron.

Se abrió la portezuela y, antes de verlo, Marco pudo olfatear la pesada y probablemente cara colonia del hombre. Su pantalón de mezclilla era de diseñador y sus nuevas botas de vaquero seguramente jamás habían salido de la boutique de Beverly Hills donde prometían ropa auténtica de vaquero. Marco tragó el sabor amargo en la boca. No estaba ahí para juzgar, sino para trabajar.

El niño bonito posó automáticamente, tratando de pasar como si fuera tan natural para él como su bronceado de salón. Falló miserablemente, en la opinión de Marco. Tensó los músculos de sus brazos en el ángulo perfecto antes de ponerse una brillante y blanca sonrisa que carecía de calor alguno.

Marco no pudo contenerse.

—Ay, Dios —gruñó—Ése no podría ser el protagonista, ¿o sí?

Luis ni entendió el sarcasmo.

—Si, es Alex Hamilton… de verdad — murmuró Luis en su oído— Estrella de películas de acción.

Alex saludó meneando la mano hacia el grupo de bomberos y a los espectadores que se habían infiltrado silenciosamente entre ellos. Caminaban por todos lados, cubriendo la calle para ver un día de filmación. El actor estiró la mano para sacar un sobre amarillo grande de atrás del asiento del conductor.

—Gracias a todos por haber venido —su voz era grave y dulce, pero fingida. Podría ser más bien el tipo de dulce que pondría a los niños hiperactivos y que provocaría migrañas en las mamás.

Marco hasta escuchó suspiros de parte de las adolescentes que estaban a una distancia respetuosa, pero que aparentemente agonizaban por estar tan lejos de Alex. Marco vio la hora en su reloj; iba a ser el turno más largo de su carrera.

Alex se quitó las gafas de sol con armazón de plata para mostrar los ojos verdes, que definitivamente tenían que ser producto de la magia de unos lentes de contacto de color.

—Apreciamos de verdad su apoyo —gritó Alex. Echó la cabeza hacía atrás, y los mechones de cabello rubio cayeron de nuevo en su lugar sin despeinarse siquiera.

A Marco le alegró mucho descubrir las raíces oscuras en la cabeza de Alex.

—Esto no vale siquiera el pago extra —le murmuró a Luis. Gracias a Dios había traído la última novela de Mark Clements.

—¿Qué quieres decir? —respondió Luis—. ¡Esto es fantástico! —dejó de estirar el cuello para mirar a Marco de reojo—. Bueno, no porque sea yo fanático ni nada por el estilo. Por supuesto que no.

Alex había abierto su sobre y estaba regalando…¿fotos? ¿Fotos de sí mismo? A Marco le dieron ganas de vomitar.

—No hay como inflar el ego —dijo Marco.

—Algo para mostrarles mi aprecio —dijo Alex. Meneó las fotos arriba de la cabeza y hasta hubo quien aplaudiera. Se acercó al equipo de bomberos, y en pocos minutos los tenía riéndose y abrazando sus fotos como unas colegialas.

—¿Puedes creer eso? — le preguntó Marco a Luis.

—Sí. Es una estrella, por el amor de Dios, Marco. Discúlpame, mano, pero voy a buscar una foto, para mi mamá —saludó militarmente a Marco. Sonriendo, corrió hacia el grupo.

Dejó a Marco apoyado contra el camión de nuevo. Solo. Marco rió en voz alta. Luis había puesto las cosas en perspectiva de una manera que él mismo no podría hacer, por terco. En cada cabeza hay un mundo diferente, pensó, observando lo que hacía Alex. Alex cabía perfectamente en Hollywood. Y él cabía perfectamente aquí mismo.

El camión de bomberos soportaba fuerte y seguramente su espalda. Ésta era su vida. Viviría y moriría en este puesto. Era todo lo que quería, eso, y divertirse un poco entre turnos.

Tenía que dejar de tomar las cosas tan en serio. Caminó hacia el lado del pasajero del camión, y se trepó hasta atrás para revisar el equipo de primeros auxilios. Nada más lo había revisado una vez, y pudo haber dejado de notar algo importante.

—Disculpe —el tono empalagoso subió flotando, luchando por espacio aéreo con la colonia—. Creo que no le he dado las gracias personalmente —Alex le extendió una foto en blanco y negro.

Marco puso el equipo de primeros auxilios a un lado, y sacó la mano.

—Marco Carrillo, batallón veintiuno, a sus órdenes. ¿Pero a qué se debe el trato personal?

Alex cambió la foto a su mano izquierda y estrechó la mano de Marco.

—Usted es el encargado, ¿no? Un poco de relaciones públicas jamás hace daño—echó un vistazo atrás de él—. ¿Dónde está la prensa cuando se necesita?

—No sabría decirle.

Alex soltó la mano de Marco.

—Correcto. Gracias por venir, de todos modos. Por lo que me cuentan, los efectos especiales van a ser increíbles durante los próximos días. Verdaderamente intrépidos.

Me ponen un poco nervioso aunque en verdad yo ya no hago mis propias escenas peligrosas.

Observó cuidadosamente a Marco.

—Usted la haría muy bien de doble para las escenas peligrosas. ¿Lo ha pensado alguna vez? Tengo buenas conexiones.

Marco brincó del camión.

—No. Yo tengo toda la emoción que necesito aquí mismo. La lucha contra incendios hace que el negocio de dobles para escenas peligrosas parezca tranquilo.

Alex bufó y miró fijamente a los hombres de Marco. Una de sus fotos había sido convertida en avión y había caído cerca de la llanta trasera de su coche.

—Eso es obvio —dio un paso atrás y miró a Marco, y parecía que lo analizaba—. Entiendo por qué preferiría andar con una bola de imbéciles como ésos en lugar de lograr cierta fama y ganar más que un mero jornal de esclavo.

Marco cruzó los brazos para reprimir las ganas que tenía de ahorcar a Alex.

—Me caen bien mis hombres y hacemos muy bien nuestro trabajo. Para eso estamos aquí… para proteger… a tipos como usted. Aunque la mera verdad es que el mundo estaría mucho mejor con uno menos.

Los ojos de Alex se abrieron tanto que Marco pensó que se le iban a caer solos sus lentes de contacto. Marco avanzó un paso hacia él, poniendo su cara a escasos centímetros de la de Alex. Intentó reprimir el gruñido en su voz pero habría requerido más esfuerzo que el que estaba dispuesto a hacer.

—Y si alguna vez vuelve a referirse a mi equipo como imbéciles, más vale que tenga un doble para hacer su trabajo. No será muy fotogénico durante un buen rato.

—¿Me está amenazando? — espetó Alex.

—No. Nada más limítese a hacer su trabajo para que nosotros podamos hacer el nuestro.

Alex arqueó una ceja y sonrió. Había recobrado su compostura y su actitud acostumbrada.

—Siempre y cuando nos entendamos.

Mucho mejor, pensó Marco, *cuando el adversario está jugando en la misma cancha, seguro de sí mismo, sin buscar pretextos. A lo mejor los próximos días no serían tan aburridos, a pesar de todo.*

Alex tocó el pecho de Marco con el dedo índice.

—Quédese en este lado de la cerca donde debe estar hasta que lo llamen —colocó la foto sobre el asiento del pasajero del camión—. Un regalo para su novia. Yo sé que me ama entrañablemente. Salúdela de mi parte. ¿Por qué no la trae a la filmación? Sería un placer para mí conocerla. No creo que me cueste mucho trabajo dejar una grata impresión en ella después de usted.

Marco agarró el brazo de Alex cuando éste volteó para alejarse.

—Usted necesita unas lecciones de buenos modales. Las agregaré gratis al trabajar juntos.

Alex miró la mano de Marco y libró su mano con un jalón.

—No estamos trabajando juntos. Y no me trate con su mierda de superioridad. He pagado caro para llegar a donde estoy, y tuve que soportar a pedantes desgraciados como usted durante todo el camino. Ya no tengo necesidad de soportarlo.

—Eso no significa que tiene derecho a ser grosero, ¿no? —Marco se subió al compartimiento del conductor, y se sentó directamente encima de la foto—. ¿Sabe qué, Alex? Aliviánese. Le van a salir arrugas prematuras. Y sabe lo que significa eso en su negocio, ¿verdad? —Marco señaló hacia arriba—. Ya llegó la prensa. Ya le toca debutar. ¡Sonría!

Alex le hizo un gesto grosero con la mano y caminó en dirección a los reporteros. Marco se rió y sacó la foto de abajo de él. La tiró al piso del camión. *No era el tipo de hombre que le gustaría a Rubí,* pensó confiadamente. Quizás pudieran usar la foto para un juego de dardos. Él llevaría pizza y cerveza. O champaña y chocolates. Quizás pudiera convencerla de que él si era el tipo de hombre para ella.

—Por favor, Enrique. Déjame ya —Rubí arrebató el mentón del alcance de la mano de él, y levantó su propia mano para impedir que él le pusiera más rubor en las mejillas. Miró por la ventanilla de la limosina y suspiró.

—Estoy haciendo esto por ti porque te quiero, y porque sé lo importante que es para ti el primer día de filmación.

—Y te lo agradezco, mi amor —ella gimió—. No puedo creer que realmente estoy vestida y maquillada antes de las nueve de la mañana —levantó la ligera falda del vestido de raso que le había traído Enrique, cuyo color rojo hacía juego perfecto con el color de sus uñas. Realmente le encantaba el color, le gustaba su plan de publicidad, pero había querido pasar inadvertida un ratito más. Las últimas semanas en la casa de la playa habían sido como vivir en el paraíso.

Descalza y vestida de shorts todos los días, se había acostumbrado a estar sola, aunque a veces le agradaba la idea de trabajar al ritmo del martillo de Carrillo y de la serie de groserías que bruscamente interrumpía su silbar y volaban por el aire. Pensó en la expresión agradable en su cara y la sonrisa tranquila cuando lo encontraba en el portal de la casa a primera hora por las mañanas. Y la manera en que la miraban sus ojos azules, mejor dicho, la manera en que miraban a través de ella. Y como, en esos momentos, ella ya no estaría tan de mal humor, a pesar de haber tomado sólo una taza de café.

Se había acostumbrado a su manera incansable de llamarla Escarlata. Le parecía dulce y sensual al mismo tiempo, y la motivaba a buscar por el closet para usar nada más ese color cuando estuviera él por la casa. Se había vuelto tan natural para sus oídos como su presencia en su casa durante el último par de semanas.

Marco Antonio Carrillo. Pensar en él encendía en ella lo que ella describía como su "ataque MAC". Sus padres no le habían hecho ningún favor al nombrarlo así, pero él no tenía problema alguno con ello, y a ella le gustaba mucho la manera en que su nombre le rodaba sobre los labios. Su ataque MAC podría sobrevenir en estos precisos momentos con el simple sonido de su voz llamándola Escarlata. Cada vez que él se acercaba a ella, era más parecido lo que sentía al efecto de estar envuelta en llamas.

Su cercanía le había encendido dentro un fuego que ella temía mucho. Mirarlo trabajando en su casa la hacía voltearse de la ventana después de unos cuantos minutos, porque la reacción de su cuerpo era insoportablemente traicionera, aun oculto bajo la sudadera. Aun después de ser escondida bajo todas las capas que había construido desde Alex.

Rubí hizo grandes esfuerzos para concentrarse en su trabajo y en el inminente paso frenético que habría que soportar durante las próximas semanas. Le dio una palmadita a la mano de Enrique.

—De mañana en adelante me voy a poner ropa de correr o lo que sea cómodo hasta ponerme el vestuario de aquí. ¿Te parece bien?

—Sí, sí, mi amor. Lo que tú digas —Enrique apenas tocó la punta de su nariz con la brocha y luego la bajó cuando ella lo miró enojada—. Humedécete los labios. ¿Qué hacíamos cuando no existía el lápiz labial duradero?

—Me imagino que las escenas de amor eran muy sucias.

—Uno de los milagros de la tecnología moderna.

—Estás cambiando el tema, Enrique.

—¿Yo? —dijo él, mirándola con grandes ojos inocentes.

—La ropa deportiva significa…

Él suspiró profundamente y se acomodó en el asiento de piel de la limosina.

—Ya sé, ya sé, Rubí. Ni una limosina más. Te lo juro, chica, tendrás que cambiar de actitud si quieres que te tomen en serio. Acepta las prestaciones que vienen con tu trabajo y finge que te gustan. Has pagado el precio de la fama. Ahora tus fanáticos quieren verte en la opulencia.

No la convenció.

—Todavía ni tengo fanáticos, Enrique. Lo pensaré. Seguramente no lo podría hacer todo el tiempo, pero podemos llegar a un acuerdo. Luego.

—Buena chica. No te arrepentirás. Por mi parte te cuidaré muy bien. Por tu parte, nada más asegúrate de que tengas los pies firmemente plantados en el suelo.

—Tú me conoces, amor.

—Por eso te quiero —dijo él, abriendo una polvera compacta de Chanel y retocando el rubor de sus mejillas—. Tú también me mantienes centrado, Rubina.

Ella le agarró la mano, y la apretó. No la soltó. Nada más contaba con él y con su familia para apoyarla, y tenía que aferrarse más y más a ellos conforme se acercaba la fecha de la filmación con Alex.

Marco estaba centrado también, pensó. Sólido y fuerte. Si había alguien con quien quisiera estar centrada, de varias maneras, era con Marco.

Se permitió el lujo de pensar en cómo sería perderse en los brazos de él, en sentirse segura y protegida. Pensó de repente en Alex. Decidió que nadie la podía proteger tanto como ella misma. Ser cautelosa era la única manera de sobrevivir en este negocio. Simplemente era una lástima que tuviera que ser igual en las otras facetas de su vida.

—Yo sé en quién piensas — dijo Enrique con un canto infantil—. Definitivamente centrado, mi vida. Pero yo sé que no permanecerían centrados durante mucho tiempo —se abanicó—. Estarían volando.

—Ah, eres incurable —dijo ella, pero sonreía a pesar de sí misma. *Una pequeña fantasía no le hace daño a nadie—*. Pero no sucederá, Enrique, así que deja de meterme esos pensamientos en la cabeza. Me distraen.

—Tienes razón. No puedes distraerte ahora —dejó caer la polvera en una gran mochila al lado de sus pies—. Sólo recuerda te dije que Alex es tu interés amoroso en esta película, ¿no?

Ella tembló.

—Todavía estoy tratando de animarme —de repente el escenario exterior apareció en medio de la nada sobre la tierra desértica. Un oasis. Para ella, un oasis que no ofrecía consuelo alguno—. Ojalá que estuvieran aquí mis hermanos —murmuró—. O quizás no. Lastimarían físicamente a Alex y yo tendría que permanecer aún más tiempo en este lugar esperando a que se mejorara.

Enrique se rió.

—Entonces haz lo que sabes hacer bien, mi amor. Brilla. Termina con el trabajo y luego nos iremos al próximo escenario —despejó la garganta—. No dejes que Alex te sorprenda. Como publicidad, tenemos unas escenas planeadas para ustedes dos que le van a encantar a la prensa.

—Me besará, ¿verdad? Carajo, Enrique. Quien sea menos Alex —Rubí suspiró profundamente.

—Perdón, mi hija. Es cosa del negocio.

—Tienes la suerte de que soy buena actriz —sonrió débilmente. —¡Negocio!

La limosina dio la vuelta hacia otra calle. Camiones de carga y de bomberos, remolques y docenas de coches aparecieron en el horizonte. Mucha gente caminaba por un pedazo del camino que corría a todo lo largo del escenario. Rubí dudaba que las pocas plantas apreciaran la invasión. Era indudable que los efectos especiales pirotécnicos cambiarían la composición de la tierra.

Se fijó en los camiones de bomberos, y agradeció su presencia. La directora había decidido hacer esta escena primero para salir de ella, y entonces seguir a escenarios exteriores más lujosos en el verdadero centro y en el Rancho Santa Fe.

Les llevaría un par de días filmar los efectos especiales. Resultaba que también era la escena de mayor tensión sexual entre Alex y ella. No acababa de entender del todo como ellos dos podrían mirarse a los ojos con lujuria al mismo tiempo que los villanos destruían la ciudad detrás de ellos. Pero no tenía que entender. Lo único que necesitaba era hacerlo creíble para el público, y estaba obligada y resuelta a lograr eso.

Aspiró profundamente ante la vista del Porsche Carrera negro de Alex. *Desgraciado,* pensó.

Enrique se inclinó hacia ella para ver por su ventanilla.

—Qué bueno. Ahí está la prensa. Admiradores... —se dirigió al conductor por el intercom—. Estaciónese atrás del Porsche. Rubí necesita caminar rodeada de la gente para relajarse.

El conductor asintió con la cabeza y levantó la mano en señal de asentimiento.

—Se trata de una conferencia de prensa instantánea, amor. Tómate tu tiempo al caminar por la valla, contesta las preguntas que puedas, firma algunos autógrafos y besa algunos bebés—le pasó un brazo por los hombros y la acercó hacia él—. Mi hija, serás la próxima Marilyn Monroe, pero con una elegancia exótica. Los Estados Unidos claman por un nuevo símbolo sexual, y tú, mi amor, lo vas a ser, así sea lo último que yo haga.

Se cambió al otro asiento frente a ella. Tamborileando los dedos sobre sus labios, la estudiaba como si la tuviera bajo un microscopio. Ella se retorció en su asiento.

—Nada más no vayas a exagerar, Enrique —le dijo, meneando un dedo en dirección a él.

—¿Quién? ¿Yo?

—Tú.

Ella nada más quería dedicarse a actuar, pero al mismo tiempo, podía comprender las tácticas promocionales de Enrique. ¿Cómo iba a triunfar en Hollywood sin la publicidad adecuada? Ella podía contar con que él le daría la preparación necesaria para ello, podía confiar en él para hacer lo idóneo para ella y para su carrera, pero eso no significaba que ello le tenía que agradar.

La limosina se detuvo, estacionándose atrás del Porsche. Enrique agarró las dos manos de ella, y la atrajo hacia él.

—Mi vida, ¡qué comience el espectáculo! —le dio un besito en la mejilla—. ¡Qué triunfes!

El conductor abrió la portezuela de la limosina. Rubí respiró profundamente, se persignó y guiñó un ojo en dirección a Enrique. Alisó su cabello y luego su vestido, mientras la adrenalina corría por su cuerpo.

Se paró por un momento justo fuera de la portezuela, momentáneamente cegada por los reflectores de las cámaras. La suave brisa la despeinó. *Era demasiado temprano para todo eso,* pensó. Miró en dirección a los remolques que parecían demasiado lejos de ella. La directora y el productor estaban absortos ahí en la plática, pero levantaron la vista al escuchar todo el alboroto. Agitaron las manos en son de saludo.

Ella les devolvió el saludo, inundada de alivio al verlos, su temor convertido en emoción al pensar en el guión. Era una oportunidad increíble para ella, y el guión era divertido y emocionante. Sería la mejor actuación de su vida, a pesar de tener a Alex como co-estrella.

—¿Ya se reconciliaron Alex y tú? —un micrófono apareció cerca de su boca.

—¿Qué opinas respecto a la directora?

—¿Y qué opinas de los ecologistas que supuestamente van a protestar que filmen aquí?

Ella trató de sonreír.

—Gracias por venir—respondió—. Me agrada estar aquí. La directora y el productor son de los mejores en el mundo del espectáculo. Alex Hamilton es un colega muy talentoso. Trabajamos muy bien juntos. Haremos esta escena con toda la premura posible para salir de este lugar tan precioso. Nuestros bomberos locales se encuentran presentes para prevenir que nuestras actividades dañen la flora y la fauna más de lo absolutamente necesario. Espero que disfruten esta película de acción tanto como yo. Ya tengo que trabajar.

Enrique levantó los dos dedos pulgares en aprobación y ella empezó a caminar, firmando autógrafos durante la trayectoria a los remolques. Se reía y sonreía con cada persona que veía, pensando que realmente quería a sus admiradores. *Sin embargo, la prensa...*

—Rubina, mi hija.

Rubí se paró en seco, buscando entre la mar de rostros hasta encontrar a su madre.

—¡Mamá!

Su madre estaba parada atrás del gentío, vestida de un traje pantalón blanco de seda, con sus grandes aretes de plata que brillaban y contrastaban con su cabello corto y oscuro. Las pulseras de plata que portaba en las muñecas tintineaban al mover la mano para saludar a su hija.

—Con su permiso, por favor —dijo Rubina—. Sus admiradores le hicieron valla para dejarla pasar. Abrazó a su madre, quien también la abrazó fuertemente—. Gracias por venir, Mamá.

—No me lo perdería por nada en el mundo, mi cielo. Te traje unas tortillas y papitas hechas en casa, porque sé cuanto te gustan mis papitas.

—Mamá, tengo que casi desnudarme en esta película. Debería limitarme a comer ensaladas durante el rodaje —gruñó Rubí.

—No el primer día. Es mala suerte romper con la tradición. Y empezamos esto hace diez años. No voy a cambiarlo, especialmente cuando te está yendo de maravilla—su madre rechazó sus protestas agitando la mano. Luego entrelazó su brazo con él de Rubí—. Una sola tortillita no te hará daño —una expresión de duda apareció en su rostro—. Sigues corriendo, ¿verdad?

—Claro. Es parte de mi rutina, como cepillarme los dientes. Y vale la pena cuando así puedo comer tu comida.

—Gracias, mi vida —respiró hondo—. Y ya prendí una vela en tu remolque, aunque esta vez casi no me dejaron entrar —en su tono se notó su indignación—. Y vas a necesitar todos los mejores deseos posibles con ese hombre en el escenario contigo.

—Le diré a Enrique que te saque un pase, mamá. Y por favor no te preocupes por Alex. Estoy bien. Nada más estamos trabajando juntos.

—Y si lo agarro apenas mirándote chueco…

—No lo hará, mamá —Rubí miró de reojo hacia la ambulancia y los camiones de bomberos al otro lado. Algunos de los bomberos caminaron hacia ella—. Espera tantito, Mamá —Rubí se acercó a los bomberos—. Gracias por estar aquí —les dijo, estrechando la mano de cada uno de ellos.

Mirando más allá de donde estaban ellos, descubrió a un bombero que se había quedado atrás, apoyado contra el camión. Él tenía los brazos cruzados sobre su pecho, apretados y tensos. Rubí se quedó pasmada, y sostuvo la mano del bombero que estaba frente a ella.

—¿Marco?

El bombero miró sobre su hombro.

—Sí, es Marco Carrillo. ¿Usted lo conoce?

—Pensé que lo conocía —murmuró Rubí—. Con permiso —arrebató su mano de la del bombero, fue a la acera, y tentativamente levantó la mano para saludar—. ¡Marco!

Rubí escuchó unos pasos tras ella. Los murmullos sonaban como el zumbido de un enjambre de abejas en un día caluroso; pero estaban amortiguados por su concentración en Marco y el gesto enfurecido en el rostro de él, gesto que se hizo más pronunciado cuando él se enderezó. Sus ojos se entrecerraron al reconocerla, pronunciando su nombre en silencio.

Él comenzó a caminar hacia ella, pero se quedó paralizado a la mitad de la calle, justo cuando Rubí sintió un brazo que la agarró por la cintura y la hizo girar. Antes de que ella pudiera volver a pronunciar el nombre de Marco, los labios de Alex presionaron contra los de ella, exigentemente empujándola hacia atrás. Los brazos de Rubí volaron y tuvo que aferrarse al cuello de él para no perder el equilibrio. Cerró los ojos, pero todavía podía ver la imagen del rostro colérico de Marco que se acercaba hacia ella.

Golpeó a Alex en el pecho, tratando de librarse de él. Finalmente abrió la boca.

—Alex, ¡Quítate!— dijo enojada.

—Sígueme la corriente, Rubí. A la prensa le encanta. Hacemos buena pareja —rió Alex en su oído.

—¿Rubina? —ella captó la preocupación en la voz de su madre.

Alex bajó la cara de nuevo.

—No, Alex. Ahora no —lo empujó por el pecho.

De repente algo arrancó el brazo que la tenía tomada de la cintura.

—"No" significa "no", imbécil —la voz de Marco se convirtió en un grave gruñido dirigido nada más a Alex, pero sus palabras fueron escuchadas por la gente que los rodeaba.

—¿Con que otra vez tú? — rió Alex, librándose de Marco—. Rubí y yo estamos juntos desde hace mucho tiempo. A ella le encanta todo esto —se acercó al oído de Marco—. No es tan inocente como parece. Es producto de Hollywood, recuérdalo. Yo te puedo contar mucho de ella.

—Alex. Sin más mentiras. Me exprimiste una vez. No me lo vas a volver a hacer—Rubí luchó contra el ardor de las lágrimas.

Alex se acercó a ella de nuevo. Marco siguió a su lado.

—Oye, mamacita, aliviánate. Yo sé que has estado sufriendo como colegiala con el corazón destruido. Yo te vuelvo a aceptar.

—¿Tú me vuelves a aceptar? ¿Tú vuelves a aceptarme a mí? Yo no sé que clase de drogas has tomado, pero te has vuelto loco. No quiero tener absolutamente nada que ver contigo.

Él dejó caer una mano pesadamente sobre el hombro de ella.

—Dame otra oportunidad—dijo suavemente—. Yo puedo romper esa máscara tuya de reina de hielo, igual que lo hice con tu virgini...

—¡Cállate!— jadeó Rubí.

Marco agarró el brazo de Alex.

—Ya basta. Un poco de educación, hombre—le dijo en voz baja.

Éste miró a Marco con ojos sin expresión.

—Ella era tan sabrosa —dijo Alex acercándose al oído de Marco—. ¿Has saboreado su...?

Marco soltó un puñetazo.

—¡No, Marco! —agitando la cabeza, Rubí levantó una mano para contenerlo.

Éste pareció moverse en cámara lenta, pero era demasiado tarde. Su puño llevaba demasiado impulso é hizo contacto directo con la mandíbula de Alex.

El estallido demoledor de piel contra piel llenó los oídos de Rubí, quien levantó las manos y se cubrió la boca abierta.

Alex abrió dilatadamente sus verdes ojos, incrédulo, buscando alguna explicación en la cara de ella.

Cayó al suelo con el golpe más fuerte que Rubí había oído en su vida.

CAPÍTULO SEIS

Marco saltó sobre el cuerpo tirado de Alex, sin ver nada aparte de la expresión turbulenta en el rostro de Rubí. Miró brevemente tras sí, esperando en Dios que la mirada iracunda de ella fuera dirigida a alguien más, y no a él. No era así.

Él se encogió de hombros y se acercó a ella de todos modos.

—¿Estás bien? —tomó la suave mano de ella entre las suyas—. ¿Te lastimó?

Voltearon hacia el chismorreo que había comenzado de nuevo. Alex se sentó, aturdido. Una mujer joven y guapa llegó a empujones hasta adelante de la muchedumbre. Se dejó caer de rodillas al lado de Alex, desfajando la blusa del pantalón y con ella limpió suavemente la cara de él.

Las luces de las cámaras tanto de los reporteros como de los admiradores destellaron de nuevo. Alex se sobaba la mandíbula, aprovechando el momento al máximo.

Ni siquiera le pegué tan duro, pensó Marco, *definitivamente no tan duro como para provocar ni hinchazón ni moretones.* Pero si volvía a intentar algo con Rubí, lo dejaría cubierto de moretones antes de que pudiera caer de nuevo al suelo.

Rubí arrebató su mano de las de Marco.

—¿Cómo se te ocurrió hacer semejante cosa?

—Pensé que te estaba lastimando y que me necesitabas.

Ella se detuvo; sus ojos se abrieron con asombro.

—Era un truco publicitario —susurró—. Nada más me tomó por sorpresa. No tuviste ningún derecho a intervenir.

—A mí no me pareció que quisieras que lo hiciera. Tuve todo el derecho de entrometerme.

Ella miró rápidamente a Alex, y sus labios formaron una severa línea.

—No te metas, ¿me oyes? No necesito que ni tú ni nadie me rescate —levantó el mentón como solía hacerlo cuando estaba alrededor de él, pero había un temblorcito en su voz que lo hizo seguir la dirección de su mirada.

No, Dios mío. No Rubí con ese patán.

La idea le revolvía el estómago. Si pudiera abrazarla durante sólo un minuto, la haría olvidar todo lo que le pudo haber hecho Alex para hacerla convertirse en una mujer tan cautelosa.

—Palabras fuertes para una mujer fuerte, Rubí Escarlata —susurró—, pero estás hablando conmigo, dulce mujer, no con esa cosa —volteó la cabeza hacia Alex. Rozó la mejilla de ella con su dedo pulgar, tentado a besar sus labios rojos para tranquilizar el temor en ella que los hacía temblar aún, y que hacía que sus palabras siguieran temblorosas e inseguras—. Te conozco mejor que lo que tú crees.

Ella levantó la vista y lo miró a los ojos durante tanto rato que toda la gente alrededor de ellos se desvaneció en una mancha borrosa. Él apenas pudo tragar saliva, pero estaba casi acostumbrado a esa sensación cada vez que se acercaba a Rubí. Logró tomarle la mano nuevamente. Los dedos de ella se relajaron entre los de él, y sintió que el calor de ella invadía su palma.

—Usted no me conoce en lo mínimo, señor Carrillo —dijo ella con tono cortante. Empezó a contar con los dedos—. ¿Se da cuenta de que ésta es mi vida la mayor parte del tiempo, y no lo que ha visto en la playa? ¿Sabía usted que fui a ver *Vaselina* quince veces, esperando que algún día pudiera actuar como co-estrella de John Travolta? ¿Sabía usted que me gusta el chocolate Ibarra caliente tanto como me gusta el champaña? ¿Sabía usted que lloro cada vez que veo un comercial de Kodak o cuando escucho a Will Smith cantando su canción a su hijo de cinco años? ¿Sabía usted que podría ver programas de *Yo amo a Lucy* uno tras otro, y reírme con cada uno de ellos? ¿Sabía usted que me encantaría tener una Harley o aprender a surfear, pero que no puedo por una razón perfectamente válida?

—Me pasé, ¿verdad?— dijo ella antes de desviar la vista.

Marco dio la vuelta para enfrentarla de nuevo.

—No. Pero si me diera tiempo, aprendería esas y más cosas de usted. Quiero saberlas, Escarlata. No se puede saber de toda una vida en unas cuantas horas. No es justo para ninguno de los dos.

Alex venía acercándose como buitre al acecho. Marco levantó la mano para impedirle acercase, pero Alex no hizo caso. La gente se hizo para atrás, y guardó una distancia respetuosa del trío.

Marco instintivamente acercó a Rubí más a él, apretando su mano con más firmeza. Bajó la voz.

—Sé que tienes que trabajar con Rubí. Pero más te vale que te comportes con toda propiedad alrededor de ella.

Alex sonrió.

—Mira, mira, Rubí. ¿Detecto algo entre tú y la servidumbre?

Marco se tensó y suavemente dejó caer la mano de Rubí.

—Modales, hombre —dijo a regañadientes. Se forzó a mantener las manos a sus lados, pero de todos modos apretó los puños.

Rubí se interpuso entre los dos.

—¡Caramba! Todavía no te queda bien portarte como patán, Alex. ¿No te cansas de ti mismo?

Preguntándose a sí misma por qué había malgastado tanto tiempo con el tipo, amonestó con un dedo primero a Alex y luego a Marco.

—Compórtense los dos. Esto es trabajo, y nada más que trabajo.

Una mujer alta y bien vestida se metió a la fuerza entre Marco y Alex para abrazar a Rubí.

—Rubina, mi hija. ¿Estás bien?

Su piel color caramelo brillaba como la de Rubí. Dio un paso hacia atrás y quitó el cabello de la cara de Rubí.

—Estoy bien, mamá. ¿Te acuerdas de Alex?

Los ojos oscuros de su madre se entrecerraron al voltear para enfrentarse con Alex. Marco observó con interés, mientras la caída repentina de la temperatura lo dejó helado.

—Sabía que algo olía muy mal —dijo la madre de Rubí, haciendo caso omiso de la mano extendida de Alex—. Lastima de nuevo a mi hija, y vivirás para arrepentirte.

—Señora Flores. Siempre es un placer —él colocó su brazo alrededor del hombro de Rubí—. Rubí y yo nos entendemos. ¿Correcto, Rubí?

—Así es, Alex — dijo Rubí, mirándolo con desprecio antes de sonreír ampliamente. Otra cámara relampagueó.

Su madre observó a Marco de arriba para abajo.

—¿Y este caballero?

Alex bufó, pero las miradas despectivas de la mujer lo callaron.

Marco dio un paso adelante e hizo una reverencia, tomando las presentaciones por cuenta propia.

—Marco Carrillo, señora Flores. Soy amigo de Rubí.

La madre de Rubí tocó el gafete prendido al bolsillo de su camisa.

—¿Un amigo bombero? Agradable. Sólido. Una profesión ruda para hombres fuertes. Gracias, mi hijo. Llegaste en auxilio de mi hija como un verdadero caballero.

—Mamá, yo no necesitaba auxilio —interrumpió Rubí.

—Rubí, ¿le diste las gracias al caballero?

—Yo...yo... —ella volteó hacia Marco—. Gracias. Ahora, mamá, ¿me ibas a ayudar en mi remolque? ¿Podrías esperarme ahí?

—Claro, mi hija. Estoy en camino —besó la mejilla de Rubí, echó una mirada odiosa hacia Alex, y acarició el brazo de Marco antes de desaparecer entre la multitud.

Rubí volteó para seguir a su madre, y luego se detuvo.

Marco y Alex estaba parados, los dos con los brazos cruzados y sus pies firmemente plantados en el suelo. Ninguno de los dos quería ser el primero en alejarse.

Rubí apretó los dientes.

—¿Podemos limitarnos a trabajar y dejar que muera por la paz esta escena tan denigrante?— los conminó.

Alex y Marco se miraron un momento más. Alex extendió la mano hacia Marco.

—Se me olvidó darle las gracias. Buen tino, viejo.

Marco aceptó la mano desganadamente.

La sonrisa de Alex volvió a su rostro cuando las cámaras se apresuraron a captar el apretón de manos.

Alex se inclinó entre Rubí y Marco.

—La publicidad es publicidad, así que le doy las gracias por ello. Esto será provechoso —volteó hacia Marco—. Pero si vuelve a ponerme una mano encima, señor Carrillo, le caeré con una demanda civil tan rápido, que preferirá mil veces estar en medio de un incendio infernal a estar en esta locación.

Se enderezó y le dio una palmada amigablemente a Marco en la espalda, luego rió, saludando a la gente con un gesto de la mano. Deambuló hacia los remolques como si estuviera caminando entre la valla de admiradores en la presentación de los Premios de la Academia.

Marco miró alrededor suyo. Una mar de caras los miraba, pendiente de cada palabra suya, de cada uno de sus movimientos. ¿Todavía destellaban los reflectores de las cámaras?

Vio a Luis. La expresión de incredulidad en el rostro de su hermano volvió a Marco a la realidad.

—Deja que te acompañe a tu remolque, Escarlata —la jaló de su mano hasta que ella empezó a caminar a su paso.

Ella dio la vuelta para ir a su remolque, y caminó en silencio hasta que él ya no aguantaba más.

—¿Alex y tú? Mi vida, ¿pero cómo pudiste?

Rubí se tensó, tratando de retirar la mano, pero él la sujetó.

—La gente comete errores, Marco. Y debemos aprender de los errores.

—¿Y qué aprendiste?

Sus dedos se tensaron contra él. Lo miró de reojo.

—Que no puedes confiar en nadie —susurró.

Él luchó contra el deseo de abrazarla por los hombros.

—Excelente. Sales con un desgraciado de Hollywood. Y resulta que todos los hombres son escoria humana y no puedes confiar en ninguno. ¿Incluso yo?

Se pararon frente a su remolque. Ella colocó las manos sobre sus caderas.

—Dime si debo lanzarme y confiar en ti. ¿Cuándo pensabas decirme que eres bombero? ¿Y qué has estado haciendo en mi casa usando otro nombre? ¿Y alguna vez fuiste técnico de reparaciones? ¿Exactamente qué y quién eres, Marco Antonio Carrillo?

El fuego en los ojos de ella resplandeció, y su enojo acaloró a Marco, y alimentando sus propias frustraciones.

—¿Y cuándo me dijiste que eras una actriz mundialmente famosa?

—No te dije que no lo era —ella irguió la cabeza.

Era cierto, ella no lo había negado. Era simplemente que nunca habían hablado de sus trabajos. ¿Tenía importancia? Marco había disfrutado cada detalle que había aprendido de ella.

—Es una excusa medio débil, Escarlata.

—Entonces, ¿qué demonios debo decir? Gracias por el pan dulce, y a propósito, ¿viste mi última película? —reclamó ella, manoteando el aire.

—¿Por qué no? ¿Por qué carajos no?

—Porque me tratarías diferente —espetó Rubí—. No quiero que lo que yo hago para ganarme la vida me impida tener una vida personal —se mordió el labio y le dio la espalda a Marco.

—Ah, no —la volteó para verla a la cara, y la sujetó por los hombros, mirándola con expresión de asombro—. Dios mío, mujer. Me gustas. ¿No lo sabes? No. Tienes razón. No tienes razón alguna para creerme cuando no fui totalmente honesto contigo.

Le tomó los hombros fugazmente y luego la soltó.

—Tuve que encontrar la manera de acercarme a ti o no me habrías dado oportunidad alguna de conocerte.

Rubí se asomó por la ventana del remolque, y luego vio su reloj. Su madre estaba mirando a hurtadillas entre las cortinas.

—Me quedan quince minutos para estar vestida y lista en el escenario — su voz se convirtió en susurro.

—Perfecto. Entonces hazlo —él se forzó a meter las manos en los bolsillos del pantalón, sin atreverse a confiar en sí mismo cuando lo que quería era abrazarla y hacerla escucharlo.

Rubí subió los tres escalones lentamente, y volteó al llegar al último. Con una mano atrás, agarró la manecilla de la puerta.

—Marco, yo…

Él quería sentarla sobre la Harley tras él y largarse por la costa, lejos de todo esto, para explicarle. No soportaba ver el dolor que él había hecho surgir en los ojos de ella. La había engañado, y ante los ojos de ella, él era probablemente igual que el desgraciado de Alex.

—Rubí, podrías, por favor…

—No. Por favor, vete —ella sacudió la cabeza con firmeza.

Ella cruzó el umbral, y cerró suavemente la puerta tras de sí.

Rubí miró por la ventana a través de la cortina demasiado adornada, respirando hondo pero cortado. No lloraría. No se lo permitiría. Había estado a punto de hacer el ridículo con Marco, pensó.

Y él también había mentido. ¿No le había enseñado nada absolutamente Alex respecto a los hombres?

Mirar a Marco ahora le dolía. No tenía tiempo para las penas que trae el amor.

Marco pateaba la tierra a sus pies. El polvo volaba hacia arriba y luego volvía a caer sobre sus botas negras de trabajo y las moteaba. Sin previo aviso, él brincó a los escalones que daban a la puerta de ella, moviendo el remolque con su peso y su movimiento.

Golpeó fuertemente la puerta, lo cual hizo que Rubí brincara y se alejara de la ventana.

—Rubí, ¡abre la puerta! Por favor.

Rubí se apresuró a bajar la cremallera de su vestido, y éste cayó a sus pies.

—¡No puedo! —gritó—. ¡Estoy desnuda! Me estoy vistiendo.

—Por el amor de Dios, Rubí. Te he visto en el bikini más chiquito conocido en la historia de la humanidad. ¡Abre!

Así que él se había fijado en su traje de baño en la casa de la playa. Chistoso. Sus ojos jamás se habían desviado de los de ella. Él jamás había demostrado siquiera darse cuenta.

—No puedo, Marco. No es un buen momento.

Su madre salió del vestidor.

—¿Qué es lo que pasa? —preguntó en voz baja.

—Nada —le contestó Rubí susurrando—. Ayúdame, por favor —Rubí señaló el traje sastre y la blusa blanca escotada que estaban colgados al final de la barra. Sobre el traje había una tarjeta grande marcada con el número uno, indicando que era el primer traje del vestuario del día.

Su madre lo desenganchó, quitando el número, y la ayudó a ponérselo. Rubí miró hacia el vestidor donde su estilista y su maquillista estaban platicando en voz baja.

—Está bien. ¿Cuándo sería un buen momento? Tenemos que hablar— gritó Marco.

—Voy a estar filmando durante tres semanas, Marco — se puso el saco del traje, metiendo los pies en unos zapatos negros con tacones de diez centímetros.

—No te burles de mí, Rubí. Tienes que regresar a casa a dormir. No trabajas veinticuatro horas al día —volvió a tocar a la puerta—. Me estoy cansando de hablarte a través de esta puerta.

—Te llamaré más tarde, ¿está bien, Marco?

—¿Hoy?

—Hoy por la noche.

—¿Palabra de honor?

Ella suspiró y se desplomó contra la puerta.

—¡Sí! —le gritó a Marco.

Él bajó la voz, y ella lo pudo casi ver cuando apoyó la frente contra la puerta.

—No fue mi intención lastimarte. Lo único que quise era que me dieras una oportunidad, Escarlata. Lo siento.

Rubí aguantó la respiración. El silencio parecía durar una eternidad. El remolque se movió de nuevo cuando Marco se bajó de las escaleras.

Ella corrió hasta la ventana y lo observó alejándose hacia el centro de mando de los bomberos, y a donde había más personas caminando por el escenario. Se desplomó en la acojinada silla de dos alas cerca de su guardarropa.

El remolque le pareció demasiado angosto de repente; su ropa, demasiado apretada. Y su vida, demasiado solitaria.

—¿Quieres hablar de él? —su madre sacó una silla plegadiza y la colocó frente a Rubí.

—No hay nada de que hablar, mamá. Es el tipo que ha estado trabajando en mi casa. Eso es todo. Rubí desvió la vista de la mirada conocedora de su madre e hizo una señal para que entraran la estilista y la maquillista.

—No lo creo, mi hija. Pero estoy aquí cuando estés lista para hablar —su madre acarició la rodilla de Rubí y alcanzó el guión que estaba sobre la mesa de lado—. ¿Quieres repasar tu escena?

Rubí asintió con la cabeza.

—Tenemos cinco minutos.

El timbre del microondas sonó.

—Espera tantito, Rubina. La comida está lista.

—Mamá, por favor.

—Nada más un bocadito, mi vida. Para la suerte, ¿te acuerdas? —su madre sacó el plato del microondas, y se lo ofreció a Rubí y a las otras mujeres.

El olor exquisito de las papas picadas y sazonadas envueltas en tortillas de harina hechas en casa, al estilo de un burrito, hizo que el estómago de Rubí retumbara. Ella se dio cuenta de que tenía hambre, y estiró la mano para tomar su platillo favorito en todo el mundo. El nerviosismo del primer día le había revuelto en el estómago el único café que había tomado en todo el día, y ya estaba más que lista para comer.

Mordió el manjar y saboreó cada gramo de almidón y de carbohidratos que bailaba en su boca.

—Caray, mamá. Gracias a Dios que no me preparas éstos todos los días.

—Eres muy amable, hijita. Tú que has comido en los mejores restaurantes del mundo—la mamá de Rubí sonrió.

—No lo diría si no fuera cierto, mamá. Tu comida es la mejor. Tú eres la mejor—Rubí comió otro gran bocado de la tortilla.

—¿Lista para ensayar un poco?

Rubí asintió con la cabeza.

—Vamos a darle duro —cerró los ojos y dejó que la voz de su madre la envolviera, que la llenara, y ella automáticamente respondía con las palabras de su personaje. Las otras mujeres cayeron en el reconfortante ritmo.

El cepillo se deslizaba por su cabello, jalándolo de vez en cuando, especialmente en la base de su cuello. Los mechones ahí tendían a rizarse demasiado— una protesta contra el cabello ondulado que caía sobre sus hombros. Era polvoreada con una suave borla redondeada, con una presión constante sobre su rostro.

Ella encontró consuelo en los movimientos repetidos, y en la presencia de su madre. Pero el relajarse también le evocó imágenes de Marco.

Marco la había sorprendido; la había desequilibrado al venir en su auxilio. Él debía haber intuido su pánico cuando Alex la agarró. Si Enrique le hubiera advertido sobre la posibilidad de tener que besar a Alex como truco publicitario, ella habría podido manejarlo perfectamente bien. Pero sin advertencia alguna, había sido un caos.

Marco había puesto fácilmente a Alex en su lugar, pero había hecho lo mismo con ella también. No le gustó el hecho de que en un solo movimiento, su mano se hubiera perdido en la mano de Marco. Ella había estado a punto de perderse en el tamaño y la fuerza de la mano de él. Sentirse tan vulnerable le era inaceptable.

La voz de su madre continuaba escuchándose, pero Rubí no estaba lista para abrir los ojos. De ser totalmente honesta consigo misma, la otra cara de la moneda era que le había gustado la sensación de la mano de Marco. Le había gustado demasiado. Fuerte y cálida. Sonrió.

—¡Rubina!

Ese tono brusco no estaba en ninguna parte del guión. Sus ojos se abrieron de inmediato. Su madre y las dos mujeres la estaban mirando. ¿Cuándo habían dejado de peinarla y maquillarla?

—¿Sí? —preguntó Rubina inocentemente. Miró el burrito a medio comer en su mano, y el calor le subió a la cara.

—¿Qué te ha pasado?

—Perdón, Mamá. Debo haberme quedado dormida.

—Bueno, nena, más vale que te despiertes. Ya son las nueve.

Rubí brincó de la silla.

—¡Ay, mamá! Tu sabes que no me gusta llegar tarde. ¿Por qué no me despertaste? Dejó la tortilla sobre la mesa y alisó su traje.

Su madre arqueó una ceja y se cruzó de brazos.

—Perdón, ¿mi amor?

—Discúlpame de nuevo, mamá. No es tu trabajo —Rubí la besó en la mejilla. Viéndose en el espejo cerca de la puerta, Rubí revisó su lápiz labial. Enrique tenía razón. ¿Qué hacían antes del lápiz labial de larga duración?

Volteó hacia las dos mujeres.

—Gracias. Ustedes dos tienen el toque mágico.

Les tiró besos, tomó la mano de su madre, y abrió la puerta.

—Vienes conmigo, ¿no?

—Durante un rato, Rubí. Tus hermanos vienen a cenar otra vez. ¿Por qué no vienes?

—Hoy no, mamá. Gracias, de todos modos —Rubí la jaló con ella hasta la silla de la directora en medio del escenario—. Presiento que va a ser un día muy largo.

Llegaron rápidamente, serpenteando por el laberinto de remolques, camiones y servicios de comedor. Varios miembros del equipo, con quienes Rubí había trabajado antes, la llamaban por nombre y la saludaban al pasar.

Rubí les presentó a su madre a algunas personas y se separó de ella para saludar a otros actores que estarían en esa escena. No hacía tanto que ella había estado exactamente donde estaban ellos. Recordaba la emoción abrumadora de estar en una escenografía de gran película. Cuando las estrellas no les hacían caso, se sentían como abandonados en aguas invadidas por tiburones. El sentirse parte de un equipo, en cambio, los hacía trabajar más rápido y más tranquilamente.

Rubí quería que esta escena con Alex en especial saliera lo más rápidamente posible, pero no lo veía en ninguna parte.

Fue a hablar con la directora.

—¿No ha llegado Alex aún? —preguntó Rubí, aunque ya supiera la respuesta.

La mujer parada cerca de la silla de la directora miró su reloj.

—Todavía no —tamborileaba con el guión que tenía en las manos sobre el descansabrazo de la silla—. Quiere hacer otra entrada triunfal. Como si no fuera suficiente una sola —miró a Rubí—. ¿Estás bien?

—Perfectamente. Gracias por preguntar.

—Qué bueno —la directora se llevó un megáfono a la boca—. Escuchen todos. Bienvenidos a San Diego. Estaremos en esta locación durante tres días nada más. Menos, si podemos lograrlo. Explicaré donde los quiero en esta escena, y luego los hombres de la pirotecnia les explicarán que es lo que pueden esperar.

Señaló al centro de San Diego que había aparecido en el terreno tras ellos. Aunque la mayor parte de los efectos especiales fueran computarizados, a veces quedaba mejor hacer explotar cosas en locación.

El contrato de Rubí ya prohibía que ella hiciera sus propias escenas peligrosas. Esto era lo más cercano que podía llegar a sentir aquella increíble emoción en su trabajo. A veces extrañaba el poder ensuciarse las manos de verdad.

—Ensayen veinte minutos y luego empezaremos a rodar— dijo la directora.

Se dispersó la gente. Casi todos se dirigieron hacia el otro extremo del escenario, a casi un kilómetro de donde habían estado parados. Rubí meneó la mano hacia su madre, quien estaba al frente de la gente, platicando animadamente con una joven que estaba a su lado. Debería haber dicho algo chistoso, porque las dos rieron.

Rubí sonrió. Su madre tenía el don de poder poner a la gente tan a gusto que cualquiera le diría la historia de su vida en la cola de un supermercado durante los cinco minutos que tardaban en llegar a la caja.

Rubí se puso seria. Marco no sabía nada de ella. Si él pensaba que ella era débil y sumisa, estaba muy equivocado. Ella no hacía todas las cosas intrépidas que hacía él, pero eso no significaba que Rubí fuera aguafiestas tampoco.

Ella miró alrededor del escenario y respiró el aire de la mañana, que se hacía más húmedo con el paso de cada minuto. Cerrando los ojos, todavía podía oler el mar, aunque la fragancia de las plantas de manzanita y eucaliptos lo cubría dada la ligera brisa que soplaba. Estaba en casa, pensaba, y estaba a gusto.

También era su profesión. Abrió los ojos, y buscó a Marco. No era fácil perderlo de vista, porque les sacaba a los demás bomberos por lo menos una cabeza de altura. Al lado este del escenario, los bomberos hacían valla para los expertos en la pirotecnia.

Ella esperaba que las escenas peligrosas no fueran programadas sino hasta unas horas después. Observó mientras Marco iba y venía entre los expertos y sus aparatos, sin quitarles la vista de encima, atento a lo que parecían ser explicaciones de parte de ellos. Cuando Marco se agachó a revisar el cableado, la mirada de Rubí siguió la línea de su pantalón, la curva de sus nalgas, y ella tuvo que sacudir la cabeza para despejarla.

Trabajo, trabajo, trabajo. Presionó las puntas de los dedos contra sus sienes en un intento de forzar la concentración hacia la tarea del día.

—¡Los camiones! —la voz de Marco resonó desde la distancia. Estaba llamando a señas a dos bomberos para que se acercaran a él y, después de hablar con ellos brevemente, los dos corrieron hacia los camiones de bomberos y los acercaron más al grupo de pirotécnicos. Era como si la hubiera llamado a ella también.

Ella movió los pies automáticamente en dirección a él. Al verlo en su elemento, de repente se sintió intrigada mucho más allá de la simple curiosidad.

Era la profesión de Marco, entrelazándose aquí con la profesión de ella. Los efectos especiales pirotécnicos no serían las únicas explosiones, pensó Rubí al acercarse al grupo.

El silencio cayó sobre el grupo como una ola al pasar ella. Todas las cabezas voltearon hacia ella, y de pronto se dio cuenta de que no había planeado qué decir al llegar ahí.

Marco la miró, con las cejas arqueadas como para preguntar, "¿Qué pasa?"

Ella le sonrió, y se acercó a los otros bomberos primero.

—Quiero darles las gracias por venir hasta aquí. Me hace sentir segura saber que estamos rodeados con profesionales como ustedes. Sé que tienen cosas más importantes que hacer, así que espero que acabemos lo más pronto posible.

Se acercó a un joven que parecía una versión más joven y de estatura ligeramente más baja que Marco. Sus facciones parecían esculpidas, como las de Marco, pero su color de tez era algo así como una mezcla del color de la de Marco y del de la de ella. Sus ojos café brillaban, su boca estaba medio abierta, y parecía que había dejado de respirar.

—¿Eres pariente de Marco? —cuando él no respondió, ella preguntó: —¿Estás bien?

Él se llevó las manos a los bolsillos de su camisa.

—Sí, señora. A las dos preguntas —por fin encontró una pluma y un pedazo de papel—. ¿Podría darme su autógrafo?

—Claro, si me promete no volver a llamarme señora —entre risas, firmó el pedazo de papel y luego lo marcó con su labios para mancharlo.

Las dos medias lunas que quedaron lo dejaron pasmado de nuevo.

—Ay, Luis, deja en paz a la mujer —Marco se despegó del remolque y caminó hacia ellos.

Luis abrió los ojos asombrado.

—¿Es tu Rubí, Marco?

Marco se paró en seco; su cara redefiniendo los tonos de rojo. El silencio alrededor de ellos pareció escandaloso y la gente esperaba su respuesta.

Armándose de toda la autodisciplina posible, Rubí luchaba contra la risa. Plantó las manos firmemente sobre sus caderas y se enfrentó a Marco con la cara más seria que pudo poner.

—¿*Tu Rubí*?— dijo ella.

CAPÍTULO SIETE

—Luis no lo quiso decir como le salió —Marco buscaba a Luis, pero éste había desaparecido entre la gente que los comenzaba a rodear—. Hay una explicación muy sencilla.

Rubí avanzó hacia Marco, cerrando la polvorienta distancia entre ellos.

—Me encantaría oírla. ¿Por qué preguntaría si yo era tu Rubí, en primer lugar?

A él le gustaba como sonaba eso, aunque no parecía gustarle mucho a ella la idea. No cabía duda que Rubí Escarlata había plantado fantasías en la cabeza de él desde el momento en que se habían conocido, pero al observar su cara en este momento, sabía que tendría que guardar sus fantasías para sí mismo.

—Nada más es un decir —dijo—. Una coincidencia, más bien.

Ella se paró justo a una distancia en que la luz de sol matutino se reflejó en sus ojos, destellando como polvo de hoja de oro. Parecía una gata montés. Dorada y delgada, y lista para saltar sobre su víctima. Marco estaba parado justo en su camino, como presa fácil.

—¿Coincidencia? —su ya acostumbrado tamborileo con el pie comenzó con vehemencia. Cuando ella se cruzó de brazos, la solapa de su traje se movió, permitiéndole a Marcos una mirada fugaz de la curva superior de su seno. Había sólo cuatro botones en su saco, cuatro escasos botones, que lo separaban del mero paraíso.

Él dio un paso adelante para acercarse más a ella. Con gusto le quitaría la molestia de tener que atacar.

—Déjame explicarte, Escarlata.

Sin titubear, él le levantó el mentón. De no haber estado tan cerca de ella, dudaba que se hubiera fijado cuando ella se tensó. Por lo menos, ella merecía un reconocimiento por no tratar de esquivarlo. ¿Y quién le iba a reconocer el control de sí mismo a él? Control de sí mismo que, segundo a segundo, se perdía cada vez más en la mirada de ella.

¿Qué es lo que había estado a punto de decir?

—Alguien debería componer una canción acerca de tus ojos —su voz sonaba distante y grave, y distinta a su voz normal. Algo había invadido su cuerpo y había eliminado cualquier residuo de sentido común que le quedara. Él jamás habría hecho esto por propia voluntad—. Con un demonio, aun alguien como yo no tendría problema alguno para escribir de tus... tus ojos.

Rubí tragó en seco, y el movimiento cayó como riachuelos de fuego en cascada sobre los nudillos de él. Casi llegó a pensar que los pedacitos de curita que quedaban pegados a su dedo pulgar iban a chamuscarlo.

—Estás cambiando el tema —ella se alejó de él.

—No. Estoy preparando la respuesta —le agarró la muñeca y la jaló hacia él de nuevo—. Me gustan tus ojos. Me recuerdan a una leona.

Ella cerró los ojos durante un momento.

—Mis hermanos me decían "la gatita" cuando éramos más jóvenes. ¡Y yo que era alérgica a los gatos! Seguía esperando que los ojos se me volvieran oscuros como los de ellos. Mamá decía que yo había sacado el gene recesivo portugués. ¡Qué suerte la mía! — rió nerviosamente y se encogió de hombros.

—No —cada vibración de los movimientos de ella lo atravesaba reduciéndolo a meras astillas. Pero las astillas comenzaban a encenderse, y un fuego ardía en su estómago—. Y yo tengo el gusto de mirarte a los ojos. ¡Qué suerte la mía!

El calor ardiente que emanaba entre sus cuerpos no podía ser su imaginación. Miró por sobre el hombro de ella, hacia las montañas a treinta kilómetros al oriente, esperando ver lava fundida rezumar por los bordes de las verdes pendientes y cubrir los esparcidos peñascos. Su propio cuerpo traicionero podía acabar por fundirse, de seguir cerca de Rubí.

Rubí rompió el incómodo silencio.

—Ya nos tenemos que ir —su voz se quebrantó, pero ella no hizo intento alguno de irse.

Él movió sus dedos de abajo de su mentón para acariciar la mejilla de ella. Si tuviera que buscar la definición de sedosa en un diccionario, encontraría la descripción de su piel. Si buscaba sensual, la encontraría a ella. Si buscaba arrepentido, sería como iba a estar él.

Inesperadamente, la mano de ella le acarició el brazo derecho y se acercó a su mano. El cuerpo de él se tensó. Automáticamente se entrelazaron los dedos de ambos.

Él miró hacia abajo a sus manos entrelazadas, preparado para ver vapor surgir de ellas.

Ninguna mujer debería tener el poder para hacer esto. Ningún bombero debería sentir este tipo de calor fuera de un fuerte incendio.

Si Rubí estuviera en su vida, ¿cómo sería el tener que acudir a un llamado de emergencia? ¿Podría arriesgarse a hacerla confiar en él, si siempre existía la posibilidad de que algún día no regresara? ¿Cómo había quedado su madre con la muerte heroica de su padre?

—¿Marco?

Casi podía olvidarse de la muchedumbre que los rodeaba cuando se miraba en los ojos de ella así, cuando el poder sutil de su perfume lo rodeaba, cuando la idea de que un delgado saco pudiera desecharse con un solo movimiento de la muñeca se apoderaba de él.

—Rubí, te iba a preguntar si…

Si bajaba la mano de su cara, podría fácilmente trazar con un dedo a lo largo de su cuello, hasta la hendidura de la base. Abriendo su palma, y sus dedos extendiéndose sobre el pecho de ella, un dedo rozaría la parte superior de su seno. ¿Le palpitaría el corazón como el de él?

Siguió mirándola a los ojos hasta ver que la chispa de inseguridad se desvaneciera y se relajaba la cara de ella, borrando el fruncido que se había formado entre sus cejas. Ah, sí, aquellos ojos tenían que haber sido su boleto para Hollywood, o a cualquier parte del mundo donde ella quisiera ir. ¿Podría hacerla desear irse con él?

Una sonrisa lentamente curvó los labios color de llama de Rubí, profundizando su hoyuelo. Ella le tocó la muñeca. Su aliento se sentía caliente contra la mano de él.

—No te salgas por la tangente. ¿Qué dices del comentario de Luis?

Mirando a su derredor, Marco vio la mar de caras fluir y refluir. Como una señal, su silencio lo inundó, extinguiendo cualquier pensamiento ardiente que le quedara. Su Rubí era una actriz, ¿pero cómo soportaba estar rodeada así de gente todo el tiempo?

Desganadamente, él dejó caer su mano. Sus dedos se enfriaron sin tocar la piel caliente de ella.

—¿Realmente importa? No eres *mi* Rubí, ¿verdad?

El asombro cambió la cara de Rubí ante lo inesperado del golpe bajo que él le había lanzado. Arrebató la mano de la de él, quitándole su increíble calor. Él sintió un frío en donde su piel había sido tocada por la piel de ella. Quiso retirar las palabras, recuperar sus manos.

Ella abrió la boca como para decir algo, pero no habló. Una sombra cubrió sus facciones como antifaz. Respiró profundamente, enderezó sus hombros, y humedeció los labios.

Él era responsable por la repentina transformación de su Rubí en Rubí la actriz, ahí mismo delante de él. *Idiota. Lo único que importaba es que quería estar con Rubí*, pensó.

Rubí parpadeó rápidamente. Si había provocado sus lágrimas, él mismo le pediría a Luis que lo castigara a golpes. La obvia angustia en esos ojos incapaces de mentir hizo que se tensara aún más el nudo que Marco tenía en el estómago.

—Perdóname, Rubí. No estoy acostumbrado a todo esto.

Ella levantó la mano y le dio una palmadita en la mejilla, un poco más fuerte que lo que hubiera sido necesario. Aunque lo que él realmente necesitaba era una bofetada para volverlo a sus cabales después de haberla lastimado.

—Yo no esperaría que te acostumbraras a esto —susurró ella—, pero pensé que ya te estabas acostumbrando a mí —volteó y se encaminó de nuevo hacia el escenario.

Las voces calladas comenzaron a retumbar de nuevo. *La magia desapareció,* pensó Marco con ironía. La gente colectivamente meneaba la cabeza, regresando a sus labores.

Luis apareció de la nada, mirando ferozmente a Marco.

—No seas tonto, hermano —le dijo a regañadientes. Le pegó a Marco en la espalda, empujándolo hacia adelante.

Marco gritó antes de pensar.

—Señorita Flores, ¡por favor!

Ella encorvó los hombros como si se preparara para esquivar objetos que le lanzaran. Volteó lentamente y señaló su reloj, indicando la hora.

—Volveré en unos minutos. Quédense con los técnicos de efectos especiales y tomen nota de los objetos cableados y dónde se encuentran— le dijo Marco a su equipo.

Soplaba una tibia brisa, despeinando el largo cabello de Rubí. A él se le ponía la carne de gallina en los brazos al seguirla, y Luis seguía tras él.

—¿Trajiste a tu intérprete, Marco?

Luis se metió entre ellos, como un árbitro en una pelea de boxeo.

—Tendrá que disculpar a Marco, señorita Flores. Estoy seguro de que su cerebro está sobrecargado por tener que supervisar los efectos especiales pirotécnicos. ¿No es así, Marcos?

Marco suavemente empujó a Luis del camino. Alcanzó la mano de ella y la llevó a sus labios antes de bajarla. El calor penetró en sus dedos de nuevo.

—Mi distracción por el trabajo no es ninguna excusa por mi brusquedad. Te lo pagaré con creces.

—No hay necesidad —dijo Rubí serenamente, liberando su mano.

—Me suena como un pleito entre enamorados —dijo Luis. Puso un brazo sobre el hombro de cada uno de ellos.

Ambos lo miraron despectivamente.

—Quizás me equivoco —acarició las espaldas de los dos—. Arréglense ustedes solos. Hay que regresar al trabajo con las mentes despejadas, ¿no creen? —volteó para alejarse.

—¿Luis? —Rubí tocó el brazo del hermano de Marco—. Gracias.

Luis se apresuró para regresar con el equipo.

Marco despejó la garganta.

—En cuanto al comentario de Luis. Pensó que era demasiada coincidencia que Rubí Flores la actriz y la mujer para quien estaba yo trabajando tuvieran el mismo nombre, especialmente porque le había dicho yo cuán hermosa eres. Aún así no pensé que pudieras ser actriz. La idea de que pudieras tener fanáticos me parecía imposible. Eras demasiado normal. Eso es todo.

—¿Demasiado normal? —Rubí levantó y bajó las manos, palmas arriba, como si balanceara unas manzanas en ellas—. ¿Es un insulto o un cumplido? ¿Insulto? ¿Cumplido? —ella sacudió las mangas de su traje, evitando su mirada—. No importa.

Marco titubeó. Otra vez su maldita costumbre de meter la pata.

—Sí que importa. Y jamás sería un insulto, Escarlata. Eso nunca.

—Vamos a volver a empezar, ¿te parece? Soy Rubí y soy actriz. Doy gracias a Dios todos los días por tener esta oportunidad, que es bastante difícil que se dé, pero bastante trabajo me ha costado conseguirlo. Me encanta mi trabajo.

—Y apuesto a que eres buena —dijo Marco—. Tiene que ser bastante difícil si tienes que trabajar con tipos como Alex —Marco metió las manos en los bolsillos del pantalón—. Si ese idiota vuelve a intentar algo, házmelo saber. Yo me ocuparé de él.

—¿No has oído una sola palabra de lo que he dicho? —ella levantó los puños y los agitó por la exasperación que sentía, exhalando por entre dientes apretados—. No necesito que te ocupes de eso, de mí o de ninguna otra cosa —siguió caminando, dejándolo atrás.

—Rubí, ¿por qué no te relajas un poco? Cada vez que digo algo que te molesta, o me atacas o te alejas de mí —para reprimir el impulso de alcanzarla y así alejarla más, corrió sus dedos por el cabello—. No tienes que ser una virgen de hielo todo el tiempo, nada más porque un desgraciado como Alex te lastimó alguna vez.

Ella giró para enfrentarlo.

—¿Y quién eres tu? ¿Don Sensible? ¿No crees que me lastima que me digas "virgen de hielo"? —sus ojos parecían mostrar más enojo que dolor.

¿Le había dicho virgen de hielo? Gimió. Cuando estaba cerca de ella, no tenía control alguno sobre lo que decía, hablaba sin censura, sin sentido, enredándose con sus pensamientos. Quería que ella le tuviera confianza. Y quería protegerla de tipos como Alex.

Si le fuera a decir eso, ella lo mandaría a sacar de la filmación. Alex seguramente se aprovecharía de la situación y de alguna manera volvería reptando a sus pies cuando ella menos lo esperara.

—Perdóname. No estoy desestimando cuánto te haya lastimado Alex, ni el tiempo que necesites para que se te olvide. Sin embargo, si puedes dejarlo en segundo plano para darle oportunidad a otra gente, las cosas saldrán bien. No todos somos como Alex. Confía en mí.

Ella tentativamente lo empujó con el dedo en varias partes del pecho. Luego arqueó la espalda, mirándolo suspicazmente.

—Así que ¿cuál de los psicoterapeutas eres tú, Masters o Johnson? ¿Y qué has hecho con Marco?

—Espera un momento… estás tratando… ¿o fue una broma?

—Bueno, pues si yo no soy Lucy Ricardo, tú tampoco eres psicoterapeuta —sus aretes de oro brillaban en la luz.

Él rió.

—De acuerdo —extendió su mano para acariciar el sedoso cabello de Rubí—. Así que sabes relajarte. Es bueno eso.

—Gracias, doctor Carrillo. ¿Y qué otro progreso hemos logrado el día de hoy?

—Mira, Escarlata, no intento ser el hombre de tus sueños. Simplemente quiero…— *Ser el hombre de tus sueños,* pensó en silencio.

—¿Nunca te han dicho que tiendes a perder el hilo del pensamiento o a cambiar el tema de la conversación al grado que de repente no tiene el menor sentido lo que dices? —Rubí bajó la mano de Marco, con mechones del cabello de ella trenzados entre los dedos entrelazados de ambos.

—Es culpa tuya —murmuró él. Apretó los dedos de ella, dejando que su calor penetrara su mano—. Jamás adivinarías que estudié la carrera de comunicaciones en la Universidad del Sur de California, ¿verdad?

—Ah, así que ya es culpa mía otra vez —un destello divertido bailó en sus ojos—. Por el amor de Dios, ¿cómo es que puede ser culpa mía?

—Es un cuento demasiado largo para contártelo ahora. Te lo explicaré hoy en la noche.

—¿Hoy en la noche? ¿No sería mejor otro día? —sus blancos dientes brillaban como perlas contra su sedosa piel color caramelo.

—No —si accedía, sabía que ella se le escaparía.

Instantáneamente desapareció la sonrisa de la cara de ella, y en ese mismo instante volvieron a fruncirse sus cejas. Por un momento, su boca formó una "o" perfecta.

—¿Así nada más?

Sus ojos estaban ejerciendo su magia en él de nuevo. Lo transportaban a los tiempos medievales; habría sido capaz de matar dragones de fuego para ella. Hoy correría por en medio de un incendio infernal contra el viento con tal de rescatarla.

Hoy en la noche tendría que rescatarse a sí mismo del fuego que ella encendía en él.

El cuello de su camiseta le apretaba más y más. Levantó la mano para aflojarlo. Era de cuello en "V", pero tiró de él de todos modos.

Al demonio con jugar a lo seguro.

—Me prometiste que me ibas a llamar por la noche.

Ella encorvó un poco los hombros y suspiró dramáticamente.

—Es cierto, ¿verdad? Y yo sí cumplo con mis promesas.

—Ah, Escarlata —se golpeó el pecho con los puños—. Ya veo que te traigo marcando el paso, lo puedo intuir. Trata de reprimir tu emoción. Mi ego ya no aguanta tanto halago.

Hablaba sólo medio en serio. Y luego ella rió. Su risa fuerte y gutural reverberó, penetrándolo como si fuera un fuego pirotécnico, iluminándolo como si hubiera sido testigo de una gran revelación.

—Ay, Marco, a veces me haces enojar, y otras veces podría besarte por hacerme sentir tan bien —ella se sonrojó visiblemente.

Él la jaló por la manga.

—Entonces, ¿por qué no lo haces?

Su respiración sofocada igualaba las palpitaciones del corazón de él.

—El deber me llama.

—No hay nada que temer, Escarlata —dijo él, tratando de convencerse a sí mismo más que a ella—. Nada más un beso. Para la suerte.

La atrajo suavemente contra él, abrazando su delgada cintura. La curva de su cadera provocó sensaciones en nervios que él jamás supo tener antes.

—Confía en mí —le susurró al oído, inhalando la fragancia a lluvia fresca que tenía su cabello—. Por favor.

—Marco, yo... —su pecho subía y bajaba más rápidamente.

—¿Qué es lo que dicen en tu negocio para la buena suerte? —inclinó la cabeza para plantarle un beso justo en el hoyuelo de su mejilla, cerca de la esquina de sus peligrosos labios—. ¡Que triunfes, Escarlata!

El aliento de ella lo calentaba, su piel lo chamuscaba. No habría noches frías de invierno con ella entre sus brazos.

Ella le puso las manos contra el pecho, dejando una marca de fuego a través de su camisa de trabajo almidonada. Levantó la cara hacia la de él. Sus labios se rozaron, luego se tocaron suavemente y se fundieron.

El beso, a pesar de su ternura, le pegó a Marco como una bola de fuego, y lo dejó sofocado. Marco había calculado mal, había perdido el equilibrio, y estaba cayéndose del precipicio de una montaña que se derrumbaba a sus pies, cayendo como en una espiral, sin malla de seguridad para romper su caída.

Se alejó de Rubí justo antes de pegar, a toda velocidad, al fondo del precipicio.

El movimiento los sorprendió a los dos. Ella se tocó los labios con los dedos y miró sus zapatos polvorientos, meneando la cabeza.

Dio un paso hacia atrás, mirándolo incrédula con los ojos muy abiertos. Sin decir palabra, volteó y caminó en dirección a la directora.

El bullicio de la actividad lenta y pesadamente invadió los oídos de Marco. Comenzó de nuevo a respirar y se pegó en la frente con la mano. Idiota. Mil veces idiota alrededor de ella.

—Eres todo un galán, hermano —Luis apareció de la nada.

—Ahora no, Luis. —Marco gimió y se frotó los ojos con las palmas de las manos.

—Fue mejor inicio de filmación que lo que habíamos esperado todos —silbó suavemente—. Tú y Rubí Flores. Ninguna mujer en tu vida durante todo este tiempo, y luego tienes que ir a agarrar a la estrella naciente más caliente en las películas. ¿Nunca has oído eso de tener que pagar el precio primero?

—Ahora no, Luis —Marco se sobaba el cuello donde había aparecido un nudo en cosa de segundos—. El trabajo. Es hora de volver a trabajar. Esto requiere el ciento por ciento de nuestra atención. Los efectos son complicados.

Sus ojos lentamente se enfocaron en el escenario a su alrededor. Aunque Rubí fuera la estrella en su condenada fantasía, este escenario era la realidad. Este era el territorio de Rubí, sin mayores complicaciones.

Se dirigió hacia las dos rampas para saltos de motocicleta, con Luis a su lado. En silencio observaron las preparaciones.

Un doble de acción, vestido de piel negra, subió por la rampa y, al salirse de ésta, tranquilamente levantó la parte anterior de la moto. Cayó suavemente sobre una rueda. Ensayarían esto una docena de veces para calcular el tiempo exacto. En el ensayo, los aparatos de efectos especiales colocados bajo las rampas explotarían desde ciertos ángulos de impacto. El doble volaría por el aire.

Marco levantó dos dedos temblorosos hacia los dientes y chifló fuertemente. Todos los que estaban cerca de él brincaron.

—¡La rampa! —gritó haciendo un embudo con las manos—. ¡Está desnivelada! ¡Vuelvan a ajustarla!

El encargado corrió hacia la rampa y se puso de rodillas para revisar la parte de abajo. Le indicó con una seña a

Marco que tenía razón, y gritó pidiendo ayuda. Reajustaron la rampa.

—Suave, mano, pero no te me escapas tan fácilmente. Quiero lujo de detalle sobre ustedes dos —Luis sonrió ampliamente.

—No —Marco dio la vuelta y se dirigió al remolque de efectos especiales para revisar los explosivos.

—¿Qué? — preguntó Luis—. ¿Quieres decir nunca? — le brillaban los ojos oscuros.

Luis saltó en frente de Marco, caminando al revés hacia los remolques.

—No es justo. Eres tú con Rubí Flores, Marco. Tu familia debe saber todos los detalles, la verdad, antes de que se divulgue todo y salgas mañana en la primera plana del *Enquirer.*

—Vete, Luis. Me estalla la cabeza.

—No, mano. Es nada más la sangre regresando a tu cerebro.

La risa de Luis no duró. Marco le pegó en el brazo y lo hizo tambalearse.

Luis se sobó el brazo.

—Todo lo que pasó entre ustedes estuvo mejor que la última escena de amor que hizo con Alex —levantó las manos en son de rendición—. Perdón.

—Te vas a arrepentir si no vuelves al trabajo —Luis se veía sinceramente contrito, pero Marco tenía ganas de golpearlo de todos modos, por haberlo hecho pensar en Rubí en una escena de amor con ese desgraciado.

Llegaron al camión de bomberos; su color rojo vivo brillaba contra el sol de la mañana. Marco descansó contra el camión, tomando nota mental de encerarlo más tarde.

—Luis, a lo que se reduce todo es a que ella está fuera de mi alcance. Me gusta mucho; me ha gustado desde el momento de conocerla. Pero no significa nada cuando veo todo esto —señaló hacia el escenario, toda la gente, los remolques.

Luis suspiró.

—¿Te gusta? Mientes. Ya caíste. Ella no está fuera de tu alcance, así que quítate esa idea loca de la cabeza. Si hubieras visto la manera en que te miraba, pues... fue increíble, mano. Estoy seguro que la mayor parte de nosotros estábamos parados atentamente, si sabes a lo que me refiero.

—Vete a trabajar —dijo Marco, meneando la cabeza. Se daba por vencido con Luis—. Eres incurable.

—Y tu estás enamorado —Luis saludó formalmente y empezó a alejarse—. Y me debes una, ¿te acuerdas? ¿Los volantes? ¿Cuándo me toca sacar la Harley?

—Cuando sea —Marco accedería a lo que fuera con tal de hacer que Luis lo dejara en paz.

Luis se inclinó en dirección a Marco.

— Pues va a ser un poco difícil que te tomen en serio con ese lápiz labial en la boca; así que, antes de que vuelvas a trabajar, quizás quisieras limpiártelo —brincó hacia atrás para esquivar el puño de Marco, y se alejó, riéndose.

Marco se limpió los labios con el brazo. Quitar el lápiz labial de Rubí era fácil. Quitarla de su mente era algo muy diferente.

Rubí se tocó la mejilla caliente con los dedos y luchó para controlar su respiración de nuevo. *Por favor, no Marco. Nadie.*

Trató de recitar sus líneas al caminar, pero falló miserablemente en el intento. Sus pensamientos y su cuerpo clamaban como afectados por un síndrome de abstinencia, ardiendo con el deseo de volver a sentir las manos cálidas de Marco sobre ella. ¿Cuándo la había tocado alguien de esa manera? El calor— no, el casi insoportable ardor— hizo que su corazón latiera al doble, exprimiendo de ella todo su sentido común.

Se frotaba las sienes, deseando poder enfocarse en el trabajo. Eso le sacaría a Marco de la cabeza— para dejar de sentir su mano en su cintura; para dejar de sentir su pecho bajo las puntas de sus dedos; para dejar de sentir sus labios sensuales besándola.

Ese susurro de beso. La dulce, agradable sensación había crecido rápidamente hasta convertirse en un incendio incontrolable, lanzando fuegos pirotécnicos vibrando por su cuerpo.

Cerró los ojos, sintiendo la suavidad de los labios de Marco en los suyos, la caricia de su mano sobre su piel. Definitivamente había sido un momento imborrable. Pero eso sería todo, trató de convencerse.

Pero eso no era lo que su respiración le indicaba. Ni su piel, que todavía vibraba por el calor de ser tocada por él. Ni sus labios, ahora adormecidos por el calor.

Los hombres como Marco les anunciaban silenciosamente a gritos a las mujeres lo peligroso que eran. Mirar a sus ojos era perderse en ellos. Perderse en ellos significaba distracciones que no podía permitirse. Ningún hombre la había hecho sentir lo que Marco. La había hecho desear gritar a los cuatro vientos: "¿peligro? ¡Entremos al peligro, mi vida!"

Sí, cómo no. Más le valía enfocarse en otra cosa, y ahora mismo.

Justo en frente de ella, Alex estaba parado hablando con la directora, mientras los maquillistas lo arreglaban. Él revisó su imagen en el gran espejo que le tendía uno de los ayudantes. Eso le cayó a ella como una cubetada de agua helada. Enderezando los hombros, se dirigió directamente hacia él, más que lista para empezar a trabajar.

—Alex, me agrada mucho que hayas decidido unírtenos finalmente.

Él mostró su perfecta sonrisa. Había exagerado de nuevo en el consultorio del dentista: la blancura artificial de sus dientes era demasiado brillosa, demasiado molesta.

—Rubí, después de la escenita de la mañana, estoy tratando de convencer a la directora para que nos permita hacer la escena de amor primero, para establecer el ambiente y suavizar las cosas entre nosotros.

Rubí plantó las manos sobre las caderas.

—No lo creo. Ésta es una película de acción. La escena de amor es secundaria. Especialmente contigo.

Con un gesto de la mano, Alex retiró al ayudante que tendía el espejo y caminó arrogantemente hacia Rubí.

—Ay, Rubí. Esto no te favorece. ¿Qué pasó con la dulce Rubí que yo conocía?

—La tiraste con el periódico dominical.

Él levantó la mano para acariciarle el cabello, pero Rubí movió la cabeza fuera de su alcance. Él sonrió con desprecio.

—Las personas se separan, Rubí, pero mira como estás. Te dejo y te vuelves a ir con la escoria humana. Aunque de verdad, debo aclarar que me imagino que cabes muy bien en el mundo del Don Bombero Estrella.

Cada cosa hiriente que Alex había dicho, cada cosa rencorosa y cada bajeza que había cometido, cada momento inútil que había pasado ella amándolo surgieron en ella. Miles de piquetes la apuñalaron al mismo tiempo, y en un momento de claridad, decidió que ya jamás la volverían a molestar.

Rubí levantó la mano y abofeteó a Alex con tanta fuerza que la cabeza de él se volteó de golpe hacia un lado. Un perfecto tatuaje de color rojo vivo mostraba la huella ardiente de los dedos de ella sobre su mejilla. Ella meneaba la mano, tratando de aliviar el ardor.

—¿Estás loca? —le gritó Alex. Brincó hacia atrás en caso de que ella volviera a intentar pegarle—. Entre tú y tu amiguito están perjudicando mi carrera. Mi cara vale un millón, por el amor de Dios. Estás personalizando las cosas cuando no debe de haber nada fuera de lo profesional.

—Tu te excediste, Alex. No yo —luchó contra el temblor en su voz—. Marco, y me supongo que te refieres a Marco, es mil veces más caballero que lo que tú podrías llegar a ser jamás. *Tú* eres él que no tiene clase. *Tú* eres la definición de "escoria humana."

La directora bajó de su asiento de un brinco, y caminó en dirección a ellos, dando palmadas.

—Niños, niños. Guárdenlo para la filmación. Yo sabía que había hecho una buena selección de protagonistas para mostrar una relación ardiente en la película. Y ahora, vénganse para acá.

Rubí estaba furiosa, y Alex se sobaba la mejilla. Los dos se acercaron para escuchar las palabras de la directora.

—Ya basta de arrumacos por hoy. Hay por los menos unas trescientas personas esperando que ustedes dos dejen de comportarse como su co-estrella de diez años para empezar a trabajar. Sugiero que se porten a la altura o tendré que multarlos a los dos.

—¡No puedes hacer eso! ¡Es contra el reglamento del la Asociación de Actores Cinematográficos! —espetó Alex.

—Puedo, y lo haré. La Asociación de Actores Cinematográficos luciría muy bien si regaláramos el dinero a alguna caridad local. Haré lo que sea necesario. Ahora. La primera escena no es ni de acción ni de amor. ¿Creen que puedan hacerla?

—Por supuesto —dijo Rubí—. Perdóname. Vamos a trabajar.

Alex las siguió, sobándose la mejilla y murmurando.

La directora hizo una seña con su megáfono. Una sirena sonó. El reparto y el equipo de trabajo acudieron hacia ella desde todos los rincones del escenario.

Rubí se regañó a sí misma por haber perdido el control con Alex. No volvería a suceder jamás. Miró al equipo de trabajo. Merecían profesionalismo. Malgastar su tiempo era imperdonable. Haría lo posible por compensarlos.

Tomaron sus posiciones para la primera escena. Rubí estiró el cuello para buscar a Marco.

Éste juntó las manos por arriba de la cabeza, meneándolas como un luchador profesional después de ganar un campeonato. A pesar de la distancia entre ellos, ella pudo interpretar perfectamente el significado de su señal.

Contuvo la risa, de momento librándose del enorme peso que cargaba sobre los hombros. Las orillas raídas de su existencia se estaban deshilvanando, chamuscándose en el fuego que Marco había prendido.

No tenía duda alguna que iba a brincar de la sartén al fuego. Con un bombero a su lado, quizás el brinco no la convertiría en ceniza.

CAPÍTULO OCHO

Rubí se acomodó en un rincón de su acojinado sofá; el arrullo de las tranquilas olas la complacía. El cielo estaba rayado de pinceladas anaranjadas y rosas, cuyos reflejos sobre el agua luminosa llenaba su sala con los vibrantes colores.

Las caricias y las palabras de Marco la habían llenado de un calor igual al del sol de mediodía, envolviéndola como una brisa de verano. Ella se había jurado a sí misma no volver a ser vulnerable ante ningún hombre, pero no pudo resistirse a la atracción de Marco.

Ella tenía ganas de volver a vivir esos momentos con él, de volver a sentir la sensación de los labios de él sobre los suyos, sin interrupciones, pero la voz de Enrique seguía eternamente con su sermón familiar y consolador. Ella se resignó a escucharlo. La esperaba una larga noche, y tendría bastante tiempo para pensar en Marco.

Rubí y Enrique sorbían de finas copas de cristal el mejor vino Chardonnay que había ella encontrado en sus múltiples viajes. Sorprendentemente, lo había comprado en el Viñedo Bernardo, un pequeño negocio de una familia local en el valle central de San Diego.

Después de todo, no era tan mala manera de terminar un pésimo día.

—Admito que Alex me huele a problemas, pero sólo tendrás que soportarlo durante unas cuantas semanas —dijo Enrique—. Te prometo conseguirte otro co-estrella la próxima vez.

Volteando en su sofá para verlo de frente, su cuerpo se tensó, a punto de explotar de una manera que excedería los efectos especiales de la filmación.

—La próxima vez será demasiado tarde si permito que Alex me afecte. Él sabe exactamente como hacerme enojar, y este contrato cinematográfico es demasiado importante como para permitirle ese lujo —ella le pegó al cojín del sofá con el puño apretado. Un poco de vino se derramó por la orilla de la copa que sostenía en la otra mano.

—Mi familia, es más, toda la comunidad latina, cuenta con mi éxito. No puedo conformarme con ser simplemente otra actriz latina cualquiera —se encogió de hombros—. No puedo creer que perdí el control con Alex. Fue imperdonable. No volverá a pasar.

—Ay, mi vida, lo más probable es que mientras Alex siga cerca de ti, volverá a suceder. Perder el control no fue imperdonable, mi amor. Ya le tocaba al desgraciado, desde hace mucho tiempo.

Rubí sacudió la cabeza.

—Aunque así fuera, no debería haber sido de parte mía, y mucho menos en el escenario.

Enrique tomó la mano de ella luego de colocar la copa vacía sobre la mesa de centro que estaba frente a ellos.

—Tuviste un poco de ayuda de ese guapetón con quien estás saliendo —sonrió con una expresión conocedora.

—No estoy saliendo con Marco, y no necesitaba ayuda —dijo ella. Sus palabras salieron con un tono más enojado que lo que había querido. Desvió la mirada de la expresión divertida de Enrique.

—Mi amorcito. Ni siquiera mencioné nombres, y sin embargo sabías de quien hablaba. Ya resígnate, mi vida. No puedes ocultarme nada ya. ¿Desde hace cuánto que nos conocemos?

—Demasiado tiempo. Ya me tratas como si fueras mi mamá.

—Eso es un cumplido.

—Eso es una locura —en alguna parte de la confusión que corría por su ser, apareció la imagen de la cara de Marco. Lo apartó de su mente, pero aparecía más y más seguido, y cada vez era más y más difícil de pasar por alto.

La piel le picaba por la fría brisa nocturna y metió las piernas debajo de ella. El suave algodón del pantalón y la sudadera de Nike que traía puestos no la calentaban. Colocó su copa de vino sobre la mesa y abrazó las piernas contra el pecho.

—Ay, Rubina. Marco está haciendo su mejor esfuerzo para aprender a usar un martillo, nada más para romper la concha protectora que has creado a tu alrededor. Literalmente. Y tiene las curitas en los dedos pulgares para demostrarlo.

—Pobrecito. Sus dedos sí que se veían doloridos cuando le puse curitas el otro día.

—Hazle un favor y asegúrate de que jamás se acerque a un martillo neumático. Por favor.

Rubina sonrió.

—Es que quiere ayudar a su hermano con su negocio. Tú lo dices como si lo hiciera para impresionarme.

Enrique arqueó una ceja.

—¿Sabes como te salió eso, mujer? Yo he visto la manera en que te mira. Y tú tampoco te cohibes para mirarlo del mismo modo. Y no me digas que el beso de hoy no hizo que casi se te doblaran las rodillas.

Ella cerró los ojos y recostó la cabeza sobre el hombro de Enrique.

—Ese beso. Pues… sí.

—Chica. Ese beso nos hizo a todos sentir debilidad en las rodillas —se abanicó con la mano libre, y luego se inclinó para besarla en la frente—. Ya me tengo que ir, mi amor. Tengo una fiesta hoy en la noche en Beverly Hills. ¿Seguro que no quieres venir?

Beverly Hills era el último lugar en el planeta donde ella quisiera estar.

—Hoy, no, gracias. Le prometí a Marco que lo iba a llamar.

—Mira, mira, mira. Ocultándome las cosas, ¡y después del largo sermón que te di! —se levantó y la jaló, haciéndola ponerse de pie.

—Una llamada de cinco minutos. Y luego a la cama temprano —dijo ella.

—Para soñar cosas dulces, indudablemente —él le acarició la mejilla—. No te engañes. Si quieres darle una oportunidad, entonces hazlo. Y luego lánzate. Eres la única que puedes hacer que las cosas sucedan.

—Ay, Enrique. Nada de filosofía, por favor —lo ayudó a ponerse la chamarra de bombardero—. ¿Tienes chofer hoy en la noche?

—Claro, mi hija.

—Qué bueno. Es una cosa menos para preocuparme.

Tocaron el timbre de la puerta principal. Enrique le dio un vistazo al reloj.

—Debe ser el chofer. Justo a tiempo.

Rubí caminó con él, con sus brazos enlazados, hasta la puerta.

—Pórtate bien —le dijo a Enrique.

—No te prometo nada. Pero mencionaré tu nombre varias docenas de veces para compensar eso —la besó en la mejilla mientras ella abría la puerta.

Marco estaba parado en la puerta, con un paquete en una mano y un arreglo de fragantes rosas rojas en la otra.

—Ofrenda de paz, Escarlata —dijo lentamente—. Extendió el enorme arreglo floral hacia ella.

Rubí simplemente se le quedó mirando, aferrada al brazo de Enrique ferozmente.

—Enrique, amigo mío, ¿cómo estás? — preguntó Marco sin quitar la vista de encima de Rubí. Puso las rosas en la mano vacía de ella, y el celofán pareció protestar ruidosamente.

Enrique forzó los dedos de Rubí a abrirse para librarse de su mano, mirándola a ella, luego a Marco y a ella de nuevo.

—No puedo quejarme, aunque tengo entendido que ustedes son los que tuvieron un día interesante. Tengo entendido que…

—Me da mucho gusto.

—¿Cómo? —preguntó Enrique.

Marco se acercó un paso más a Rubí y acarició su mejilla con un nudillo vendado.

—¿Te sientes mejor?

—Mucho —Rubí entrecerró los ojos, preguntándose si el ángulo del sol poniente hacía sombras que la hacían ver visiones. Levantó la mano para tocar la oscura hinchazón bajo el ojo derecho de Marco.

Él hizo una mueca de dolor.

—Has de ver al otro tipo.

Rubí puso las manos sobre sus caderas. Las rosas colgaban en un ángulo incómodo.

—No tienes la mala costumbre de andar buscando pleitos como práctica normal, ¿no?

—Lo haría por ti —cuando ella no rió, se corrigió—. No fue nada. El armazón de la cámara giró justo cuando me enderecé después de estar arreglando esa rampa de motocicleta.

Enrique carraspeó.

—Como yo decía, fue un día muy duro para mí también —esperó, pero ninguno de ellos respondió.

Rubí por fin le dio una palmadita en la espalda.

—Diviértete mucho en la fiesta, Enrique.

Enrique se sintió.

—¡Ja! Mi coche tendría que incendiarse para que se fijaran en mí en esta casa —subió el cuello de su chamarra.

Marco se enderezó y miró alrededor.

—¿Un incendio de coche? ¿Dónde? ¿Hubo daños?

Enrique se quedó boquiabierto. Los tres se miraron en silencio.

De repente Marco echó una carcajada que retumbó por la entrada. Empujó, jugando, a Enrique.

—Fue una broma, Quique.

—Dios nos salve, tenemos un aprendiz de comediante entre nosotros —con ojos sentimentales, Enrique puso la mano sobre su corazón con gran melodrama, como excelente muestra de su martirio.

Entrecerró los ojos en dirección a Marco.

—Fue una prueba, mi amor, que reprobaste miserablemente. No sufrí daños aparentes, por si preguntabas. Y me
llamo Enrique, no Quique.

—Toma, mi vida —Rubí sacó una rosa de su arreglo y la
puso en la mano de Enrique—. Ninguna prueba más. Vete
y diviértete mucho. Te quiero.

Enrique la abrazó, ligeramente apaciguado.

—Me agrada oírte reír, Rubí.

Una limosina se estacionó frente a la casa. Enrique se
metió entre Marco y Rubí para salir.

—Si yo fuera tú, me quedaría con el negocio de reparaciones domésticas en vez de los chistes, aunque no quiero
que la casa de Rubí quede en ruinas. Adiós—dijo—. No
olvides lo que te dije antes — susurró Enrique al pasar al
lado de Marco.

Dejando la huella de su colonia Safari, Enrique se alejó.

—Pasa a la casa. Déjame poner estas hermosas flores en
agua.

Ella se detuvo.

—¿Hacemos las paces? —sin darle oportunidad de
explicar, ella caminó por el pasillo hacia la cocina, pero se
paró ante los ventanales de la sala—. ¡Mira nada más!
¡Qué ocaso!

Él se paró a su lado y descansó la mano sobre la cintura de ella.

—Es exactamente como tú iluminas un cuarto, Rubí —
su aliento le hizo cosquillas en el oído.

Tentación. Tentación. Estaba tan cerca, que ella estaba
tentada a inclinarse hacia atrás para que la abrazara, sentir el mentón de él sobre su cabeza, y dejar que su duro
cuerpo la protegiera.

En lugar de eso, sin ganas esquivó las manos cálidas de
él, y siguió hasta la cocina. Él la siguió y apoyó la cadera
contra la barra, observándola. Ella sacó un florero negro
de la alacena.

Rubí arregló las rosas.

—Son absolutamente hermosas, Marco. Gracias.

—El placer fue mío.

Para ocultar su tensión, ella limpió la barra hasta que ya no hubo más que limpiar.

—¿Qué hay en la caja?

Él recogió el regalo y lo sacudió.

—¿Esto? No es exactamente un regalo. Puede ser tuyo, pero te cuesta. Es chantaje, si lo quieres ver así.

Ella hizo bola la toalla y la tiró al fregadero.

—No tiene nada con que chantajearme, señor.

—Yo lo sé, pero ahí te va el trato. Si me escuchas, entonces te lo doy. Quizás lo podamos disfrutar juntos —meneó el paquete en el aire—. Quizás esta misma noche.

—Ah, así que es plan con maña. Las condiciones me parecen difíciles, pero me has picado la curiosidad. Dámelo.

—No, no, no. Primero yo.

Su mirada fija y larga la desarmó. Se desvanecieron todas las bromas como humo en el aire. Ella despejó la garganta.

—Fue un día muy intenso, ¿verdad?

Él colocó el paquete sobre la barra y tamborileó con los dedos encima de él.

—No quiero darle vueltas al asunto, Escarlata. Jamás fue mi intención lastimarte. Me hice pasar por mi hermano en ese trabajo de reparación porque pensé que jamás me darías oportunidad alguna de otro modo. Quería conocerte, Rubí.

Sonrió y levantó las manos, mostrando tres nuevas curitas en sus dedos.

—Me extraña que no te dieras cuenta del engaño antes. Creo que he mejorado mucho, sin embargo, ¿no crees?

El calor de la sonrisa de Marco irradió hasta lo más profundo de su ser. Cómo deseaba ella tomar sus fuertes manos entre las suyas para sobarlas hasta quitarles el dolor, o trazar con sus dedos sobre las vendas para aliviar el dolor que él jamás confesaría que sentía.

—La casa se ve maravillosa.

—¿Pero? —Marco apoyó los codos sobre la barra.

—Pero me mentiste.

—Dios, Rubina. ¿Qué quieres que haga? ¿Que me ponga de rodillas a suplicarte que me perdones?

—Sí. Sí. Absolutamente, sí —abandonó su ira—. No, por supuesto que no. Lo que pasa es que estoy tan cansada de que la gente me mienta y me utilice, Marco. Por eso me mudé para acá de nuevo. Me urgía rodearme de gente real.

Él le dio la vuelta a la barra. Apoyó las manos sobre la barra, a ambos lados de ella, atrapándola.

Se inclinó hacia ella hasta que solamente los separaban escasos centímetros, sus bocas separadas por apenas un aliento.

—Yo soy real. Soy un buen hombre, Rubí. No me rechaces nada más porque cometí una tontería que quisiera no haber cometido— susurró.

¿Cuántas veces había dicho Alex lo mismo? No importaba que Marco estuviera tan cerca que podría levantarse de puntitas y besarlo de lleno en la boca. Su cuerpo traicionero lo deseaba desesperadamente. Lo más desconcertante era que entre más miraba a sus ojos color azul cristal, más parecían decir la verdad.

Lo único que quería era creer lo que salía de su boca sensual. Pero ella ya era más madura, más conocedora ahora que nunca, y sumamente cautelosa.

—Querido, he escuchado esas palabras antes.

El pegó sobre la barra con una mano.

—Carajo, Rubí —la vibración pasó por ella. Presionó la espalda contra la barra con toda su fuerza—. Mírame muy bien. No soy Alex. Ni siquiera me le parezco.

—Me mentiste —dijo ella secamente, terriblemente consciente de que no se parecía en nada a Alex.

—No me hagas pagar un solo error durante el resto de mi vida, Rubí —hincó una rodilla— Siento mucho no haberte dicho quién era desde un principio. Si pudiera volver a vivir lo mismo, te lo diría, en el mismo instante. Si me das una oportunidad, como Marco Antonio Carrillo, te prometo decirte la verdad siempre, de aquí en adelante.

Que Dios la ampare, ella le creyó.

Rubí le acarició el cabello, tentativamente, corriendo su mano por su sedosa melena, que hasta entonces sólo había soñado con tocar. Si lo atraía hacia ella, la cabeza de él tocaría su estómago.

—Por favor, levántate —le pidió. *O me volverás loca*, pensó.

Él se levantó lentamente, desdoblando todo lo largo de su cuerpo con toda calma. Su chamarra de piel rozó el suave traje de ejercicio de ella; la electricidad estática y el calor magnético palpitaron fuertemente entre ellos.

Ella apoyó las manos sobre el pecho de él, tratando desesperadamente de mantenerlo a distancia. Sus manos se movieron por sí solas, metiéndose fácilmente dentro de la chamarra de Marco.

El repentino movimiento la sorprendió, y sintió placer en las puntas de los dedos.

Marco inhaló más profundamente al sentir que sus dedos subían. Contra su ancho pecho, esculpido casi a la perfección, ella gozó la sensación de tocarlo.

La mano de ella suavemente acarició su cuello. Él retrocedió un instante cuando sintió que ella tocaba una vieja cicatriz, justo bajo el cuello de su camisa.

—¿Qué te pasó? —le preguntó ella.

—El incendio de Oakland. Es una vieja herida de batalla —puso la mano sobre la de ella, tratando de moverla.

—¿Te duele todavía? —preguntó. Entrelazando sus dedos con los de él, suavemente acarició la herida.

Él meneó la cabeza, mirándola directamente a los ojos. Su mirada fija sostuvo la de ella. Se encogió de hombros.

—A veces.

—Yo no te voy a lastimar.

La mirada despejada de Marco sostuvo la suya un momento más antes de dejar caer su mano, y la descansó sobre la cadera de ella.

Ella acarició su cuello con un movimiento repetitivo suave y sedoso, hasta que él cerró los ojos. Quería seguir tocándolo así para siempre, o por lo menos durante unas horas. La sensación exquisita de tocarlo con sus dedos revivía un deseo que había estado apagado en ella durante mucho tiempo.

A ella la desarmó un gemido largo que a él se le escapó. Se levantó de puntitas y atrayéndole por el cuello, lo acercó. Se tocaron sus labios tiernamente.

Las manos de él subieron por la espalda de Rubí. Ella rodeó su cuello con los brazos, lo que le permitió profundizar el beso. El sabor de la boca de Marco le pareció terriblemente dulce y sabroso. Con cada respiración lo inhaló más y más hasta sentirlo enredado en ella y a través de ella, eliminando todos los restos de cautela y sentido común.

¿Cómo podía un beso, un toque, hacerlos trascender todo el espacio, el tiempo y las propiedades físicas, hasta unirlo a él mágicamente a ella?

Lentamente los brazos de él rodearon su cintura, acercándola más hasta dejar de tocar la barra. La dureza de él era lo único que sentía. Ella se dejó llevar por sus instintos para sentir los músculos de sus muslos, la fuerza de sus brazos, la seguridad de su abrazo.

Si hubiera podido sostener este momento durante toda la eternidad, siempre sabría que el deseo y la pasión le habían pertenecido a ella por un precioso momento. En su corazón no había ninguna duda de que su atracción hacia Marco llegaba mucho más allá del deseo de entregarse a él físicamente.

Las palabras de Marco fluyeron en un gemido al pasar él los labios por las mejillas y los ojos de ella.

—Rubí —dijo con su voz grave y salvajemente sensual—. Caray, mi vida. Me tomaste por sorpresa.

Los labios de ella palpitaban, y quería volver a besar su boca. Con temor de que él viera en sus ojos todos los pensamientos alocados que le llenaban la cabeza en esos momentos, le dio la espalda.

Ella se tocó los labios con los dedos.

—Tú me tomaste por sorpresa en el escenario hoy por la mañana —lo empujó suavemente para poner un poco de distancia entre ellos—. Y hablando del escenario, deberías retirarte. Tengo que levantarme temprano a trabajar.

—Estás bromeando, ¿no?

—Si te quedas, los dos sabemos lo que va a suceder.

Él arqueó la ceja.

—¿No tomas mucho por sentado? —la atrajo contra su pecho, aplastando sus senos contra sus costillas—. Y además, ¿sería tan terrible que así fuera, Rubí? Me vuelves loco, pero no tengo dieciocho años. Puedo detenerme en cuanto tú me digas que no.

—No, entonces —le costó trabajo hablar con convicción cuando sus cuerpos estaban presionados uno contra el otro como una rosa seca entre las páginas de un libro. Su dureza la excitaba, la hacía imaginarlo desnudo, alrededor de ella, e imaginarlo dentro de ella.

La respiración agitada de ella se sincronizó con el ritmo del corazón de él. Ella estaba perdiendo rápidamente el control.

—Tengo que acostarme temprano.

De repente él se apartó de ella, llevándose consigo su calor.

—Ay, mujer. Mira hacia afuera. Ni siquiera se ha puesto el sol—dijo, peinándose el cabello con las manos.

Ella miró por la ventana, contando lentamente para controlar su respiración. Su mirada cayó sobre el guión que estaba al lado de la cafetera vacía.

—Es que no entiendes. Yo tengo que estar en el escenario antes que todos. Tengo que saber mis líneas perfectamente.

—Eres muy dura contigo misma.

—¿Cuántas latinas conoces que han tenido la oportunidad que me han ofrecido a mí con un contrato de tres películas? —se movió de lado; las puntas de sus senos rozaron el pecho de él, y sus pezones respondieron, poniéndose duros—. Tú no te conformarías con hacer un trabajo a medias como bombero, ¿no?

—No, no lo haría —caminó hacia la barra para recoger el guión—. Yo sé lo difícil que es tu trabajo, créemelo. Déjame ayudarte. Si me das una hora para divertirnos, te ayudo a leer durante una hora —meneó el grueso guión hacia ella.

—Lo sé de punta a cabo.

—Entonces, ¿qué más puedo hacer para ayudar? ¿Qué otra cosa tienes por la casa que pueda arreglar?

Ya era suficiente para ella. Sin poder contener la risa, acortó la distancia entre ellos y alcanzó la mano de él.

—Gracias por ofrecerlo, pero creo que te urge alejarte de las reparaciones domésticas.

Recordando la opinión de Enrique respecto al trabajo de Marco, levantó su mano vendada hacia sus labios.

—¿Y qué tenías en mente hacer durante una hora?

—Un paseo por la costera, antes de que se ponga totalmente el sol. La Harley está lista para irnos. Tendrías que darte prisa.

Las mariposas que sentía ella en la boca del estómago hicieron marometas velozmente mientras trataba de estudiar la cara de Marco. El besarlo momentos antes había volteado su vida cautelosa al revés.

Habría entregado su vida con gusto para poder permanecer siempre entre sus brazos. Al pasar la locura temporal, volvió a la clara y fuerte realidad. Había llegado demasiado lejos en su carrera como para echarla a perder, aunque fuera por Marco. ¿Podría él comprender eso?

Sonó el teléfono, y ella brincó. Levantó un dedo para indicarle a Marco que la esperara un momento, agradecida por la interrupción.

—Oye, Rubí, ¿quieres hacer un ensayo final esta noche? —la voz beoda de Alex dijo al otro extremo de la línea telefónica.

Le dio la espalda a Marco, presionando el teléfono contra su oído.

—No. Voy de salida.

—No con el empleadito. Dime que no vas a salir con él.

Rubí lo podía visualizar meneando la cabeza. Respiró profundamente.

—Voy a colgar ahora.

—Espera. Está él ahí, ¿verdad? Pon en la línea a tu enamorado. Le diré cómo te gusta. —La risa cruel de Alex la heló hasta los huesos. Sus nudillos se volvieron blancos, apretando el teléfono—. Nada más recuerda, Rubí. No arriesgues tu gran oportunidad distrayéndote con alguien como él. No dejes que te deje en una… digamos… posición precaria, por falta de otra palabra, que te perjudique. Tienes el mismo seguro que yo por parte del estudio. No hagas nada que yo no haría —rió de nuevo y colgó.

Rubí lentamente colgó el teléfono, y volteó hacia Marco.

—Rubí, ¿estás bien? —la voz de Marco, llena de ternura y calor, llenó el cuarto. Y llenó su corazón, por mucho que ella se resistiera.

Ella lo miró y sonrió lo mejor que pudo. Él no era Alex. Tenía que darle una oportunidad. Lo tenía que hacer.

¿No era él quien la había hecho pensar en lo que significaba una vida sin riesgos?

Ella tragó en seco. ¿Qué pasaría teniendo su cuerpo contra el de Marco durante una hora con la vibración del potente motor entre sus piernas, teniéndolo *a él* entre sus piernas, oliéndolo sin que él la viera, descansando su cabeza sobre la espalda de él sin tener que justificarlo?

Vio el sol que se desvanecía rápidamente.

—Dame un minuto para ponerme un pantalón de mezclilla.

La llamada telefónica había aturdido a Rubí, pero Marco no la había presionado a darle los detalles cuando ella había evitado sus preguntas. A lo mejor Enrique la había arrinconado para darle el mismo sermón que le había dado a Marco en el escenario.

Le había suplicado a Marco que no se metiera en la vida de Rubí— solamente hasta que terminaran de filmar. Claro que estaban destinados el uno para el otro, había dicho Enrique, pero era la oportunidad de toda la vida para Rubí, y la podría distraer el involucrarse con alguien.

Marco comprendía a Enrique, pero le era demasiado difícil no acercarse a Rubí. Prometió tratar de guardar la distancia, pero sería la promesa más difícil de cumplir en toda su vida.

Idiota. Observando a Rubí contoneándose por el pasillo, Marco pegó con el guión en la barra.

Había estado a punto de un infarto con simplemente besarla. Montados en la Harley, con las piernas de ella alrededor de él, podría casi contar con una muerte prematura. De acuerdo, no tenía dieciocho años, pero jamás le había costado tanto trabajo antes controlar su cuerpo.

Con ella montada tras él en la Harley, su propia imaginación lo llevaría a lugares peligrosos. Como imaginarla con las piernas rodeándolo completamente, en la enorme cama en la planta alta con el colchón de pluma de ganso que había visto una vez desde la distancia, pero que lo había fastidiado durante sus sueños durante semanas.

Se estaba moviendo demasiado rápidamente. Si quería que Rubí tuviera confianza en él, y que le diera una oportunidad, entonces tendría que llevar las cosas levemente, dejando que ella marcara el paso. De ninguna manera iba a arruinar su única oportunidad con ella, y jamás le daría razón alguna para pensar que él se parecía en lo más mínimo al desgraciado de Alex.

Al regresar el guión a la barra, tuvo oportunidad de respirar profundamente. ¿Para qué servía la vida si no ofrecía retos? Tendría que equiparar su control alrededor de Rubí a surfear la ola más alta o escalar la Montaña Cúpula.

Rubí estaba parada en la entrada; el apretado pantalón de mezclilla marcaba cada una de sus curvas. Se había dejado la sudadera roja, pero se había puesto una chamarra de piel negra encima de la misma. Tenía el cabello recogido, y la piel de su cara brillaba como recién lavada.

Él tenía ganas de acariciar su mejilla.

—¿Necesito mi licencia?

Él no pudo contestar. Ella alcanzó su cartera de la barra, y él siguió con la vista su larga pierna. Sabía que de tocar esa nalga, se le quemaría la mano. Exhaló.

Ella agarró su licencia y unos billetes de la cartera y los metió en el bolsillo del pantalón. Se frotó las manos.

—Ya. Estoy lista.

Yo no, pensó él, tragando en seco.

Antes de que pudiera cambiar de opinión para escaparse de ahí, la tomó de la mano. Sus dedos lo marcaron con fuego al llevarla por el pasillo.

—Vámonos, querida —logró decir—. Nos queda poco tiempo.

—Hace mucho que no me subo a una moto —apretó fuertemente la mano de Marco.

—No te preocupes. Tú sabes lo que dicen. Una vez que aprendes, jamás lo olvidas. Nada más relájate e inclínate conmigo en las vueltas —la miró, notando la emoción en sus ojos.

—Suena bastante fácil. Espero que me tengas más paciencia que mis hermanos.

—Soy la personificación de la paciencia —dijo él, soltándole la mano.

Quitó el casco del manubrio y, poniéndose el suyo primero, le enseñó a ella como ponérselo.

—Será un poco difícil hablar ya que estemos en el camino. Cuando estés lista, hazme una señal, dedo arriba. Mantén los pies sobre los estribos.

Señaló con el dedo los bordes metálicos donde podía apoyar los pies.

—Cuida que no te acerques al escape. Se calienta mucho.

—Así lo haré —dijo ella.

Después de ayudarla a ajustar su casco, le tocó la nariz con la yema del dedo, sabiendo que el casco ya había bloqueado el sonido. Ella le guiñó el ojo antes de bajar la visera.

Marco se subió a la Harley y la arrancó. Le hizo seña de que estaba listo, y extendió la mano para ayudarla a subir. Ella se deslizó hacia el pequeño espacio entre él y el respaldo.

A Rubí sólo le tomó unos segundos acomodarse abrazándose de la cintura de Marco. Sus manos se acercaban peligrosamente a la hebilla de su cinturón. Él estaría en graves problemas si por casualidad la mano de ella se deslizara un poco más abajo, porque no podría ocultar el efecto que ya había tenido sobre él.

A través de todas sus capas de ropa, él habría jurado que aun así sentía sus senos aplastados contra él, y los podía imaginar desnudos y llenos, suaves, contra él.

El sudor le perlaba las sienes. Y él atrapado en una chamarra de piel. Estar tan cerca de Rubí le alzaba la temperatura a grados anteriormente desconocidos para él.

Por el amor de Dios, hombre, ya muévete. Salió en reversa de la cochera. Al dar la vuelta en la esquina de su calle, los muslos de Rubí le apretaron más las caderas, y su cuerpo se inclinó más hacia el de él. Él gimió, acomodando su cuerpo un poco más hacia atrás, entre las duras piernas de ella.

Subió la velocidad llegando a la Carretera Costera 101. Sólo el viento frío contra ellos podría ofrecer un poco de alivio temporal.

¿Qué habría hecho él en una vida pasada como para merecer esta tortura? Si no la hacía suya, jamás habría alivio estando cerca de Rubí. Jamás.

CAPÍTULO NUEVE

—Eso fue fabuloso, Marco. ¿Cuándo podemos volver a pasear? —bajando la cremallera de su chamarra con una mano, Rubí sacudía su cabello con la otra.

Marco estaba parado, silenciosamente observando a Rubí desde el recibidor frente a la entrada principal. Jamás había deseado a nadie tanto como ahora la deseaba a ella.

—¿Qué tal tan pronto como termines de filmar la película?

—Trato hecho.

No tenía intención alguna de molestarla de nuevo hasta entonces. Enrique tenía razón. Marco tendría que poner a Rubí en primer lugar, por encima de sus propios deseos. Si la distraía y afectaba su actuación, podría echar a perder cualquier oportunidad con ella a nivel personal. No quería que sucediera eso. Marco pensaba en pedir su cambio a primera hora del día siguiente para no seguir en el escenario.

Los lujos y la elegancia, y los dólares para dárselos, le quedaban bien a Rubí, y ella estaría mejor sin Marco. Por ahora. Quería dejar que fuera la superestrella como era su destino ser.

El trabajar tiempo extra parecía una buena alternativa a estar pensando en lo que pudo haber sido. El agonizante pero maravilloso paseo por la costa había despejado su cabeza. No se distraería con pensamientos alocados de un amor imposible. Sin embargo, la barrera que él mismo había construido cautelosamente como excusa para no involucrarse emocionalmente con ninguna mujer, por su trabajo, se derrumbaba más cada vez que miraba a Rubí.

Rubí era suficiente razón para regresar a su casa cada noche, sano, salvo y en una sola pieza, sin haberse chamuscado. Se frotó la cicatriz en el cuello sin quitarle la mirada de encima a Rubí.

Contra su voluntad, las mejillas ruborizadas y los ojos brillantes de ella lo hicieron acercársele. Hoy las posibilidades de lo que podría ser timbraban fuertemente en sus oídos, pero trataba de no hacerles caso. Nada más por un rato.

—Y ahora puedes abrir tu regalo.

—Me lo he ganado después de ver de primera mano como manejas —ella tiró su chamarra sobre una silla cercana y sonrió—. Déjame traerte una bebida refrescante primero. ¿Por qué no me esperas en la sala? Ponte cómodo.

Antes de que pudiera protestar, ella desapareció. En camino a los ventanales, él se quitó la chamarra y la aventó sobre el respaldo de una silla que estaba tan acojinada que él podría perderse para siempre en ella.

No se molestó en prender la luz. La luz indirecta estaba calibrada para dar la menor iluminación posible, apenas suficiente para que pudiera llegar a la orilla de la sala, poca luz para que la belleza del exterior luciera.

Sería fácil perderse aquí con Rubí. Si salían a pasear más allá de la terraza donde la luz no alcanzara a iluminar, la oscuridad los encubriría y no tendrían que rendirle cuentas a nadie.

Caminó a una ventana lateral y la abrió un poco. El cántico de las olas llenó el cuarto. *Así está mejor,* se dijo. Por mucho que le gustara la música, este cántico, al igual que la risa de Rubí, superaba cualquier canción que conociera.

Metiendo las manos en los bolsillos del pantalón, miró hacia el abismo. Una bebida y ya estaría en camino a la seguridad de su propio condominio. El único inconveniente sería la presencia de Luis, quien estaría fastidiando para que Marco le contara todo con lujo de detalles. Quería a Rubí sólo para sí mismo, por lo menos durante un rato.

—¿Corona o Coca dietética?

Al escuchar su voz, volteó hacia ella. Aun en la oscuridad, podía vislumbrar la curvosa silueta de Rubí sosteniendo una bandeja con suficientes botellas y copas para hacer una pequeña fiesta.

—Déjame ayudarte —con tres cortos pasos estaba al lado de ella quitándole la bandeja. La colocó sobre el cristal de la mesa de centro frente al sofá. El regalo estaba sobre la bandeja, todavía sin abrir.

—Me imagino que no serás muy divertida en Navidad.

—¿Por qué no? —el acostumbrado enojo sonó en su voz.

—¿Cómo puedes esperar tanto para abrir un regalo? Yo habría destruido el papel y estaría ya jugando con él —meneó la caja frente a ella.

—Ni lo pienses —ella agarró el regalo y cuidadosamente empezó a desenvolver el papel floral.

Marco suspiró dramáticamente.

Sus gritos de felicidad cuando por fin llegó al regalo en sí lo hicieron sonreír.

—¡Videocassettes de Lucy! —entre sus manos, abanicó los tres videocasetes como si fueran barajas. Entonces los colocó sobre la silla y acortó la distancia entre ella y Marco.

Ella se había quitado los zapatos en algún momento y él observó mientras sus pies se le acercaban. Era mejor que mirar a sus ojos hipnóticos. Se perdería.

Lentamente desvió la mirada, notando las curvas, el cabello que era como seda fina, la piel que lo quemaría y lo cambiaría para siempre igual que lo había cambiado la cicatriz en el cuello.

—Debo irme. Tienes que levantarte temprano.

—¡Ah! Estabas escuchando otra vez —ella rodeó su cintura con los brazos, y descansó la cabeza sobre sus costillas—. Gracias, Marco. Por todo. Tú has sido un regalo para mí, y no lo digo nada más porque me gustaron los vídeocassettes.

—Me gusta verte sonreír, Rubí Escarlata —si los vídeos de Lucy la ponían así de dulce, tendría que comprar toda la serie. Caray, le compraría todo un estudio, sus propios escritores, una Harley... lo que fuera con tal de hacerla tan feliz.

El cuerpo de ella se relajó contra él, haciéndolo olvidarse de Lucys y Harleys. Él le pasó las manos por el cabello para tocar su nuca; luego deslizó las manos hacia abajo, hasta sentir entre ellas su increíble trasero. Ella suspiró, apretándose contra él, con sus senos suaves y llenos, sus muslos duros e insistentes.

—¿Me besas otra vez?— susurró, con su cabeza inclinada hacia atrás para mirarlo directamente.

Él acarició la piel de su hermoso y largo cuello, esforzándose para controlar su cuerpo con la misma fuerza que su pantalón de mezclilla lo apretaba. Se miraron a los ojos, y él sabía que ella también estaba pensando en las consecuencias. Aun bajo esa luz tenue, los ojos de ella le hablaban.

Él caminaría sobre el fuego por ella. Caray, ella era como el fuego mismo, e indudablemente acabaría por quemarlo. Pero si eso significaba que podría seguir sintiéndose tan vivo, se lanzaría con los ojos cerrados.

—Si te beso, Escarlata, no querré detenerme.

—Lo sé —su voz se volvió más grave. Lo abrazó por el cuello—. Lo sé.

La ternura de su beso lo partió en dos, como un sable que lo embistiera salvajemente. El deseo que había luchado por controlar bramaba por su cuerpo como un fuego endemoniado, quemándolo hasta los huesos.

Él cubrió la boca de ella con mayor furia. Se separaron sus labios, y cada vez que sus lenguas se tocaban— cosquilleando, explorando, saboreando— se lanzaba un espiral de chispas por sus venas.

Dios. Rubí, tentadora, traumatizante. Quería emborracharse con su dulzura. Dentro de la palpable pasión que se desarrollaba ante sus ojos, quería darle placer, hacerla olvidarse de la existencia de hombres como Alex. Quería amarla como merecía ser amada.

Al enterrar una mano en su cabello y atraerla con la otra mano jalándola hacia él, ya no había manera de detenerlo. No cuando ella devolvía sus besos de tal manera, firmemente, luego más duro, hasta que se mareaban por la pasión ciega e hipnotizadora. No cuando ella gemía, haciéndolo creer en promesas mágicas. No cuando extinguía sus temores con un susurro, y en el mismo aliento regresaba su calor hasta el corazón y las entrañas de Marco.

Despedázame, Escarlata, suplicó. *Enciende mi fuego. Pero no me sueltes.*

Como si le escuchara ella los pensamientos, ella jaló a su camiseta, y finalmente sacándola de su pantalón de mezclilla. Sus dedos quemaban la piel desnuda de Marco. Con ella guiándolo por la hebilla de su cinturón, apenas dejaron de besarse, tropezando por las escaleras y luego por el pasillo que daba a su recámara.

Si él pudiera poseer a Rubí Escarlata sólo esta noche, la convertiría en una noche inolvidable para los dos. Ella sabría qué era lo que había faltado en cada escena de amor que hubiera filmado en su vida: su pasión por ella.

Se apoyaron contra el umbral de la puerta de su recámara, y él recorrió los dos lados del torso de ella con las manos; habiendo encontrado la bastilla de su sudadera, tocó su estómago. Rubí dejó de moverse, inhalando de repente, sosteniendo el aire.

Él supo en ese instante como sería la electrocución. Sus dedos temblaron al recorrer las costillas de ella hasta tocar sus senos desnudos. Sus senos desnudos. La realidad lo mareó. Dejó que su mano los recorriera, tentándolos, apretándolos.

Apenas se dio cuenta de que estaba gimiendo desde la profundidad de su garganta al subir la sudadera por sobre la cabeza de Rubí, y en un solo movimiento, tomó uno de sus senos en la boca. Rodando la lengua sobre la dureza de su pezón, cerró los ojos, y disfrutó el sabor de ella, mordisqueando y chupando uno y luego el otro seno hasta que ella arqueó el cuerpo contra el suyo, y las manos de ella luchaban para desabrocharle la hebilla del cinturón.

Casi arrastró su cuerpo, que se abrazaba a él, hacia la cama, y recorrió cada curva con sus manos, hasta que lograron quitarse la ropa restante el uno al otro. Acostados de lado, cara a cara, con su respiración fuerte y acelerada, ella bajó para tomarlo entre sus manos.

—Ay, Marco, mi amor —lo apretó, lo frotó con sus delgados dedos, hechizándolo con su magia hasta volverlo loco—. Nada…como…esto…jamás —logró decir, deslizando sus dedos mágicos sobre la espalda, las nalgas y los muslos de él.

—Lo sé, querida —sus propios dedos la encontraron sabrosamente húmeda, y la acarició hasta que ella se retorcía de pasión. Él se subió sobre ella, y dejó una senda de besos sobre sus ojos y sus mejillas antes de compartir un beso lujurioso que los detuvo sólo por un momento.

Un calor insoportable lo invadió al bajarse sobre ella, aplastando sus senos contra él, fundiéndose en la suavidad de su delicada piel.

—Marco —ella respiraba sofocadamente—. Protección, mi vida. Tenemos que…

—Sí, sí—se apartó de ella, encontró su cartera, y rezó a Dios por que el condón que Luis le había dado fuera efectivo.

Ella lo guió hacia adentro de ella, exhalando al susurrar su nombre. Al rodearle ella la cintura con sus piernas, y envolverlo en su calor, lo invadía una exquisita sensación con cada movimiento de sus cuerpos febriles.

Al hundirse hasta lo más profundo de su calor, su último pensamiento coherente fue que jamás amaría a nadie aparte de Rubí.

Sus apabullados sentidos enloquecieron, y cayó en un abismo incandescente, llevando a Rubí con él.

Cuando su respiración volvió a la normalidad, con sus gemidos y dulces promesas todavía palpables en el aire, Marco los cobijó con la acojinada colcha. Rubí estaba acostada sobre su brazo. Él sentía su dulce aliento sobre el pecho, y su mano acariciándole el cuello, y una pierna de ella sobre la suya.

Él miró las serenas facciones de su cara, limpia de todo maquillaje. De ella emanaban inocencia y belleza. Durante este momento perfecto, él fue el hombre más afortunado del mundo. A lo mejor Rubí no necesitaba todos los lujos y la elegancia, después de todo. A lo mejor todo lo que necesitaba era él.

Idiota. No tenía derecho a voltear el mundo de ella de cabeza por el simple hecho de haber hecho el amor.

Como fruto prohibido, el sabor de ella lo hacía desearla más, todo el tiempo consciente de que iba a haber repercusiones. Esa certidumbre no le detenía las manos en su recorrido por los contornos del cuerpo de ella, disfrutando la manera en que ella respondía a cada toque, aun en un estado de descanso. Su propio cuerpo respondía ante ella.

Perezosamente le acarició el hombro con un movimiento circular hasta que la sintió moverse.

—Eres tan hermosa, Rubina Dolores.

Ella jaló los vellos de su pecho.

—Marco, por favor, no.

Probablemente había oído las palabras un millón de veces. Ella empezó a apartarse de él, pero él la abrazó de nuevo.

—No te vayas. Déjame terminar, Rubí —¿Qué podía decir para hacerla creer que lo único que quería era abrazarla así y protegerla, y hacerla saber que ella reunía todo lo que él había soñado en una mujer?—. Ahora mismo, en este momento, entre mis brazos, nada más estamos tú y yo, Rubí. Sin maquillaje, sin lujos, sin pantalla, sin admiradores. Yo te prometí la verdad, y tú eres, sin duda alguna, la mujer más hermosa en mi mundo. Es mi absoluta verdad —él limpió un mechón de cabello de su mejilla—. Tú me miras con esos ojos y me hechizas. Me haces sentir que sólo yo existo en tu mundo, y que si hubiéramos naufragado aquí durante días no se nos acabaría de qué platicar, y si permaneciéramos desnudos además, yo podría morir feliz.

Ella se acurrucó contra él y pegó en su pecho ligeramente con la mano.

—Ay, Marco. A veces dices las cosas más increíbles que me hacen querer aferrarme a ti para siempre.

—Me gusta la idea —acarició su espalda suavemente, y ella tembló.

—No —sacudiendo la cabeza, le hacía cosquillas con su cabello—. A veces tú suenas más inocente que lo que me siento yo. No es tan sencillo. Ninguna relación lo es jamás.

¿Había mencionado él la palabra "relación"? Se le erizaron los vellos en la base del cuello.

Ella suspiró profundamente.

—No hablemos de eso ahora, mi amor. Ha sido una noche tan perfecta—dijo.

—Tienes razón —la besó larga y profundamente. Podría besarla así durante horas.

¿Cómo podría cumplir con su promesa de alejarse de su vida ahora, aunque fuera de manera temporal? Era lo último que quería hacer. Abrazándola así, sabía que el haberse acostado con ella en primera instancia, había sido un gran error. Pero no había ningún otro lugar en el mundo donde quisiera estar.

El cuerpo de ella se relajó, fluyendo sobre él, amoldándose para caber perfectamente contra su cuerpo. Su calor lo invadió totalmente, haciendo que se avivaran todos sus sentidos. Todos sus sentidos.

Ella rozó una pierna contra él.

—¿Marco? —dijo ella, abriendo un ojo. Se estiró, alargando sus extremidades—. Ah, por lo que veo no pensabas dormirte un rato, ¿después de todo?

—Querida, puedo dormir cualquier día —la rodó sobre él.

Se montó a horcajadas encima de él y lo miró a través de ojos pesados y soñolientos. Se inclinó sobre él hasta que las puntas de sus senos tocaron su pecho, y sus brazos se apoyaron a cada lado de su cabeza. Lo besó, largo y duro.

Él recorrió la espalda de ella, hasta la curva de sus caderas, con las manos. Sintió que los muslos de ella se apretaban contra sus propias caderas, y ella empezó a mecerse lentamente.

Ella separó su boca de la de él.

—Marco Antonio Carrillo. ¿Cómo demonios llegaste a mi vida?— le preguntó, deslizándole las manos por el cabello.

Él rió.

—Luis, ¿recuerdas? Los volantes. Le tenemos que dar las gracias.

Ella rió junto con él, recorriendo con un dedo sus labios sonrientes.

—Ah, si. La infame campaña publicitaria.

—Supongo que todo sucede por algo, después de todo, Escarlata. Por lo menos eso es lo que siempre me dijo mi madre.

—La mía también —la risa bajita de Rubí en la obscuridad tintineaba como la melodía de las campanas en el viento—. Pero creo que deberías buscar trabajos alternativos —movió su cuerpo para alcanzar la mano de él, suavemente acariciando las vendas en sus dedos.

Él gimió por el movimiento, cambiando de posición, agonizando por el deseo de estar dentro de ella otra vez.

—Mi vida, no estoy pensando precisamente en trabajo alternativo en estos momentos.

—Entonces debes de estar pensando en lo mismo que yo.

Ella se levantó lentamente, su cabello cayendo sobre él como una cascada, encerrándolos dentro de un paraíso efímero, protegidos de todo el mundo menos de ellos mismos. La luz de la luna apenas los iluminaba a través de la ventana, pero era suficiente para darle a Marco una vista espectacular de ella. Sintió un nudo en la garganta.

Moviéndose poco a poco hacia atrás, ella se deslizó lentamente, profundamente, completamente sobre él. Marco cerró los ojos. Puso las manos sobre su cintura, y las recorrió sobre sus senos y sus hombros, deleitándose en la sedosa sensación de ella.

Ella deslizó las manos sobre las suyas y las volteó hasta ponerlas palma a palma, entrelazando los dedos. Se apretaron las manos hasta quedar en un ritmo mecedor, más duro y más rápido, como un ritmo frenético del Caribe. La cabeza de ella echada hacia atrás expuso la larga línea de su cuello, haciéndolo querer besárselo durante toda la eternidad.

La eternidad no sería suficiente tiempo.

Marco la levantó sin esfuerzo mientras ella se inclinaba hacia las manos de él. No aflojó las manos hasta que vio que el cuerpo de ella se tensó, se quedó inmóvil, y luego se estremeció, cubriéndolo con sensaciones como chispas de fuego. Sin poder contenerse más, sostuvo sus caderas sobre él, y el calor líquido de ella lo envolvió.

Con excepción de la dulce respiración de Rubí contra su pecho, los sonidos de la noche entraban y salían de su consciencia. Él no quería dormir, aunque hubieran dejado de hacer el amor hacia horas. Si resultaba ser la única noche que iba a pasar con ella, quería aprovecharla para verla y tocarla, olerla y saborearla hasta convencerla que él era suyo en cuerpo y alma.

Marco acarició suavemente todo el largo de su brazo, y llevó la mano de ella hacia sus labios. Luego se la puso sobre el pecho, colocando su mano encima. Al sentir su corazón palpitar contra los dedos de ella, estaba perdiendo su solemne resolución de dejarla en paz.

La acercó más a él. Ella gimió, dormida, y se acurrucó contra él.

Sonó el bíper de Marco desde el otro lado del cuarto. Su cuerpo se tensó en respuesta. Una llamada a estas horas de la noche significaba que algo serio había sucedido. No recordaba dónde había dejado el pantalón.

—Mi vida, me tengo que ir —sacudió a Rubí suavemente, besándola debajo del oído.

—No —dijo ella sin abrir los ojos. Lo apretó contra ella, acurrucándose en el cuello él.

El cuerpo de Marco no demoró en responder ante la magia de sus labios húmedos. Inhaló profundamente, encontrándose repentinamente ante la prueba máxima para su fuerza de voluntad en ese momento. Extendió la mano y torpemente prendió la lámpara de la mesa de noche; la pantalla tembló tan violentamente como sus dedos.

—¿Qué sucede, Marco?

Se sentó erguido, alerta, listo para trabajar.

—Me tengo que ir. —el bíper sonó de nuevo. La atrajo hacia él y cubrió su boca con la de él, saboreando cada detalle delicioso antes de soltarla. Eso lo ayudaría a soportar las próximas horas.

Marco brincó de la cama.

—Llamada de incendio, Escarlata —recogió su bíper del suelo—. ¿Me permites usar tu teléfono?

—Ella señaló el teléfono sobre la mesa de noche antes de subirse las sábanas y colcha hasta los hombros. Le brillaron los ojos por la expresión de preocupación y pánico, y frunció el entrecejo.

Esta era precisamente la razón por la cual Marco había construido una barrera para protegerse. Había visto esa misma expresión en la cara de su madre la noche que su padre murió en un incendio. Jamás se le había borrado la expresión en la cara de su madre.

Marco desvió la mirada de la cara de Rubí y marcó a la central. Después de escuchar los detalles, volteó de nuevo hacia ella, deseando tomarla entre sus brazos para prometerle que volvería. Ella realmente no le había dicho lo que sentía por él, así que hacerlo podría ser inoportuno.

Reprimió las palabras que no podían decirse y las sustituyó con la realidad.

—Un almacén en la sección industrial de Oceanside. El incendio está a punto de extenderse. El equipo está en camino. Tengo que ir también.

Rubí asintió con la cabeza, silenciosamente. Ella se apresuró para levantarse de la cama, agarrando una bata grande de la silla cerca de la puerta. Caminaron rápidamente por el pasillo, con Marco vistiéndose por el camino.

En la puerta principal, volteó y titubeó al abrazarla.

—Te veré cuando pueda.

Ella rodeó su cuello con los brazos, abrazándolo fuertemente.

—Prométeme que tendrás cuidado.

Él no tenía cómo responder, ni promesas que hacer.

Quizás la expresión aterrorizada de ella lo impulsaría más para regresar a casa. *El hogar es donde dejas el corazón,* pensó irónicamente. Su corazón estaba ya con Rubí.

La abrazó salvajemente; el aroma fuerte de su pasión aún flotaba dulcemente entre ellos. La besó una vez más y se alejó sin mirar atrás.

CAPÍTULO DIEZ

Rubí estiró el cuello por lo que parecía ser la milésima vez, buscando a Marco entre el nuevo equipo de bomberos en el escenario. Cuatro tazas de fuerte y rico café le habían revuelto un poco el estómago, pero no podía culpar sólo al café.

Nada más que me avise que se encuentra bien, pensó.

Rubí brincó cuando su madre la jaló por la manga.

—¿Qué te preocupa, hija mía?

Su madre condujo a Rubí hacia un sillón de jardín bajo el alero del remolque de la cafetería y la hizo sentarse. Sacó un cepillo de su bolsa, y canturreó una de sus canciones favoritas de los Beatles mientras cepillaba el cabello de Rubí.

—No es… nada, mamá —sabía que no podía ocultar nada de su madre durante mucho tiempo.

Rubí apenas sintió las cepilladas hipnóticas en el cabello. En su infancia, este rito había sido un lujo, aparte de ser la táctica de su madre para hacerle hablar sobre lo que fuera, desde los chicos hasta los granos que le brotaban.

Marco no cabía en ninguna categoría.

Tenía otro ataque MAC, simple y sencillamente. Lo único que tenía que decir era que Marco había contestado un llamado de incendio, y ella se preocupaba por su seguridad. Lo que realmente quería decir era que quería verlo caminando por la lomita, sano y salvo, con su sonrisa dándole calor a su alma como sus manos le daban calor a su cuerpo. Quería verlo mirándola con aquellos ojos que la hacían sentir que no existía nadie más en el mundo aparte de ellos dos.

La cepillada repetida la tranquilizó. El perfume Chanel de su madre suavemente rodeaba a Rubí. Inhaló profundamente; la fragancia reconfortándola y la relajándola simultáneamente.

Sus síntomas le parecían de adolescente enamorada. La única diferencia era que ya no era adolescente, y no quería estar enamorada. Entonces, ¿por qué no podía pensar más que en él?

Habían pasado apenas una noche juntos, por el amor de Dios. ¿Por qué no lo podía aceptar ella como tal?

Se había preocupado precisamente por esto desde sus primeras inquietudes de atracción hacia él. Tenía que permanecer totalmente concentrada en su trabajo, pero Marco la hacía distraerse. Hasta no saber que él estaba bien, ella no estaría a gusto. Pero era más, mucho más que eso.

Marco había abierto algo en ella que ella no había querido abrir. Desvió los ojos de la mirada perceptiva de su madre, de la verdad que la hacía vulnerable.

No existían para Rubí relaciones fugaces de una noche. Invitar a Marco a su cama había sido una elección consciente, y lo había hecho sólo porque él podría, quizás, sentir algo más por ella que simple pasión.

Su madre dejó de cepillarle el cabello, y la miró a distancia antes de sacar otra silla y sentarse directamente en frente de Rubí.

—No está funcionando. ¿He perdido mi toque mágico?

—Siempre tendrás el toque mágico, mamá —Rubí trató de sonreír.

—¿Nada más hoy no? O tendré que cepillarte el cabello durante varias horas o arrancártelo de las raíces para sacarte palabra alguna el día de hoy.

Se inclinó hacia adelante en la silla y tomó la mano de Rubí entre las suyas.

—Háblame, hijita. Te está fallando la sincronización. Un poquito nada más —Señaló con el dedo pulgar y el índice separados un poquito—. Pero aún nadie se ha fijado.

—Tú lo notaste —Rubí se mordió el labio, reprimiendo el repentino deseo de llorar.

—Mi vida, mi vida. Has sido mi nena durante treinta y dos años. Yo me fijo si se te cae una sola pestaña.

—Yo lo puedo manejar, mamá. De veras —Rubí apretó la mano de su madre fuertemente antes de dejarla caer. Se levantó y caminó a lo largo del remolque de la cafetería y de vuelta.

Su madre se acomodó en su silla, observándola intensamente.

Rubí echó un vistazo sobre el hombro, asegurándose de que no hubiera nadie que pudiera escucharlas.

—Marco recibió un llamado de emergencia hoy por la mañana y estoy preocupada por él. Eso es todo.

Su madre arqueó una ceja.

—*Todavía* es la mañana, hijita —la verdad surgió en los ojos de su madre—. Salvo que estés hablando de la madrugada.

Rubí se sonrojó. En lugar de titubear, miró fijamente la cara de su madre, hasta que ésta asintió con la cabeza, como si le diera permiso para continuar.

Rubí se cruzó de brazos y trató de sobarlos para darse calor.

—Tienes que comprender. Fue un paso enorme para mí, mamá.

—Me doy cuenta, hijita. Es tu primer interés romántico desde… — miró alrededor—, bueno, en más de dos años. Marco parece ser buen hombre, y tienes buen criterio.

—Yo no sé si lo tengo, mamá. Alex me engañó.

—A mí también me engañó Alex, mi vida. Bueno, aparte de él, has tenido buen criterio. Aprendiste unas lecciones muy valiosas de Alex —la Señora Flores se irguió—. Cambió, como pasa con todo el mundo. Nada más perdió la noción de lo que es importante en la vida.

Ella acarició la mejilla de Rubí.

—Pero tú, mi amor, te aferraste a lo que era importante. El problema es que te dejaste llevar por ello, cerrando puertas y ventanas en el camino. Marco abrió todo de nuevo. Aplaudo al hombre porque no eres fácil de abrir.

—Con justa razón. Al principio confié en Alex de la misma manera, y él me hizo daño —Rubí apretó las manos y las levantó a los labios antes de volver a hablar—. A mí no me gusta como se mete Marco en mí con cada pensamiento. No me gusta como me hace sentir que se me doblan las rodillas, y definitivamente no me gusta como se me ha metido dentro de mi propio ser, haciendo que me preocupe como…

—¿Cómo alguien que ama? —la madre de Rubí sacudió la cabeza—. Hijita, hijita, hijita. ¿Por qué luchas contra tu necesidad de confiar en alguien? Es un buen muchacho. Lo veo en sus ojos. Por la manera en que te mira, no hay duda que le importas, Rubina.

—Tú no entiendes.

—Rubina Dolores, yo entiendo lo suficiente —su madre tomó las dos manos de Rubí entre las suyas—. Mírame. No todos los hombres se portan como Alex. No les interesa tu fama, no te utilizan. Te aman por quien eres por dentro. Marco tocó algo en ti que te ilumina, y de alguna manera es capaz de olvidar las luces de las cámaras que te siguen por todas partes.

Rubí sacudió la cabeza.

—Marco me asusta. Jamás sentí esto con Alex. Estar cerca de Marco es como tener un tornado dentro de mí. Temo que me hará perder la concentración cuando debo poner el ciento diez por ciento de mi atención en mi trabajo.

Su madre tomó el rostro de Rubí entre sus manos.

—El trabajo no es todo en la vida. Es temible no tener control sobre algunas cosas en la vida, pero también puede ser espontáneo y refrescante. Quizás te encuentres con que eres aún más creativa al no estar reprimiéndote todo el tiempo. ¿Crees que puedas confiar en Marco?

—No sé si pueda o no, mamá.

Rubí miró hacia la calle notando el frenesí de actividad alrededor del camión de bomberos. Dos hombres corrieron hacia la rampa de la motocicleta, juntándose con el grupo que ya se encontraba ahí.

El humo subía en grandes nubes alrededor de la rampa. Rubí sintió un nudo en la boca del estómago. El guión requería que caminara al lado de la rampa con Alex. El doble que iba a hacer la escena levantaría una rueda de su motocicleta en la rampa, en perfecta sincronía con una explosión. Daría la impresión de ser tiroteado por armas de fuego. Otros tiros caerían por sorpresa sobre los protagonistas, que eran Rubí y Alex. Ellos correrían, pero el impacto de los explosivos bajo la rampa los tiraría.

Alex caminó resueltamente hacia los expertos pirotécnicos y los bomberos, haciendo ademanes violentos, indudablemente regañándolos. Le agradaba hacer escándalos para que todos se fijaran en él dondequiera que estuviera, aunque pareciera mal educado e idiota, metiéndose siempre en cosas de las cuales no sabía nada.

Rubí tenía que apoyar a Alex. La seguridad en el escenario era todo. Miró alrededor del área buscando a la directora, pero no la vio en ninguna parte.

—Mamá, quiero ver lo que sucede allá —se agachó para darle un beso en la mejilla—. Allá será nuestra próxima escena.

Se frunció el entrecejo de su madre; la preocupación se notó por toda su cara.

—Lo que están haciendo por allá no se ve muy seguro. Ten cuidado, por favor—abrazó a Rubí—. Recuerda todo lo que te dije, hijita.

Rubí se apresuró al alejarse, sacando las imágenes esperanzadas de su mente antes de que pudieran nublarle la vista. Aminoró el paso al acercarse a la rampa, mirando el tercer camión que se había estacionado atrás de los otros.

Buscando entre los hombres uniformados, todavía no encontraba a Marco, aunque sintiera su presencia.

Agachado en el centro del escenario, Alex tenía las manos sobre las rodillas, tratando de ver por abajo de la rampa sin ensuciarse.

Dos pares de piernas salían por debajo de la rampa, uno con botas negras de trabajo, y el otro con tenis Nike. Las botas parecían suficientemente grandes como para ser las de Marco, y las piernas largas también. Pero su torso estaba oculto bajo el camión, tenía mangas largas cubriendo los brazos musculosos, y guantes gruesos de trabajo disfrazando las manos que jalaban los cables y que levantaban la rampa del suelo. Una máscara de soldador y un casco duro cubrían la cara y la cabeza del hombre.

—¿Qué pasa? —Rubí le preguntó a la directora, que se había acercado al grupo alrededor de la rampa.

—Problema del cableado. Van a traer otra rampa por vía aérea, pero no llegará hasta mañana —la directora hojeó el guión, que tenía partes resaltadas en amarillo y lavanda y flechas rojas adornando los márgenes.

—Seguiremos a la… —miró a Alex y luego a Rubí— a la escena de amor. Al escenario de la habitación del hotel en diez minutos.

—Claro, jefa. Como usted mande—contestó Rubí automáticamente.

Alex puso los ojos en blanco. Rubí estaba segura de que su propia expresión era de desagrado, pero trató de borrar toda huella de emoción de la cara antes de que Alex la viera. Demasiado tarde.

Alex caminó hacia Rubí, con las manos en los bolsillos de su pantalón y sus codos hacia atrás. Tenía perfectamente ensayado el efecto de modelo para la revista Trimestral del Caballero. Su "blazer" de tela gruesa de lana se abría justo en el ángulo correcto sobre su pecho para mostrar su torso diseñado a la perfección por su entrenador personal.

Se agachó, tocando la mejilla de Rubí con la suya propia, como si la besara.

—Más te vale que te portes bien, mujer. Pórtate como la profesional que se supone que eres, o voy a hacer de tu vida un infierno. No eches a perder una gran oportunidad para los dos, Rubí— susurró.

Él tomó la mano de ella, llevándosela a los labios. Ella la arrebató y la liberó, discretamente enterrando sus uñas en la palma de la mano de él.

—Entonces, no me des lata, Alex. ¿Comprendes?

Éste sonrió y asintió con la cabeza, como si ella hubiera dicho algo interesante, hasta que Rubí se dio cuenta de que habían camarógrafos de los diferentes medios de comunicación caminando alrededor de ellos, listos para seguirlos al próximo sitio. Alex volteó y la dejó sola ahí, y ella trató de recuperar la compostura.

—¿Un poco nerviosa? —la voz grave en su oído la hizo girar, esperando ver a Marco.

Luis sonrió hacia ella; sus ojos cansados brillaban aún con travesura.

—No. ¿Dónde está Marco? ¿Están todos bien?

Luis señaló los pies que salían por abajo de la rampa.

—Estamos todos bien, gracias por preguntar. Oficialmente estamos fuera de servicio, pero él insistió en que viniéramos primero aquí cuando se le ocurrió algo respecto a la rampa. Parece que había algo que no le cuadraba desde un principio.

—Me acuerdo que había dicho algo por el estilo.

Luis olía a ceniza vieja. Cuando volteó a observar a Alex caminando calle abajo, sus movimientos parecían más lentos que lo normal.

—Alex es bueno como actor. Sólo así podría pasar por buena gente —Luis volteó de nuevo hacia Rubí—. Lo meteremos en cintura, descuida.

De nuevo esa actitud machista. Estos hermanos Carrillo eran peores que los suyos.

—Luis, hablas como tu hermano. No necesito…

Rubí lo miró a los ojos fatigados, ojos que le recordaban demasiado a Marco. Ninguno de ellos necesitaba de regaños ahora.

—Gracias, de todas maneras. Estoy segura de que voy a estar bien.

Le dio una palmadita en el brazo.

—Vayan a descansar. Alcanzaré a Marco más tarde; no quiero molestarlo ahora.

—No seas ridícula. Quiere saber que estás aquí y preguntando por él —Luis caminó hacia las botas y les dio una ligera patada.

Un Marco irreconocible en ropa protectora salió de abajo de la rampa. Se sentó y levantó la visera del casco. Al quitarse los guantes, miró a Luis con curiosidad, luego subió las mangas de su camisa, descubriendo sus brazos musculosos.

Luis se quedó callado. Luego dio un paso lateral, dramáticamente, como si estuviera entregando a un concursante en la televisión el premio detrás de la puerta número uno. Al hacerse a un lado, Marco y Rubí pudieron verse.

Marco levantó las cejas, y su cara se iluminó. Sus ojos, más azules que el cielo de San Diego en la mañana más despejada del año, hicieron que a Rubí le faltara el aire. Cuando Luis volteó para regresar con su equipo, Rubí corrió hacia Marco antes de que él pudiera levantarse.

Se puso en cuclillas, con sus rodillas casi tocando el suelo.

—¿Cómo estás?

—Mejor ahora —cruzando las piernas como indio, descansó sus manos entre las rodillas—. Mucho mejor.

Ella miró fijamente las botas de él hasta sentir que se le había bajado el calor que se le había subido a la cara.

—¿Salieron todos bien?

—No perdimos a nadie. Pudimos contener el fuego en los dos edificios.

—Me da mucho gusto. Estaba preocupada.

—Así que estabas preocupada, ¿no? —extendió la mano para torcer un mechón de cabello que se le había escapado a ella de su chongo. Se suavizaron sus facciones; las patas de gallo en los extremos de sus ojos ya no se arrugaban por la sonrisa.

Había apagado la sonrisa como un actor. Rubí inclinó la cabeza de lado, preguntándose qué habría hecho para que éste se pusiera la máscara de cauteloso.

—Te ves cansado.

Él se encogió de hombros.

—El equipo está rendido, pero no querían perder la oportunidad de ver más celebridades, aunque para mí es un misterio entender por qué querrían ver a alguien aparte de ti.

Marco jamás se había referido a ella como celebridad. Un escalofrío recorrió su espalda.

Él azotó sus guantes contra el interior de la pierna de su pantalón.

—Estaremos aquí sólo unos minutos más. Tuve que revisar algo en el cableado de la rampa que había sospechado que andaba mal.

—Gracias a Dios que están pidiendo una nueva. Yo no me sentía segura ni caminando cerca.

—No era segura. Quise estar seguro de que estuvieras bien antes de dejar la locación permanentemente —se levantó y la ayudó a ponerse de pie.

—¿A qué te refieres cuando dices permanentemente? —se sacudió la ropa, tratando de sacudir el nerviosismo que la invadía.

Marco sostuvo firmemente sus manos, haciendo que permaneciera en el lugar cuando todo lo que ella quería hacer era correr.

—Pedí mi cambio de nuevo a la central. Alguien tiene que manejar las cosas desde ahí. Como capitán, me toca la responsabilidad.

—Dijiste que tenías una responsabilidad con tu equipo aquí también. Tienes la experiencia con los fuegos pirotécnicos. Te necesitan aquí —*con un demonio*, pensó, *yo te necesito*.

—Puedo supervisar este trabajo y el resto de nuestra jurisdicción desde la central simultáneamente. Rubí, es mejor que me vaya, al igual que es mejor que trabajes sin distracciones.

Ella lo miró con desprecio.

—¿Te consideras una distracción? No te adornes. Y no me digas que lo que haces es por mi bien. Esto fue un compromiso, y ya te vas —dijo, mientras pensaba: *Te vas de mí*.

—No te abandono, Rubí. Estoy dejando la situación para que puedas respirar libremente. Enrique dijo... —Marco dejó de hablar repentinamente, dejando caer las manos de ella, y se mesó el cabello.

—¿Enrique? ¿Qué dijo Enrique? Tú y Enrique hablaron de mí y decidieron lo que sería mejor para mí — hundió su dedo en el pecho de Marco, duro—. ¿Qué te pasó, Marco? Casi me hiciste pensar que me querías. Luchaste por mí, por el amor de Dios. Me hiciste creer, me hiciste pensar...

Se había arriesgado con Marco. Y justo al meter el pie en el agua helada, se rompía el hielo alrededor de ella más rápido de lo que pudiera escapar a tierra firme.

—Quiero verte, Escarlata. Simplemente creo que no debo verte aquí.

Ella se le quedó mirando, mientras el tornado se aceleraba dentro de ella. Habló calladamente.

—Está bien. Siempre y cuando sea tu decisión, Marco, y no por influencias ajenas —apretó los dientes—. Espera que agarre yo a Enrique.

—Enrique quiere lo mejor para ti.

—Una vez pensó que tú eras lo mejor para mí. Ahora eres un inconveniente. Ya me tengo que ir. Ves, Marco. Yo sé que la puntualidad puede hacer o deshacer una carrera cinematográfica. Yo sé qué es lo mejor para mí.

Él la tomó del brazo y la volteó hacia él.

—Escarlata, no lo hagas —la ansiedad volvió su voz grave. La angustia coloreó sus ojos.

La angustia la llenó a ella también.

—Yo no juego, Marco. Me enganchaste como pescado y ahora me vuelves a tirar al agua porque quieres que me concentre en mi trabajo. Fue muy noble de tu parte. Así que déjame volver a trabajar.

No la detuvo esa vez. Ella caminó con un paso más confiado, con su espalda derecha y sus labios apretados para no llorar. El recuerdo de la noche anterior le golpeó el cerebro, y estuvo a punto de caerse.

Dios le guarde la hora a Alex si intenta algo el día de hoy. Caminó en dirección a él, más que lista para entrar en batalla.

El escenario del hotel, una improbable zona de guerra, estaba colocado entre la rampa de motocicletas y las camionetas. La fachada tenía un aspecto contemporáneo con líneas modernas y detalles arquitectónicos que les harían competencia a las Torres de Trump en Nueva York.

El escenario de la habitación en sí estaba lejos de ser un campo de batalla. Construido dentro de un enorme almacén ubicado detrás de los remolques, tenía ambiente de sobra y podría facilitar la posibilidad de una escena de amor para cualquier pareja. Rubí entró, y como lo había hecho toda la semana, apreció la obra y se quedó asombrada por la transformación. Los productores no escatimaron en gastos para hacer que los detalles se vieran auténticos.

La alfombra gruesa y elegante amortiguaba cualquier ruido del exterior. Había nichos llenos de esculturas de ónix negro. Grandes macetas mexicanas de barro con hermosas plantas adornaban los rincones, el pie de la cama, así como las barras de mármol. Llamativas litografías de Diego Rivera y de Picasso adornaban las paredes estratégicamente, balanceadas por la mano más suave de Van Gogh. Habían colocado botellas de los licores y los vinos más finos sobre la brillantemente encerada cantina de madera de cerezo en la pared frente a la cama. Un espejo en la pared atrás de la cantina reflejaba la cama al igual que el brillo del cristal de las botellas.

El cuarto estaba francamente adornado como "suite" de luna de miel en su definición más amplia. Al observar el cuarto, uno vería todo, pero acabaría por enfocarse en la enorme cama, lo cual había sido el propósito de la decoración. Uno de los amigos de la directora le había prestado la delicadamente tallada cabecera de caoba sudamericana a la compañía. Contra la otra pared y rodeada por todas las imitaciones, por bien hechas que fueran, la regia cabecera resaltaba. Sobre una colcha rayada color oro, negro y beige, montones de almohadas y cojines creaban un nido sensual. Definitivamente creado para consentir a una reina, el cuarto podría evocar grandes fantasías.

Fantasías en un mundo de lujos, pensó Rubí. *Si no fueran con Alex.* Ella tembló. Marco invadió sus pensamientos con los "pudo haber sido", pero esto no la hizo sentirse mejor.

La maquillista y la estilista de Rubí la siguieron al entrar en el cuarto y empezaron a arreglarla. *Era justo el momento,* pensó. Necesitaba distraerse. Los camarógrafos y los técnicos de sonido metieron su equipo. La falta de una cuarta pared facilitaba el acceso.

Era la realidad, pensó Rubí. Con cincuenta personas en el cuarto no era muy romántico hacer una escena de amor, por mucho que se viera así en la pantalla grande. Suspiró con alivio. Alex tenía que comportarse a la altura. Ella también.

Como si lo llamaran, Alex entró en el cuarto, asintiendo con la cabeza en señal de aprobación. Sus ojos miraron la cama, y luego se fijaron sensualmente en Rubí. Movió las cejas en dirección a ella y luego se rió fuertemente.

—Como en los viejos tiempos, ¿no?

Se acercó a ella, la tomó entre sus brazos y empezó a bailar un merengue al son de una canción en su cabeza. La giró hacia afuera y luego la hizo girar para acercarla hacia él de nuevo.

—Vamos a dejar el pasado donde pertenece para darles lo que están pagando, ¿de acuerdo? —sonrió él, tratando de desarmarla.

—Encantador, como siempre, Alex —ella retrocedió un paso, con sus brazos tensos preparados para el próximo paso. Los reflectores de las cámaras destellaron una y otra vez.

Con repentina claridad, ella supo que podía manejar a Alex, con o sin escena de amor, en el escenario o fuera de él. Y si podía hacer eso, podría también poner las cosas en perspectiva dentro de su vida con Marco sin tanta dificultad.

—¡Listos en el escenario! —la asistente de la directora atravesó al escenario con su tablero.

La directora hizo un ademán hacia Alex y Rubí.

—¿Todo bien entre ustedes?— preguntó.

Los dos asintieron con la cabeza. La directora se vio aliviada, y explicó cómo quería que entraran al cuarto y donde quería que se pararan cuando empezaban a quitarse la ropa.

Alex caminó con Rubí hacia afuera del cuarto, rodeándole los hombros con su brazo con naturalidad.

—Vamos a tratar de hacerlo bien la primera vez para no tener que repetirlo una y otra vez.

Rubí asintió con la cabeza.

Después de unos minutos, todos estaban listos en sus posiciones. Cuando la directora ordenó que comenzara la acción, Rubí y Alex entraron lentamente al cuarto a media luz desempeñando sus papeles de amantes ilusionados.

Se pararon al pie de la cama, sus líneas fluyendo fácilmente. Rubí mantuvo la mirada fija en la cara de Alex.

—¿Puedo servirte una copa? —preguntó ella, caminando hacia la cantina.

—No —la voz de él se volvió grave y baja, como un gruñido desde la parte más profunda de la garganta—. Quiero beberte a ti.

Aplastó los labios de ella con los suyos. Su mano, perdida en el cabello de ella, la sostenía fuertemente por el cuello.

Actúa, pensó Rubí. Le echó los brazos al cuello, con pensamientos de Marco girando violentamente en su cabeza.

La mano de Alex recorrió su torso y cubrió su seno. *¿Qué?* La rodilla de Rubí subió automáticamente, atinando perfectamente en su objetivo.

Él se tambaleó hacia atrás y se dobló, tosiendo y agarrándose. Cada tercera palabra era una obscenidad, y sus ojos eran como cuchillos dirigidos hacia ella.

Hubo murmullos incómodos en el escenario. Rubí miró a su alrededor antes de acercarse a Alex, alisándose el cabello. Se inclinó para hablarle.

—Eso no estaba en el guión, Alex. Que no se repita.

—Perdón. Perdón —dijo él, meneando la mano para alejarla de él.

Ella caminó hacia la directora.

—Eso no estaba en el guión, jefa.

—Entendido —parecía costarle trabajo no reírse—. En cuanto esté listo, pasaremos a la próxima escena. Alex tendrá que bajar tu cremallera, pero tú puedes quitarte tu propia ropa. Sin ayuda de él.

Rubí se dejó caer en su silla y recogió su guión. La maquillista le quitó el brillo causado por el sudor de la cara con una gran borla. El calor que emanaba de las enormes luces parecía fundir el maquillaje minuto a minuto.

Rubí echó un vistazo hacia la gente que observaba la filmación. Vio a su madre tras las barreras. Estaba platicando animadamente con Enrique.

El enojo fluyó libremente por ella de nuevo al pensar en Enrique y Marco hablando de ella, tomando decisiones que no tenían ningún derecho de tomar. *Les importo, ¡cómo no!* Miró sobre el otro hombro. Marco, no muy lejos de la directora, la miraba a ella directamente. Ella no entendía como pudo haber llegado tan cerca del escenario, y no lo quería tener tan cerca.

Oyó a la directora que parecía estar muy lejos.

—Alex, ¿estás listo?

—Cinco minutos más, por favor —su voz casi había vuelto a la normalidad.

Rubí despejó la mente con unas respiraciones cortas y se acercó al costado de la cama. Alex la siguió. Ella se negó rotundamente a volver a mirar a Marco.

Afortunadamente, había poco diálogo en la próxima escena. Confiar en la firmeza de su voz habría requerido más esfuerzo y más tiempo que lo que quería dar.

Alguien bajó las luces del cuarto de nuevo, para crear la ilusión del crepúsculo. Ella y Alex se abrazaron como lo habían hecho antes, pero esta vez el mantuvo las manos donde tenían que estar.

Ella dio un paso hacia atrás, quitando la mano de él de su cuello para besar su palma antes de dejarla caer a su costado. Lentamente comenzó a desabrocharle los botones de su camisa, y metió las manos debajo de la camisa para acariciarle el pecho. Le dio la espalda, levantando su cabello. Él le besó el cuello antes de bajar la cremallera de su vestido, y sus manos le acariciaron la espalda.

Ella volteó para ponerse de frente, jalando el vestido de manga larga hasta descubrir los hombros, y luego lo dejó caer alrededor de sus tobillos. Se quitó los zapatos de tacón alto.

Rubí se dio cuenta conscientemente de que el escenario estaba extremadamente silencioso, como si todo el mundo estuviera conteniendo la respiración. Excelente. Algo tenía que estar funcionando bien.

Alex susurró lo acostumbrado.

—Eres tan hermosa.

Posando prácticamente desnuda, vestida solo con un juego de sostén y pantaleta de encaje color rojo sangre, dejó que la sensación repentina de pudor se le disipara, respirando profundamente. Jamás se acostumbraría a esta parte del negocio, por mucho que hiciera que la atracción entre ella y su co-estrella pareciera real.

El micrófono y la cámara de arriba se acercaron más, pero fuera de su línea de visibilidad. Ella le quitó suavemente la camisa a Alex, sus manos recorriendo sus hombros y sus brazos.

Pensó brevemente en la hora, recordando que había prometido comer con su madre. También quería hablar con Enrique antes de que se retirara.

La piel de Alex, calurosa y sudorosa por la intensidad del calor de las cámaras, le repugnó. Los dos apestarían como los restos de un menudo echado a perder antes de que llegara la hora de comer.

Se dedicó a besar el cuello de Alex justo bajo el oído. Éste gimió como era indicado. Era buen actor, pensó ella, pero ella le mostraría lo que era actuar.

Los dedos de él le recorrieron la espalda y ella tembló a pesar del calor húmedo que inundaba su cuerpo. Él giró el cuerpo levemente, y ella se movió con él para que su cuerpo estuviera de frente al grupo de técnicos y más allá.

Rubí abrió los ojos e instantáneamente se dio cuenta de su error.

Marco los miraba con furia a Alex y a ella. Sus facciones se endurecieron. De haber abierto la boca, le habría salido fuego.

Seguramente ella abrió los ojos más ampliamente que lo indicado por el guión. Titubeó, olvidando su próxima línea.

La directora se enderezó en su silla.

—Rubí, ¿qué cara… ¡Corte!

Rubí se alejó de Alex.

—¿Qué te pasa, Rubí? —Alex volteó a ver a Marco abriéndose paso entre los técnicos caminando directamente hacia ellos—. ¡Me parte un rayo! ¿Otra vez?

Marco empezó a desabrocharse la camisa y luego se dio por vencido y la rompió, haciendo volar los botones por todos lados.

—Con permiso —dijo, empujando a Alex.

Se quitó la camisa y la colocó sobre los hombros de Rubí.

—Tenemos que hablar. Ahora mismo.

—¡Salte de este escenario ahora mismo, Marco! —ella aventó su camisa al suelo.

Él la recogió y se la volvió a poner a ella.

—¡Corte! —gritó la directora.

A Marco le temblaba la mandíbula.

—Nada más cinco minutos, ¿está bien? —agarró la mano de Rubí.

Alex se había hecho para atrás, observando desde una distancia segura tras la cantina. Las luces subidas iluminaban fuertemente. La plática se había vuelto excesivamente fuerte. El frenesí de gente corriendo por el escenario, aumentando el caos, algún día podría ser anécdota chistosa, pero era lo último en que pensaba Rubí en ese momento.

—¡Corte! ¡Corte!

Rubí escuchó a la directora. Las carreras cinematográficas de los dos estaban desvaneciéndose ante sus ojos, como si todo hubiera sido sino una ilusión mágica que había salido mal.

—Cinco minutos, jefa —gritó Rubí—. Por favor —Rubí levantó la mano con los cinco dedos extendidos, y arrebató su otra mano de las de Marco. Agarrándolo de la parte superior del brazo, lo sacó del escenario. Ganas no le faltaban de lanzarlo al otro lado del lugar sobre una silla.

—¡Corte, maldito sea! —la directora brincó de su silla— ¡Tomen cinco minutos! ¡Tomen cinco minutos y luego sácalo del maldito escenario!

CAPÍTULO ONCE

Rubí se puso la larga bata roja que su asistente le tendió y esperó hasta estar fuera del alcance de oídos chismosos antes de enfocar su atención en Marco. Rubí se cruzó de brazos, y empezó a tamborilear automáticamente con el pie.

—Por el amor de Dios, ¿en qué estaba pensando, señor Carrillo?

—De ser honesto, no estaba pensando muy bien, Escarlata. Cuanto más te veía con Alex en el escenario, más perdía la capacidad de razonar.

Las lentas palabras de Marco avanzaban hacia ella como una espiral de humo, peligrosamente cerca de prenderle fuego a la pequeña alcoba donde se encontraban ellos. Las manchas de ceniza en la mejilla y en el brazo de Marco le recordaron donde había estado él horas antes. Sin embargo, su gran fatiga podía explicar solamente en parte su comportamiento irracional.

Sosteniendo la camisa en la mano, parecía desolado, a pesar de su tamaño, y ella tenía ganas de abrazarlo, a pesar de todo. Ella sacudió la cabeza. La derretía justo cuando tenía todo el derecho del mundo de estar enojada.

Ella le dio la espalda.

—Me hiciste perder credibilidad con mi directora y con el productor, Marco —se detuvo para respirar—. Y no porque importe mucho, pero con Alex también—. Rubí insistió molesta—yo nunca entraría a tu central para interrumpir una junta para que hablaras conmigo.

Él hizo ademán de protegerse de sus acusaciones con las manos.

—Lo sé, lo sé. Y lo siento. Te alejaste de la rampa enojada y debería haberte seguido entonces para explicarme mejor.

—No hay nada que explicar, Marco.

Marco caminó alrededor de ella.

—Fue suficientemente importante como para interrumpir tu trabajo, Escarlata. Escúchame.

Rubí apretó los dientes, pensando que jamás podría redimirse por el daño del caos de los últimos minutos.

—Apúrate, que tengo poco tiempo.

Marco asintió con la cabeza y dejó de caminar.

—Enrique nada más quería lo que consideraba lo mejor para ti. Estaba preocupado por la relación entre tú y yo, nada más porque has llegado tan lejos en tu carrera y no quería que te desviaras de lo importante.

—Ninguno de ustedes tuvo derecho a meterse. ¿Y si yo te quería a ti y a mi carrera también? Tengo toda la confianza del mundo en poder manejar las dos cosas—ajustó las solapas de la bata—. No te besé porque no tuviera nada mejor que hacer, Marco. Es que ello… tú… significabas algo.

—Pues tú significas mucho más que un algo, Rubí. Cuando te alejaste, pensé que quizás te ibas a alejar para siempre. No puedo permitirlo si lo puedo impedir porque yo te… —se le cayó la camisa al suelo—. Bueno, lo que quiero decir es que te… —se frotó la cara con una mano.

—Amo, amo — farfulló ella. La palabra amor la paró en seco. Retrocedió sin ver a donde iba, segura de que un precipicio invisible se abriría bajo sus pies.

Su asistente le hacía señas desde el otro lado del cuarto, señalando su reloj. Rubí levantó su dedo en respuesta.

—Me tengo que ir, Marco.

—Escarlata, me volví loco cuando te vi ahí con Alex.

—Es mi trabajo, Marco —ella no pudo reprimir la exasperación en su voz. ¿Cuántas veces tendría que explicarle su trabajo?

—Se ve difícil.

Ella puso sus manos sobre las caderas; el torbellino dentro de ella aumentaba de velocidad.

—No necesito sarcasmos de tu parte, y definitivamente no necesito que alteres mi vida más de lo que ya lo has hecho. ¿Te das cuenta de que en unos cuantos minutos prácticamente has echado a perder todo el trabajo que he hecho para llegar a donde estoy en esta industria?

—No creo que sea para tanto, Escarlata. Tú eres la estrella. Puedes perfectamente salvar todo cuando vean lo que puedes lograr en la próxima hora.

Otra vez se le erizó el cuerpo al oír la palabra "estrella".

—Nada más si no te acercas al escenario —no entendía por qué siempre lograba Marco subirle simultáneamente la presión arterial y el calor de su cuerpo. Se le fortalecieron las defensas—. Además, ¿cómo lo sabrías tú? Jamás has visto una de mis películas. Tú mismo lo has confesado.

Él se apoyó contra la pared, y cruzó los brazos sobre el pecho que ella no podía dejar de mirar.

—Es cierto. Pero he visto como te enfocas a la tarea por hacer, y lo haces bien, visualizando siempre el producto final.

Ella arqueó las cejas.

—Interesante evaluación. Deja de tratar de ser amable. No va a funcionar. Nosotros no funcionamos.

—Mira, Escarlata. Yo te prometo que no me interpondré entre tú y Alex en el escenario de nuevo, salvo que me des una señal.

—No habrá señales, Marco.

—¿Realmente te gusta hacer eso una y otra vez con Alex?

—Entiéndeme bien. Es mi trabajo. De hecho, tengo que volver a hacerlo diez veces más con Alex hasta dejar satisfecha a la directora, que no será hasta que se vea todo suficientemente real y auténtico como para ponerlo en la película. ¿Entiendes?

—Yo no lo podría fingir así. Debes de ser buena actriz —se impulsó para separarse de la pared—. Estás fingiendo cuando estás con Alex, ¿verdad?

—Ya basta. ¿Crees que me gusta besar a Alex cuando en lo único que puedo pensar es en ti y en lo que hicimos anoche? —le dio la espalda, con ganas de pegarse a sí misma por haberlo dicho.

Marco entendió perfectamente el comentario. Dio un paso hacia adelante y la abrazó.

—Oye, Escarlata —susurró—, en cuanto a lo de anoche…

Ella inhaló su olor a ceniza antes de separarse de él. Quería acurrucar la cabeza dentro de ese olor, limpiar las manchas de ceniza de su cara, masajear su dolorido cuerpo.

—Esta escena de amor no puede compararse con lo que compartimos tú y yo— dijo Marco.

—Mira, Marco. Acéptalo o vete —dijo ella, empujándolo.

Él la observaba desde su mayor estatura, a una distancia que no le inspiraba seguridad alguna. Sus labios formaron una mueca. Le temblaba la mandíbula. La luz de sus ojos estaba casi apagada.

Él se pasó los dedos por el cabello y asintió lentamente con la cabeza. Recogió su camisa y se la puso. Abrochó el único botón que le quedaba.

Luego dio la vuelta y se marchó; su camisa se agitaba como una llama al salir del edificio.

Rubí se quedó helada. Agarró el respaldo de una silla cercana para tranquilizar el temblor de sus dedos.

De reojo, vio que Enrique se acercaba.

—¿Hay algo que pueda hacer yo, mi amor?

—¿No crees que has hecho más que suficiente, Enrique? —se frotó las sienes. El torbellino incontrolable dentro de ella no daba indicación alguna de estar cerca de calmarse.

Él abrió la boca para decir algo, para luego cerrarla, esperando.

—¿Por qué tuviste que meterte? ¿Por qué toda la gente que me importa cree saber mejor que yo lo que me conviene?

—No quise ver que te lastimaran igual que cuando estuviste con Alex. Tardaste mucho en volver a ser tú misma. Si tuviera yo algún poder, lo usaría para ver que no te volvieran a lastimar.

La gruesa bata apenas pudo calentarla.

—Marco es distinto. Tú lo supiste antes que yo. Me hace bien. Yo hubiera podido con él y con mi contrato, si es eso lo que te preocupaba.

El dolor en los ojos de Enrique hizo a Rubí desear poder retirar las palabras que había dicho, pero éstas permanecieron en el aire entre ellos.

Enrique enderezó los hombros.

—Te amo a ti, Rubina, no a tu contrato.

Ella se dejó caer en la silla y se cubrió el rostro con las manos. Lentamente empezó a sollozar. Tiró la cabeza hacia atrás para impedir que las lágrimas que brotaban por los extremos de sus ojos echaran a perder su maquillaje. Era un viejo truco que Enrique le había enseñado, pero no iba a funcionar muy bien si no podía controlarse pronto.

Él se arrodilló a su lado y la atrajo hacia él. Abrazándola fuertemente, no dejó que ella se escapara de sus brazos.

—Perdóname, mi amor —susurró—. No tuve derecho a entrometerme.

Sus lágrimas fluyeron, y devolvió el abrazo de Enrique.

—No fuiste nada más tú, Enrique. Estoy enojada conmigo misma por no haberle dado a Marco por lo menos la oportunidad de hablar. Soy buena para rechazar a la gente, ¿verdad? ¿Por qué te has quedado a mi lado?

—Soy más terco que tú —dijo él, controlando las ganas de llorar. Se sentó hacia atrás en cuclillas y sacó un pañuelo del bolsillo de su saco.

Rubí trató de sonreír, pero no lo logró. No quería ni pensar como habría quedado con Marco por su propia terquedad.

Enrique le limpió debajo de los ojos antes de pasarle el pañuelo a Rubí.

—Eres mi mejor amiga, y siempre me has apoyado. La vida no es un lecho de rosas todo el tiempo —la besó en la mejilla—. Ya deja de llorar para que te pueda llevar a actuar como si no sucediera nada.

Miraron en dirección a la directora, quien estaba sentada en su silla hojeando el guión.

Enrique buscó por su mochila hasta encontrar su maquillaje. En menos de dos minutos, le había puesto base bajo los ojos, había refrescado su rímel y le había puesto polvo en la nariz. Pasándole una gran brocha por toda la cara, la dejó como nueva.

Miró en el pequeño espejo del compacto, y luego arregló sus propios ojos.

—Me has dejado con los ojos hinchados, amor. Imperdonable.

Ella rió y lo abrazó una vez más para la buena suerte.

—Yo también te amo, Enrique. Saldremos bien de todo esto.

Enrique cerró el compacto con actitud altanera y lo tiró en la mochila.

—Por supuesto que lo haremos. Termina tu trabajo aquí, amorcito. Más tarde tienes que ir a visitar al señor Carrillo.

Ella negó firmemente con la cabeza mientras Enrique la ayudaba a levantarse.

—Hoy no. Ha sido un día infernal. Nada más quiero meterme en la cama para que se acabe todo esto.

Se le tensó el estómago al pensar en tener que enfrentarse con Marco tan pronto. Él necesitaba tiempo. Ella también.

Enrique la volteó y la empujó hacia el escenario.

—Esta noche. Tengo un plan. Vamos a arreglar este problema de una vez por todas. Llegaré a tu casa a las seis. Y llevaré la cena como penitencia —dijo, tirándole un beso a Rubí.

—Nada de postres.

—Nada más uno. Flan de chocolate u otra cosa igual de rica —sonrió y guiñó el ojo. Lo merecemos.

—Pensé que eras mi amigo.

—Dos cucharadas para que no te sientas culpable. Ya vete.

Alex la esperaba en el lugar designado. Le tendió la mano.

—Mala suerte, Rubí. ¿Lista para trabajar?

Sin ganas de ponerse de nuevo en plan de pleito, Rubí estudió la expresión en su cara, esperando entrever el sarcasmo. Sin embargo, él permaneció callado, y su silencio la desarmó.

Aceptando su mano, caminó con él al centro del escenario, y esperaron la indicación para comenzar.

Marco y Luis estaban sentados en el Jeep en frente de la casa de Rubí. Las luces estaban prendidas.

Había varios coches estacionados junto a la acera. Se escuchaban risas entre el murmullo de las voces, llegando a Marco como la neblina que espesaba.

Necesitaba ver a Rubina, pero ¿qué pensaría ella si Luis y él llegaban a su puerta sin avisar, a pedirle un favor que Marco no tenía derecho a pedir? Ya se imaginaba él como se enojaría al rechazarlo.

Jalaba un hilo suelto en el volante.

—No creo que quiera verme todavía.

—Ay, ay, ay, hombre —dijo Luis, tamborileando los dedos sobre el tablero, con su impaciencia a flor de piel—. Hoy venimos de parte de la central. No es nada personal.

—Ella no lo verá así —murmuró Marco.

—El equipo necesita una respuesta mañana, hermano —dijo Luis.

Quizás la petición fuera una bendición disfrazada. Le daba la oportunidad de ver a Rubí en su propio terreno, donde quizás estuviera más a gusto y más capaz de perdonar, que era realmente el único propósito de Marco.

—Ya tendrán su respuesta —dijo Marco, bajándose del Jeep—. Nada más dame unos minutos para hablar a solas con ella antes de retirarnos.

—Toma todo el tiempo que necesites.

Luis caminó atrás de su hermano. Se oía la música más y más fuerte al acercarse a la entrada de la casa.

Marco se quejó silenciosamente, apenado por su comportamiento durante el día. No tendría caso tratar de defenderse ante las acusaciones de Rubí. Si ella decidía no volver a dirigirle la palabra, él lo comprendería perfectamente.

Rubí se le había metido hasta el corazón, simple y sencillamente. ¿Cuándo se había portado como cavernícola antes por una mujer? Un minuto más en el escenario y podría habérsela echado al hombro para sacarla de ahi. Claro, habría tenido consecuencias. Rubí lo habría medio matado, por ejemplo, con toda la razón del mundo.

Pararse en la conocida entrada lo consoló en cierta medida. Había dejado pedacitos de sí mismo dispersos por toda la casa, empezando por la puerta principal: el primer trabajo que había hecho para Rubí, la primera puerta que había arreglado en su vida. La enorme maceta que había traído del camión en otra ocasión estaba en un rincón de la veranda, llena del fragante y floreciente jazmín que le había llevado como sorpresa unos días después.

No se necesitaba mucho para darle gusto a Rubí. Todo valía la pena por ver su sonrisa, la que lo impulsaría a conquistar una ola de tres metros si fuera necesario. Tocó el timbre, esperando poder sacarle aunque fuera una sonrisa más. Era un poco difícil, pero lo iba a intentar de todos modos.

Se abrió la puerta. Enrique estaba ahí, tan elegante como siempre, aunque portara un simple pantalón de mezclilla y una camisa que definitivamente no era de algodón. Marco tenía que admitir que las botas vaqueras de cocodrilo eran muy elegantes.

—Marco, Luis, ¡qué gusto que pudieron venir! —de haberse sorprendido por su llegada, Enrique no lo mostró.

—¿Nos esperabas? —Marco levantó una ceja, pero extendió la mano para estrechar la de Enrique—. Enrique, no queremos ser inoportunos. Suena como si estuvieran de gran fiesta. Nada más quisiera hablar un momento con Rubí.

Enrique se rió.

—Si, señor. Las cenas familiares de los Flores siempre son ocasiones para festejar. Son mejores que muchas fiestas de Hollywood.

—¿La familia? ¿Quieres decir los padres y los hermanos de Rubí?

Enrique asintió con la cabeza.

—Entonces no debemos interrumpir. Volveremos mañana —Marco empezó a retirarse.

Enrique y Luis cruzaron una mirada fugaz.

—De ninguna manera —dijo Enrique. Le dio una palmadita a Marco en la mano, girando para guiarlos hacia la sala—. Acompáñennos hasta que vuelva Rubí.

Marco miró hacia los dos, dándose cuenta de repente de que todo había sido plan con maña. Luis dio un paso para seguir a Enrique, pero Marco lo agarró del brazo y tiró de él hacia atrás.

—¿Qué demonios está pasando, Luis? —gruñó. Luis arrebató su brazo, librándolo de Marco.

—Hombre, no sé de qué estés hablando —enderezó el cuello de su camisa de mezclilla—. Y ahora cuida tu carácter y pórtate como la gente. No me hagas pasar vergüenzas.

—¿Hacerte pasar vergüenzas? —Marco tenía ganas de ahorcarlo. Luis estaba tramando algo. Todas las bromas que le había jugado de chicos pasaron por su mente. Se le hizo un nudo en la boca del estómago.

Siguieron a Enrique.

—Tú y yo hablaremos después —le susurró Marco a Luis. Se pararon en la orilla de la sala hundida y esperaron.

—Más te vale que hables con Enrique primero —Luis señaló a Enrique con el dedo, al bajar éste ligeramente los dos escalones. Enrique pasó, abriendo paso por entre todos los cuerpos, amable pero rápidamente. Con un toque de la mano por aquí, una risa por allá, su cara radiante por la felicidad.

Se mezclaba con la familia Flores tan cómodamente que Marco se preguntaba, con un poco de envidia, si algún día él tendría oportunidad de hacer lo mismo.

Enrique apagó la música. Cuando el ruido bajó a un nivel normal, todos voltearon en dirección a Enrique.

—¡Todos! — dijo mientras aplaudía—. Tenemos invitados especiales esta noche.

Rubí, sentada sobre un banco color perla con la espalda hacia Marco, volteó lentamente hacia donde había señalado Enrique, con una copa levantada hacia los labios. Abrió ampliamente los ojos sobre la orilla de la copa, con una expresión que parecía ser de absoluto terror cuando su mirada se encontró con la de Marco.

Se atragantó y tuvo que poner la copa sobre una mesa cercana, tosiendo y chisporroteando saliva, fuera de control. Un tipo grande y fuerte le pegó en la espalda. Marco dudaba que el golpe hubiera sido ligero. Caminó en dirección a Rubí.

—¡Agua, agua! —gritó la madre de Rubí. Una joven mujer corrió a la cocina y de vuelta para llevarle agua.

Marco le quitó el vaso a la mujer y lo puso en la mano de Rubí.

—Respira hondo para que puedas tomar el agua —le dijo.

Rubí asintió con la cabeza, y extendió la mano para que dejaran de acercarse todos. Marco se quedó a su lado, pendiente, de todos modos.

Respiró profundamente y tragó el agua.

—¡Vive! —gritó una voz desde el otro lado del cuarto—. ¡Vamos a bailar! —todos rieron.

Rubí le echó una mirada despectiva al bromista.

Marco vio de reojo a Enrique, quien estaba platicando con Luis— algo que intrigaba a Marco.

Enrique hizo bocina con las manos alrededor de la boca.

—Su atención por un momento más, por favor. Creo que la llegada de nuestros invitados emocionó a Rubí, y no pudo controlarse.

Todos en el cuarto se rieron, y Rubí se sonrojó.

—Muy chistoso, Enrique —logró decir.

De todos modos, permítanme presentarlos. El caballero al lado de Rubí es su amigo, Marco. A él le tenemos que agradecer por haber intentado arreglar la casa de Rubí. También es el supervisor del equipo de bomberos que vigila los efectos pirotécnicos en el escenario de Rubí. Bienvenido, Marco.

Él escuchó los saludos por todos lados. Una docena de pares de ojos extraños lo miraron. Meneó la mano para saludarlos, dándose cuenta de que jamás serviría para ser político. Abrumado por su inmersión en la familia Flores, se atrevió a mirar en dirección a Rubí. No ayudó mucho que ella se limitara a encogerse de hombros luego de ofrecerle una sonrisa forzada.

Enrique siguió, palmeando la espalda de Luis.

—Y éste es Luis Carrillo. Hermano de Marco. Bombero. Milusos. Y mi nuevo cómplice.

—Hola, todos —dijo Luis, meneando la mano.

He ahí al político de la familia, pensó Marco. Luis estaba gozando la atención.

Luis y Enrique miraron directamente a Marco, y luego a Rubí. Rubí y Marco se miraron y luego se encogieron de hombros.

—Creo que estamos en aprietos —murmuró Rubí.

—¿Por estos dos? —Marco se inclinó hacia ella, murmurando—. Será como tirar dos cohetes en un barril. Y acaban de prender las mechas.

—Marco y Luis, bienvenidos a la familia Flores. Y ahora, que comience la fiesta — dijo Enrique, interrumpiendo a Marco. Volvió a prender la música, con un poco menos de volumen que cuando habían entrado a la casa, y una canción romántica de Gloria Estefan se oyó por las bocinas empotradas en cada rincón del cuarto.

Marco metió las manos en los bolsillos del pantalón y tranquilamente observó el relajo que volvió a empezar. Las orquídeas rojas que había comprado Rubí la semana anterior le agregaban un toque exótico y elegante—un toque muy particular de Rubí— al cuarto.

La vio en el banco tomando agua, y se acercó. Enrique bloqueó su camino.

—Tienes que conocer a una gente, amor — le dijo a Marco sonriendo.

Antes de que Marco pudiera responder, la madre de Rubí se acercó por su otro lado.

—Marco, que gusto de verte de nuevo, lejos del esc…— la señora Flores se detuvo, buscando las palabras adecuadas—, de la tensión del escenario —tomó la mano de Marco entre las suyas.

—Me da mucho gusto estar aquí, señora Flores, pero de verdad no podemos quedarnos —Marco se inclinó y besó la mejilla de ella.

—Ni lo pienses. Enrique encargó suficiente comida para alimentar a mis muchachos durante varios días.

—Son apenas botanas para sus muchachitos, mamá — rió Enrique y volteó hacia Marco—. Me topé con la señora Flores justo al salir del escenario. La invité y así salió esta pequeña fiesta familiar —el brazo de Enrique barrió todo el cuarto para señalar a toda la gente.

—¿Pequeña fiesta? —preguntó Marco. Le acechaba una duda. Enrique había estado cerca del camión de bomberos en la tarde, pasando más tiempo que lo normal ahí. Luis se fijó en su mirada, y levantó su botella de Corona en son de saludo silencioso.

—La familia inmediata y las novias —Enrique dio la vuelta alrededor de Marco para abrazar a la madre de Rubí—. Nada de primos, abuelas, tías ni tíos.

Empujó ligeramente a Marco hacia Rubí.

—¿Por qué no nos enseñan Rubí y tú el camino a la comida?

—Platicaremos más tarde —la madre de Rubí sonrió y lo acarició en la mejilla—. Estoy segura de que los muchachos se te presentarán en cualquier momento. Les he platicado todo sobre ti— dijo antes de alejarse.

Los tres "muchachos" eran casi tan altos como Marco. La descripción de Rubí, comparándolos con la línea defensiva de los Vaqueros de Dallas, les quedaba al centavo. Su padre, alto, pero más delgado que cualquiera de sus hijos, se mantuvo firme ante los golpes juguetones que uno de ellos le daba mientras reían cerca de los ventanales.

De repente le entró a Marco una sombra de tristeza. Había días en que le parecía que su padre había muerto apenas ayer. El dolor y la pena, fuerte y quemante, lo despedazaban por dentro. Nada podía aliviar ese dolor cuando brotaba a flor de piel. La mayor parte del tiempo, la muerte de su padre nada más serpenteaba por las venas de Marco, haciéndolo más fuerte de maneras que él mismo no comprendía.

Rubí lo jaló por la mano.

—Quiero presentarte con mi padre —su voz baja y reconfortante se dirigió a Marco—. Creo que te caerá bien.

Marco le dio una señal, apretando su mano. Ella lo condujo hasta el otro lado del cuarto; su falda negra y corta se acampanaba al caminar. En el camino, le presentó a Marco a sus tres hermanos y a sus novias.

Su padre estrechó la mano de Marco efusivamente.

—Marco, hijo mío, es un gran placer conocerte. Me han platicado mucho de ti. Tengo entendido que rescataste a Rubí un día en el escenario.

Marco miró de reojo a Rubí. Los hombros de ella se tensaron automáticamente, y simultáneamente levantó la vista hacia arriba, sacudiendo la cabeza.

—Papá, no tan fuerte. En menos de diez segundos un comentario de ese tipo hará que el nivel de testosterona en este cuarto nos sofoque.

—Hijita, no lo digo por molestar —dijo su padre riéndose—. Y tú lo sabes. Tus hermanos y Marco te van a cuidar y te van a proteger hasta que llegues a la edad de noventa y tres años. Por lo menos.

Ella lo besó en la mejilla.

—Bueno, entonces nada más me faltan sesenta y un años. Ahora tengo una meta en la vida.

Marco la tomó de la mano.

—Rubí ha probado una y otra vez que es muy capaz de cuidarse sola, pero eso no afectará la manera en que cada uno de nosotros queramos cuidarla de todos modos.

Ella lo miró fijamente. Tocaban una pieza de salsa, y el ritmo la llamaba.

—¿Quieres bailar?

—Con permiso, señor —dijo, asintiendo con la cabeza en dirección a Rubí.

—Por supuesto —el padre de Rubí peinaba su grueso cabello canoso con los dedos. Frunció el entrecejo un momento; la preocupación se notaba en sus ligeras arrugas. La fugaz expresión desapareció cuando la madre de Rubí entrelazó su brazo con el de él.

Caminaron hasta el centro del piso de la sala. Marco le puso la mano sobre la base de la espalda de Rubí. La sensación de la otra mano de ella contra su palma electrizó toda la longitud de su brazo. La atrajo más cerca, tratando de mantener las manos sin temblar. Se esforzó en enfocarse en los pasos del baile, y no en la cercanía del cuerpo de Rubí ni en el calor que emanaba de ella y que hacía que se humedecieran las palmas de las manos de él.

—¿Básico? —preguntó Rubí con un tono retador.

—Para empezar —con gusto aceptó el reto. Le daba algo en que concentrarse.

—¿Y luego?

—Prepárate —contestó él.

En silencio, pensó que todo esto podría resultar divertido: Rubí tan cerca, buena música y un reto arriesgado, risas y los olores de una buena comida a su alrededor, las olas rompiendo sobre la orilla del mar en la oscuridad afuera. La familia por todos lados. La vida era buena.

La miró, y luego desvió la mirada. Si la miraba a los ojos, ella lo hipnotizaría y él perdería el paso. Quería evitar la arrogante mirada de ella mientras pudiera.

—Rápido, rápido, lento —se murmuró a sí mismo, haciendo que sus pies se movieran con el ritmo.

—¿Hay algún problema? —no hubo ninguna inocencia en su tono de voz.

—No.

La manera en que sus muslos se rozaban era más difícil de pasar por alto que lo que habría pensado. Miró sobre el hombro derecho de ella, y encontró un punto en que enfocarse al ver el ecualizador del estéreo.

Una vez concentrado, cerró los ojos para dejar que la música le llenara el cuerpo y los sentidos. Sus pies se deslizaban por un lado y otro, a pesar de la gruesa alfombra.

Las caderas de Rubí se contoneaban bajo su mano, con movimientos eróticos que lo hicieron sentir que la mano se le iba a encender espontáneamente. Bailaron más y más rápido, encontrando un ritmo natural entre ellos. Ella lo miró a los ojos y sonrió ampliamente.

Luego él se soltó. La atrajo más cerca; las caderas y los muslos de ambos ardían con cada toque, cada encuentro, cada movimiento. Astillas. Él se reducía a simples astillas de madera en manos de ella.

Sus pasos se hicieron más y más cortos, y él la llevó de un lado al otro del cuarto con pasos complicados. Marco no se había fijado en el momento en que el resto de la familia había abandonado la pista de baile, pero cuando levantó la vista de la cara emocionada de Rubí, estaban rodeados.

Todos alrededor de ellos se movían. Sus hombros oscilaban, sus caderas ondulaban y sus pies se arrastraban. El movimiento era tangible. Los padres de Rubí bailaban en un rincón, con sus cabezas tiradas hacia atrás con alegres risas.

Le nació la idea de envejecer junto a Rubí en ese momento, y el calor le llenó cada poro de su cuerpo. Jamás había estado tan seguro de lo que quería en la vida.

Se permitió el lujo de gozar la sensación de tenerla entre sus brazos. Ella se aferraba a él con firmeza. Él no quería soltarla jamás.

La hizo girar hacia afuera con las últimas notas de la canción. Ella gritó encantada, y tiró los brazos alrededor del cuello de Marco.

—Caray, Marco. ¡Eres bueno! ¡Qué divertido!

Devolver el abrazo le pareció lo más natural, a pesar de los aplausos alrededor de ellos.

—Y usted, señorita Flores, es una maravilla. Pensé que habías dicho que sólo te gustaba el baile de salón.

Rubí hizo una reverencia, luego de pegarle a Marco en el estómago. Él se dobló automáticamente. Lentamente cesaron los aplausos y las parejas se prepararon para volver a bailar.

Rubí volteó hacia Marco de nuevo.

—No puedo revelar todos mis talentos ocultos al mismo tiempo.

—Me gustaría ver aún más de esos talentos ocultos, querida.

—Ya me imagino.

—Déjame traerte algo frío para tomar. Y luego quizás me digas todo.

—Vas a esperar sentado.

Caminaron mano en mano hacia la mesa de juego con servicio de bebidas. Él abrió una botella de agua y se la entregó a ella, y luego abrió una para sí mismo.

Se acercaron Enrique y Luis.

—Bravo, bravo —aplaudió Enrique—. Rubí, es un gusto verte así, tan feliz. Pensé que podía ser un buen momento para que platicáramos.

Rubí dejó de sonreír. Esperó paciente y silenciosamente.

—Los hermanos Carrillo tienen que hacerte una pregunta —continuó Enrique.

—No es un buen momento, señores —dijo Marco, atragantándose con el agua mientras Rubí le agarró la muñeca.

—Ahora es un momento perfecto, Marco. ¿Qué pasa?

—El equipo me pidió que te preguntara si podrías ser la maestra de ceremonias en el Baile de los Bomberos. Es para la recaudación de fondos para las viudas de bomberos.

Ella dejó caer su muñeca como si fuera una brasa caliente.

—¿Quieres decir que viniste por un asunto de negocios, Marco? ¿Estabas suavizándome al bailar conmigo?

—Rubí, siempre puedes decir que no. Yo nada más soy intermediario; pregunto de parte de mi equipo —levantó las manos rindiéndose.

—Y porque me conoces personalmente, ¿pensaste que podías usar mi nombre para una causa tan noble? —empezó a caminar hacia atrás, alejándose de ellos. De Marco. Otra vez.

—No es así, Escarlata. Tú sabes que no haría algo así.

—No, no lo sé —levantó el mentón de manera desafiante, como era su molesta costumbre—. ¿Visita de negocios? Perfecto. Hablen con mi representante.

Volteó para enfrentar a Enrique.

—Tú manejas mi agenda. Buenas noches.

Salió corriendo por la puerta del patio y desapareció en la oscuridad de la noche.

CAPÍTULO DOCE

Con el paso de cada minuto, las paredes del remolque de Rubí se le iban cerrando más y más. Acurrucada en su bata roja, la apretó más para quitarse un poco el frío, y miró por la única ventana. Se sobaba el cuello, pero el dolor era profundo, y sus dedos no lo aliviaban.

Su ayudante arreglaba los últimos dos cambios de vestuario para el día.

—¿Se te ofrece algo más, Rubí?

—Puedes tomar un descanso si quieres —dijo Rubí, pues quería tiempo para estar sola—. Quizás puedas ver a qué hora me quieren de nuevo en el escenario, ¿no? Parece que tenían problemas para alinear la nueva rampa.

—Enseguida veo —la asistente salió, cerrando suavemente la puerta tras ella.

La filmación de la mañana había salido sin problemas. No podía decir lo mismo respecto a sí misma. Disimuladamente había buscado a Marco por todos lados, sabiendo que no vendría. Había sido en serio lo de su cambio para la central, en parte por culpa de ella. ¿Cuántas veces se podría rechazar a una persona antes de que se cansara?

La noche anterior ella había estado equivocada. Para cuando se había dado cuenta de su error y había regresado a la casa para admitirlo, Marco y Luis ya se habían ido.

¿Algún día aprendería ella a distinguir entre los aprovechados y los que pedían cosas legítimas? Ella por fin había abierto los ojos ante la verdad. Amaba a Marco, pero lo estaba rechazando antes de que él pudiera rechazarla como lo había hecho Alex. Temía que mientras fuera actriz, sería incapaz de separar su vida personal de su vida profesional.

Marco era la promesa más dulce de equilibrio en su vida. Si ella lo pudiera aceptar incondicionalmente en su vida, todo lo demás caería en su lugar. ¿Por qué trataba tanto de separar los dos segmentos de su vida?

Temiendo abrir su corazón cuando apenas estaba comenzando a reconstruir su vida, analizó sus sentimientos más íntimos. Tenía que admitir que Marco había comenzado a pegar los últimos pedacitos rotos que quedaban de su corazón herido, y aún así ella buscaba pretextos para rechazarlo— pretextos ridículos e irracionales. Si dejaba de luchar, ¿qué descubriría?

Antes de terminar el día, tenía toda intención de buscar a Marco para ofrecerle una disculpa, para empezar. Lo único que podía pedirle era que le diera otra oportunidad. Esperaba que él se la concediera.

Tocaron a la puerta. Faltaba mucho para acabar el día. La rampa debía estar arreglada. Hora de actuar.

—Pase —se levantó y miró por la ventana. Al otro lado de la calle los trabajadores revisaban los detalles de último momento alrededor de la rampa y del camión de bomberos. El caos la consolaba.

—¿Rubí?

Volteó.

Luis estaba justo en la puerta; se veía inseguro. Su uniforme estaba manchado de grasa; sus brazos, manchados de ceniza. Ella se sintió avergonzada.

—Luis, me da mucho gusto que hayas venido —atravesó el cuarto y tomó las dos manos de él entre las suyas—. ¿Cómo va el trabajo en la rampa?

Él le besó la mejilla para saludarla y dio un paso atrás. Suspiró, borrando el fruncido de entre las cejas.

—Debe de estar lista dentro de poco. Marco tiene que venir a hacerle la última inspección.

El silencio pesó entre ellos. Él se apoyaba en una pierna y luego en la otra.

—Tuve que venir a ofrecerte una disculpa.

—No, Luis. Yo soy la que estuvo equivocada. Lo siento mucho. Reaccioné precipitadamente, sin ninguna razón —apretó su bata alrededor de su cuerpo—. ¿Cómo está Marco?

—Miserablemente mal.

—Yo también —llevó a Luis al pequeño antecomedor y lo invitó a sentarse—. ¿Gustas un café?

Él negó con la cabeza.

—Fue idea mía. Yo lo hice ir. Él no quería pedirte lo del baile.

—¿No? —se sintió aliviada.

—No. Él no te utilizaría. Marco no es así, Rubí.

—Eso lo sé también, pero no me di cuenta realmente sino hasta hoy en la mañana —su voz bajó—. He sido una tonta por luchar contra él; por perder tanto tiempo.

—Se necesita tiempo para deshacerse de los viejos demonios —alejó un poco su silla para poder mirarla directamente a los ojos—. Y de no tan viejos demonios.

—¿Hay más?

—Enrique y yo planeamos todo lo de anoche.

—¿Planearon qué exactamente? —dijo ella, arqueando una ceja, cautelosa de repente.

—Juntarlos a ustedes dos. Decidimos que deberían estar juntos y que seríamos los alcahuetes. Bueno, más bien los cupidos.

—Parece buena trama para una película. Por favor, continúa.

Él me llamó para invitarnos a tu casa. Fue una mera coincidencia que el equipo había pedido lo de que fueras maestra de ceremonia para el baile. Pero me pareció buena excusa para hablar contigo si es que no querías darle otra oportunidad a Marco.

Rubí trató de mantener la expresión en blanco, pero empezó a sonreír a pesar de sí misma.

Él se levantó de su silla.

—Escogimos el peor momento, ¿verdad? Todo iba muy bien con ustedes, bailando y todo, y luego metimos la pata.

—La verdad es que así fue. Pero yo no ayudé en nada tampoco.

—Pero tu salida fue dramática. De las mejores que he visto.

Rubí estuvo tensa hasta que vio el comienzo de una sonrisa en los ojos de él. Luego se relajó, y se sintió mejor.

—Era una señal para que Marco me siguiera para hacerme ver lo equivocada que estaba. No lo hizo.

—En el futuro le explicaré las señales si se demora —Luis dio la vuelta hacia la puerta para salir—. Más vale que vuelva a trabajar. ¿Hay algo más que pueda hacer? —preguntó, con la mano en la manija de la puerta.

—No, por favor —sonrió ella—. Ahora me toca a mí. Tengo que buscar a Marco.

Luis asintió.

—Y olvida lo del baile, ¿no?

—Hablé con Enrique hoy en la mañana. Seré la maestra de ceremonias. No hay problema.

—¿Estás segura? —la miró fijamente.

—Absolutamente.

—Fantástico. Les diré a todos.

—Pero yo le digo a Marco, ¿te parece?

—Lo que tú digas. Nos vemos en la rampa —Luis abrió la puerta y salió, pero volvió a meter la cabeza—. Me gusta esto de ser Cupido.

Rubí se acercó al grupo para recibir instrucciones de último momento de parte de la directora. Alex caminaba alrededor de ellos, mirando constantemente a la rampa frente a ellos.

—Todavía no se ve bien —se quejó—. Rubí, ¿dónde está Marco? Es el único que parece saber como funciona esa cosa.

—Alex, no es cierto. Todos están trabajando en eso. No van a dejar que el motociclista se suba ni que nosotros caminemos al lado si saben que está fallando.

El motociclista vestido de piel negra arrancó su motor. Todos se quedaron quietos. Todos lo observaron, colectivamente sosteniendo la respiración.

Luego de hacer varios círculos al final de la calle, agarró velocidad en la recta. La llanta delantera pegó en la rampa de madera con un golpe fuerte. Al subir por la orilla levantada, levantó el manubrio, prosiguiendo fácilmente sólo sobre la llanta trasera. Librando perfectamente la rampa al aterrizar, el motociclista estiró una pierna, e inclinó la moto para pararla casi instantáneamente.

Levantó la visera del casco y señaló que todo estuvo bien. Todos aplaudieron. Alex se acercó a Rubí.

—¿A qué distancia dijo la directora que tenemos que estar de la rampa cuando él suba?

—Cerca.

—Parece más cerca hoy que cuando lo ensayamos ayer.

—Alex. Está a la misma distancia que ayer. La directora nos puso la coreografía exacta.

—Correcto —él caminó unos cuantos pasos, dio la vuelta y regresó con ella—. Es demasiado arriesgado. No debo de estar tan cerca cuando le pegue a la rampa.

—¿Nada más tú? —Rubí se alejó del grupo y señaló hacia el otro extremo de la calle—. Mira. Es muy sencillo. ¿Recuerdas? Las fachadas de las tiendas allá comenzarán a explotar conforme vayamos pasando. Empezaremos a correr. Luego el tipo en la motocicleta saldrá volando del callejón y nos perseguirá, apuntándonos con su arma automática. Pero correremos serpenteando, y no nos atinará. Él pegará contra la rampa porque no estará mirando la calle. En pantalla, se verá como si le pegara a un coche, y eso causará la explosión.

Hizo una pausa y se encaminó hacia la rampa, acercándose a unos cuantos pasos de la misma.

—La explosión nos tirará y caeremos más o menos aquí mientras ese tipo se va volando, y él aterrizará en alguna parte por allá —señaló con el dedo, esta vez cerca de donde había aterrizado el motociclista antes—. Tenemos que brincar exactamente al mismo tiempo que la motocicleta choca con la rampa.

—Lo sé. Lo sé. Suena bastante fácil —Alex aún no parecía convencido.

—Lo ensayamos una docena de veces ayer, y hablamos con la directora y con los expertos en pirotecnia —se limpió la frente con la mano—. Es algo complicado porque la sincronización es crítica, pero lo hemos ensayado a la perfección. Confía en ti mismo, Alex. Se parece mucho a la última película.

Ella le dio una palmada en el antebrazo.

—Ya deja de preocuparte. Te van a salir arrugas prematuras. Te saldrá bien.

—Lo sé, saldré bien, ¿pero saldrá bien él? — Alex movió la cabeza en dirección del motociclista. Cada mechón de cabello cayó en su lugar.

—Mira —ella lo tomó del brazo y casi lo arrastró al otro lado de la calle—. Él tiene que ensayarlo varias veces todavía. Vamos a pararnos justo al lado de la rampa para darnos una idea del sonido y la velocidad.

Alex asintió sin ganas.

El motociclista ensayó varias veces más para lograr un aterrizaje más o menos perfecto. Rubí convenció a Alex a cerrar los ojos y escuchar, para imaginarlos que corrían en lugar de estar parados a menos de dos metros de la rampa.

Después del tercer ensayo, Alex se relajó lo suficiente como para no encorvar los hombros en el momento de que la llanta de la motocicleta pegara en la rampa.

—Estuviste muy bien, Alex. Vamos a dejar que lo ensaye algunas veces más, y luego lo ensayaremos corriendo con él. Si quieres ensayar el brinco en ese momento sin los explosivos, nada más me avisas.

Él murmuró algo como que iba a buscar otra carrera. Rubí trataba de no reírse en voz alta. Cuando estuvo a punto de cerrar los ojos de nuevo, se fijó en Marco.

A poco más de cinco metros de donde tenía que aterrizar la motocicleta, Marco estaba en cuclillas, tratando de ver por abajo de la rampa a esa distancia. Uno de los miembros del equipo pirotécnico sostenía un diagrama y señalaba hacia Rubí y Alex.

Rubí echó un vistazo sobre su hombro. El motociclista señaló que estaba listo para los explosivos. El hombre que tenía el diagrama silbó fuertemente, llamando la atención de un joven que caminaba en dirección a ella y a Alex con un aparato del tamaño de la palma de su mano.

El joven se acostó sobre el pavimento y avanzó palmo a palmo, hasta que la parte superior de su cuerpo desapareció bajo la rampa. Colocó rápidamente el aparato por debajo de la rampa. Volvió a salirse como se había metido, y se sentó limpiándose las manos en su pantalón de mezclilla.

—¡Adelante! —exclamó.

—¿Ahora? —dijo Alex, humedeciéndose los labios.

—No. Habrá unos cuantos ensayos más hasta que den la señal —el hombre señaló hacia Marco y el otro hombre que ya tenía la caja del control, parecida a un control remoto para un coche de juguete. Se encaminó de nuevo hacia el grupo de gente reunida detrás del remolque de pirotecnia.

Rubí volvió hacia Alex.

—En ese caso, Alex, ¿me permites unos cuantos minutos? Necesito hablar con Marco.

—Sí, vete —dijo él, haciendo un ademán con la muñeca para despedirla. Ella reprimió el deseo de hacerle algún comentario negativo, pues sabía que tendría poco tiempo.

Al acercarse a Marco, no le pudo quitar la vista de encima. El estaba parado con los brazos cruzados, acentuando así la dureza de sus bíceps. Ella conocía bien su fuerza, aun por la manera tan tierna en que la abrazaba.

El hombre parado al lado de Marco prendía y apagaba el interruptor del control remoto. Estaba dando alguna explicación que Rubí no pudo escuchar.

Sin querer interrumpir la conversación, esperó silenciosamente al otro lado de Marco. Se le aceleraba el pulso al tenerlo cerca, y por el mero roce de su hombro contra el brazo de él.

Marco le guiñó el ojo, pero siguió escuchando la voz casi inaudible del otro hombre. Éste continuaba prendiendo y apagando el interruptor, y por fin concluyó.

—Entonces ya estamos listos. Regreso en diez minutos—dijo el hombre. Inclinó su sombrero al pasar al lado de Rubí al alejarse, y colocó el control remoto sobre una mesa de juego plegable a unos pasos atrás de Marco. Ante la vista de Rubí, la luz roja centelleaba firmemente sobre la caja negra.

—¿En qué puedo servirte, Escarlata?

Su acento la llenó como la fragancia de él. Inhaló profundamente, pensando en el mar y la ceniza y en el olor a sándalo, que le recordaban sus deliciosos besos.

Él le levantó el mentón.

—¿Escarlata?

Ella se mordió el labio, tratando de encontrar su voz.

—Quería ofrecerte una disculpa por lo de anoche.

—No lo discutamos siquiera. El pasado pasó.

—Me ha costado mucho tiempo aprender eso —extendió la mano y acarició su mejilla. Cerró los ojos durante un momento, pero el ruido de la motocicleta arrancando le hizo abrirlos de nuevo.

Pudo escuchar la motocicleta acercándose a gran distancia detrás de ella; el ruido del motor era ensordecedor. Su mirada se quedó fija sobre la caja de control en frente de ella. La luz roja centelleaba más y más rápidamente conforme se acercaba la moto.

—Marco, ¡el remoto!

El volteó para verlo.

—¡Carajo!

Empujó a Rubí del camino. Corrió hacia la rampa.

—¡Alex, corre! —el motor hacía tanto estruendo al acercarse la motocicleta, que no se oían las palabras de Marco. Hacía señales hacia Alex, abanicando agitadamente las manos conforme corría hacia él.

Rubí agarró el control remoto.

—¡Socorro! ¡Que alguien me ayude! —apagó el interruptor, pero el artefacto no dejó de centellear. El hombre que lo había tenido en las manos momentos antes empezó a correr hacia ella.

Como en cámara lenta, Alex miró hacia atrás. Sus ojos se detuvieron en la rampa, luego en Rubí, y finalmente en Marco. Sus ojos se abrieron con terror al darse cuenta de lo que estaba sucediendo.

Sus piernas se tensaron como si quisiera correr, pero se quedó como paralizado en el lugar por el miedo. La gente a su alrededor se quedó igual.

La motocicleta siguió corriendo, acercándose a la rampa. Marco saltó sobre Alex, envolviéndolo con los brazos, cubriéndolo, hasta que éste desapareció bajo el cuerpo de Marco.

Rubí dejó de correr hacia el remolque.

—¡Marco, no! —dejó caer el control remoto y volteó hacia él.

La motocicleta chocó con la rampa y la explosión lanzó a Rubí por el aire, para luego tirarla con un golpe sobre el duro suelo.

—¡Marco!

El motociclista voló por encima del manubrio de la moto. Marco y Alex volaron por el aire en la dirección opuesta. Cayeron de golpe, con un crujido nauseabundo que hizo eco por todo el escenario silencioso.

Rubí se levantó a gatas, apenas sintiendo los fragmentos de vidrio y madera que le cortaban la piel con cada laborioso movimiento. Se impulsó para enderezarse, y se acercó a tropezones a Marco y Alex.

—¡Marco! —gritó de nuevo.

Pasó al lado de la rampa. Cerca de ésta, la motocicleta estaba acostada de lado. La llanta trasera giraba como si fuera una ruleta.

Estalló el caos. Cuando la multitud se interpuso entre Marco y ella, lo perdió de vista, y le dio pánico.

Sonaron sirenas a gran distancia, demasiada distancia. Rezó por que Luis llegara con los socorristas.

Trató de abrirse paso entre la mar de brazos y piernas que le bloqueaban el camino.

—Déjenme pasar —pedía con voz ronca—. Déjenme pasar.

Marco estaba inconsciente. Alex luchaba débilmente para librarse de Marco. Marco había protegido a Alex, rompiendo la caída con su cuerpo. Rubí se arrodilló al lado de Marco jalando sus brazos para dejar libre a Alex. Éste rodó para acostarse sobre el estómago, respirando cortado, con su cuerpo temblando.

—Perdóname, Rubí.

—No fue tu culpa. Ahora descansa. Llegarán los socorristas en cualquier momento.

Se inclinó cerca de Marco, y volteó su cabeza para escuchar si respiraba.

—Marco, me escuchas, ¿mi amor? —se le quebró la voz. Limpió una lágrima que caía por su mejilla, ordenándose no llorar.

La sangre rezumaba bajo la cabeza de Marco. Sus labios se volvieron azules de repente. La sangre brotaba de un lado de su boca, cayendo sobre su barbilla hasta el mentón.

—¡Paramédicos! Por el amor de Dios, ¡que vengan a ayudar!

Rubí jaló la manga de su suéter hasta cubrir su mano, y limpió la sangre de los labios y el mentón de Marco. Tenía miedo de moverlo, pero seguía hablándole.

—Aguanta un poquito, Marco. No me puedes dejar ahora.

Se abrió una valla. Rubí ni siquiera había escuchado cuando había llegado la ambulancia, pero los paramédicos corrían hacia ellos.

Los labios de Marco se movieron. Ella se acercó.

—¿Qué dices, Marco?

Ligeramente besó sus mejillas, sus párpados, su frente.

—Estaré como nuevo en seguida.

Ella se puso los dedos sobre los labios y luego los colocó sobre los de Marco. Tenía que creer que podía confiarle a él su corazón.

—Qué bueno. Así me puedes acompañar al baile.

Lentamente se abrieron los ojos de Marco.

—Olvida el baile —susurró.

Ella quería sumergirse en el azul cristalino de sus ojos, ojos que veían a través de ella, hasta las profundidades de su alma.

—No puedo, mi amor —apartó el cabello de la frente—. Tengo que bailar con el amor de mi vida.

Una sonrisa apareció en la boca de él, y se cerraron sus ojos.

Todos le sonreían a Rubí en el escenario del gran salón de banquetes elegantemente decorado. Ella les devolvió la sonrisa. Las cosas habían salido aún mejor que lo esperado. Habían recaudado miles de dólares para el Fondo de Beneficencia de Viudas por medio de la subasta silenciosa y la venta de boletos.

Los alcaldes de San Diego y Oceanside, así como los gerentes generales de los Padres y de los Cargadores de San Diego, estaban sentados a la cabeza de la mesa principal, donde ella y Marco habían cenado momentos antes. Los miles de bomberos asistentes al baile habían tenido la oportunidad de conocer tanto a políticos como a los productores y a los directores de Hollywood, a quienes

Enrique había convencido a asistir. Ni un lugar estaba vacante en todo el recinto.

Los ojos de Rubí recorrieron a todos y se fijaron en Enrique, sus padres y sus hermanos, que se abrían paso por la muchedumbre para llegar hasta ella. Echó un vistazo a los papeles sobre el podio. No quedaba mucho por hacer. Quizás pudiera lograr bailar con Marco la pieza que él le había prometido.

Se acercó a la orilla de la plataforma para saludar a la familia.

—Está increíble todo esto, ¿verdad? — Miró sobre las cabezas de ellos.

—Fabuloso, hijita —su madre lucía hermosa en su vestido de terciopelo azul de manga larga —Nada más queríamos felicitarte por la labor tan bonita que has hecho esta noche.

—Gracias, mamá. Gracias a todos —de nuevo miró por encima de sus cabezas—. Y ahora, si tuviéramos a Luis y a Marco aquí, podríamos festejar en privado. ¿Nadie ha visto a Marco?

—No en los últimos momentos, pero créeme, lo han visto —Enrique movió la cabeza en dirección a los camarógrafos de los noticieros—. Estoy seguro que le han ofrecido dos o tres contratos cinematográficos. Debe de ser por eso que anda escondido ahora.

—Probablemente. Él es, sin embargo, exactamente lo que buscan en las estrellas.

—Nos llegó una nota a la mesa que nos decía que lo alcanzáramos en frente del podio —Enrique miró por todos lados—. Al parecer, nos dejó plantados.

Rubí se agachó hasta donde pudo en el vestido formal rojo y ajustado que Enrique le había traído. Fue una oferta de paz nada sutil de parte de Enrique. Pero lo importante era que la había salvado de tener que ir de compras.

—Entonces Marco debe de estar tramando algo.

—Por favor no te agaches en ese vestido, hijita —su madre levantó la vista como si estuviera a punto de cubrir a Rubí con su chal.

Ah, sí, el vestido había causado gran impacto durante toda la velada.

Lo poco que había de talle estaba bordado con cuentas y lentejuelas formando un dibujo complicado, sostenido— apenas— por los tirantes más delgados posibles forrados en diamantina. El resto del vestido estaba pegado a sus curvas; la sedosa tela le causaba unas maravillosas sensaciones. Una apertura corría a lo largo de su pierna izquierda, hasta la mitad del muslo. La espalda estaba escotada hasta abajo de la cintura.

—Déjame ayudarte a bajar , hermanita —uno de sus hermanos extendió los brazos.

—Permíteme —retumbó la voz grave de Marco por encima de la fuerte música y de las voces. Su familia se hizo a un lado para dejarlo pasar. Los hermanos de Rubí le dieron palmaditas en la espalda al pasar.

Tomó la mano extendida de Rubí y se la llevó a los labios, sin quitarle la vista de encima. Dejó caer la mano y fue a alcanzar su cintura, pero se quedó a medias, volteando para ponerse de cara a su familia.

—Soy el hombre más afortunado del mundo, ¿verdad?

Rubí se sonrojó sin poder controlarse. La familia asintió en unísono, con sus ojos y sus sonrisas iluminados con alegría.

—Ay, Marco, nada más ayúdame a bajar, ¿no? — Rubí se agachó, colocando sus manos sobre los hombros de él. Las fuertes manos de Marco la agarraron por la cintura, el instantáneo calor entre ellos consumiéndolos. La bajó con facilidad del foro y la colocó ligeramente frente a él.

En lugar de soltarla, la atrajo más cerca de él y le susurró en el oído.

—Te ves deliciosa, Escarlata. Hueles delicioso, también.

—Tú también —él lucía increíblemente apuesto de esmoquin. La corbata de lazo y la faja rojas le agregaban una chispa al distinguido atuendo.

—La amo, señorita Flores.

La besó con ligereza, pero a ella la excitó su beso.

—Yo también lo amo, señor Carrillo —sus manos recorrieron lentamente los brazos de él. Puso las manos sobre las de él, que, cómodas é inmóviles, descansaban en las caderas de ella.

Enrique aclaró la voz.

—¿Marco, nos llamaste hasta acá para servirles de escudo, para que pudieran seguirse besuqueando sin interrupciones?

Marco se rió. Volteando a darles la cara, puso un brazo sobre el hombro desnudo de Rubí. Miró fijamente a los ojos de cada uno de ellos y respiró profundamente.

Rubí levantó la mirada para mirarlo a los ojos, sintiendo consuelo al ver sus facciones afiladas, la luz de sus ojos, el humor que salía en sus palabras. Pero nada calmaba sus nervios, sabiendo que él tramaba algo.

Ella lo abrazó por la cintura.

Marco metió la mano en el bolsillo de su saco.

—Les pido su bendición y permiso para pedir la mano de Rubí en matrimonio.

Sus palabras fueron seguidas por menos de un segundo de silencio. Casi de inmediato volaron por el aire los gritos animándolos. Las lágrimas ya corrían por la cara de la mamá. Enrique tenía las manos dobladas sobre el corazón.

El padre de Rubí tenía la cara iluminada como lámpara prendida. Dio un paso hacia adelante y puso una mano sobre el hombro de Marco.

—Tienes mi bendición, hijo —besó la mejilla de Rubí.

Marco volteó hacia ella.

—¿Puedes tratar de dejarte llevar un poco, Escarlata? —sacó el anillo del bolsillo e hincó una rodilla—. Rubina Dolores Flores, ¿te casas conmigo?

Puso el anillo en el dedo de ella; el diamante brillaba bajo las luces tenues que se reflejaban en la pista de baile.

Ella se quedó inmóvil, sin poder quitarse la sonrisa de la cara. Su corazón palpitaba de manera irregular. La llenaron visiones de todos los días y todas las deliciosas noches entre los brazos de Marco. Era definitivamente la mujer más afortunada en el salón.

—¡Saquen la cámara de video! —gritó uno de sus hermanos—. Tenemos que grabar esto. Marco la ha dejado sin habla.

Ella le echó una mirada despectiva, y luego le guiñó un ojo a Marco. Corrió el dedo a lo largo de su mandíbula para tocarlo en los labios. Levantó el mentón de él para mirarlo directamente a los ojos.

—Te amo, Marco.

Él le besó la mano.

—Dime que lo harás, Escarlata.

—Luis debe de ser parte de esto también —susurró ella.

—Ahí está —Marco señaló con el dedo detrás de ella. Luis estaba parado frente al podio, esperando. Los saludó con la mano.

—En ese caso, señor Carrillo, no hay nada que desee yo más que ser su esposa.

—¡Sí! —Marco saltó a sus pies y le besó la mano. Volvieron a escucharse los gritos de júbilo de nuevo. Su familia estaba lista para festejar. Ella también.

Ella presionó las manos contra el pecho de él y se apartó del calor de sus labios.

—Espera. Agáchate un momento.

Una expresión de confusión cruzó la cara de él, pero hizo lo que ella pedía. La familia esperó pacientemente, lo que no era precisamente costumbre de los Flores.

Ella recorrió la parte trasera de su cabeza con la mano. La cicatriz bajo su cabello era el único recuerdo de los veinte puntos que le habían puesto después de salvar a Alex. Aquel día todavía la acechaba.

Alex había llenado el cuarto de Marco en el hospital con flores y plantas, y había ofrecido regalarle un coche y una casa. Marco había rechazado todo cortésmente.

—Nada más una disculpa y una promesa de tratar bien a Rubí serán más que suficiente — le pidió, y Alex lo había prometido.

Ahí fue cuando Rubí se había enamorado perdidamente de Marco, y sabía que no habría marcha atrás.

Dio una palmadita en la cabeza de Marco.

—Está bien. Nada más quería cerciorarme de que se trataba de una petición de mano de verdad, y no provocada por otro golpe en la cabeza.

—Muy chistosa —la amonestó con el dedo, volteando hacia Enrique—. Enrique, ¿ya la metiste en el circuito de los comediantes?

—Todavía no, amor. Pero veré lo que puedo hacer.

Todos se rieron.

Las lágrimas fluyeron libremente sobre las mejillas de Enrique. Se las limpió al acercarse a Rubí, y luego los abrazó fuertemente a ella y a Marco.

—Ustedes dos no me hacen ningún favor al hacerme llorar. Se me hinchan los ojos —la besó en la mejilla—. Yo sé que van a ser felices.

—Gracias por hacer de Cupido, Enrique.

Él le guiñó el ojo y dio un paso hacia atrás.

Marco pidió la atención de todos.

—Luis tiene un anuncio, damas y caballeros.

Luis probó el micrófono en el podio hasta que hubo silencio en el cuarto.

—Tenemos unas noticias, damas y caballeros.

Levantó ejemplares de las revistas *Reportero de Hollywood* y *Variedad*.

—La noticia del día es que, al parecer, la señorita Flores, nuestra maestra de ceremonias durante la noche de hoy, tiene otro premio en camino. Las primeras reseñas de su película más reciente, filmada aquí mismo en el Condado de San Diego, describen como fenomenal su actuación. Por favor, ayúdenme a felicitarla y a mostrarle nuestro más sincero agradecimiento por habernos acompañado hoy en este baile.

Luis dejó las revistas sobre el podio, dando un alarido de aprobación, y aplaudió lo más fuerte que pudo. La familia de Rubí se le acercó a besarla y a abrazarla.

Luis esperó para continuar hasta que se calmó el salón de nuevo.

—También hay que ofrecerles nuestras más sinceras felicitaciones a ella y a mi hermano, Marco Carrillo, por su compromiso matrimonial.

Marco se inclinó hacia ella, casi gritando para hacerse oír sobre el ruido.

—A Luis le encanta ser él centro de atención. ¿Se nota?

Luis brincó del foro y agarró a Rubí para abrazarla.

—Me puedes dar las gracias después por aquello de ser Cupido.

—Te las doy ahora mismo —respondió Rubí, besándole la mejilla.

Luis abrazó a Marco y luego a la familia que los rodeaba.

Marco atrajo a Rubí hacia él.

—Creo que me debes un baile —enlazó su brazo con la mano de ella.

—Creo que tienes razón.

La condujo hacia el medio de la pista de baile. Los reflectores de las cámaras centellearon sin parar cuando la abrazó para bailar. Empezaron a moverse lentamente al ritmo de la pieza.

—No creo que puedo acostumbrarme a todo esto, Escarlata —le acarició la mejilla con su nariz.

—Por favor, no te acostumbres—susurró ella, acariciando su cuello.

Marco se inclinó para besarla. Y la dejó sin aliento.

Los reflectores de las cámaras se volvieron locos, y luego desaparecieron por completo.

ON FIRE

Sylvia Mendoza

For my kids—Bryan, Kayla and Cassandra.
Now you know that dreams come true.
Work hard and believe, and yours will, too.

One

Rubina Flores eyed her shiny red Mustang from across the parking lot. The white slip of paper lodged beneath the windshield wiper fluttered, and her mouth went dry.

"Aww. No. Not a ticket." She forgot the brown paper bag of fruit she had just bought at Pancho's Market, crushing it against her chest. The bag teetered forward.

Ripe strawberries and luscious peaches hit her feet, rolled and scattered onto the pavement, along with all but one apple. *"¡Caramba!"*

She bent to pick them up, but the silky lining attached to the underside of her tight dress chose that particular moment to rip right up the back seam. She slapped her hand on her thigh, unable to decide which way to move.

"¡Ay, ay, ay! What next?" She slowly straightened.

Her fruit dotted the pavement with splashes of color, and she debated leaving it there to rot, but her stomach growled in protest. Drawing in a breath, she lowered herself carefully, snatched up the scattered fruit, and stuffed it all into the bag.

She dared not look back at the picture window of the store. What if someone recognized her? She wanted to be seen as a serious actress, for crying out loud. She didn't need an image of herself immortalized in a hiked up dress with her butt in the air, scrounging for fruit in a market parking lot.

If there was any justice in the world, there would be a sudden freak eclipse to distract everyone. With the way her luck was running lately, she braced herself for a paparazzi ambush. They would have a field day with her in this position.

Sweat followed the scoop line of her dress to trickle into her bra as she struggled to balance the brown sack, her purse, and sunglasses. The intense heat, unusual for this time of year, made strands of her long hair stick to her neck. She tried to ignore the clammy feel of it and hurried to end the sideshow she was providing free of charge.

The beach house seemed far away.

All she needed was her hair in a ponytail, her bare feet in the sand, and an ice cold Lowenbrau in her hand. She thought of Enrique, who went beyond the call of agenting, and fussed like a second mother at times. She would settle for a glass of ice tea if he were around.

Rubi grabbed the last apple, and risked a peek at the window. She jumped. A lanky young boy stood less than a foot from her, and she wondered how long he'd been there, silent, his braces gleaming in the sunlight.

She tugged down her dress and tried to smooth her hair before giving up. She figured him to be about twelve. *"Hola, joven.* Whew. Hot today, isn't it?"

His brown eyes opened wide. "Yes, ma'am." His freckles danced with each breath he took. "Miss Rubi, could I get your autograph?" He stuck out a baseball mitt and black marker.

"I once dreamed I'd play shortstop for the Padres. I'm a big fan now. Go, Padres." She held out the bag of fruit. "I'd be delighted to sign, *mi hijo.* Let's trade a minute."

When she finished signing the mitt, they traded back. He clutched the mitt to his chest. "Wow. Thanks, Rubi!"

"You bet."

He ran off toward a woman who stood near the entrance of the store. Another half a dozen people stood just inside, up against the picture window and waved at her. Rubina did her best to wave back.

She couldn't get to her car fast enough. Her red heels clicked on the pavement in rhythm to her cursing. She honed in on the white slip of paper again, and wanted to scream.

Red. Her agent Enrique had told her to stand out and make a statement if she wanted attention. Before he could finish speaking, she had thought *Red. Everything red.* That included a new car with the advance from her latest movie and first starring role.

He had wholeheartedly agreed. "You're finally a star. Do it up right, Rubi. Lighten up while you're at it. Start with that dream car of yours."

Now, a beacon is what it was—what she was—in this little crimson number she wore. Red was backfiring. She did not need another ticket, did not think that was the kind of publicity Enrique had in mind.

Shifting the bag to her other arm, she lifted her big, dark sunglasses to get a better look at the paper on the windshield. Readjusting her glasses on the bridge of her nose, she took a deep breath and yanked out the paper. It was merely a flyer.

Relief washed over her. Her smile had to be wide and goofy, and she didn't care.

This is why I came back to San Diego, she thought. Laughter started somewhere in the pit of her stomach and rolled through her, erupting in a delighted squeal. *You gotta chill, Rubi. Not everyone's out to get you.*

All right, but who was responsible for scaring her to death by making the paper look like a citation? She straightened abruptly, tamping down the sweet laughter that lingered on her lips.

She spotted the culprit on the other end of the parking lot, making his way from car to car, a wad of papers rolled into his hand.

"Gotcha," she whispered.

If she had been wearing pants, she would have hitched them up. She needed to let off a little steam, and this guy was on the tracks at the wrong time of day.

* * *

This wasn't what Marco Carrillo had in mind for his day off—parking lots versus the surf, which was only miles from where he stood. The afternoon sun beat on his back, relentlessly reminding him of what he had passed up to help advertise his brother's part-time business while he worked second shift at the station.

The temperature was hotter than some of the damn brushfires they fought in the middle of the summer. It was hard for him to stay mad at Luis for long. Marco jammed another flyer under another windshield wiper. Luis hustled on his days off from the station, determined to live in style and help their mother out at the same time.

Marco lifted the faded San Diego Padres baseball cap and, with an equally sweaty forearm, swiped at the sweat trickling down his forehead. He rubbed the day-old stubble on his chin. His damp hair tickled the back of his neck, reminding him that a haircut was long overdue, another chore he had postponed.

Might as well make the most of it. He shoved the wad of papers into his jeans back pocket and stripped off his white T-shirt. The Padres cap fell to the ground. "Shit."

Half bent over, he focused on red high heels that hadn't been there a moment before. The heels were attached to the hottest looking tanned legs he had seen in a long time. In the hope that it wasn't an illusion, he allowed his gaze to linger there, while he reached down to grab his dark blue cap.

One of the red high-heeled shoes began an impatient tap.

Halleluja, he thought, *not an illusion.* If the rest of her turned out to be anything like the legs, a real dream come true.

Her voice filtered down to him, a gravelly Demi Moore kind of voice that turned him on. "Excuse me."

Marco straightened slowly, taking in every inch of the stranger's lush body. Her hip jutted out ever so slightly, one arm balancing the bag of fruit resting there. In her other hand she held one of his flyers.

He'd have to thank Luis later for asking him to distribute the flyers. Being a handyman might have its advantages, after all. "Ma'am?"

All coherent thoughts stopped when he finally looked in her eyes. They were the most unusual tawny golden shade he had ever seen, reminding him of wild mountain lions that roamed the California backwoods. As if hypnotized, he managed—with great difficulty—to tear his gaze from her eyes to study the rest of her face.

A light sheen lit up the softest, the shiniest, the creamiest, caramel-colored skin he'd ever seen. Flawless. His fingers itched to touch her cheek, and he imagined how her delicate skin might meld beneath them. He wanted to touch the tiny dip of a dimple near the left corner of her red-tinted lips.

Man, where did she come from?

He clutched the bill of his baseball cap, almost bent it in two, while his gaze followed the long, glossy wave of her mahogany hair. Her hair followed the straps of her low-cut dress until it grazed the top curve of breasts that couldn't have been more perfect.

Single strands of her hair had escaped to cling to the damp skin of her chest, forming an intricate design he wanted to etch permanently into his brain.

She wasn't an angel, at all. She looked devilishly tempting dressed in red from head to foot, offset by those perfect lips that pouted in boredom. *Boredom?*

He licked his lips.

She cleared her throat. "Finished?"

"Sorry," he said. He stuffed the cap into his hip pocket, took off his Raybans and wiped them with his damp T-shirt. "Too much sun. Stunts my speech patterns and makes me forget my manners." He stuffed the shirt into his other back pocket and put his glasses back on. "What can I do for you?"

She pointed the rolled up paper in her hand at him. "Interesting flyer." Peering over the top of her glasses, she drawled, "I don't know whether I should thank you or pelt you with a peach."

"Extreme reactions. Do I get a choice?" He lowered his own glasses so he could watch her red lips move without the distraction of tinted lenses. "I'd prefer the thank you."

He leaned nearer, forgetting proper respect for space, reveling in the way the scent of her flowery perfume and perspiration emanated from her body. "Am I at risk right now if I ask the wrong question or make the wrong move?"

The flyer served as a baton between them, and she held it firmly against his chest. "I have good aim. All-American fast-pitch softball. Second base. Don't tempt me."

She glanced inside the bag, the ripe peaches visible and fragrant. *And fatal at this distance,* Marco thought. He grabbed a peach before she could protest, and easily tossed it from hand to hand. "USC varsity team. Second round pro draft choice. Pitcher."

"Okay." She shrugged. With a flick of her fingers, she unrolled the flyer in her grip. "Now, as for business. I started to say you almost gave me a heart attack when I thought this was another ticket."

"Hmm. In a little trouble with the law, are we?" His athletic achievements obviously hadn't impressed her much. He plopped the peach back into her bag, wishing he could transport them to the beach. With a couple of brews and lobsters between them, she could tell him her life story. She could bring her bag of fruit. Hell, she could bring anything—or nothing at all.

"How do I know you're a bonafide businessman with an ad like this?"

"You think I'd be out on this blacktop on a day like today if it wasn't work-related? Think twice."

"What kind of references do you have? Or do you have a nine hundred number prospective clients should call?"

She began to tap her foot again. This time it wasn't very cute.

"What are you talking about?" he managed.

"And another thing—you're too old to be doing this, aren't you?"

"Ow. Tactful, aren't we?"

"A good match for your subtle observation skills."

"Touché, madame. My apologies if I offended you." Bowing from the waist in an exaggerated movement, he brought his face inches from hers.

"You look familiar."

She smiled. His body tightened. This was crazy. If she could do this with a smile, he was in big trouble.

"I do?"

He thought he detected a hint of hopefulness in her chocolate-laced breath. He almost moaned, wanting to taste it, even though he'd never been a chocolate lover before. He straightened, the whiff of strawberries and peaches unleashing the last of his senses. "Haven't we met before? Do you go to Fidel's?"

The smile faltered. "What's Fidel's?"

"A bar, down in Solana Beach."

Her smile faded completely. "Better work on your pickup lines, *amigo*. These are outdated, and don't do much for a woman's ego. Good looks have to have something to fall back on—like clever conversation—don't you think?" She started to turn away.

"Man, honey, you need a good dip in the ocean. The heat seems to have affected your perception."

"Oh? So how *should* I analyze your tactics?"

Marco pulled the T-shirt from his back pocket, his own image of her on the beach, anywhere but here, unnerving him. "Nothing to analyze. You looked familiar. End of story."

His shoulders tensed, and he tried to flex his biceps before putting on the shirt, but his tired, sleep-deprived muscles wouldn't respond. He yanked it over his head.

Working overtime on the graveyard shift and bending over

car hoods all morning was taking its toll on his body and his sense of humor. He had to leave before he said something he'd regret. "So much for small talk, Red. Is there an offer you can't refuse in that damn flyer?"

His tone had no effect on her.

"As a matter of fact, I've just bought a house here that needs some minor repairs." She blew a puff of breath upward, her bangs fanning out before settling softly back in place. "So which one are you—Alvarado or Carrillo?"

"Let me see that before I incriminate myself."

"You don't know? They're your flyers. Quite clever and . . . intriguing, I'd say. When I saw you in those jeans and T-shirt I wondered if you might be a bit young to deliver on your . . . promises."

She held it out to him, her dimple deepening in an effort to keep from smiling. She shifted her weight and moved the bag of fruit to her other hip.

"So how's the fruit? Bruise any back there?" He jerked his head toward the doors of the market.

Her mouth opened in surprise. "You saw? You saw, and didn't offer to help?"

"I thought about it for a minute, but you had it under control. Think you missed the apple under the Suburban, though."

The blush that started at the base of her neck and worked its way quickly up to her high cheekbones mesmerized him. Her skin turned a soft burnished copper. She looked fiery hot, and he wanted to touch her, feel the blazing heat burn his fingers.

She gritted her teeth. *"¡Ay que hombre!"* She grabbed the paper from his hand, planted a fist in the middle of his chest and pushed him backward. She wheeled and stalked back toward the red Mustang, muttering to herself nonstop.

He chased after her. "Wait up! I'm sorry. I didn't get to read your flyer."

She crumpled it in one hand and threw it toward his feet without looking or missing a step.

If he bent to pick it up this close to her legs again, he could have a heart attack. He took a deep breath, shut his eyes and picked it up in one fluid motion. "Wait. Just give me a minute. Miss, miss . . ."

She stopped and turned to face him. "Flores."

"Fine. *Señorita* Flores. I meant no harm." He held up his hands in mock surrender, took off his sunglasses and hung them from the collar of his T-shirt. "Can't you take a joke?"

"Not today." She started to turn around, the Spanish words again came under her breath, heated and fast.

He laughed, couldn't help himself. "You sound like Ricky Ricardo after one of Lucy's fiascoes." He made himself stop laughing when she didn't join in.

If her hands hadn't been full, she probably would have crossed her arms and glared at him. He ran his hand over his mouth, trying to stop the threatening laughter, but remembering the last Lucy episode he had watched made it damn difficult.

She slipped off her sunglasses and stared into his eyes until he was sure his heart would stop pumping. Then she smiled. "A Lucy fan. You can't be all bad, then. Did you see last night's show?"

That was it. They both laughed. Lucy had worn kitchen pots and pans as bullet-proof outerwear when, for some harebrained reason, she thought Ricky was trying to kill her. She had bounced around the living room. "A moving target is hard to hit," she'd said.

Marco looked at the woman—*Señorita* Flores—more closely. Her laughter warmed him inside. He swallowed hard and smiled big. "I have a proposition for you."

She stepped back and raised a perfectly arched, dark eyebrow. "Proposition." She pointed to the flyer. "That sounds about right."

He smoothed out the crumpled up flyer. He mouthed the words and felt the heat rise in his own face. "Handyman At Your Service. No job too small. No job too big. We'll Do

Everything Your Husband Won't. Satisfaction completely guaranteed. Call Felipe Alvarado or Luis Carrillo for a free estimate." Phone numbers were listed under each name.

When the hell had Luis changed his flyers?

"I do believe you are blushing, *Señor*—"

"Carrillo," he mumbled.

"Carrillo," she repeated, and smiled.

That dimple would be his downfall yet. He cleared his throat, a little louder than he intended. *"Señorita* Flores, I can't lose any potential clients, here. My—uh—partner would kill me. I was simply going to offer you services for a day, free of charge, as a gesture of good will."

"Services, huh?"

"We're the best at handyman . . . uh—stuff." He folded the paper and handed it to her, but didn't release it when she reached for it. "Give us a call. Any time. You have the number right here."

He stroked his chin. "Do you have a pen? I'll give you my private line. My partner might not be too keen on the offer I just made you. The ad might actually be effective, and we may be inundated with calls."

"Yes, I'm sure you're inundated," she said dryly, fishing in her purse with one hand. Her hair fell forward, and her downcast eyes made her lashes look incredibly long. His mind started to wander to lustful places again.

She straightened and held out a purple Bic. He scribbled his number on the flyer.

He looked up, pen in left hand poised in mid-air. What in the hell was he doing? He had a four day shift at the fire station starting tomorrow. He couldn't leave for a long lunch break.

He might as well cross that bridge when he came to it. She stared back, unfazed. He handed her the flyer. "Don't go writing that on bathroom walls, now."

"Shoot—and I was just headed back to the ladies room in the market." Rubi tapped him on the forearm with the flyer.

"Come to think of it, you'd probably get a lot of business with these tacked up in a public bathroom. Be careful how you advertise. *Adios.*"

She set off, her long hair swinging out to cover the back scoopline of her dress. She stopped and rummaged through the paper bag. "Oh. *Señor* Carrillo?"

He neared her, inhaling the faint scent of what remained of her perfume. "Yes?"

She turned to face him and dropped a mottled peach, dotted with small brown bruises and peeling skin, into his palm. "I don't believe in freebies. Consider this a down payment, and I'll take you up on your offer."

Two

Carrillo tossed the peach up and down in his left hand. The chiseled planes of his cheeks and jawline twitched, bringing attention to his perfect lips, made more perfect when they finally broke into a slow, crooked grin.

"Deal," he drawled. "How soon do you want me to check out your place?"

He looked at her through thick dark lashes. They framed eyes that were as blue and seductively inviting as Caribbean waters.

How about right this second? She held his gaze longer than she should have, and an unaccustomed warmth seeped through her.

"Red?" He waved his large hands in front of her face.

Those hands would be as scorchingly hot on her skin as the sands of a Caribbean paradise. Rubi searched desperately for another, safer, focal point. "Can you come tomorrow?" she croaked.

Rubi's eyes lit on his torso. She wanted to take off her three-inch heels, rest her head comfortably between the ridges of his broad chest, and listen to his heartbeat hammer out a rhythm they could dance to.

Dance to? Where had that come from?

She stepped back, looking him over from behind her big sunglasses. Nothing was safe about Carrillo. Strong features. Stronger body. Rippling muscles that had to thrive on hard physical labor. A big difference, she thought appreciatively, from the pretty boy bodies she worked with.

She had to get out of there fast. She shifted the bag of fruit in front of her, a flimsy shield against the heat emanating from Carrillo's body, which certainly couldn't match the heat rising in her own. "How about ten o'clock?" she asked.

"You won't be sorry," he said. "We're a class-A outfit, despite the flyers." His rumbling laugh eased the tension from her shoulders.

Rubi stalked back to her car, shaking her head. *What in the world possessed me?* Of course she'd be sorry. When had a man last affected her like that?

Her beach house certainly did need repairs, but this particular repairman could spell trouble.

How had she allowed that *macho hombre* to get under her skin? If there was one thing she didn't need, it was a man, especially a man that looked like that and made her insides turn into jiggly flan.

If Enrique got wind of her gut reaction to Carrillo, he would flip. He'd be happy for her, of course, but he'd flip, nonetheless. He'd negotiated a three-movie contract that ensured stardom if they played their cards right. What the studio heads had offered her for each project was serious business, and a leap of faith when promoting an actress who had played only supporting roles until last year.

She had worked too hard over the last twelve years to get to this point in her "overnight" success. Enrique had nothing to worry about. No one, including the likes of Carrillo, would ever again deter or dupe her, as Alex Hamilton had.

That shell of a man had used her to propel his own fledgling career forward until someone better had come along. As much as she wanted to yell out *"adios* and good riddance," it didn't lessen the hurt any, and she had learned a big lesson about who to trust in Hollywood.

No one.

Starring opposite Alex in the upcoming movie was strictly

business. He and Enrique saw publicity for what it was worth. Rubi had to admit that if they could carry off the sizzling chemistry they had shared on screen, the press would be on their heels.

Two weeks until the shoot. Rubi was ready for him.

She finally reached her car. She loved the Mustang, a simple—actually, the only—real luxury she'd rewarded herself with when she'd decided she could take a deep breath and enjoy her accomplishments. The occasional speeding ticket kept her grounded, a sobering jolt back to reality.

Carefully, Rubi placed the bag of groceries on the passenger seat and slid into the car. She sat a few minutes, bemused, before buckling up. She sighed. She had Carrillo on the brain, in a bad way.

She had almost faltered back there when Carrillo slowly unfolded his body after grabbing his baseball cap. Craning her head to get a good look at him, she had allowed her gaze to linger on his six-pack abs, on the way sweat glistened at the tops of his naked shoulders, on the styled, dark hair that curled at the nape of his neck.

What unnerved her most were his eyes. They seemed to see beyond the intimidating red she wore, and the attitude she wore with it—which usually kept men at arm's length. *Safe. Safe. Safe.*

Carrillo hadn't been intimidated, hadn't even blinked.

She had to admit as far as distractions went, he was a pleasant one. Could anyone who looked like that be good inside, too?

Gracias a Dios, her hands had been full. Her fingers had tingled, picturing herself standing on tiptoe to tickle the short beard that framed his square jawline. It made her look at his lips differently. She imagined they would always have a ready smile—and better, would know exactly how to kiss.

"Oh my, yes," she said. "I guess I do need that dip in the ocean after all, *Señor* Carrillo." She began to pull out of the parking space. "In *agua fría*—real cold water."

"Hey!" Carrillo's shout was followed by a loud thud on her car trunk. Rubi slammed on the brakes. Looking in the rearview mirror, she saw flyers flutter everywhere before drifting to the ground.

"Carrillo!" Rubi jumped from the car. *"Señor* Carrillo, are you all right?"

"My fault, Red. No biggie. I wasn't watching where I was going." Only inches from her rear bumper, he was bent over, rubbing his leg.

"I'm so sorry. Are you okay?"

"I'm all right, really." He pointed to the peach she had given him earlier, squashed beyond recognition on the blacktop. "Just bummed that my down payment didn't make it."

He bent to pick up some of the flyers, then straightened abruptly. "This doesn't relieve you from your verbal contract. A deal's a deal. Once that peach was in my hand, you were committed." He rubbed his knee.

"I'll have you committed if you don't quiet down. Let me take a look."

"I'd hate to see what happens when you hold grudges, Red. Remind me not to come within a mile of you in a parking lot. First peaches, now this."

"Very funny. Does this hurt?" She gently poked his leg, and when he shook his head, breathed a sigh of relief.

"Are you a nurse?" Carrillo turned and stared down at her, amusement glittering in his dangerous blue eyes.

"Old habits are hard to break." Rubi rose and rubbed her hands together, trying to still them. "I *should* have been a nurse. I have three brothers who believed that a day without bloodshed was like a day without sunshine. Drove my mom nuts. I was the go-between."

"Sounds like our house."

She rolled her eyes. *"Machismo.* Not you, too."

"There's no other way to appreciate life if you don't take risks."

Did she imagine his voice had turned husky?

He reached out to flick a strand of hair off her lips. His hand grazed her cheek, and with it brought an unexpected jolt that made Rubi step back.

She could easily have leaned into that unexpected tender gesture, and forgotten her own cautious policy where men were concerned. She came to her senses quickly. "Risk. With that attitude, being a handyman doesn't exactly sound like your cup of tea."

"Being a handyman can be a very risky business venture. Taking on new clients is, too." He winked at her.

The jiggly flan fluttered in her stomach again.

"Besides, there are always weekends and hobbies."

She groaned. "Tell me you like bowling and ballroom dancing." She leaned against the trunk, forgetting the detail job, forgetting her car now blocked traffic, forgetting the heat of the midday sun. She hated to think what else looking in his baby blues could cause her to forget.

Certainly not her determination to steer clear of distractions and concentrate on her career.

He clutched his chest. "You're kidding, right? *Querida,* I surf and hang glide. I dance salsa. I drive fast." He laughed. "Don't tell me ballroom dancing and bowling are your hobbies."

She tilted up her chin and tried to ignore the way his laughter rumbled through her, making her want to smile against her will. "They're perfectly good hobbies. Not that I've had much time for them lately."

He stopped laughing. "My condolences. You probably like to sit through double features, too, don't you?"

The truth, she thought, *now,* but she didn't want him to look at her differently. She actually liked the way he looked at her now. "I love going to movies. It's the all-American thing to do. Don't you go?" She held her breath.

"It's been five years since I've been to a movie, and I don't miss it. I don't have time for them. Why sit for three hours when you can be in the great outdoors, in the sunshine, riding the crest of a rip-roaring, ten-foot wave or hanging off the side of Dome Mountain? *That's* life."

"Uh huh. You've certainly convinced *me* to throw on a harness and batter my body."

"Remember that saying—All work and no play makes Jack a dull boy?"

She narrowed her eyes. "This doesn't sound complimentary."

He put up his hands in a gesture of protest. "Not that you're dull or anything. It just sounds as if you need fun in your life, maybe a good surfing teacher. You live at the beach—that's a start." He gently grabbed her wrists and examined her palms. "You have good hands, can get a good grip on a board. When can I take you out on the surf?"

He was moving too fast for her. "How about in my next lifetime?" Or at least until after she fulfilled her three movie contracts. She looked at him wistfully, unable to recall the last time she'd indulged in anything that was fun, outside of family gatherings.

"Pity. You're missing out, *querida*. Missing out." He shook his head, the baby blues conjuring up a look of sadness that made him irresistible.

Hadn't she seen *him* in some movie before? She smiled. He didn't even like movies, so he couldn't have seen her, thank heaven, in *Treasures of Time* or *Dateless in Seattle*. The bit parts left a lot to be desired, but they had helped launch her to bigger and better things. "What, pray tell, is the most sedate thing you do?"

He did not hesitate. "Watch *I Love Lucy* reruns. Go to baseball games. But I have to admit, I do jump for foul balls."

"Now there's a man after my own heart." She laughed.

"So there's hope?"

"Figure of speech." She wouldn't admit she'd be tempted to dance salsa with him, take on a wave, climb a mountain, if that deep voice whispered instructions in her ear. The added perk of having him stand close to her, with his arms around her—*¡caramba!*—where was the ocean when she needed it? She was getting in deep.

Traffic around them had slowed. "We'd better get out of the way."

They were picking up the rest of the flyers when a woman walked over to the car and snapped a picture of Rubi. The woman yelled, "Thank you!" and ran to the cluster of people near the market's front door, waving the Polaroid.

Carrillo stared at Rubi quizzically. "How come she did that?" He looked at the woman gesturing with the Polaroid as if she were crazy.

Rubi wet her lips, wishing she could erase this whole episode, which was getting out of control. "Maybe she's out to help you, looking for evidence to prove I was at fault, for an accident report." She snatched up the remaining flyers and handed them to him. "You'd better get back to work."

"This is it for today."

She glanced around, suddenly aware that people and cars had trickled to a stop and were politely watching them from a distance. "Can I give you a lift to your truck?"

He tilted his head. "What makes you think I have a truck?"

"Handyman. Tools. Machines."

He opened his mouth as if to say something, then changed his mind. "I'm off today. Truck's at home. Promotional day, remember?" He waved the handful of rumpled flyers.

"How could I forget?"

"Speaking of work, it's a good thing I'm coming by for a prelim tomorrow to see what you need done. Then when I come to do my job, I'll have all the right equipment, and won't waste work time that you'd be paying for."

Her heartbeat absolutely refused to return to normal. "I forgot to give you my address." Before he could respond, she grabbed a flyer from his hand and walked around to the driver's side of the car. She needed to take a few deep breaths without him noticing. She dropped into her seat, found the purple Bic in her purse, and wrote out her address with shaky fingers.

Carrillo leaned on the car door. "You okay, Red? You look a little pale."

All too aware of her own body under his gaze, she tugged her dress down. It didn't reach mid-thigh even then. "Must be the heat," she said evenly. "Now, do you need a lift, after all?"

He rested his chin on his crossed arms. "No, thanks. I'm parked right next to you. You ran into me, remember? This is where I was headed." He stepped away from the door to give her a clear view.

Rubi's mouth dropped open. "The motorcycle?" It was sleek and black, with polished chrome that put her detailed car to shame.

"No, no, no, Red. It's not just a 'motorcycle.' It's a *Harley*." The passion in his deep voice rumbled, but didn't match the passion in those bedroom eyes. With his appeal, he could put a lot of actors she'd worked with to shame.

She looked away. "And this doesn't fall under the risk-taking category for you?" She suddenly itched to take a ride on it with him, down coastal Highway 101 at sunset. She slipped out of her car to get a closer look.

"Not at all. This is what I drive when I'm not in my Jeep."

"Your Jeep? I thought you had a truck." She narrowed her eyes.

He shifted his weight and turned away from her. "Business and pleasure, *querida*. Need to separate them." He turned back, and wouldn't let go of her gaze. "I'll take you for a spin sometime. Nothing like the wind in your face, picking up speed, leaving the city behind you."

She couldn't help herself. She gingerly touched the scorching leather seat. The bike promised all kinds of anonymous freedom. "Someday, maybe. And only if you promise not to come near my brothers with it. I can smell the testosterone in the air already. Promise me you will not bring that machine near them."

Carrillo laughed heartily. "Deal. For now." He looked at her wickedly. "So you're thinking about introducing me to your brothers, then? That's a good sign."

"That's not a sign. You come near me, it's guaranteed you'll meet them. They check out any guy who comes within a mile of me, and I respect their opinions. They're good judges of character. Besides, men tend to behave around them. Together they look like the Dallas Cowboys defensive line."

"Ah, bueno. A protective bunch. The way it should be." His eyes skimmed over her from head to foot.

His lips curved in a slow smile that made warning bells go off inside her head.

"And for good reason, I'd say." Carrillo cleared his throat. "I can cope with built-in chaperones. Do I look, uh, puny compared to them?"

Rubi shook her head, not trusting herself to speak coherently in regard to his physique—even comparatively. "Be warned. They'll hang around the house to inspect your work and keep you in line."

He let out a breath, looking relieved. "I can handle them. I have a college education, grace, wit—and season tickets to the Padres." He took off his baseball cap to wipe the sweat from his brow with his forearm.

She smiled in spite of herself. "I'm sure you can handle them." She revved up her car. "But I'm tougher, and the one you'll be working for. Think you can handle me?"

His mouth hung open. The cap fell from his hands again.

"You lost something there." Heat rose in her cheeks and she dared not say another word. She burned rubber pulling out of the parking lot. When she glanced back, he had not moved from the spot near his Harley, but was craning his neck to follow her exit.

"Oh. My. God. This is crazy, girl." Carrillo had made her say things she didn't mean, had her talking to herself, and had cranked up the heat inside her to unacceptable proportions.

She had also flirted shamelessly, and enjoyed the incredibly liberating rush it gave her. When had she last done that? She didn't want to think about Alex. Those thoughts would quickly bring her down, and right now she wanted to soar with the image of Carrillo.

Rubi popped in her new Gloria Estefan CD and raised the volume for the latest salsa number. Her body swayed easily to the rhythm. The impact of the wild Caribbean beat flamed her mood out of control even further. She flipped to her *Phantom of the Opera* sound track to return to safer, more sedate, thoughts.

Yes, Gloria, the salsa is certainly "caliente."

She raced homeward, wanting to plunge headfirst into that cold ocean as soon as she could get her bathing suit on. She would probably set the ocean water to boiling the minute her toes touched the water.

Marco stared after the red Mustang long after it pulled out of the parking lot. Fiery. Red hot. Dangerously hot. He wasn't thinking about the car. *Señorita* Flores could cause a meltdown in Nevada's Area 51 any month of the year.

Suave. Really suave. He kicked his cap before bending to swipe it off the ground. *Yeah, I've lost something, all right, Señorita Flores. Lost my brains.*

He didn't need the complication of a woman in his life. Firefighters were a different breed, better off as loners. No woman should have to endure the excruciating limbo of waiting for a firefighter to return home. They didn't always return. Case in point—his father.

As captain at the station, with his eye on earning the chief position overlooking several crews in Oceanside, Marco was in for the long haul. No emotional ties to upset those plans.

He was getting way ahead of himself trying to link up with that hot babe, and he hadn't even built up the nerve to ask *Señorita* Flores her first name. He didn't like that he wanted so much to see her again. On surer footing, even if temporarily under the guise of his brother's business, Marco would approach her. Maybe. The key word was casual. Nothing serious.

He took the cell phone out of his back pocket and punched in his brother's phone number. "Luis, *que tal?* I finished with the flyers. We need to talk."

"Thanks, bro. How'd you like the new ones?"

"Left a lot to be desired."

Luis chuckled. "That's exactly what we had in mind. We needed a good release after working our shifts at the station."

Marco groaned, raked his fingers through his hair and put the cap on backward. "Wrong word choice. We'll talk about the flyers later."

"Seemed like a good gimmick at the time. Betcha we get some responses."

"I'll bet you do. Like some angry husbands on your doorstep."

"Nothing like a little excitement to make you more productive. We'd probably work twice as fast as usual."

"Right, and talking about excitement—"

"You met a woman? I knew it. You met a woman. On my territory. I get first dibs."

"No way, Luis. *Que mujer, ésta. Caliente.* She's a new customer, but . . ." Marco shifted the phone to his other ear. "I told her I was you. She's expecting me to show up there tomorrow."

"Why'd you go and do something like that?"

"I don't think she'd have let me near her if I'd told her I was a firefighter."

"You think she'll invite you to stay when she finds out you lied to her? If I were you, I'd tell her the truth, *'mano.* Right now. Right up front. It'll backfire if you don't."

Marco knew Luis was right, but by the same token he couldn't pull himself off the job he'd promised *Señorita* Flores. "I can't right now, but I will." He paused. "I made her a deal."

Luis's voice grew tight, a little wary. "What kind of deal?"

"A day of work, free."

"A day? But that could be worth tons of money. I can't afford it."

"Don't worry. I'll cover you. Just lend me your truck so I can check her place out tomorrow."

"You're going through a lot to impress this woman. Wait a second. Do you know what a hammer looks like?"

"Very funny. I do, and you'd better be careful."

Luis laughed, annoying Marco to no end. When Luis finally calmed down, he said, "A job's a job. Don't lose it for me, 'mano. I'll help any way I can."

"All right. Can I come over tonight for a couple of lessons? It won't be late. We have to go over prelims for a special assignment tomorrow. I have to meet with the chief early."

"*Claro.* Come on over." Luis paused. "What's going down at the station?"

Marco straddled the Harley. "The San Diego Film Commission's hired our crew to stand watch and serve as consultants on a movie set in Oceanside. They start production in a couple of weeks. There's lots of pyrotechnic work planned in the film schedule."

"All right! Hollywood coming to San Diego. Who's the actress? Can I work every shift if it's Heather Locklear?"

Marco let out a loud breath. "*Ay,* Luis. I don't know yet who the actors are, and no, you cannot work every shift. Get real."

"How about autographs? Can we get some?"

"Not on government time, boy." Was Luis really only a few years younger than he was? Sometimes Marco felt a lot older than his thirty-four years.

Raising himself off the hot seat, Marco waved to a little girl who hung out of a window in a passing car. "Let's just get through tomorrow. Humor me, okay? I'll let you take the bike for a spin."

"For a day."

Marco let out an exasperated breath. "Yeah. Yeah. For a day."

"Hmmm. Leverage. I have to meet this woman."

"No, you don't. Stick with someone in your own age bracket."

"Ah, *'mano,* but older women—"

"Not this one, Luis."

Luis chuckled. He knew how to get under Marco's skin. *"Bueno.* You telling Ma at dinner tonight?"

"No way. She'll be asking how soon she can be expecting grandkids."

"Bueno. You'll eat up, and then we'll see if you can figure out how to use a screwdriver."

Marco clicked off the cell phone and jammed it back in his pocket, Luis's laughter still ringing in his ear.

Marco smiled and shook his head. Luis was a good, if sometimes annoying, brother. For all his lightheartedness, he was a damn good firefighter and businessman. He'd obviously learned something valuable from their dad, and Marco had no doubt he'd go places.

Unhooking the helmet from the handlebars, Marco put it on and then revved up the Harley. The rumble beneath his seat made him achingly aware of his reaction to *Señorita* Flores.

Riding the Harley was a risk, if he looked at it through her eyes. So were his other hobbies. Years ago, he'd taken them up one by one, and all were hobbies he could do alone. He couldn't remember the last time he'd asked a woman to share any of them. If he could do "everything her husband wouldn't," as the flyer said, would she give him a chance? Luis was right—he didn't have a clue about handyman stuff— but maybe, just maybe, if he swaggered into her home with a hip belt, slung low and heavy with tools, she'd give him a second glance.

He laughed out loud. "Yeah. Right."

Three

Rubi hummed while whipping up a strawberry smoothie for breakfast. It didn't quite offset the four enchiladas she'd eaten the night before, along with the savory rice, frijoles she loved, and a margarita to wash it all down with; but, honestly, her mother's food was worth the day-after guilt.

Rubi's long, early morning run had helped keep the guilt temporarily at bay. She caught her fuzzy, warped reflection in the sideboard door. She would never have to worry about being too skinny, especially when she matched her brothers' appetites bite for bite.

The phone rang shrilly. Rubi glanced at the black-faced wall clock on the overhang above the sink. The silver-toned numbers and hands shone florescent and sleek. *Right on time.* She picked up the cordless, cradling it against her shoulder as she poured the smoothie into a plastic tumbler. *"Buenos días,* Mom."

"Did I wake you, *mi hija?"*

"Of course not." Rubi had grown accustomed to this little ritual whenever she was in town. She set down the smoothie to sip her milky, sweet coffee. Leaning against the white island, she listened to her mother with closed eyes, the warmth of the coffee easing its way down her throat, seeming to trickle into her nervous system.

"It wouldn't kill you to sleep in one day."

Rubi heard rustling noises on the other end of the line, and pictured her mom preparing her dad's breakfast. The Flores household reveled in the tastes and smells of a world of foods. Savoring every bite was one of the joys of their family. The acceptance of such habits meant hips were okay.

"I had to run off your dinner, Mom. Now I have to memorize my lines. Only two weeks 'til the shoot."

She gazed out at the white-capped waves not a hundred yards from where she stood. The phone extension cord allowed her to open the kitchen door leading to the patio. The blast of salty sea air and the drone of the rolling waves instantly called her name. Grabbing a cup in each hand, she clasped the phone between her neck and cheek and headed for her chair, tapping the door closed with her foot.

A sizzling sound came across the line before her mother spoke again. "I already went on my walk, too. How far did you run?"

"Six today. One for each enchilada, one for the rice and beans, one for the margarita." An involuntary shiver ran through Rubi, the cool early morning air working with the coffee to bring her senses alive.

Her mother's laugh warmed her. Most of the time her mother worried over Rubi's solitary life—glitzy on the outside, but seemingly lonely behind closed doors. She couldn't understand it, but Rubi liked her life that way.

Rubi set her smoothie and cup of steaming coffee on the black, wrought-iron end table. The utter stillness and serene beauty of the quiet hour still filled her with awe. She had bought the beach house three months before.

"You know I'd run ten miles a day for the rest of my life rather than give up your food. Your homemade tortillas. Also french fries. Ice cream."

"You can stop now," her mother said. "The list will never end." She laughed again and Rubi relaxed, settling into her oversized cushiony patio chair.

She gulped her smoothie until half disappeared. "How'd you ever have enough food in the house with the four of us around?" Rubina recalled the previous night's dinner. "Did you ever know what quiet was in that house?"

"We made do. Oh, and there were always snatches of quiet time, believe it or not."

"Not." Loud wasn't a strong enough word for family dinners at the Flores's home, especially when a few aunts, uncles, and cousins were thrown into the eclectic mix and music blared from the multi-stacked turntable. Deafening, maybe, chaotic, certainly, and Rubina wouldn't trade those times for anything.

This beach house was Rubi's haven—privacy and quiet everywhere she turned. She piped in music, a necessary staple, as loud or soft as she needed. When it got too quiet, her family usually just happened to barge in at the right times.

Her mother delivered her schedule for the day, the familiar cadence of her voice as soothing as the ocean waves. Rubi savored the low tide revelation of smooth black stones, some as large as her hand, scattered haphazardly across the wet sand. The waves rolled along lazily, in a murky gray blending seamlessly with the San Diego June-gloom sky that would clear before noon.

Rubi again counted her blessings. Her parents lived only a stone's throw away. Her brothers, in their shared condo, were not much farther.

For all the family's boisterousness, they sheltered her from the telling tongues and ruthless wiles of Hollywood, reminding her often of what mattered most. They had been there for her when Alex had dumped her and then showed up a week later at the premiere on the arm of a rising young, blond starlet.

That was the last time Rubi had ever dated anyone even remotely related to Hollywood. Heck, the humiliation had actually stopped her from dating anyone since that awful time two years before.

Her mother was asking about the movie schedule. "It's a great script, Mom. I just wish they had paired me off with someone beside Alex, that jerk." She pulled the script out of the briefcase leaning against her chair.

Keeping her promise to Enrique to be civil to Alex on the set would be the ultimate test of her acting skills.

"He won't bother you, will he, *mi hija?*" The worried tone again.

"Don't worry, Mom. If anything, he's professional about his own work and image, and knows I am, too."

"Okay, baby. But if he bothers you at all, he'll know the wrath of the Flores family."

"I think all of you made that perfectly clear to him two years ago." Rubi couldn't help but laugh. "We'll be fine on the job."

"¡Buenos días!" her father bellowed into her ear. Practically in the same breath, he asked her mother if she was going to join him for breakfast. Taking his cue, her mom hung up with promises to talk later.

A smile lingered on Rubi's lips as she looked up the beach toward the homes on the north end. The recent battering from unusual numbers of back-to-back storms had left mounds of driftwood and tangled seaweed. Thousands of rocks had washed on shore. Touseled together, they formed a strange barricade along the stretch of sand.

Neighbors had banded together to revive the scarred shoreline and salvage homes, forming fast friendships. Rubi had learned a thing or two about opening up enough to ask for help, and to offer it as needed.

Her own home had withstood the battery, save for chipped paint and loose planks on the staircase leading down to the beach. The wobbly wooden handrail had splintered in places.

Señor Hunky Carrillo would have his work cut out for him. Sweet dreams of him clad in a revealing muscle shirt and a toolbelt slung low across that tight butt of his had tormented her through the night, making a good night's sleep impossible.

The man had a knack for pulling out all the stops. In the short span of minutes they'd shared in the parking lot, he'd managed to make her mad, make her laugh, forget herself, and fantasize. Maddening was what he was. Dangerous was what he was.

She shouldn't have fallen for the lure of the flyer. She glanced at her watch, hating to admit that she looked forward to his arrival.

She resolutely turned the pages of the script. Excitement built with her concentration on it. Two weeks until filming began, and her stomach was already doing flip-flops. Her mother had read through with her the night before, but her brothers were worthless prompters. They'd been in stitches with her love scene. She definitely had to find someone else to help her read.

Nearly finished with her coffee, she almost spilled it when the doorbell sounded. She stuffed the script back into her briefcase and hurried through the bright kitchen and spacious, sparsely decorated living room. "Punctual. Good. Have to get this over with quickly." She rubbed her sweaty palms on the sides of her shorts.

Marco stood straight, looking a bit uncomfortable. His broad shoulders blocked her view of her neighbor's house. His dark blue polo shirt picked up the blue of his eyes, played up the darkness of his long lashes. The shirt stretched taut against the muscles of his well-developed chest and arms. She remembered him without a shirt from the day before, and prickles of sweat erupted on the back of her neck, despite the cool morning air.

He smiled, the white of his teeth brilliant against his lightly tanned face, the warmth too much to handle this early in the day. *"Buenos días, Señorita Flores.* Nice place you have here. Great beach view. Great morning! Thanks for letting me come earlier."

He paused and placed his hand on the doorjamb. His arm, his wonderfully muscled arm, seemed to support the entire structure. "Something wrong?"

"No," she managed, then cleared her throat. "Of course not." She rubbed her temples. "Are you always this talkative this early in the morning?" She needed at least two cups of coffee to handle this barrage.

"Are you always so quiet first thing in the morning?"

"Yes. And I like it quiet until I've had enough coffee to deal with intrusions."

"You set up this meeting, remember?"

"Not this early. Remember?"

He ignored her remark and inhaled deeply. *"Ah, sí, café.* Sounds good."

Rubina stood behind the whitewashed oak door, still watching, suddenly conscious of the fact that she had not showered after her run, had merely thrown on a clean dry sweatshirt. Carrillo's face looked sparkly clean, as if it would squeak if she ran her finger down his cheek.

He shifted. "Guess you don't take hints early in the morning, either. May I come in? I have to get a move on."

"Lo siento." She stepped back and jerked the door open. It scraped along the saltillo-tiled floor. "This is project number one. It's driving me crazy and ruining the floor. As a rule, I use the side door to avoid this."

"Let me take a look." He stepped through and waved her aside so that he could give it a try. "Yeah, it drags, all right."

Rubina said drily, "How astute of you."

He raised an eyebrow. "Remind me not to get here before eight o'clock in the future. You're a little too grouchy for my taste." He paused. "Were you out late last night?"

"What's that have to do with fixing the door?" she sputtered.

He shrugged and crouched in front of the door. He ran long, ringless fingers along the bottom rim of the door.

"This one's easy," he said, sounding relieved. "With all the rains we've had lately, the door just swelled. Basically, filing it down should do the trick." He stood, pulled a notepad from his back pocket and started writing.

"Good." She tugged at a strand of hair that had escaped her ponytail and twirled it around her finger. "Just out of curiosity, *Señor* Carrillo, what *is* your taste?"

He gently pushed the door shut and turned to face her. "What are you talking about?"

"You said I was too grouchy for your taste."

Tilting his head toward her, he stroked his jaw. "Ah. Taste. As in women?"

Stepping back a fraction, she made herself taller to face him. They were inches from each other. She caught the whiff of coffee on his breath, and the faint scent of some wonderful sandalwood cologne wafting around him. Mingled with the sea air surrounding them, the scents intoxicated her. She swallowed hard, forcing herself to look up at his eyes, away from the tempting fullness of his mouth.

The look in his eyes turned mischievous. "What has that got to do with fixing your door?" He looked amused, and too cocky for his own good.

"Never mind. This is getting way too personal."

"No. No, Red. Also basics. I like women who are physical and don't mind getting dirty. I like women who laugh, who are patient—especially with me—who know how to dance salsa. I'm crazy about women who aren't afraid of wearing red, women who are comfortable with makeup or without, women who know how to kiss. I especially like women who offer coffee to visitors, no matter who they are or what time of day it is."

His rumble of a laugh started deep in his throat. He reached to pull the strand of hair from her fingers. "And women who can take hints."

She pulled her hair away from his hand. If she had expected him to be subtle, she had another bit of thinking to do. Why should she believe a man who threw himself off cliffs to catch the wind or sped along on a Harley would know what subtle was?

Her body tingled with unwanted reaction to the way his heated words washed over her. Direct. Unabashed. Sexy as hell.

He made her achingly aware of her body.

It didn't escape her attention that she was wearing red, had on no makeup, was stinky and physically spent. Maybe he was just yanking her chain. She kept her mouth shut with every ounce of dignity she could muster.

Carrillo strode past her and stopped at the edge of the sunken living room, whistling through his teeth.

This she could deal with. She tried to see it through his eyes. The floor-to-ceiling windows seemed to bring the ocean right up to their feet. She'd worked hard to buy this dream home, and her great pride in it surfaced.

He stroked his chin. "This is something else, Red. You must make a mint. Not that I'm trying to get personal, or anything." He stepped down. "May I?"

"Sure." *Anything for a diversion,* Rubi thought.

"The fireplace. I like that, too." He ran his hand along the salmon-colored brick that matched the Spanish saltillo-tiled floor. He turned to face her. "Could be cozy on a stormy night."

She waited for the punchline, ventured a glance upward.

He leaned toward her. "Nice perfume you're wearing. What is it?"

"It's called sweat." She started for the kitchen. "Running does that to you."

"So that's where you get the great legs. Hard work, running." He fell in step beside her.

Rubi glanced down at her red running shorts. While they'd felt as comfortable as pj's before, they now just seemed awfully short and revealing. "Maybe your partner should take this job."

"He will eventually. I'm just doing prelims." Carrillo smiled down at her.

He'd better not have a twin for a partner, Rubi thought. She clutched the tiny, diamond-studded cross hanging from a silver necklace around her neck. Coffee sounded great to her. "Would you like some coffee? I made a fresh pot a little while ago."

"Who me?" He glanced over his shoulders, his gaze searching the living room.

"Very funny. Offer going once, going twice—"

"*Sí. Claro.* Definitely yes. Make it a huge mug."

She arched her eyebrows. "Any other requests?"

"Milk, Equal." He took the carton of milk she offered him. "Do you have any *pan dulce?*"

Her hand froze, holding the sugar bowl filled with blue packets in front of his face. "No, I do *not* have sweet bread today, *Señor* Carrillo. But if you really want some, maybe I can just whip you up a batch." She slammed the bowl onto the table.

"Touchy." He pulled out a stool from under the island overhang and straddled it, reaching for the mug.

She added drily, "Why don't you make yourself at home?"

"Don't mind if I do." He grabbed a strawberry out of the Italian ceramic bowl in front of him—not that he'd notice it was Italian. He bit into the huge, juicy berry until all that remained was the bright green stem. He looked around for a place to drop it, his hand hovering over the bowl.

"Don't even think about it!" Rubi yanked a small bowl out of the cupboard and placed it in front of him.

He dropped the stem into it. "Been to Italy?" he asked, fingering the rim of the fruit bowl.

Rubi stopped pouring her second cup of coffee and set the pot down. It was a sign. Rubi could hear her mother. Destiny. Signs were dropping around this maddening man left and right. Rubi shook her head to clear it of any more nonsense. He was not her destiny, just an annoying distraction—an annoying, macho distraction—and she had to get back to work. "Is this Twenty Questions? I thought you were going to take an inventory of what needs repair."

Slowly he rose. No pretty boy body there. He was all male, hard and muscled. He probably had no clue what a personal trainer was, depended on physical labor and not just machines

to define him. Perhaps he could appreciate a sweaty body like
hers.

The beginnings of a headache pounded against her forehead,
teasing at her sanity. *No macho, no macho.* She had a date
with an accountant that night, a nice, safe, boring accountant,
which meant an early night. It gave her the rest of the night
to study her script until she knew it inside and out.

"Lead the way, Red." Bringing the cup to his well-shaped
mouth, he carefully sipped the piping hot Columbian brew.
"Great coffee, by the way. Thanks for offering it." He winked.

"Anything to get you to work," she countered.

"Unlike some people, I can take a hint."

"The patio is right through there." She pointed and followed
him out through the French doors.

He stopped suddenly, and Rubi, so close she saw fiber lines
in the material of his shirt, panicked, holding her breath.

"You shouldn't have done this to me, Red." He crossed the
patio in a heartbeat.

Rubi let out her breath.

With his hands on the rickety railing, he leaned over, oblivi-
ous to the way it buckled under the weight of his body.

Rubi shut her eyes, waiting for a splintering crash that never
came. She slowly opened one eye, then the other, and found
him staring at her. She threw her hands up in exasperation.
"What now?"

"Tempting me again."

"I did no such thing." *How could he even think that?* She
smoothed down her sweatshirt. "I'm grungy. This is my home,
the only place I can relax and let loose."

"You? Let loose? I'd like to see that. But I wasn't talking
about you." He turned back to the ocean.

She looked around for something to throw at the back of
his head.

"This is an incredible place. The view. Everything. Gives
me the urge to run out there and take a wave. I could camp

out on this patio and listen to that surf all night. You lucked into a great place!"

His drawl was deep and lazy, and curled around her. The reverence in his lowered tone lulled her. Her feet moved without permission, and she found herself standing next to him at the railing, their arms slightly touching. "It is wonderful, isn't it?"

The healing power of the sand and surf wrapped her up even as she spoke. "I sit out here for hours, just reading, letting the sun warm me."

He nodded in agreement. "I'd like to be him." His voice sounded dreamy and far away.

"Who?" she asked.

"The sun."

That was it. *"Caràmba, hombre.* You've got gall." She turned away from him, "The closest you'll get to camping out here is scraping that chipped paint off the railing. I hope that pounding surf motivates you to work fast, so that you're not here longer than you have to be."

"Yes, ma'am." He tipped an imaginary hat at her.

"And stop being so polite unless you're sincere about it."

"Anything else you want to show me before I go?" That wickedly sexy look glinted in his eyes.

"Ay, ay, ay. No. You need to go now." She pointed him toward the door. "I'll see if I can stomach this macho stuff for a day, and we'll go from there. Thank you for coming."

"I'll be back Saturday."

She forced the door shut with all her weight, the scraping along the floor screeching mercilessly. Looking through the peephole, she saw him still only feet from her door.

He cupped his hands around his mouth and shouted, "Early!"

Speechless, she leaned her back against the door and silently counted to ten. It did little to return her heart rate to normal. She cursed *Señor* Carrillo under her breath. It was way past time to dive into the waiting script on the patio.

* * *

Marco jogged to his brother's truck with the new handyman logo imprinted on the door. He wished he had his Harley. He couldn't get out of there fast enough.

"Hombre, if you wanted to sweep her off her feet, I don't think you got far." He groaned. "Shit. Hoof in mouth disease is sure a lifelong affliction with me. I'm doomed."

He turned down the radio and headed north.

The short drive from *Señorita* Flores's Carlsbad home was less than five miles from his fire station in Oceanside, right off Highway 101 and Oceanside Boulevard. It definitely wasn't far enough to cool his heated body.

He focused on the awesome views of jagged rock piers and endless, deserted beaches. Surfers in wetsuits dotted the waters like herds of sea lions, and fishermen cast lines hopefully.

The heavy scent of frying bacon and eggs at each stop sign wafted from hole-in-the-wall restaurants that offered mouth-watering foods for the best prices in all San Diego. His stomach rumbled. In his jeans and polo shirt, he might be overdressed for some of his favorite spots.

He loved the strip along 101, but *Señorita* Flores was the primary distraction for the day. Those golden eyes warmed him right through his skin when she smiled. They also plagued him. Something lingered that didn't belong there—sadness, caution?

Dios, he was getting sappy. She'd gotten under his skin, all right. He needed to get to the station and quick. A shot of testosterone from hanging around the guys for the next couple of days would set his head straight. He had spent too much time on *Señorita* Flores as it was.

His brother had been relentless at dinner the night before, badgering him nearly to bloody death wanting details about the now infamous *Señorita* Flores. There weren't many details to give except that she was one hot-looking babe with curves that wouldn't quit, she was so hot she made his blood boil if he stood within reach of her, made him lose control of his mental capacities, made him blabber on like a macho misfit.

How could he explain when he couldn't understand it himself? Minutes around her made him want more. He wasn't used to being pushed away, and she was pushing with some mighty-flexed muscles.

Luis had given up after they'd eaten their mother's chili relleños. "Do you know what this is?" Luis had handed Marco a hammer. "Please don't demolish her house, and give my business a bad name."

Their mother hadn't helped much, promising to pray for him and his safety as he used Luis's tools around the poor girl's home. "Are you in love?" she had anxiously asked when they were alone.

Marco pulled into the station's parking lot. *Lust maybe. Love, never. Señorita Flores,* any woman for that matter, had no place in the life of a man who thrived on risk and made death wishes seem like good alternatives.

Marco spotted his brother getting out of the Jeep at the far end of the parking lot. Luis bounded over to Marco before the truck came to a complete stop.

"Hey, bud." Marco stepped out and pumped Luis's hand.

"Take in the surf this morning? The waves were bitchin'."

Marco shook his head. "I was this close." He held up his hands, less than an inch apart.

Luis walked beside him. Each carried an oversized duffle bag filled with work boots and workout clothes, their shaving gear, and whatever else they'd seen fit to throw in. They carried their fresh uniforms on hangers slung over their shoulders.

"What's open at this hour?" Turning to face Marco, his eyes widened. "Did you get lucky last night? You dog." He peered behind Marco. "Your clothes aren't wrinkled. Does she iron, too?" He laughed.

Marco rolled his eyes. "No wonder you don't have a woman." He knocked on Luis'ss forehead. "Anyone in there? This is the nineties. Repeat. Nineties." His tone turned serious, and he lowered his voice as they approached the station house. "You know I'll have to report that comment to the chief. She's at this station today."

Luis stopped dead, the color draining from his face. "Man. You wouldn't. I know you weren't with that *Señorita* Flores. I trained you last night. I was just teasing about the ironing."

"Catch you in a few. Meeting first thing." Marco headed for his bunk, stashed his bag, and changed into his blues, laughing whenever he thought of the look on Luis's face. Priceless.

Chief Kramer stood at the head of the table in the fire station's lunchroom. She towered over them, and Marco figured she had to be six feet tall. Not a boss—or woman for that matter—to be messed with.

The first woman promoted to Chief in Oceanside, she'd be a hard act to follow, with her penchant for detail and no-nonsense, organizational approach to the matters at hand. Marco had no doubt she'd earned her position with years of hard work and dedication.

As captain, Marco had shown her the ropes and prepared the crew for her arrival. She had already brought about changes. Her willingness to work with the union and the way she supported them at her brass meetings had already earned her respect from the men and women here. She had promised to make the unit one of the top ones in San Diego County, and they were well underway.

Marco glanced about at the motley crew with affection. *Not many of the boys have seen her sense of humor yet,* thought Marco. *They will in time. Hell, maybe even during this meeting.*

She pulled a pen from the breast pocket of her heavily starched dark blue shirt. "There are a couple of unusual but important items on the agenda this morning." Her brass nameplate sparkled against the lights.

"What it boils down to is that we need volunteers to lead the campaign for the Widow's Fund. We need people to man booths at the street fair in downtown San Diego, and also for the Firefighter's Ball later that same night. A list will be posted on the bulletin board."

She tilted her head and cocked an eyebrow. With her gray hair pulled back in a severe bun, she looked hard and tough, but there was something about her that still made her seem approachable. She placed hands with short colorless fingernails flat on the table.

"We need unique ideas for an emcee to make this a fundraiser no one will want to miss. We'll make this an Academy Awards kind of night. Your captain, Marco Carrillo, has offered to head up this search group."

Marco caught a glint of amusement pass through her steel-blue eyes. "I expect many volunteers for such a worthy cause."

She passed a clipboard to the man on her left. "Also on our agenda—the film commission has asked for our aid. Shooting will start in a couple of weeks in Oceanside, for a movie with high impact pyrotechnics. They need trucks on site for approximately three days, during the potentially dangerous scenes." She tapped her pen on the tabletop.

"Well, men—and ma'am," she said, glancing at the only woman on crew, "this is your chance for a Hollywood debut. I volunteered our unit to stand watch and serve as consultant."

The comments, first under their breath, then getting louder, filled the room.

"Yeah, right. Being around those pretty boy wimps."

"Those babes, though."

"Think anyone from *Baywatch* will be there?"

"Actresses. Look down on you, and want you to bring them sushi for lunch. With white wine. Imported."

"Think they'll let me audition?"

Luis stood. "Permission to speak, Chief?"

Marco nearly laughed, reached for his coffee and waited. Sometimes Luis was so much more by the book than he cared to admit.

Luis stood inches shorter than Marco, and although they

shared the same square jawline, his darker skin, brown eyes, and laid back attitude drew a bevy of groupies nearly everywhere they went. Working on a movie set offered countless opportunities that would make him drool—in a smooth kind of way, of course. "Know anything about who's starring in the movie, Chief?"

"No idea whatsoever," answered Kramer. "It doesn't matter, does it?" She smiled, her eyes holding his gaze.

"No. Uhuh." He cleared his throat. "What about compensation?"

"Overtime," answered Kramer. "Working in shifts between this station and that site. We'll get a rotation going."

Another crew member piped up, "Hey, Luis. You can't work every watch, even if it *is* Heather Locklear."

Laughter erupted.

Luis sat down heavily, his face turning flushed. "Get a life," he muttered.

Kramer turned to Marco. "Anything you want to add?"

"I have the schedules for when the film commission has asked us to be on site. Check your personal work shifts. I already set up the rotation times. We just need to fill in the blanks to make sure we're covered here and on the set. See me either today or tomorrow in my office."

Kramer added, "That's it, folks. Dismissed."

Chairs scraped the floors and above the din Kramer raised her voice. "Oh, and Luis."

The place quieted instantly, riveting their attention on the captain.

"I hear you're good with an iron. Is that true?"

Luis glared at Marco. "Yes, Chief."

"Good." She picked up her files and headed for her office. "Bring yours along. We'll show those Hollywood people what a real nineties man looks like."

Four

Marco drove Luis's handyman truck through northern Carlsbad's short, narrow streets leading to *Señorita* Flores's spectacular house. Once out of the congested apartment area, the street widened, and properties spread a little further apart. A handful of larger homes lined the street.

Following the curve of the street, he glimpsed between the spacious yards to see miles of ocean. He pulled up in front of her house and whistled under his breath.

What a life. What the heck does the good Señorita do for a living?

With more than mild interest, he checked out her manicured lawn. To his left, geraniums filled a freshly turned flower bed. Bright red and fuschia splashes of bougainvillea braided the trellis leaning against one of the columns on the front porch. A potted Mexican palm stood closer to the door.

Chump. His gaze followed the plant's colorful twining to the second floor, where he knew her bedroom was. Even though this was his third visit in as many days, he was no closer to her or that room than he'd been the first.

He wiped his sweaty palms on his jeans, and looked down at the old, paint-stained T-shirt he had borrowed from Luis. He didn't care if it made him look as if he'd been in this business for years. It stank of stale turpentine that had never washed out completely, and grew tighter by the minute.

He squirmed and rolled his shoulders to stretch it out, but

it didn't give. He slipped a finger under the neckline and pulled. He'd suffocate in the damn shirt.

It would be hours before the sun would break through the fog, but as soon as it did the shirt was coming off. He could live in it that long, he thought, and glanced at the passenger seat.

The flimsy pink box from the Mexican bakery partially hid the toolbelt. Luis had taken a picture of him in it, walking around the condo getting used to the tools slapping hard across his hips and butt. In between uncontrollable bursts of laughter and plumber butt jokes, Luis had managed to offer instruction on what to do with *Señorita* Flores's front door, railing, and steps.

Once he put the belt on, there was no turning back.

Here goes nothing. He slid out of the truck and attached the toolbelt with a determined snap. Unloading the rest of the truck only took a few minutes.

The toolbelt tugged down his jeans. It felt awkward and heavy slung across his hips, making him walk with a pronounced strut. He rang the doorbell, setting his toolbox near his feet. In his left hand he held a small cooler filled with his lunch, the bakery box perched precariously on top of it.

The door opened slowly, the bottom scraping against the floor. He grimaced, the sound grating on his nerves like a fingernail against a chalkboard.

Señorita Flores peered out from behind the door. *"Buenos días, Señor* Carrillo. Come on in."

Her voice, throaty and breathless, hit him like an unexpected ripcurl. He swallowed hard, watching her loosen her ponytail, her dark hair swinging out to frame that almost too exotic face. He wanted to take her face between his hands and plant a kiss on her she wouldn't soon forget. She pulled her hair back and up into a tighter ponytail before he could get any more fantasies going.

"Mornin'." He held the bakery box out toward her, feeling like a waiter offering hors d'oeuvres. "For you."

If he didn't stop sounding like a caveman, it could blow his cover. Then again, maybe that *was* his cover—monosyllables to match the ridiculous macho strut. He picked up his toolbox and strode past her.

"*Señor* Carrillo. *Pan dulce.* How very thoughtful." She looked at him, slowly raising an eyebrow. "Wait. Is this a test? A hint?"

"If I could, I'd be tapping my nose. You'd be right on in charades, Red."

She glanced up at the ceiling, contemplating. "*Café? Pan dulce* before you get to work? I mean, to *get* you to work?"

He ignored her insinuation, wanting just a few minutes to watch her, see what made her tick. He already knew he could tick her *off.* "Sure. Nothing like a good dose of caffeine with a little sugar on the side to get you moving in the morning." He walked ahead of her to the kitchen.

"How about cereal? Some fruit?"

He stopped and turned to face her. She walked so close to him that she jerked back as if she'd burned herself and then rammed the pastry box into his arm.

"Why?" he asked, glancing at the white scrape on his forearm, then at the bent corner of the box. "*Pan dulce* isn't an everyday occurrence in my house. All we need is coffee to dunk it in."

Her lips curved into a smile. "Tell me you're not a dunker. You probably slurp milkshakes, too."

He shrugged and shifted the cooler and toolbox in his hands. "Nothing wrong with that, occasionally. You have to savor things. Never know when you'll get a chance to indulge again."

Her eyes opened wide. "I just thought . . . you look as if you work out a lot, watch your fat and sugar intake."

"I do, but life's too short to deny yourself anything. Within reason." He smiled at her.

He straightened and headed down the hallway again without another word. She let out an audible breath behind him.

Marco reached the kitchen and headed straight to the cup-

board. Opening it, he grabbed two big mugs and filled them
with her strong black coffee. "It's a good thing you drink real
coffee—none of that vile, sissy stuff." Whistling under his
breath, he set them on the kitchen island. He opened the refrigerator door to get the low-fat milk, turned to get the sugar
bowl off the shelf, then booted the refrigerator door shut again.

Everything was within arm's reach in the bright white
kitchen accented with chrome and black fixtures. He could
whip up a meal with little effort here, just as easily as he could
a pitcher of margaritas. There were outlets everywhere and
high-tech gadgets. Were those the German-made Henckels
knives? He turned to ask *Señorita* Flores.

She stood in the kitchen doorway, unmoving, the bakery
box in her hands, a look of disbelief on her face. "Why don't
you make yourself at home, *Señor* Carrillo?"

"Sorry." He managed a smile, hoping to soften the creases
that had suddenly appeared in her forehead. "You have a user-
friendly kitchen. Couldn't help myself." He cleared his throat
when she still didn't respond. "Just getting your coffee,
Señorita Flores."

"I manage on my own just fine, *Señor* Carrillo."

"I'm sure you do," he said, relieved she'd found her voice,
even if it didn't sound as if he'd put her in the best of moods.
"But when's the last time you let someone do something for
you, no strings attached?"

She practically snorted. "There *is* no such thing. There are
always strings to get tangled up in. Most people just want
something in return."

"Mmm. That's a little harsh. Lucky I didn't whip up ome-
lettes or *chorizo y huevos.*"

She didn't smile, didn't budge. She was making this awfully
difficult.

"It's just a cup of coffee, Red. Nothing more, nothing less."

He poured milk into the still steaming cups, added Equal
to each, and stirred slowly. "After watching you the other day,
I hope this is how you drink your coffee normally." He slid

the mug toward her. "Lighten up. No poison. Nothing up my sleeves." He pulled his sleeve so that she could look in if she wanted to.

The expression on her face softened, registering a mixture of surprise and disbelief and something else he couldn't read. "Well, don't mind me," he said with deliberate lightness.

He took two plates from the cupboard and placed them on the brilliant white island. With every movement he felt her eyes on his back, her silence growing longer.

He walked around the island to her and pried the box from her tight grip. Opening it, he inhaled the freshly baked breads. "I brought a variety, didn't know what you might like. *Conchas, plancha,* cinammon twists. Those crispy things."

"Campechanas." She relaxed against the doorjamb.

"Right," he said. *Halleluja,* he thought. *Halleluja.*

Setting the box on the island, he motioned for her to join him. "I won't bite. I promise I'll stay on this side."

The dimple magically appeared near the corner of her mouth when she bit her bottom lip. She pushed away from the wall and walked over.

If he could have instant replay of any event—any, including the Padres in the playoffs—it would be on her walking those few short feet toward him, with the soft, slow sway of her hips, apparent even beneath the bulky sweatshirt that nearly covered her running shorts.

Her eyes shone bright, yet unsure. "I didn't think I was being unreasonable," she whispered.

He held her gaze for what seemed hours. "You weren't," he finally said.

She nodded and leaned over the open box, closing her eyes and inhaling deeply. "Goodness. Mom's cooking and this in one week. I can only run so far."

"Ah. You'll live."

She laughed. "You're my guest. You first."

Bad habits were hard to break, and he touched each piece

of pastry, wanting the best. Only problem was, they were all good.

She slapped his hand. "Make a decision, already."

He settled for the *concha,* soft and rounded topped with yellow squares of hardened icing. His mouth watered at the thought of dunking it.

"Please join me, *Señorita."* He pulled out a stool for her.

She hesitated only for a second, but in that second she swallowed hard, straightened her shoulders, and pasted on a smile. *Just like walking onto a stage,* she thought.

"Just remember one thing, *Señor* Carrillo. You're working here, not living here."

"Point taken." He indicated the stool with an open palm. "Please."

She pulled a crispy pastry out of the box. "This is my favorite."

Leaning over the box, she bit into it, the crumbs and wafer-thin pieces of topping crumbling around her hand, onto the island.

She held the pastry between her slender fingers with their short, fire-engine-red nails. Its rich caramel color nearly matched her skin tone. Next to her, he looked pale, the tan on his fair Spanish skin never turning more than a light golden tone, even in the summer. He wondered if the length of her body was all the same glorious shade.

Closing her eyes, she let a thin smile light her face as she savored the rich flavors. "Oh, yeah. It's been a long time."

It had been a long time for him, too. He swallowed hard, squeezing the *concha* in his left hand. If it had been a pencil, it would have snapped in two. She'd look that way sleeping, or after a good bout of sex, and he imagined how he could touch her to bring her to such an ecstatic state.

He noticed the disfigured *concha,* ripped it in half, and dunked it furiously.

"Isn't that enough, already?"

He looked up to see her watching him. "I like mine saturated," he growled, allowing his dunk to become pronounced, slow, rhythmic.

"*Claro*. But won't that disintegra . . ."

He lifted the *concha* out of the cup—what was left of the *concha*. Clumps of it floated in the milky coffee.

Rubi's throaty laugh silkily covered Marco's embarrassment, until he, too, chuckled. "*Ay, Señor* Carrillo, thank you. Sometimes I can be a bit stubborn. Look what I would have missed—this yummy *pan dulce* and a good laugh to get the day going."

He popped the remaining *concha* in his mouth and took a swig of his coffee. "Isn't that like life, Red?" He rose and rested his elbow on the island so that he was face-to-face with her.

Her body tensed, ready to back away from him, but she held her ground. "What are you talking about now?" She picked up the dishtowel and wiped her hands.

"We want something so much our mouth is watering for it." He reached over and took a crumb off her cheek, more than glad for the excuse to let his fingers graze her warm skin. "But if we act stupidly or let too much time pass, it just slips through our fingers. Disappears. And we'll never know what it would have tasted like, how that one flavor could have changed our life."

"That's heavy." Her lips curved into a smile, the dimple undoing him.

He popped the crumb into his mouth. "But true." He leaned down until his lips were a breath away from hers. "One taste can change your life," he whispered.

Her smile faded, and her eyes fluttered close. "Is that all it takes?"

He wanted more than a taste of her slightly parted lips, but he had a feeling if he took it, it would be a life-threatening change. He wasn't ready for that any time soon. He straightened abruptly. "Sorry. That ends the Carrillo philosophy for the day."

He picked up his toolbox and cooler, and headed back toward the front door. "I made breakfast. You clean up."

"Ay, que hombre." The dishtowel hit the doorjamb next to his head. The string of heated words followed him from the room, the toolbelt swinging in sync to his exaggerated swagger.

Rubi sat at her desk, script in hand. The sanding going on below her made it difficult to concentrate, especially when she thought of Carrillo in that tight, raggedy T-shirt. The mid-afternoon sun crested high above the rooftops. Its warming heat tempted her to take her work outdoors, but Carrillo was probably shirtless by now, and she would be the one sweating.

She shook her head free of his image. She could always try to read the love scene, and picture him across from her instead of Alex.

The doorbell sounded. Rubi grabbed the script and raced down the stairs, grateful for the interruption.

The door swung open easily and she smiled. Well. Marco was efficient with those incredible looking hands, after all.

Enrique stood posed in the doorway. He always posed. "Rubi, love. You fixed your door."

Paparazzi would never catch her agent looking bad. "Got a date?" she asked.

"Only with my favorite client." Enrique kissed her hand.

"You're good for my ego, Enrique. Let me take a good look at you. It's been too long."

A black, formfitting, short-sleeved T-shirt accentuated his lean build and respectably toned biceps. Black linen pants, perfectly creased. Gleaming black loafers he could see his reflection in. His image screamed sophisticated sexy.

The small silver hoop earring in his right ear glinted in the sun, and stood out against shoulder-length, black hair slicked back with gel. A carefully placed James Dean strand fell onto his forehead.

Rubi doubted he ever sweated, even in smoldering heat.

Rubi had been with Enrique since the early days when he'd made the jump from *GQ* model to agent. He had an ability to make an impression and make it last, for himself and his clients.

"Do I pass inspection today, Rubina?" His smile reached his charcoal eyes, the lashes made even longer with a touch of mascara. His smooth, flawless skin, thanks to the finest in men's skin care products, put Rubi's to shame and made her yearn for a facial.

"Always, Enrique."

He bent to give her an air kiss and she grabbed him. "Don't you dare, Enrique. You're home now."

"Ay, chica. You are a gem, sweetness." He grabbed her in a big bear hug and swung her around. He set her down in the foyer, pushed the door shut, and gave her a big noisy smack of a kiss on the lips. Rubi laughed heartily.

"That better, Rubi?"

"Much. And you'd better not be acting."

"Ah, no, mi amor. That's your job." He stepped back and patted her on the cheek. "Where's your red today?"

"I'm off work right now," she said, but lifted the bottom of her oversized sweatshirt so he could see her red running shorts.

"Good girl. You have to remember three things. One— you're never off work. Two—as long as you keep eating your mom's food, you need to keep up that running."

She wiped a piece of lint from his shoulder, then wrapped her arms around his waist. "What's three? I know it has to have something to do with Alex."

"Not just Alex. Three, *mi amor,* is the philosophical business plan." He patted her head much like a dad would a young child's. "Sacrifice and pain are inevitable in this business. You hold your head up even if you're dying inside. Don't ever hide under that shell. If you find someone who can take your bad times as well as the good, it'll help, believe me. But you have to open yourself up, Rubi."

A loud, slow, exaggerated clap came from across the room.

Rubi jumped out of Enrique's arms, crossing her own in front of her like a shield.

"I thought you'd had enough philosophy for the day, Red." Carrillo leaned against the wall near the kitchen entrance. His sweat-soaked T-shirt clung to every rippling muscle in his chest.

Rubi glared at Marco. "Didn't your mother ever teach you eavesdropping is rude?"

"I was just on my way to the truck to get my trunks. I'm off the clock now. I was just going to ask if I could change in here somewhere." He pushed himself away from the wall and started toward them. "Sorry to have interrupted."

Enrique leaned down and whispered in Rubi's ear, "Mmm, Mmm, Mmm. And where have you been hiding this beautiful creature?"

Rubi elbowed him, hard.

He straightened, speaking loud and clear. "Rubi, love, aren't you going to introduce us?"

She let out an exasperated breath. "Enrique, this is Luis Carrillo. He's fixing up the place. Carrillo, this is Enrique, my, my—"

"What is *wrong* with you, love?" Enrique stepped forward. "I'm her ag—"

Rubi reached over, then pinched and turned the skin on his arm the way her brothers had picked on her years ago.

"Ow." He looked at her questioningly. She shook her head, knowing Carrillo was not missing a thing.

Carrillo looked at them with a raised brow. A smile threatened to erupt from the serious, no-nonsense expression he tried to maintain.

"I'm her aging friend," Enrique finally said, and reached for Carrillo's hand while planting a kiss on Rubi's cheek.

"Marco." He shook Enrique's hand firmly.

Rubi tried to brush off Enrique's arm from around her waist. "I thought you were Luis."

"It's Marco."

"What about the name on the flyers?"

Enrique shook Marco's hand vigorously. "Now children. Marco. Luis. Whatever. It's certainly a pleasure to meet you, *Señor* Carrillo." He looked him over appreciatively.

Rubi thought Enrique would pat Carrillo's chest any minute now.

Enrique turned to her. "And where did you say you've been hiding this man?"

She let out an exasperated breath. "Under the woodwork, where else?"

Marco pulled his hand from Enrique's and grabbed Rubi's. Her hand was lost in his massive grip, and warmth quickly traveled up her arm.

"She lets me out every couple of days. Orders me around. Feeds me bits and pieces of her life with crumbs of *pan dulce*. It certainly is a pleasure meeting *you* officially. Rubi, was it?"

Enrique tried to step between them again. He nearly hyperventilated. "I haven't done my job right. I've failed," he kept repeating. He pounded his chest.

With the theatrics kicking in, Rubi tried hard not to laugh.

"You mean you don't know Rubi Flores? The Rubi that—"

Rubi yanked her hand out of Marco's grasp and clamped it over Enrique's mouth.

He looked at her as if she were out of her mind.

"Enrique, I'm sure *Señor* Carrillo has more important things to do. Let's not keep him."

"I'm done here. I have a minute." He glanced at her, waiting.

"It's just a name, for crying out loud." She backed up against the wall and looked at Enrique for help. He opened his hands as if asking, "Well?"

She'd get no support from him. "If I tell you, will you go?"

Carrillo nodded, never taking his gaze off her. He wasn't smiling now, but amusement still lingered in his eyes.

"My name is Rubina Delores Flores. And for obvious reasons, I go by Rubi."

"That wasn't so bad, now, was it?" He winked at her. "My pleasure."

Enrique piped in. "My. My. This is soap opera material." He put his arm around Rubi's shoulder and pulled her close to him.

Marco glared at him. Rubi pushed him away.

Enrique shrugged. "It's awfully hot in here. I'm getting some ice water. You two could use a pitcher. I'll wait for you in the kitchen, Rubi." He turned to Marco. "And I'm sure I'll be seeing you around, *Señor* Carrillo." He sauntered down the hallway, his step light and jaunty.

"Nice little guy," Marco said, starting out the front door. "Okay if I change in here?"

She nodded, not trusting herself to speak.

"Thanks. See you later, Rubi Red." He smiled, and waves of turbulent desire washed over her.

"*You* can still call me *Señorita* Flores." She lifted her chin.

"Anything you say." As he shut the door behind him, he whispered, "Rubi."

Rubi clenched her teeth again. She'd have to get a biteplate if he hung around much longer. She refused to allow someone like Carrillo to undo three long years of orthodontic work in a matter of days.

She massaged her jaw with her hand and walked to the kitchen. Peeking in, she braced herself for the barrage of questions Enrique would throw at her.

He stood with the refrigerator door wide open, his hips and feet moving in rhythm to the disco strains floating from the radio.

"Having fun?"

He grabbed a jar of organic olives, shut the door, and slid over to the counter with the grace of a ballroom dancer. "You have a sparse diet, Rubina Delores. *Gracias a dios* your mother feeds you real food occasionally."

"It's far from sparse, Enrique. *Dios mio.* You make it sound like I'm a health nut or something."

"Heaven forbid, *mi hija.*" He popped an olive in his mouth. "Yummy." He grabbed three more from the jar. "Speaking of yummy, Rubina, you have some explaining to do. I want to know what's going on between you and that Marco-Luis-whoever creature. That delightful, delicious-looking creature." Enrique stood straight, tilted his head and with a slight smile, waited.

Rubi choked on an olive and popped the pit into her palm. She shook her head, coughing, and grabbed the glass of water Enrique offered her. "You're way off base," she finally managed. Blood rose to her face. She desperately needed the fan she had used as a prop in the last movie.

"Judging by your reaction, I don't think so, love." He turned the radio dial until he found a Latin beat, then turned down the volume. "The way he looked at you, *Mami.* Sizzle. Sizzle. Tssss." He touched the tip of his finger to his tongue, then touched his arm with it and jerked it away as if he'd burned himself. "Tsss. Too hot to handle, Rubi."

"Will you stop it with the clichés, already?"

"Touchy." He turned up the radio again and took her into his arms. "Have you practiced?"

She shook her head and placed her left hand lightly on his shoulder. Her right slipped into his palm.

"Try a salsa to this beat." They moved slowly on the white linoleum floor, getting accustomed to each other's height and moves. It had been a long time since Rubi felt herself relax in a man's arms. Enrique was like a fourth brother, and didn't count.

"About *Señor* Carrillo." The glint had returned to Enrique's eyes, his brows arched high in innocence. "I haven't seen that chemistry since your last onscreen love scene with Alex. And we know how that sizzle made critics wriggle enough in their seats to give you rave reviews."

She responded to the pressure of his hand and twirled away

from him, returning to their original stance. Their feet moved
forward and back, quick, quick, slow. Quick, quick, slow. Rubi
remembered the countless lessons at Mel's Dance Studio that
made steps like these look almost natural. "That's all acting,
Enrique. I have no time for a relationship."

"You mean you won't *make* time, or give effort. Love brings
light to your life, *mi hija.* Imagine being that much more brilliant, that much more of a shining star. And you would, you
know, if you opened yourself up." He paused, taking a deep,
deep breath and raising himself taller, looking absolutely regal.

"He's just working for me, Enrique, you hopeless romantic.
That's it. He drives me crazy, and I avoid him when he's here.
Don't play matchmaker. I have work to do."

"Me? Matchmaker? Well, at least not when the match is
already so obviously here." He held his hand to his chest and
patted it in a fluttering motion. "Admit you need a little spice
in your life, honey. That boy spells it with a capital S."

The door to the patio slammed. Marco had to have walked
right past the kitchen door to get there. *"Ay,* Enrique. How
much do you think he heard?"

"Enough, I hope."

They watched Carrillo jog down the few stairs to the sand,
clad in navy blue trunks that fit snugly against his backside.
The muscles in his long legs pumped easily with strides that
grew longer and faster as he neared the water.

He ran at full speed until he reached waist-deep water, and
then dove under the first wave he could. He came up and
jumped the next few waves. The water glistened off his shoulders.

He probably had contentment written all over his face. Rubi
swallowed the lump in her throat. Carrillo made the water look
even more inviting than usual, and if Enrique weren't standing
next to her she just might have walked to the water's edge and
jumped in.

They watched Carrillo in silence a few more moments.
"Mmm, mmm, mmm. Rubi, love. You'll have to make a move

soon, or someone else will. One more dance before we go over the script?"

"My pleasure," she said, remembering Carrillo's remarks about liking fast dancing. "I want to practice my salsa a little more."

"Good girl. No one can dance to any of the contemporary beats, even though they're nice to listen to." Enrique spun her around, light on his feet and they slid across the floor. Grabbing her closer, he twirled her and then let her go. He finished solo with a dramatic flourish, throwing his head and arm back, like a prize bullfighter.

"Bravo!" Rubina clapped. *"You* should have been the actor. You look good in the spotlight."

"I lived in the spotlight. I like seeing you there now." He chugged down a sparkling water. "How's the reading coming?"

"It's easy when I'm alone. If I have to see Alex across from me, it could be a different story."

"Then don't. Picture yourself across from Carrillo."

"Ay, cállate ya." She finished her own glass of water and set it down. "Be quiet and forget about him. I already have."

"Whatever you say, honey." He popped another olive into his mouth.

She headed for the shower with thoughts of Marco trailing behind her.

Five

The movie set facade of downtown San Diego grew out of nowhere. *Amazing,* thought Marco. *Paint a few high-rises on plywood fronts, throw in a couple of arrogant actors, stir in some explosives for special effects, and Voila! Instant city, Hollywood style.*

The usually vacant plateau near Oceanside's Camp Pendleton, a military base, had been transformed into an oasis of restaurants and hotels, storefronts, and cheap tourist traps. The replicas of downtown's train station, courthouse, and theaters were amazing.

A taste of Spanish architecture touched some of the buildings, with their stucco walls and clay-tiled roofs. Marco would rather have the clumps of sage and wild rabbits hunkering under them any day.

"As if one downtown isn't enough already," Marco muttered.

He studied the area surrounding him. This gig was work today, covering the shift of one of the guys who'd called in sick.

At least he could get a whiff of the damp air coming off the ocean. A light mist of fog lingered, and he wondered briefly whether that would be a welcome effect or if it would screw up the first scene of the day.

Marco circled the long-ladder firetruck for the tenth time, still an hour before shooting was to begin. He had a sneaking suspicion that movement started well before the director yelled

"Action!" He wanted to be around to witness that—the scheduled pyrotechnic work looked potentially more dangerous than
they'd originally anticipated.

His crew stood talking in a huddle, their murmurs and muted
laughter echoing in the vast expanse of land. Acres of dry
California sage and wild heather spread across the desert as
far as the eye could see. Not one other vehicle could be seen
on the miles of straightaway. News of the shoot had already
appeared in the previous day's newspaper, though, and he was
certain fans and lookey-loos would pop up before long, invading the quiet, upsetting the stillness.

Earlier he'd peered in at the semi-trucks, loaded with props
and costumes, and was awed by their sheer numbers.

He scrutinized the area again. Well north of San Diego, they
had a clear view of the ocean, even though it was farther away
than he would have liked. The set was a firefighter's nightmare,
which could only mean Hollywood heaven for stunts and pyrotechnic special effects.

Luis walked from the huddle over to Marco. "Why so serious, *'mano?*" He spread his arms out. "This is exciting
stuff."

They watched roadies unload high-tech, complicated cam-
eras, cables, and equipment from the trucks. Their early morning banter set Marco at ease, and he envied them their physical
labor.

Marco shook his head and returned his attention to Luis.
"Man. You *are* young and impressionable. You'd think being
a firefighter for a year would make you more focused on the
important stuff. Look around. The potential for fire is great.
We may have our work cut out for us."

"I know that. I've done my homework. And I *am* focusing
on the job at hand, on this set. I also hope to God Heather
Locklear is the lead actress, and that I'll have to rescue her.
I'm focusing all my attention on that saying—wish long
enough, wish hard enough . . ." He slowed down after looking
at Marco's face. "I can dream, can't I?"

Marco wondered where this boy had come from. "You're hopeless, and a romantic. Dangerous combination." He tapped Luis's forehead. "Haven't you learned anything? Actresses. A different breed, from what I hear. No thanks."

"But it's a lovely breed that doesn't get the credit it deserves. I'd sacrifice myself to take on the task of research." He dodged Marco's backhand to the chest. "Speaking of lovely. How was *Señorita* Flores this weekend?"

Marco looked south, his gaze following the uneven coastline. Her house was probably ten miles as the crow flies, he thought. He could be there in less time than it took to coil up the hose after a practice run.

"Beautiful," he said, and cleared his throat, ignoring the way Luis's eyebrows were doing funny things. "I only banged my thumb once with the hammer. She bandaged me up even though she was entertaining a friend."

He didn't add that he'd overheard them talking about her possible interest in him. Okay, so he didn't have any scruples where eavesdropping was concerned.

"There is hope for you, *gracias a Dios*. But competition, eh?" Luis rolled his wrist around, just like a director would to get someone to speed things up. "Aaand . . . ?"

Marco had to laugh. "I did learn her first name. It's different. Like her. Rubina. Rubina Flores. Rubi Flores."

Luis choked on his gum. Marco slapped him on the back. When he could control his coughing he sputtered, "Rubi Flores? As in the actress?"

"No. No. Not an actress. Wait here." He ran to the cab of the fire truck, grabbed his bottled water, and ran back, handing it to Luis.

"Gracias." Luis took a swig. "You were saying?"

"She's a, a . . . well I don't know exactly what she does, but she can't be an actress. She's beautiful enough, but too smart for that."

"There can't be two Rubi Floreses, Marco. Too much of a coincidence." He whistled long and low. "If it's Rubi Flores,

'mano, she's hot. Right up there with Heather. Well. Close."
He winked at Marco. "You've got to cut her some slack if it's
Rubi Flores, the actress. It's her calling. She's good."

"Can't be." Doubt niggled at the back of Marco's mind. He
swallowed hard. Rubi Red was definitely star material. He'd
take a forty foot version of her on the big screen any day, but
that would mean he'd have to step back into a theater.

He gulped. That meant three hours of time that he *needed*
out there. He looked out at the Pacific.

Part of his job description included facing the horror of
victims, and the trauma no one being should suffer, and rolling
it all up into one tight and not so tidy bundle. A firefighter
had no right to share that kind of life, those kinds of images
with anyone who meant anything at all.

If Marco had to give up three hours of his self-imposed
therapy, he would certainly try to do it for Rubi Red.

"What's she look like?" Luis was asking.

A babe. With incredible coppery skin and incredible eyes
with long lashes that would tickle his chin like a ladybug
crawling on bared summer skin.

Lordy, he thought, squirming under Luis's unwavering stare.
He was a goner, and he barely even knew *Señorita* Flores. He
had to say something.

"Thick, dark hair. The greatest legs I've ever seen. Ever.
Curves that . . ." Marco's body stiffened and Luis followed
his gaze.

A vehicle approached fast, closing the distance to the fire
truck at an alarming rate. Marco pushed away from the truck,
wondering where in the hell CHP was when dickheads like
this were on the road. He shoved Luis to make him move out
of the way, suddenly aware that they could be crushed if the
driver missed his brakes by a millisecond.

The black Porsche skidded to a stop a couple of feet behind
the fire truck, swirling fine dust around them like something
out of an old western.

All talking stopped until the rumble of the engine quieted. The crew collectively turned to face the car and waited.

The door swung open, and Marco could smell the man's heavy—and he would have bet, expensive—cologne before he actually saw him. His designer jeans and new cowboy boots had probably never been outside a Beverly Hills boutique that promised authentic western wear until now. Marco swallowed down the bitter taste in his mouth. He wasn't here to judge, just to do his job.

The golden boy posed automatically, trying to make it seem as natural as his tanning-booth tan. He failed miserably, in Marco's opinion. He flexed his arm muscles at just the right angle and flashed a glaring white smile that lacked any warmth.

Marco couldn't help himself. "Oh, brother." He groaned. "That couldn't be . . . the star . . . could it?"

His facetiousness was lost on Luis.

"That's Alex Hamilton, all right," Luis whispered in his ear. "Action movie hotshot."

Alex waved to the crew and the crowd of spectators that had quietly invaded them. They milled around, lining the street to watch a day's worth of filming. He reached behind the driver's seat and pulled out a thick manila envelope. "Thanks for coming, everyone." His voice was deep and sacharrine-sweet, but not in a good sugar-high kind of way. It could be the kind of sweet that made children hyper and gave mothers migraines.

Damned if Marco didn't hear sighs coming from the teenagers that stood at a respectable, but apparently agonizing, distance from Alex. Marco glanced at his watch, and realized this would be the longest shift he'd worked in a long, long time.

Alex whipped off silver-framed, dark sunglasses to reveal what had to be green eyes made available only by the magic of colored contact lenses. "We sure appreciate your support," Alex boomed. He gave his head a toss, and the blond streaks of his layered hair fell perfectly back into place.

Marco took a little pleasure in seeing the hint of dark roots on Alex's head. "This *cannot* be worth the overtime," Marco muttered to Luis. *Gracias a Dios,* he'd brought the latest Mark Clements horror novel.

"Whaddya mean?" Luis responded. "This is great." He stopped craning his neck to glance at Marco. "Ahem. Not that I'm a great fan, or anything. Of course not."

Alex had opened his envelope and was handing out—photos? Of himself? Marco almost gagged. "Nothing like stroking that ego."

"A token of my own appreciation," Alex said. He waved the photos over his head, and some people actually clapped. He approached the crew, and within minutes had them laughing and clutching their photos like a bunch of schoolgirls.

"Can you believe that?" Marco asked Luis.

"Yeah. He's the star, for crying out loud, Marco. 'Scuse me, man. I'm getting one." He saluted Marco. "For mom." He smiled and ran off.

He left Marco leaning against the truck once again. Alone. Marco laughed out loud. Luis put things into perspective in a way he was too pigheaded to do. *Different strokes for different folks, and let it go at that,* he thought, watching Alex's slick moves. Alex belonged in Hollywood. And he belonged right here.

The fire truck felt sturdy and sure against his back. This was his life. He'd live and die at this post. That's all he wanted, and to have some fun in between shifts.

He had to stop taking himself so seriously. He walked around to the passenger side of the truck and climbed into the back to check the first aid kit. He'd only checked that once, and might have forgotten something important.

"Excuse me." The sacharrine tone drifted upward, battling for air space with the man's cologne. "I don't believe I thanked you personally." Alex held up a black-and-white photo.

Marco set the first aid kit aside and thrust his hand out.

"Marco Carrillo, Twenty-first battalion, at your service. To what do I owe the one-on-one treatment?"

Alex shifted the photo to his left hand and shook Marco's. "You're in charge, aren't you? And a little PR never hurt anyone." He glanced behind him. "Where's the press when you need them?"

"I wouldn't know."

Alex dropped Marco's hand. "Right. Thanks for coming out, though. The special effects are going to be incredible in the next couple of days from what I hear. Cutting edge. Makes me a little nervous, even though I don't do my own stunts anymore."

He looked Marco over carefully. "You'd make a good stuntman. Ever given it any thought? I have connections."

Marco hopped off the truck. "Nope. I get all the excitement I need right here. Firefighting makes the stunt business look tame."

Alex scoffed and glowered at Marco's crew. One of his photos had been transformed into an airplane, and lay near the rear tire of his car. "I can see that." He stepped back and looked up at Marco, seeming to size him up. "I can see why you'd want to hang with a bunch of morons like that instead of having some prestige and earning more than slave wages."

Marco crossed his arms to keep from wringing Alex's neck. "I like the guys I hang out with, and we do our job well. That's why we're here, to protect . . . the likes of you. Though one less would certainly make the world a better place."

Alex's eyes widened so much that Marco thought his lenses would pop out on their own. Marco stepped toward him, bringing his face inches from Alex's. He tried to keep the growl from his voice, but it took more effort than he was willing to give. "And if you ever call my crew morons again, you'd better have a stand-in to do your work. You won't be camera quality for a while."

Alex sputtered. "Are you threatening me?"

"No. Just get your job done here, and we can get back to ours."

Alex cocked an eyebrow and smiled. He had regained his composure and the attitude that went with it. "Just as long as we understand each other."

Much better, Marco thought, *when an opponent is on the same fair, sure footing and can make no excuses. It might not be a boring next few days, after all.*

Alex tapped an index finger on Marco's chest. "You stay on this side of the fence where *you* belong until you're called." He placed his photo on the passenger seat of the truck. "This is for your girlfriend. I know she just loves me. Give her my best. Why not bring her to the set? It would be my pleasure to meet her. I don't think it would take much to impress her after you."

Marco grabbed Alex's arm as he turned to walk away. "You could use some lessons in manners. I'll throw that in as a bonus to our working together."

Alex glanced down at Marco's hand and jerked his arm free. His lip curled. "We're *not* working together. Don't give me your holier-than-thou crap. I've paid my dues to get to where I am, and put up with judgemental assholes like you along the way. I don't need to take that any more."

"That doesn't mean you can be rude, now does it?" Marco climbed up into the cab, planting his butt on the photo. "You know what, Alex? Lighten up. You'll get wrinkles before your time. And you know what that means in your business." Marco pointed over his head. "Press is here. You're on. Smile."

Alex flipped him off and walked toward the handful of reporters. Marco laughed, and pulled the photo out from under him. He tossed it on the floor of the cab. *Not Rubi's type,* he thought smugly. Maybe they could just use it for a nice friendly game of darts.

He'd bring the pizza and beer. Or champagne and chocolates. Maybe he could convince her *he* was her type.

* * *

"Please, Enrique. Quit fussing." Rubi jerked her chin out of his grasp and put her hand up to block the brush from applying any more blush. She glanced out of the limo's tinted window and sighed. "I'm doing this just for you because I love you, and because I know how important the first day of shooting is to you."

"And I appreciate it, *mi amor.*"

She groaned. "I can't believe I'm actually dressed and in makeup before nine o'clock." She lifted the light taffeta skirt of the dress Enrique had brought her, the red matching her fingernails perfectly. She loved the color really, liked his publicity plan, but she had wanted to be inconspicuous a little longer. The last few weeks at the beach house had been heaven.

Barefoot and in shorts daily, she'd gotten used to being alone, even though she found herself looking forward to occasionally working to the rythym of Carrillo's hammer and his string of cuss words that abruptly stopped his whistling and punctuated the air. She thought of the cheery look and slow grin on his face when he stood at her doorstep first thing in the morning, of how his blue eyes looked right at her, somehow through her, and how, at those times, she wasn't so grouchy even if she'd had only one cup of coffee.

She'd grown accustomed to his relentlessly calling her Red. It sounded sweet and sexy at the same time, and made her want to raid her closet to make sure she wore the color whenever he was in the vicinity. It had become as natural to her ears as his presence had become in her house over the last couple of weeks.

Marco Antonio Carrillo. Thinking about him ignited what she had coined a "MAC Attack." His parents hadn't done him any favors naming him, either, but he didn't have a problem with the o's, and she certainly liked the way his name rolled off her lips. Her MAC Attack could be brought on now just by hearing him call her Red. It was like being dipped into fire every time he neared her.

His nearness started a heat within her that she was afraid

of. Watching him work in her home made her turn away from the window after a few minutes because her body's response became unbearable, traitorous, even while hidden under her sweatshirt. Even after being hidden under all the layers she'd built since Alex.

Rubi willed herself to focus on her work and on the upcoming frenetic pace the next few weeks would hurl at her. She patted Enrique's hand. "From tomorrow on out it's running gear or whatever I'm comfortable in until I get in costume here. Okay?"

"Sí, sí, mi amor. Whatever you say." Enrique touched the brush to the tip of her nose and then set it down when she glared at him. "Wet your lips. What did we ever do before longlasting lipstick?"

"I guess there were very messy kissing scenes."

"One of the miracles of modern technology."

"You're changing the subject, Enrique."

He looked at her with wide eyes full of innocence. "Me?"

"Casual clothes means . . ."

He sighed deeply and sunk deeper into the leather upholstery of the limo. "I know. I know, Rubi. No more limos. I swear, *chica,* you will have to change your attitude if you want them to take you seriously. Take the perks with your job and pretend to like them. You've paid your dues. Your fans want glitz."

He wasn't convincing enough. "I don't have many fans yet, Enrique. I'll think about it. I certainly couldn't do it all the time, but I can compromise. Later."

"Good girl. You won't be sorry. I'll take good care of you on this end. From your end, you make sure your feet stay planted."

"You know me, hon."

"That's why I love you." He popped open a Chanel compact and dabbed a touch of blush on his high cheekbones. "You keep me grounded, too, Rubina."

She grabbed his hand and squeezed it. She only had him

and her family to hold on to these days, and had to hold tighter as the time to face Alex drew near.

Marco was grounded, she thought. Solid and strong. If there was anyone else she wanted to be grounded with, in more ways than one, it was Marco.

She allowed herself the luxury of wondering what it would be like to lose herself in his arms, to feel safe and protected. Alex popped into her mind. She decided no one could protect her as she could herself. Keeping her guard up was what life was all about in this business. It was just unfortunate that it carried over into other parts of her life, too.

"I know who you're thinking of." Enrique sang in a childlike chant. "Definitely grounded, honey. But I know a way you two wouldn't stay grounded for long." He fanned himself. "You'd be flying."

"Oh. You're hopeless," she said, but smiled in spite of herself. *A little fantasy never hurt anyone.* "That's not going to happen, Enrique, so quit putting those thoughts in my head. It takes away my concentration."

"You're right. You can't lose that now." He dropped the compact into the black oversized satchel near his feet. "Just remember, Alex is your love interest in this movie."

She shuddered. "I'm still trying to get psyched up."

The set sprang up seemingly out of nowhere on the barren land. An oasis. For her, an oasis that offered no consolation. "I wish my brothers were here," she muttered. "Maybe not. They'd hurt him physically, and I'd have to be on this set longer waiting for Alex to recuperate."

Enrique laughed. "Then do what you do best, *mi amor.* Shine. Get the job done and we're on to the next scene." He cleared his throat. "Don't let Alex surprise you. We have some special publicity stunts in mind for the two of you that'll give the press some sizzle."

"He's going to kiss me, isn't he? Damn, Enrique. Anyone but Alex." She let out a long, exasperated breath.

"I'm sorry, *mi hija.* It's business."

"You're lucky I'm a good actress." She smiled weakly. Business.

The limo turned up another street. Semitrucks and fire trucks, trailers, and dozens of cars loomed on the horizon. People milled about a stretch of road that paralleled the set. Rubi doubted the few tumbleweeds were very happy about their trespassing. The pyrotechnic special effects were undoubtedly going to change the structure of the land.

She glanced at the fire trucks, grateful for their presence. The director had decided to do this scene first to get it out of the way. Then they could retire to the more posh locations in the real downtown and at Rancho Santa Fe.

It would take a couple of days to shoot the special effects. This also happened to be the scene with the highest sexual tension between Alex and her. She didn't quite understand how they could look into each other's eyes with lust while the villains wreaked havoc on the city behind them, but she didn't need to understand. She needed to make it look believable for the audience, and she was bound and determined to do that.

She sucked in her breath at the sight of Alex's black Carrera Porsche. *Bastard.*

Enrique leaned across her to look out her window. "Good. There's press. Fans." He clicked on the speaker box, addressing the driver. "Pull in well behind the Porsche. Rubi needs to walk through the crowd and loosen up."

The driver nodded and lifted his hand in acknowledgement.

"It's an instant press conference, love. You'll take your time walking through the gauntlet, answer the questions you can, sign some autographs, kiss some babies." His arm encircled her shoulders and he pulled her toward him. *"Mi hija.* You'll be the next Marilyn Monroe, but with an exotic flare. America's clamoring for another sex symbol, and you, love, are going to be it if I have anything to do with it."

He moved to the seat across from her. Tapping his fingers to his lips, he studied her like she was under a microscope.

She squirmed in her seat. "Just don't go overboard, Enrique." She wagged a finger at him.

"Who? Me?"

"You."

She just wanted to act, but could understand Enrique's promotional tactics. How could she get anywhere in Hollywood without the right publicity? She could count on him to groom her for that, could trust him to do the best for her and her career, but she didn't have to like it.

The limo slowed and pulled to a stop behind the Porsche. Enrique grabbed both her hands and pulled her toward him. "Show time, honey." He gave her a peck on the cheek. "Break a leg."

The driver opened the limo door. Rubi took a deep breath, made the sign of the cross, and winked at Enrique. She smoothed her hair and then her dress, the adrenaline pumping through her.

She stood for a moment just outside the door, temporarily blinded by the flashing lights. The slight breeze ruffled her hair. *It's way too early for this.* She eyed the trailers that seemed miles from where she stood. The director and producer were deep in conversation there, but looked up at the sudden ruckus. They waved at her.

She waved back, relief flooding her, the fear replaced by the excitement of the script at hand. It was an incredible opportunity for her, and a fun, exciting script. She'd make it her best performance ever, despite Alex.

"Have you and Alex reconciled?"

A microphone was thrust near her mouth.

"What do you think of the director?"

"What about the environmentalists that are expected to picket your performance here?"

She tried to paste a smile on her face. "Thank you for coming. I'm happy to be here. The director and producer are among the best in the business. Alex Hamilton is a talented colleague. We work well together. We'll do this scene as quickly as possible to get out of this precious area. Our local firemen are here to make sure we don't do anything to harm or upset the wildlife more than is absolutely necessary. I hope you enjoy this action thriller as much as I do. I'd better get to work."

Enrique gave her a thumbs up and she began walking, signing autographs on the way to her trailer. She laughed and smiled with each person she came in contact with. *Them I love. It's the press that—*

"Rubina, *mi hija.*"

Rubi stopped and scanned the crowd until she saw her mother. *"¡Mamá!"*

Her mother stood at the back of the crowd, dressed in a white silk pantsuit, her big silver earrings bright against her short, dark hair. The silver bangles on her wrist clanked when she waved.

"Excuse me, please," Rubina said. The crowd parted to let her through. She hugged her mother, who hugged her back just as ferociously. "Thanks for coming, Mom."

"I wouldn't miss it for the world, darling. I brought you some homemade *tortillas y papitas,* because I know how much you love my potatoes."

Rubi groaned. "Mom. I have to get practically naked in this film. I should be eating salads on the set."

Her mother waved her hand, dismissing her protests. "Not on the first day. It's bad luck to break tradition, and we started this ten years ago. I'm not about to change this, especially now since you're on a roll."

She linked her arm with Rubi's. "One little tortilla will not hurt you." A look of doubt crept across her face. "You're still running, aren't you?"

"Claro. It's part of my routine, just like brushing my teeth. And it's worth it just so that I can eat your food."

"Thanks, sweetheart." She took a deep breath. "I also already set a candle in your trailer, although they almost wouldn't let me in this time." Her tone grew huffy. "You're going to need all the well wishes you can get with that man on the set with you."

"I'll have Enrique snag a pass for you, Mom. Please don't worry about Alex. I'm fine. We're just working together."

"If I even see him look at you cross-eyed—"

"He won't, Mother." Rubi glanced at the ambulance and fire trucks across the way. Some of the firefighters walked toward her. "Hold up, Mom." Rubi approached the firefighters. "Thanks for being here," she said, and started shaking their hands.

She looked beyond them to see a firefighter holding back, leaning against the truck. His arms were crossed in front of him, tight and tensed. Rubi froze, holding the hand of the firefighter in front of her. "Marco?"

The firefighter looked behind his shoulder. "Yeah, that's Marco Carrillo. Do you know him?"

"I thought I did," Rubi whispered. "Excuse me." She pulled her hand from his, went to the curb and tentatively held her hand up to wave. "Marco!"

Behind her, Rubi could hear a shuffling of feet. Murmurs sounded like the lazy buzzing from a swarm of bees on a muggy day. All of it was muffled as she concentrated on Marco, and the scowl on his face that deepened as he straightened to his full height. His eyes narrowed as he recognized her, mouthing her name.

He started forward and froze in the middle of the street just as Rubi felt an arm grab her by the waist and spin her around. Before she could call Marco's name again, Alex's lips were hard and demanding against hers, dipping her backward. Her arms flailed until she threw them around his neck to keep from losing her balance. She closed her eyes, but could still see the image of Marco's angry face heading for her.

She pounded Alex on the chest, trying to free herself. Finally she jerked her mouth away and hissed, "Alex, stop it!"

Alex laughed low in her ear. "Go with it, Rubi. The press is eating it up. We look great together."

"Rubina?" The worry in her mother's voice drifted to her. Alex brought his face down again.

"No, Alex. Not now." She pushed against his chest.

Suddenly Alex's arm was yanked from her waist. "No means no, loser." Marco's voice turned into a low growl intended for Alex, but the sound carried through the stunned and silent crowd.

"Not you, again." Alex laughed, pulling his arm free. "Rubi and I go back a long way. She loves this stuff." He leaned close to Marco's ear. "She's not as innocent as she seems. She's Hollywood, remember. I can tell you stories."

Rubi fought back stinging tears. "Alex. No more lies. You put me through the wringer once. You're not going to do it again."

Alex moved toward her again. Marco stepped along with him.

"Ah, baby, give it a rest. I know you've been pining away for me like some heartbroken high school kid. I'll take you back."

"You'll take me back? You'll take *me* back? I don't know what you're on, but you've lost your mind. I don't want anything to do with you."

He dropped his hand heavily on her shoulder. "Give me another chance. I can break through that ice maiden charade of yours, just like I broke your virgi—"

Rubi gasped. "Shut up!"

Marco grabbed Alex's arm and said quietly, "That's enough. Manners, *hombre.*"

Alex looked at Marco with flat, deadened eyes. "She was so good," he hissed. "Have you tasted—"

Marco drew his arm back.

She shook her head. "No, Marco." She held a hand up to stop him.

He moved in slow motion and then momentum kicked in. His fist came around and smoothly connected with Alex's jaw.

The sound of bone-crunching flesh on flesh filled Rubi's ears. She brought her hands to her opened mouth.

A look of disbelief widened Alex's bright green eyes, searching her face for some explanation.

Alex hit the ground with the loudest thud Rubi had ever heard.

Six

Marco stepped over Alex's prone body, seeing nothing but Rubi and the turbulent look on her face. He glanced briefly behind him, hoping to God her glare was directed at someone else. It wasn't.

He shrugged and approached her, anyway. "Are you all right?" He took her soft hand in his. "Did he hurt you?"

They turned their heads toward the murmurs of conversation starting again. Alex sat up, looking dazed. A pretty young woman pushed her way to the front of the crowd. She dropped to her knees beside him, yanked her shirt out from her waistband, and wiped his face gently.

Camera lights of reporters and fans alike, flashed. Alex stroked his jaw, playing it up for all it was worth.

Didn't even hit him that hard, Marco thought, *definitely not hard enough to cause swelling or bruising.* If he tried anything with Rubi again, though, he'd be black and blue before he hit the ground.

Rubi jerked her hand out of Marco's. "What were you thinking?"

"That he hurt you, and that you needed me."

She stopped, her eyes widening. "That was a publicity stunt," she whispered. "He just took me by surprise. You had no right to interfere."

"It didn't look as if you wanted it to be. I had *every* right to interfere."

Her gaze darted to Alex, her lips forming a grim line. "Stay

out of it, okay? I don't need you or anyone else rescuing me."
She lifted her chin the way she had a tendency to do around
him, but there was a quiver in her voice that made him follow
her gaze.

No, man. Not that jerk and Rubi.

The thought dug at his gut. If he could hold her even for a
minute, he'd make her forget whatever the hell Alex had done
to make her more cautious than she ever should have been.

"Strong words for a strong woman, Rubi Red," he whispered, "but you're talking to me, sweetness, not that." He
jerked his head toward Alex. He brushed his thumb across her
cheek, was tempted to kiss her red lips and still whatever fear
made them quiver and made her words shaky and unsure. "I
know you better than you think."

She looked up and stared into his eyes so long that everyone
around them disappeared into a big blur. He had a hard time
swallowing—but then, he'd almost grown used to that when
he stood this close to Rubi. He managed to take hold of her
hand again. Her fingers relaxed in his, and warmth seeped into
his palm.

"You know nothing about me, *Señor* Carrillo," she said in
a clipped tone. She started counting on her fingers. "Do you
realize this is my life most of the time, not what you see at
the beach? Do you know I saw *Grease* fifteen times, hoping
one day I could star opposite John Travolta? Do you know I
like Ibarra hot chocolate just as well as champagne? Do you
know I cry every time I see a Kodak commercial or hear Will
Smith sing his song to his five year old? Do you know I could
sit through an *I Love Lucy* marathon and laugh at every show?
Do you know I'd love a Harley or to learn how to surf but I
can't, for a perfectly good reason?"

She held his gaze before turning away. "That was a little
heavy, wasn't it?"

Marco came around to face her. "No. But if you gave me
time, I'd learn all that about you, and more. I want to, Red.

You can't jam a lifetime into a few hours. That's not fair to either one of us."

Alex swooped down on them like a wayward vulture. Marco held up his hand to stop him from coming nearer, but Alex ignored the gesture. The crowd stepped back, and gave the trio a respectable distance.

Marco instinctively pulled Rubi closer to him, held her hand more firmly. He lowered his voice. "I know you have to work with Rubi. But you'd damn well better be on your best behavior around her."

Alex smiled. "My, my. *Rubi*. Do I detect something between you and the hired help?"

Marco bristled and gently dropped Rubi's hand. "Manners, *hombre*," he said between clenched teeth. Forcing his hands to his side, he balled them into fists, anyway.

Rubi stepped between the two. "*¡Caramba!* Obnoxious behavior still doesn't become you, Alex. Doesn't that get old?" *Why did I waste so much of my life on you?* She wagged her finger at Alex and then at Marco. "Both of you behave. This is business. Only business."

A tall, well-dressed woman forced her way between Marco and Alex to hug Rubi. "Rubina, *mi hija*. Are you all right?"

Her caramel skin glowed like Rubi's. She stepped back and brushed Rubi's hair away from her face.

"I'm fine, *Mamá*. You remember Alex?"

Her mother's dark eyes narrowed as she turned to face Alex. Marco watched with interest, the sudden drop in temperature chilling him.

"I knew I smelled something rancid in the air," Rubi's mother said. She ignored Alex's outstretched hand. "Hurt my daughter again, and you'll live to regret it."

"Mrs. Flores. Always a pleasure." He draped an arm around Rubi's shoulders. "Rubi and I understand each other. Right, Rubi?"

Rubi glared up at him. "We sure do, Alex." She smiled widely. Another camera flashed.

Her mother looked Marco up and down. "And this gentleman?"

Alex snorted, but the women's glares silenced him.

Marco stepped forward and bowed slightly at the waist, taking introductions into his own hands. "Marco Carrillo, *Señora* Flores. A friend of Rubi's."

Her mother patted the badge on his shirt pocket. "A friend that's a firefighter? Nice. Solid. A tough profession for tough men. *Gracias, mi hijo.* You came to my daughter's aid like a true gentleman."

"Mom, I didn't need help," Rubi interjected.

"Rubi, did you thank the man?"

"I, I . . ." She turned to Marco. "Thank you. Now, Mom, you were going to help me in my trailer? Could you meet me there?"

"Claro, mi hija. I'm on my way." She kissed Rubi's cheek, glared at Alex, and patted Marco's arm before disappearing into the crowd.

Rubi turned to follow her mother, then stopped.

Marco and Alex stood with their arms crossed, their feet firmly planted. Neither one wanted to leave first.

Rubi gritted her teeth at both of them. "Can we just get to work and get this gawdawful scene over with?"

Alex and Marco stared at each other a moment longer. Alex held out his hand to shake Marco's. "I forgot to thank you. Good shot, old boy."

Marco reluctantly shook his hand.

Alex's smile returned with the onslaught of flashes aimed at the handshake.

He leaned in between Rubi and Marco. "Publicity is publicity, so thanks for that. It'll go over well." He turned toward Marco. "But if you ever lay a hand on me again, Mr. Carrillo, I'll slap a lawsuit on you so fast you'll wish you were in the middle of some blazing inferno rather than anywhere near this set."

He straightened and slapped Marco on the back, then

laughed and waved to the crowd. He sauntered toward the trailers as if he were walking the gauntlet at the Academy Awards.

Marco looked around. A sea of faces stared at them, hanging on to their words, their every movement. Were those camera lights still flashing?

He spotted Luis. The incredulous look on his face brought Marco back to reality. "Let me walk you to your trailer, Red." He tugged at her hand until she fell into step beside him.

She turned toward her trailer and walked silently until he couldn't stand it any longer. "You and Alex? Honey, what got into you?"

Rubi stiffened, tried to pull her hand from his. He held on. "People make mistakes, Marco. Then, hopefully, they learn from them."

"What did you learn?"

Her fingers tensed against his. She gave him a sidewise glance. "That you can't trust anyone," she whispered.

He fought the urge to put his arm around her shoulders. "Great. You date a Hollywood weasel. Now all men are scum, and you can't trust any of us. Including me?"

They stopped in front of her trailer. She placed her hands on her hips. "Tell me if I should take the plunge and trust you. When were you going to tell me you were a firefighter? And what have you been doing at my house using a different name? And were you ever really a handyman? Just who and what are you, Marco Antonio Carrillo?"

The fire in her eyes blazed, and her anger heated him, fueling his own frustrations. "And when did you tell me you were a world-famous actress?"

"I didn't tell you I wasn't." Her chin jutted out.

She hadn't. They'd just never gotten around to talking about their jobs. Did it matter? He'd enjoyed every bit of what he'd learned about her. "That's a lame excuse, Red."

She threw her hands up in the air. "What in the hell am I supposed to say? Thanks for the *pan dulce* and by the way, did you see my last movie?"

"Why not? Why the hell not?"

"Because you'd have treated me differently," Rubi blurted. "I don't want what I do for a living to get in the way of my personal life." She bit her lip and turned away from him.

"No, you don't." He pulled her back to face him, and gripped her by the shoulders, staring at her in disbelief. "Jesus, woman. I like *you*. Don't you know that? No—you're right. Why should you believe me when I wasn't up front with you."

He tightened his grip on her shoulders and then released her. "I had to get my foot in the door, or you wouldn't have given me a chance."

Rubi glanced at the window of the trailer, then at her watch. Her mother was peeking through the curtains. "I have fifteen minutes to get dressed and on the set." Rubi's voice had dropped to a whisper.

"Fine. You do that." He jammed his hands in his pants pockets, not sure if he could trust himself. What he wanted was to hold her close and make her listen.

Rubi slowly climbed the three steps, turning when she reached the top. With her hand behind her, she grabbed the doorknob. "Marco, I . . ."

He wanted to put her on the Harley behind him and head up the coast away from all of this, so he could explain. He couldn't stand the hurt he'd put in her eyes. He had deceived her, and was probably no better than that lying scum, Alex, in her opinion.

"Rubi, would you please—"

She shook her head adamantly. "No. Please go away."

She walked through the doorway, and shut the door softly behind her.

Rubi glanced out the window from behind the too frilly curtain, taking a deep, ragged breath. She would not cry. Would not. She had been this close, she thought, this close to making a fool of herself with Marco.

And he had lied to her, too. Hadn't she learned a damn thing about men from Alex?

Watching Marco now made her heart ache. She didn't have time for heartaches.

Marco kicked the dirt at his feet. Dust puffed upward, then slowly sprinkled down on his black work boots, giving them a speckled look. In the next instant he jumped on the steps leading to her door, rocking the trailer with his weight and movement.

He banged on the door, making her jump away from the window. "Rubi, open the door! *Por favor.*"

Rubi hurried to unzip her dress, and it dropped to the floor around her feet. "I can't!" she shouted. "I'm naked. I'm getting dressed."

"For crying out loud, Rubi. I've seen you in the smallest bikini known to mankind. Open up!"

So he'd noticed her bathing suit at the beach house. Funny. His eyes had never wavered from hers. Never showed a flicker of acknowledgement."Can't, Marco. This isn't a good time."

Her mother came out of the dressing room. "What's going on?" she whispered.

"Nothing," Rubi whispered back. "Help me, please." Rubi pointed to the black business suit and low-cut white blouse hanging on the end of the rack. Pinned to it was a sign with a big number one written on it, indicating her first costume of the day.

Her mother unpinned it, slipped the outfit off the hanger, and helped her into it. Rubi glanced into the dressing room, where her hair stylist and makeup artist chatted quietly.

Marco shouted, "All right. When *will* be a good time? We need to talk."

"I'm shooting for three weeks, Marco." She pulled on the blazer, slipped her feet into a pair of three-inch black heels.

"Don't give me that crap, Rubi. You need to go home to sleep. You don't work twenty-four hours a day." He banged on the door again. "I'm getting awfully tired of talking to you through this door."

"I'll call you later, okay, Marco?"

"Today?"

"Tonight."

"Do I have your word on that?"

She sighed and slumped against the door. "Yes," she shouted.

He lowered his voice, and she could almost see him lean his forehead against the door. "I didn't mean to hurt you. I just wanted you to give me a chance, Red. I'm sorry."

Rubi held her breath. The silence seemed to last an eternity. Then the trailer rocked again as Marco jumped off the steps.

She hurried to the window and watched him walk back toward the hub of firefighters and other people milling about the set. She sank into the plush wing chair near the rack of clothes.

The trailer suddenly seemed too narrow, her clothes too tight, and her life too lonely.

"Want to talk about him?" Her mother pulled a folding chair out and set it up across from Rubi.

"Nothing to talk about, Mom. He's the guy who's been working at my house. That's all." Rubi averted her gaze from her mom's knowing one and waved for the stylist and makeup artist to come in.

"I don't think so, *mi hija*. But I'm here when you're ready to talk." Her mother patted Rubi's knee and reached for the bound script on the end table. "Do you want to go over your scene?"

Rubi nodded. "We have five minutes."

The buzzer on the microwave sounded. "Hold on a minute, Rubina. *La comida*. The food's ready."

"Mom. Please."

"Just a bite, honey. For luck, remember?" Her mother took the plate from the microwave, and offered it to Rubi and the other women.

The heavenly smell of diced, spiced fried potatoes wrapped in homemade flour tortillas, burrito style, made Rubi's stomach rumble. She was hungry, she realized, and reached for her absolutely favorite dish in the whole world. First day jitters had made her one early morning cup of coffee churn relentlessly until now, and she was more than ready to eat.

She bit into the delicacy and savored every ounce of starch and carbohydrates dancing in her mouth. *"Dios mio,* Mom. Thank God you don't make these for me every day."

Rubi's mom smiled. "You, child, have eaten at the best restaurants in the world. You're just being nice."

"I wouldn't say it if I didn't mean it, Mom. Your food's the best. You're the best." Ruby took another hefty bite of the tortilla.

"Ready to practice a little?"

Rubi nodded. "Let's go for it." She shut her eyes and let her mother's voice roll over her, fill her, and she automatically responded with her character's words. The other women fell into soothing rhythms.

The brush glided through her hair, yanking every so often at the knots beneath the thickness, especially close to the nape of her neck. The strands there tended to curl wildly—a protest to the wavy hair that fell about her shoulders. Her makeup was blotted with a soft, round, compact powder puff, the pressure on her face steady.

She found comfort in the repetitive movements, in her mother's presence, but relaxing also conjured up images of Marco.

Marco had thrown her off balance by coming to her aid. He must have sensed her panic when Alex grabbed her. If Enrique had warned her about kissing Alex in a publicity stunt, she could have handled him just fine. Without warning, chaos had ensued.

Marco had easily put Alex in his place, but he had also put her in hers. She didn't like the fact that in the one movement, her hand had been swallowed by Marco's. Against the size and strength of his hand, she had almost lost herself. Feeling that vulnerable was unacceptable.

Her mother's voice droned on, but Rubi wasn't ready to open her eyes. If she had to be totally honest with herself, the flip side was that Marco's hand felt good. Too good. Strong and warm. She smiled.

"Rubina!"

That sharp tone was nowhere in the script. Her eyes flew open. Her mother and the two women stared at her. When had the brushing and pressure on her face stopped?

"Yes?" Rubina asked innocently. She looked down at the half-eaten burrito in her hand, the heat rising to her face.

"What has gotten into you?"

"I'm sorry, Mom. I must have fallen asleep."

"Well, baby, you'd better wake up. It's nine o'clock."

Rubi jumped from the chair. *"Ay, Mamá!* You know I don't like to be late. Why didn't you wake me?" She set the tortilla on the table and smoothed down her suit.

Her mother raised an eyebrow and crossed her arms. "Excuse me, *mi amor?"*

"Sorry again, Mom. Not your job." Rubi kissed her on the cheek. Glancing in the mirror near the door, Rubi checked her mouth. Enrique was right. What did they do before long-lasting lipstick?

She turned to the two women. "Thanks. You two have a magic touch."

She blew them kisses, grabbed her mother's hand, and opened the door. "You're coming with me, aren't you?"

"For a while, Rubi. Your brothers are coming for dinner again. Why don't you come?"

"Not today, Mom. Thanks, anyway." Rubi pulled her along toward the director's chair in the middle of the set. "I have a feeling it's going to be a long day."

Snaking their way through the maze of trailers, trucks, and catering facilities, they made it there quickly. Rubi had already worked with many on the crew, and they called her by name and waved as she walked by.

Rubi introduced her mother to a few people, then left her side to greet other actors who would be in the scene. It hadn't been that long ago that she was in their shoes. She remembered the overwhelming feeling of being on a major set. When star actors ignored them, it felt like being thrown in with sharks. Feeling as if they were on a team, on the other hand, made their work go faster and smoother.

Rubi especially wanted this scene with Alex to go as fast as possible. He was nowhere in sight.

She walked up to the director. "Has Alex been around yet?" Rubi asked, already knowing the answer.

The woman standing near the director's chair glanced at her watch. "Not yet." She tapped the script in her hand against the armrest. "Wants to make another entrance. As if one wasn't enough." She looked at Rubi. "You all right?"

"Fine. Thanks for asking."

"Good." The director lifted a megaphone to her mouth. "Everyone listen up. Welcome to San Diego. We'll be on this set for three days, no longer. Less, if we can pull it off. I'll explain where I want you in this scene. Then the pyrotechnic guys will explain what to expect out there."

She pointed to the downtown San Diego that had sprung up in the chaparral behind them. Although most special effects were computerized, there was something to be said for blowing things up on the set.

Rubi's contract prohibited her from doing her own stunts anymore. This was the closest she could come to feeling ultimate exhilaration on the job. Sometimes she missed getting her hands downright dirty.

The director said, "Take a walk-through for twenty minutes, then we'll get started."

The crowd dispersed. Most headed for the far end of the set, a half mile from where they stood. Rubi waved to her mother in the front of the crowd, speaking animatedly with a young woman beside her. She must have said something funny, because they both laughed.

Rubi smiled. Her mother could get anyone in a grocery store line to tell their life story in the five minutes they waited to inch up to the cashier.

Rubi sobered. Marco didn't know a thing about her. If he thought she was a mild-mannered little number, he was dead wrong. She might not do all those death-defying acts he took such great pleasure in, but that didn't make Rubi a drag.

She looked out at the set and breathed in the morning air, which was growing muggier by the minute. Closing her eyes, she could still smell a tinge of the ocean, although the scent from surrounding manzanita plants and eucalyptus trees wafted over them with the slight ruffle of the breeze. This was home, she thought, and felt at ease.

This was also her field of expertise. She opened her eyes, targeting Marco. He wasn't easy to miss when he stood a good head taller than the rest of the firefighters. They flanked the pyrotechnic experts on the east side of the set.

She wished the stunts weren't scheduled for another couple of hours. She watched Marco move in and out among the experts and their devices, his eyes focused on them and their apparent explanations. When he bent to check wiring, Rubi's gaze followed the line of his pants, the curve of his buttocks, and she had to shake her head to clear it.

Work, work, work. She held her fingertips to her temples in an attempt to force her thoughts to the task at hand.

"The trucks!" His voice boomed across the expanse to her. He motioned for two firefighters, and after a brief huddle the two sprinted toward the fire rigs and drove them closer to the pyrotechnic group. He could just as well have called her.

She moved her feet automatically toward him. Seeing him in his element suddenly intrigued her beyond mild curiosity.

This was Marco's field of expertise, intertwining right here with hers. The pyrotechnic special effects would not be all that would be exploding, she thought as she neared the group.

Silence rippled from the back of the group like a wave. All heads turned toward her, and she suddenly realized she hadn't planned what to say once she got here.

Marco stared at her, eyebrows raised as if to ask, "Well?"

She smiled at him and approached the other firefighters first. "I want to thank you for coming out here. It makes me feel better when we're surrounded by such professionals. I know you have more important things to do, so I hope we'll be out of your hair as fast as possible."

She neared a younger, slightly shorter version of Marco. His features were just as chiseled as Marco's, but his coloring was somewhere between Marco's and her own. His brown eyes were bright, his mouth slightly open, and it looked as if he had stopped breathing.

"Are you related to Marco?" When he didn't respond, she asked, "Are you okay?"

He patted his shirt pockets. "Yes, ma'am. To both questions." He finally found a pen and scrap of paper in his pants pocket. "Can I have your autograph?"

"Sure, if you don't call me ma'am again." Amid chuckles, she signed the slip and blotted her lips on it.

The red crescents that appeared had him riveted.

"Ay, Luis, leave the woman alone." Marco pushed himself away from the trailer and sauntered toward them.

Luis widened his eyes in seeming disbelief. *"Es su Rubi, Marco?"*

Marco stopped in his tracks, his face giving new meaning to shades of red. The silence surrounding them seemed loud and the crowd waited for his response.

Conjuring up all her self-control, Rubi fought back a laugh.

She planted her hands on her hips and squarely faced Marco in the most deadpan face she could muster. *"Your* Rubi?"

Seven

"Luis didn't mean that the way it sounded." Marco searched for Luis, but he had disappeared into the crowd gathering around them. "There's a simple explanation."

Rubi took a few steps toward Marco, closing the dusty gap between them. "I'd like to hear it. Why would he wonder whether I was 'your' Rubi in the first place?"

He liked the sound of that, although she didn't seem too thrilled with the idea. There was no mistaking the fantasies Rubi Red had planted in his head from the minute they met, but one look at her face now told him he'd better keep those fantasies to himself.

"It's just a figure of speech," he said. "A coincidence, if you will."

She stopped just far enough away so that her eyes caught the morning light, glimmering like flecks of gold leaf. She looked like a mountain lion, tawny and sleek and perched for the kill. Marco stood right in her path, easy prey.

"Coincidence?" The familiar tapping of her foot began in earnest. When she crossed her arms, the lapel of her suit rumpled, allowing him a glimpse of the high curve of her breast. There were only four buttons on her jacket, four measly little buttons, keeping him from heaven on earth.

He stepped closer to her. He'd gladly save her the trouble of having to pounce. "It's like this, Red."

Without hesitation, he tilted up her chin. He doubted he would have seen her flinch if he hadn't been so close to her.

He gave her credit for not backing away. Who would give him credit for control, even as, second by second, he lost himself deeper in her unwavering stare?

What was it he had been on the verge of saying?

"Someone should write a song about your eyes." His voice sounded far off and gruff, and unlike his own. Something had invaded his body and short-circuited any shred of common sense he had left. He wouldn't have done this of his own volition. "Hell, even someone like me wouldn't have a problem writing about you—your eyes."

Rubi swallowed and the movement slowly cascaded over his knuckles like rivulets of fire. He half-expected the ragged remains of his Band-Aid to singe through to his thumb.

"You're changing the subject." She pulled away.

"No. I'm leading up to your answer." He grasped her forearm and pulled her back. "I like your eyes. Remind me of a lion."

She shut her eyes for a moment. "My brothers called me *"gatito"* when we were younger, and there I was, allergic to cats. I kept waiting for my eyes to turn dark like theirs. Mom says I got the lone recessive Portuguese gene. Lucky me." She laughed nervously and shrugged.

"No." Every vibration of her movements twisted through him, reducing him to kindling. The kindling was taking hold, and a fire flared deep in his belly. "I get to look in your eyes. Lucky me."

It couldn't be his imagination, the smoldering heat emanating between their bodies. He glanced over her shoulder, at the mountains twenty miles to the east, expecting molten lava to ooze down the verdant green slopes and over the scattering of boulders. His own traitorous body could turn molten if he hung around Rubi much longer.

Rubi broke the awkward silence. "We have to go." Her voice cracked, but she made no move to go.

He slipped his fingers from under her chin to caress her cheek. If he looked up *silky* in the dictionary, he'd see her skin described. If he looked up *sexy,* he'd see all of her. If he looked up *sorry,* he'd see what he was going to be.

Her hand unexpectedly stroked the length of his right arm, making its way to his hand. His body tensed. Their fingers automatically entwined.

He glanced down at their clasped hands, prepared to see steam rise.

No woman should have the power to do this. No firefighter should feel this kind of heat outside of a raging inferno.

What would answering a call be like if Rubi were in the picture? Could he risk sticking his neck out, getting her to trust him, if there was always the possibility that someday he wouldn't walk back in the door? Where had his father's heroic death left his mother?

"Marco?"

He could almost forget the crowd surrounding them when he looked into her eyes like this, when the subtle power of her perfume encircled him, when the thought that a flimsy suit jacket could be shucked with a flick of a wrist.

"Rubi. I wondered if you . . ."

If he dropped his hand from her face, he could easily trace a finger down the long line of her neck, to the hollow at the base. Laying his palm open, fingers splayed across her chest, a fingertip would brush the full swell of her breast. Would her heartbeat race like his?

He looked longer into her eyes until the flicker of uncertainty passed and her face relaxed, erasing the creases between her brows. *Ah, sí,* those eyes had to be her ticket to Hollywood, to anywhere she wanted to go. Could he make her want to go with him?

A slow smile curved her flame-colored lips, deepened her dimple. She touched his wrist. Her breath blew soft and warm against his hand. "Let's get back on track. What about Luis's comment?"

Glancing around him, he saw the sea of faces ebb and flow. As if on cue, their silence washed over him, extinguishing any lingering heated thoughts. An actress, his Rubi, but how could she stand being around these crowds all the time?

"Does it really matter? You're *not* my Rubi. Are you?"

Surprise crossed Rubi's face at the unexpected, cheap punch he'd thrown. She jerked her hand from his, taking the unbelievable warmth of her away. A chill nestled into the now vacant spots where her skin had touched his. He wanted to take back his words, take back her hands.

She opened her mouth as if to say something, but didn't. A shadow crept over her features. She took a deep breath, pulled back her shoulders, and moistenend her lips.

He was responsible for the sudden transformation, turning his Rubi into Rubi-the-actress right before his eyes. *Fool. All that matters is that I want to be with her.*

Rubi blinked quickly. If he'd driven her to tears, he'd have Luis flog him. The distress utterly apparent in her can't-tell-a-lie eyes tightened the knot in Marco's stomach.

"I'm sorry, Rubi. I'm not used to all this."

She reached up and patted his cheek, more firmly than necessary. He needed to be slapped to his senses for hurting her.

"I wouldn't expect you to get used to this," she whispered, "but I thought you were getting used to *me.*" She turned and headed back for the set.

A deep rumbling of muted voices started again—*The spell's broken,* Marco thought wryly. The crowd collectively shook their heads at him, returning to their work stations.

Luis came out of nowhere, glaring at Marco. "Don't be stupid, *hermano,*" he hissed. He slapped Marco on the back, pushing him forward.

Marco yelled before he could think. *"Señorita* Flores, please!"

She hunched her shoulders as if bracing herself for flying objects. Slowly turning, she tapped her watch, indicating the time.

Marco said to his crew, "I'll be back in a few. Stick with the effects guys, and take notes on what's wired up and where."

A warm breeze blew, ruffling Rubi's long hair. His arms prickled with goosebumps as he started toward her, Luis on his heels.

"Bring your interpreter, Marco?"

Luis stepped between them, looking like a referee in a boxing match. "You'll have to excuse Marco, *Señorita* Flores. I'm sure his brain is on overload from having to oversee the pyrotechnic special effects—isn't it, Marco?"

Marco lightly shoved Luis to the side. He reached for her hand and raised it to his lips before lowering it. Warmth seeped into his cold fingers. "My preoccupation with the job is no excuse for my rudeness. I'll make it up to you."

"No need," Rubi said evenly, pulling her hand free.

"Sounds like a lovers' spat to me," said Luis. He draped an arm around each of their shoulders.

They glared at him.

"Maybe not." He patted their backs. "You two work it out. Gotta get back to work with clear minds, don't you think?" He turned to go.

"Luis?" Rubi touched his brother's forearm. *"Gracias."*

Luis hurried back to the crew.

Marco cleared his throat. "About Luis's comment. He thought it was too coincidental that Rubi Flores the actress and the woman I was working for had the same name, especially after I told him how beautiful you are. I still didn't think you could be an actress. The idea of you actually having fans seemed impossible. You were too normal. That's all."

"Too normal?" Rubi raised and lowered her hands as if weighing apples in each of them. "Is that a slam, or a compliment?" She brushed off her jacket sleeves, avoiding his gaze. "No matter."

Marco shifted his weight. Hoof in mouth disease again. "It does matter. It would never be a slam, Red. Never."

"Let's start again, okay? I'm Rubi, and I'm an actress. I

count my blessings that I've gotten this break—they're not easy to come by—but I've worked hard for it. I love my job."

"I bet you're good," Marco said. "It has to be tough if you have to work with people like Alex." Marco shoved his hands into his pants pockets. "If that fool tries anything again, let me know. I'll take care of it."

"Did you hear a word I said?" She raised her fists and shook them in exasperation, letting out a deep breath through clenched teeth. "I don't need you to take care of it, me, or anything else." She strode past him.

"Rubi, why don't you chill out? Every time I say something that hits a nerve, you jump down my throat or run away from me." To keep from reaching for her and chasing her farther away, he raked his fingers through his hair. "You don't have to be an ice maiden all the time, just because a jerk like Alex hurt you once."

She whirled on him. "And who are you? Mr. Sensitive? You don't think 'ice maiden' hurts?" More anger than hurt seemed to flash through her eyes.

Had he called her an ice maiden? He groaned. Around her, his words tumbled out uncontrolled, uncensored, making no sense, tangling up with his thoughts. He wanted her to trust him, and he wanted to protect her from the likes of Alex.

If he told her that, she'd have him banished from the set. Alex would be sure to take advantage of the situation and somehow come slithering back around her when she was least aware.

"I'm sorry. I'm not underestimating how much he hurt you, and how you need time to work through it. If you put it behind you and give someone else a chance, though, things'll be okay. We're not all like Alex. Trust me."

She tentatively poked him in several spots on the chest. Then she leaned back and eyed him suspiciously. "So which therapist are you—Masters or Johnson—and what have you done with Marco?"

"Wait a second—are you trying to—was that a . . . joke?"

"So, all right, if I'm not Lucy Ricardo, you certainly aren't a therapist." Her gold loop earrings glinted in the light.

He chuckled. "Point taken." His hand reached out and he touched her silky hair. "So, you do know how to lighten up. That's good."

"Thank you, Doctor Carrillo. What other progress have we made today?"

"Look, Red, I'm not trying to be your knight in shining armor. I just want to . . ." *Be your knight in shining armor. Damn.*

"Has anyone ever told you you have this tendency to lose your train of thought or change the course of conversation until you make absolutely no sense?" Rubi lowered Marco's hand, the strands of her hair braiding through their clasped fingers.

"It's your fault," he mumbled. He squeezed her fingers, letting the warmth seep into his hand. "You could never tell I was a communications major at Southern Cal."

"Oh. So now it's back on me." A glimmer of amusement danced in her eyes. "How, pray tell, can it be my fault?"

"It's too long to get into now. I'll explain tonight."

"Tonight? Would you consider a rain check?" Her pearly whites gleamed against the satiny caramel skin.

If he agreed, she'd bolt for safer ground. "No."

Her smile instantly disappeared, and in the same breath the creases between her brows reappeared. For a moment, her mouth formed a perfect "o." "Just like that?"

Her large eyes were doing that magical thing to him again.

Drop him into medieval times, and he would have slain fire-breathing dragons for her. Today he'd run through a deadly, roaring backdraft striking at his heels, to save her.

Tonight, he'd have to save himself from the flames she ignited in him.

His shirt collar grew tighter. He reached up to loosen it. It had a v-neck opening. He tugged at it, anyway.

The hell with playing it safe. "You promised you'd call me tonight."

Her shoulders slumped and she sighed dramatically. "I did, didn't I? I do keep my promises."

"Ow, Red." He pounded his chest with his fist. "I'm sweeping you off your feet, I can tell. Try to contain your excitement. My ego can't take it." He was halfway serious.

Then she laughed. Her deep and throaty laughter reverberated through him like fireworks, lighting him up as if he'd witnessed some incredible revelation.

"*Ay,* Marco. Sometimes you're maddening, and other times I could just kiss you for making me feel so good." A deep blush flamed onto her cheeks.

He tugged her sleeve. "Why don't you?"

Her shortened breaths matched his heartbeat. "Work's calling."

"Nothing to be afraid of, Red," he said, trying to convince himself more than her. "Just a kiss. For luck."

He gently pulled her up against him, encircling her slim waist. The full curve of her hip set off nerve endings he'd never known he had. "Trust me," he whispered into her ear, inhaling the fresh rainwater fragrance of her hair. "Please."

"Marco, I . . ." Her chest rose and fell at faster intervals.

"What is it they say for good luck in your business?" He leaned down and planted a kiss on her dimple, near the corner of her dangerous lips. "Break a leg, Red."

Her breath was warm on him, her skin blazed. There would be no cold winter nights with her in his arms.

She placed her hands against his chest, branding him right through his starched work shirt. She lifted her face. Their lips grazed, then gently touched and locked.

For all its gentleness, the kiss hit him like a fireball, sucking breath from him. Marco had miscalculated, lost his balance, and was slipping off the crumbling edge of a mountaintop, spiraling downward with no safety net to break his fall.

He stepped away from Rubi before he could hit bottom at full force.

The movement surprised both of them. She touched her fingers to her lips and glanced down at their dusty shoes, shaking her head.

She backed up, looking at him with disbelief in her wide-open eyes. Wordlessly she turned and walked toward the director.

The hub of activity slowly, dully, invaded Marco's ears. He began breathing again and slapped his forehead. Fool. A thousand times a fool around her.

"You sure are smooth, *hermano*." Luis appeared out of nowhere.

"Not now, Luis." Marco groaned and rubbed his eyes with the palms of his hands.

"It was more of an opening act than any of us bargained for." He whistled low. "You and Rubi Flores. No women in your life all this time, and then you have to go and pick the hottest rising star in the movies. Ever hear of paying your dues first?"

"Not *now*, Luis." Marco kneaded the back of his neck where a knot had emerged in a matter of seconds. "Work. It's time to get to work. This'll take a hundred percent of our attention. The effects are complicated."

His eyes slowly refocused on the set around him. Although Rubi starred in his damn fantasy, this set was reality. This was where Rubi belonged, with no added complications.

He headed for the two motorcycle jumping ramps, Luis at his side. They silently watched preparations.

A stunt man dressed in black leather rode over the ramp, smoothly pulling the front of the bike up as it came off the ramp—sweet, popping wheelies. They would practice this a dozen times for perfect timing. In rehearsal, special effects equipment planted under the ramp would explode at certain impact angles. The stuntman would then fly through the air.

Marco raised two shaky fingers to his teeth and whistled loudly. Everyone in close proximity jumped. "Ramp!" he yelled between cupped hands. "It's crooked! Set it up again!"

The man in charge ran over and dropped onto his hands and knees to peer underneath the ramp. He gestured to Marco with an okay, and called for help. They readjusted the ramp.

"Nice, 'mano, but you aren't getting off that easy. I want details about the two of you." Luis smiled widely.

"No." Marco turned and headed for the special effects trailer to check out the explosives.

"What?" Luis asked. "You mean never?" His dark eyes flashed.

Luis jumped in front of Marco, walking backwards as they headed toward the trailers. "That's not fair. It's you and Rubi Flores, Marco. Your family should know the details, the truth, before all this shit hits the fan and you're on the cover of *The Enquirer* tomorrow."

"Go away, Luis. I have a killer headache."

"No, man. It's just the blood rushing back up to your brain."

Luis's laughter was short-lived. Marco punched him on the arm and sent him weaving.

Luis rubbed his arm. "The whole thing between the two of you was better than the last love scene she did with Alex." He held his hands up in a surrendering gesture. "Sorry."

"You're going to be sorry if you don't get back to work." Luis looked genuinely penitent, but Marco wanted to pound him anyway, for making him think about Rubi in a love scene with that jerk.

They reached the fire truck, blazing bright red against the mid-morning sun. Marco leaned on the truck, making a mental note to shine it up later.

"What it boils down to, Luis, is that she's out of my league. I like her, have liked her from the minute I met her. That means squat when I look at all of this." He gestured at the set, the people milling about, the trailers.

Luis let out a long breath. "Like? You lie. You're in deep. She isn't out of your league—get that crazy idea out of your head. If you could have seen the way she looked at you—it was beautiful, man. I'm sure the majority of us were standing at attention, if you know what I mean."

"Get to work," Marco said, shaking his head. He gave up where Luis was concerned. "You're hopeless."

"And you're in love." Luis saluted Marco again and started off. "You owe it to me, remember? The flyers? When do I get the Harley?"

"Whenever." Marco would agree to anything to make Luis leave him alone.

Luis leaned toward Marco. "Before you get back to work, well, it's going to be awfully difficult to take you seriously with that silly look on your face. You might want to wipe it off." He jumped back to avoid Marco's swing, and headed out laughing.

Marco ran his forearm across his lips. Wiping his grin off was easy. Wiping her from his mind was another matter entirely.

Rubi touched her fingers to her hot cheek and struggled to get her breathing back under control. *Please, not Marco. Not anybody.*

She tried to recite her lines while she walked, but failed miserably. Her thoughts and body screamed withdrawal, aching for Marco's warm hands on her. When had someone ever touched her like that? The warmth—no, the almost unbearable heat—made her heart beat double-time, strangling common sense right out of her.

She rubbed her temples, willing herself to focus on her work. That would take her mind off Marco—off the feel of his large hand on the small of her back; off his chest under her fingertips; off his sexy lips kissing her.

That whisper of a kiss. The sweet, delectable sensation had quickly turned to an uncontrollable blaze, sending fireworks reverberating through her body.

She closed her eyes, feeling the softness of his lips on hers, the caress of his hand on her skin. It had definitely been a Kodak moment. That's all it would remain, she tried to convince herself.

That was not what her breathing was telling her, or her skin, still tingling from the warmth in his touch, or her lips, now numb with heat.

Men like Marco silently screamed danger to a woman. Looking into eyes like his meant getting lost. Getting lost meant diversions she couldn't afford. No man had ever made her feel like Marco did. He made her want to yell out, "Danger? Bring it on, honey!"

Oh, yeah. She had better focus on something else, and fast.

Just ahead, Alex stood talking to the director, with the makeup people primping him. He checked his reflection in the oversized mirror held up by one of the aides. That was like a splash of icy water.

Squaring her shoulders, she headed straight toward him, more than ready to get to work. "Alex, so glad you decided to join us this morning."

His perfect smile flashed. He'd overdone it at the dentist's office again, the bleached white annoyingly, artificially bright. "Rubi, after this morning I'm trying to convince the director to let us do the love scene first, set the mood and soften things up between us."

Rubi planted her hands on her hips. "I think not. This is an action thriller. The love scene is secondary. Especially with you."

With a flick of his hand he dismissed the aide holding the mirror. He sauntered over to where Rubi stood. "Tsk, tsk,

Rubi. This doesn't become you. What happened to the sweet Rubi I used to know?"

"You threw her out with the Sunday paper."

He raised his hand to touch her hair, but Rubi tilted her head out of his reach. He sneered. "People grow apart, Rubi, but look at yourself. I leave you and you head right back to the wrong side of the tracks. Although, I'd have to say you probably fit in perfectly well there, with Mr. All-Star Fire-fighter."

Every hurtful thing Alex had ever said, every spiteful, petty thing he had ever done, every futile moment she had ever spent loving him, rose in her. Thousands of pin pricks stabbed her at once, and in one clear moment she decided they would never pierce her again.

Rubi slapped him so hard his head whipped to the side. A perfect scarlet tattoo of her fingerprints blazed on his cheek. She shook her hand, trying to get the sting out.

"Are you nuts?" Alex yelled at her. He jumped back, in case she might try it again. "Between you and your friend, you're jeopardizing my career. My face is worth a million, for crying out loud. You're getting personal when this should be nothing but professional."

"You crossed the line, Alex. Not me." She fought to keep the quivering from her voice. "Marco—and I assume you're referring to Marco—is more of a gentleman than you'll ever be. *You* are the one with no class. *You* define 'the wrong side of the tracks'."

The director jumped off her high-backed seat and walked toward them, clapping her hands. "Children, children. Save it for the shoot. I knew we'd cast this film correctly for fiery chemistry. Now, huddle."

Rubi seethed, and Alex rubbed his cheek. Both leaned in close to hear what the director had to say. "That's enough foreplay for the day. There are oh—I don't know—three *hundred* people waiting for you two to stop acting like your ten-year-old co-star and get to work. I suggest you get your act together or I'll fine you."

Alex sputtered, "You can't do that! That's against SAG rulings."

"I can, and I will. The Screen Actors' Guild would look good if we gave the money to a local charity. Whatever it takes. Now. The first scene is neither action nor a love scene. Think you can handle it?"

"Of course," Rubi said. "I'm sorry. Let's get to work."

Alex followed, rubbing his cheek and muttering.

The director gestured over her head with a bullhorn. A siren went off. Cast and crew from all corners of the set made their way toward her.

Rubi reprimanded herself for losing her temper with Alex. Never again. She glanced at the crew. They deserved professionalism. Wasting their time was inexcusable. She'd make it up to them.

They moved into positions for the first scene. Rubi craned her neck to look for Marco.

He clasped his hands over his head, and shook them from side to side, like a prize fighter after a championship win. Even with the distance between them, she could easily interpret his gesture.

She stifled a laugh, the heavy load on her shoulders temporarily lifted. The frayed edges of her careful existence were unraveling, curling wildly to the fire Marco had lit.

She had no doubt she was about to jump from the frying pan into the fire. With a firefighter by her side, maybe the jump wouldn't burn her to ashes.

Eight

Rubi settled into the corner of her plush sofa, the lull of the lazy waves easy on her ears. Fiery plumes of pinks and oranges streaked across the cloudless sky, ricocheting off the glittering water to fill the living room.

Marco's touch and words had warmed her like the midday sun, whispered over her like a summer breeze. She had promised herself she would never again make herself vulnerable to any man, but she couldn't resist her attraction to Marco.

She wanted to relive those few moments with him, feel his lips on her again, uninterrupted, but Enrique's voice droned on in his familiar, comforting lecture. She resigned herself to listen. A long stretch of lonely nights lay ahead, and she would have plenty of time to think of Marco.

Rubi and Enrique sipped the best Chardonnay she had come across in her travels, from fine crystal goblets. It came, surprisingly, from Bernardo Winery, a local mom-and-pop business in San Diego's central valley.

All in all, not a bad way to end a bad day.

"I admit Alex reeks of trouble, but you only have to put up with him for a few weeks," Enrique said. "I promise to get you another leading man next time."

Shifting in her seat to squarely face him, her body tensed, ready to explode into something that would surely magnifiy the special effects on the set. "Next time will be too late if I let Alex get the better of me. He knows how to push my buttons, and there's too much riding on this movie contract to let him do that."

She punched the back cushion with a tight fist. Wine sloshed over the rim of the goblet in her other hand. "My family— heck—my community is depending on me to succeed. I can't be just another token Latina actress."

Her shoulders slumped. "I can't believe I lost control with Alex. It was inexcusable. It won't happen again."

"Oh, honey, it's bound to happen again as long as Alex is around. Losing control was not inexcusable, *mi amor.* It was a long time coming."

Rubi shook her head. "Still, it shouldn't have been me, and it shouldn't have been on the set."

Enrique picked up her hand as he placed the empty glass on the coffee table in front of them. "You had a little help from that hunk you're seeing." The corners of his mouth lifted in a knowing grin.

"I'm not seeing Marco, and I didn't need help," she said, sounding more huffy than she'd intended. She looked away from the mirth in his eyes.

"Lovey. I didn't even mention names, yet you know who I'm talking about. Give it up, sweetie. You can't hide much from me anymore. How long have I known you?"

"Too long. You're acting like my mother."

"That's a compliment."

"That's maddening." Somewhere in the confusion running rampant inside her, the image of Marco's face appeared. She pushed it aside, but it appeared more and more often, becoming difficult to ignore.

Her skin prickled in the cooling evening breeze, and she tucked her legs under her. The soft combed cotton of the Nike sweatpants and sweatshirt she wore did little to warm her. She set down her wineglass and hugged her knees to her chest.

"*Ay,* Rubina. Marco is trying his damnedest to learn how to use a hammer just to break down the walls around you. Literally. He's had enough Band-Aids on his thumbs to prove it."

"Poor thing. His fingers did look painful when I bandaged them the other day."

"Do him a favor and make sure he never comes near a jackhammer. Please."

Rubina smiled. "He wants to help his brother with this business. You make it sound like he's trying to impress me."

Enrique raised an eyebrow. "Do you know how lame that sounds, woman? I've seen the way he looks at you. And you're not shy about looking him right back in the eye the same way. *And* don't tell me that kiss today didn't make you weak in the knees."

She closed her eyes and leaned her head on Enrique's shoulder. "That kiss. Mmm. Yes."

"Chica. That made all of us watching weak in the knees." He fanned himself with his free hand, then leaned over and kissed her on the forehead. "I have to run, *mi amor.* That party tonight in the Hills. Sure you don't want to come?"

Beverly Hills was the last place she wanted to be. "Not tonight, thanks. I promised Marco I'd call him."

"Well, well, well. Holding out on me, and after that long spiel I gave!" He rose and pulled her to her feet.

"A five minute call. Then to bed early."

"For sweet dreams, no doubt." He patted her cheek. "Don't kid yourself. You want to give him a chance, give him a chance. Then act on it. You're the only one who can make it happen."

"Ay, Enrique. No philosophy, please." She helped him into his bomber jacket. "You have your driver tonight?"

"Claro, mi hija."

"Good. That's one less thing to worry about."

The doorbell chimed. Enrique glanced at his watch. "That must be him now."

Rubi walked arm in arm with him to the door. "You be good."

"No promises. But I'll drop your name a few dozen times to make up for it." He kissed her cheek as she pulled open the door.

Marco loomed in the doorway, a package in one hand, a bouquet of sweetly fragrant red roses in the other. "Peace offering, Red," he drawled. He held the huge bouquet out to her.

Rubi simply stared at him, clutching Enrique's sleeve fiercely.

Without taking his eyes from her, Marco asked, "How're you doing, Enrique, my man?" He slipped the roses into her empty hand, the cellophane crinkling in protest.

Enrique pried Rubi's fingers from his sleeve, glancing from her to Marco and back again. "Can't complain, though I heard you two had an interesting day. I understand that—"

"Glad to hear it."

"What?" Enrique asked.

Marco stepped closer to Rubi and stroked her cheek with a bandaged knuckle. "Are you feeling better?"

"Much." Rubi narrowed her eyes, wondering if the angle of dusk's shadows was playing tricks on her. She reached up and gently touched the darkened welt under his right eye.

He winced. "You should have seen the other guy."

Rubi planted her hands on her hips. The roses dangled at an awkward angle. "You don't have a bad habit of going around picking fights on a regular basis, do you?"

"I would for you." When she didn't laugh, he said, "It was nothing. The camera boom swung around just as I stood up from that motorcycle ramp we were working on."

Enrique cleared his throat. "As I was saying, it was a tough day for me, too." He waited, but neither of them responded.

Rubi finally patted his back. "Have fun at the party, Enrique."

Enrique bristled. "Hmph. It would take my car catching on fire to get noticed around here." He pulled the collar of his jacket up.

Marco straightened and looked around. "A car fire? Where? Any damage?"

Enrique's mouth dropped open. The three of them stared at each other in the momentary silence.

Suddenly Marco's deep, rich laughter rumbled through the entryway. He playfully pushed Enrique. "It was a joke, Rick."

"Lord help us, we have a comedian wannabe in our midst." With soulful eyes, Enrique placed his hand over his heart with great flourish in a display of martyrdom at its best.

He narrowed his eyes at Marco. "It was only a test, at which, *mi amor,* you failed miserably. I suffered no apparent injuries, if you're wondering. And it's Enrique, not Rick."

"Here, sweetheart." Rubi pulled a rose from the bouquet and placed it in Enrique's hand. "No more tests. You go and have a good time. I love you."

Enrique hugged her, slightly mollified. "It's good to hear you laugh, Rubi."

A black limo pulled up to the curb. Enrique pushed his way between Marco and Rubi. "I'd say stick to handyman stuff instead of comedy, but I don't want Rubi's house reduced to a pile of rubble. *Adiós.*"

As Enrique passed Marco, he whispered, "Don't forget what I told you before." On a whiff of Safari cologne, Enrique sauntered off.

"Come on in. Let me get these beautiful flowers in water."

She paused. "Truce, huh?" Allowing him no chance to explain, she padded down the hall toward the kitchen but stopped to look out the living room's picture window. "Wow. Look at that sunset."

He came to a halt beside her and rested his hand at the small of her back. "That's the way you light up a room, Rubi." His warm breath tickled her ear.

Temptation. Temptation. He stood so close that she was tempted to lean back and let him wrap his arms around her, feel his chin on the top of her head, let his hard body protect her.

Instead, she reluctantly shrugged off his warm hands, and resumed her walk to the kitchen. He followed her and leaned a hip against the island, watching her. She pulled a black vase from an upper pantry shelf.

Rubi arranged the roses. "These are absolutely beautiful, Marco. Thank you."

"My pleasure."

To cover up her tension, she wiped the counter until there was nothing left to wipe. "So, what's under the wrapping?"

He picked up the present and shook it. "This? It's not exactly a present. It can only be yours for a price. Blackmail, if you will."

She wadded up the dishrag and tossed it into the sink. "You've got nothing on me, mister."

"I know that, but here's the deal. If you hear me out, then you get this. Maybe we can enjoy this together." He waved the package in the air. "Maybe even tonight."

"Ah, the plot thickens. The stakes seem high, but you've piqued my curiosity. Hand over the goods."

"Ah, ah, ah. Me first."

His long, steady look made her uneasy. All remnants of their joking dissipated like a puff of smoke. She cleared her throat. "Intense day, wasn't it?"

He placed the package on the island and strummed his fingers on it. "I don't want to beat around the bush, Red. I never meant to hurt you. I posed as my brother in this handyman gig because I didn't think you'd give me a chance otherwise. I wanted to see you, Rubi."

He smiled and held up his hands, showing three freshly bandaged fingertips. "I'm surprised you didn't catch on to the farce sooner. I think I've made real progress, though, don't you?"

Warmth from his smile radiated deep within her. How she wanted to catch his strong hands in hers and massage the ache out of them, or trace her fingers along the bandages to ease any pain he wouldn't admit to feeling. "The house looks wonderful."

"But?" Marco leaned his elbows on the island.

"But you lied to me."

"Dios, Rubina. What do you want me to do? Get down on my knees and beg forgiveness?"

"Yes. Yes. Absolutely yes." She abandoned her anger. "No, of course not. I'm just so tired of people lying to me and using me, Marco. That's why I moved back here. I hungered for real people."

He walked around the island. He rested his hands on the island on either side of her, trapping her.

He leaned in until their bodies were inches apart, their mouths a breath apart, and whispered, "I'm real. I'm a good guy, Rubi. Don't push me away because I did something stupid I wish I could take back."

How many times had Alex said the same thing? It didn't matter. Marco stood here so close she could stand on tiptoe and kiss him full on the lips. Her traitorous body desperately wanted him. Most unnerving was how the longer she looked into the crystal blue of his eyes, the more they seemed to blaze with the promise of truth.

She wanted only to believe the words coming from his sexy mouth. She was older now, though, wiser than she ever wanted to be, and wary as hell. "Honey. I've heard those lines before."

He slapped a hand on the counter. "Damn it, Rubi."

The reverberation spiraled through her. She pressed her back into the counter as far as she could.

"Take a good look at me. I am *not* Alex. Not even close."

"You lied," she said evenly, painfully aware he was nothing like Alex.

"Don't make me pay for one mistake for the rest of my life, Rubi."

He bent down on one knee. "I'm sorry I didn't tell you who I was from the beginning. If I could do it all over again, I would, in an instant. If you give me a chance, as Marco Antonio Carrillo, I promise truth always, from this moment on."

Lord help her, she believed him.

Rubi tentatively touched his hair, ran her hand through the silky mane she'd only dreamed of touching. If she pulled him close, his head would rest on her belly. "Please stand up." *Or you'll drive me crazy.*

He rose slowly, unfurling the length of his body with exquisite deliberateness. His leather jacket brushed against the softness of her sweatsuit, static electricity and magnetic heat pulsing strong between them.

She braced her hands against his chest, trying desperately to keep him at arm's length. Her hands took on a life of their own, slipping easily inside his jacket.

The sudden move surprised her, and delighted her fingertips.

Marco sucked in his breath deeper as her fingers inched their way upward. Against the broad expanse of his chest, sculpted to near perfection, she reveled in the feel of him.

Her hand tenderly stroked the side of his neck. He flinched when her fingers grazed the raised skin of an old scar just under his collar. "What happened?" she whispered.

"Oakland fire. Old war wound." Lightly he placed his hand over hers, and tried to pull it away.

"Does it still hurt?" she asked. Interlocking her fingers with his, she gently stroked the injury.

He shook his head, looking her straight in the eye. His unwavering gaze held hers. He shrugged. "Sometimes."

"I won't hurt you."

His clear gaze held her a moment longer before he lowered his hand and rested it on her hip.

She caressed his neck, the repetitive movement soft and silky, until he closed his eyes. She wanted to touch him like this forever, feel the absolute exquisite feel of him under her fingers triggering a yearning long dormant until now.

A low groan escaped him, and undid her. She rose on tiptoe and with a slight tug on his neck, urged him closer. Their lips met tenderly.

His hands wandered up her back. Wrapping her arms around his neck allowed her to deepen their kiss. He tasted agonizingly delicious and sweet. With every breath she inhaled him deeper and deeper until he twisted around her and through her, ripping aside all remnants of her caution and common sense.

How could one kiss, one touch, make them transcend space and time and physical properties, magically binding her to him?

Slowly his arms encircled her waist, drawing her closer until she no longer touched the island. His hardness was all she felt. She allowed her senses to take in the muscles in his thighs, the strength in his arms, the safety in his embrace.

If she could hold this moment for eternity, she would know that desire and passion had been hers for a precious moment. There was no mistaking in her heart that her attraction to Marco went much, much deeper than wanting to give herself over to him physically.

His words tumbled out in a groan as he dragged his lips across her cheeks and eyes. "Rubi," he said, his voice gruff and wildly sexy. "Damn, sweetheart. You took me by surprise."

Her lips throbbed, and she wanted to drag his mouth back to hers. Afraid he'd see in her eyes all the crazy thoughts that had filled her head in those few moments, she turned from him.

She patted her lips with her fingers. "You took *me* by surprise on the set this morning." She pushed him gently, putting some distance between them. "And speaking of the set, you should go. I have an early call."

"You're kidding, right?"

"If you stay, we both know what'll happen."

He raised an eyebrow. "That's presumptuous of you." He pulled her to him, crushing her breasts against his rib cage. "Anyway, would that be so bad, Rubi? You drive me nuts, but I'm not eighteen. I can stop when you say no."

"No, then." It was hard to sound convincing while their bodies were pressed together like a rose keepsake in a favorite book. His hardness tantalized her, made her picture him naked, wrapped around her, imagine him deep inside her.

Her quickened breathing fell in sync to his heartbeat. She was fast losing ground. "I have to get to bed early."

Suddenly he backed away from her, taking the heat with him. Raking his hands through his hair, he said, *"Ay, mujer.* Take a look out there. The sun hasn't even set yet."

She glanced out the window, counting slowly to bring her breathing under control. Her gaze lit on the script she'd left next to the empty coffeepot. "You don't understand. I have to be on the set earlier than everyone else. I need to know my lines perfectly."

"You're too hard on yourself."

"How many Latinas do you know who have the opportunity that I've been offered, with a three movie deal?" She moved sideways, the tips of her breasts brushing against him, and her nipples tightened in response. "You wouldn't settle for doing a half-assed job at your station, would you?"

"No, I wouldn't." He sauntered over to the counter and picked up the script. "I know what you're up against, Rubi, believe me. Let me help you. If you give me an hour for fun, I'll help you read for an hour." He waved the bulky script at her.

"I know that inside out already."

"Then how else can I help? What else needs fixing around here?"

That did it. Unable to keep the smile from her face, she closed the distance between them, and reached for his hand. "Thanks for the offer, but I think you need a vacation from handyman stuff."

Remembering Enrique's evaluation of Marco's work, she lifted his bandaged fingers to her lips. "What did you have in mind for an hour?"

"A ride up the coast, before the sun's completely gone. My Harley's warmed up, ready to go. You'd have to hurry."

The butterflies in her stomach vaulted and somersaulted ferociously as she tried to read his face. Kissing him moments ago had turned her cautious life upside down instantly.

She would have given up her life as she knew it to stay in that all-encompassing embrace. When the temporary insanity passed, reality struck loud and clear. She'd come too far in her career to jeopardize it, even for Marco. Could he understand that?

The phone rang, making her jump. She held up a finger to Marco to give her a minute, thankful for the interruption.

"Hey, Rube. You want to do a little dress rehearsal tonight?" Alex's voice slurred over the phone line.

She turned her back to Marco, pressing the phone close to her ear. "No. I'm on my way out."

"Not with that hired help, Rube. Tell me not with him."

Rubi could see him shaking his head. She took a deep breath. "I'm going to hang up now."

"Wait. He's there, isn't he? Put lover boy on the phone. I'll tell him what you like."

Alex's cold laugh chilled her to the bone. Her knuckles turned white, gripping the phone.

"Just remember, Rube. Don't blow your big chance getting distracted by someone like him. Don't let him put you in any precarious—um, should I say 'positions'—for lack of a better word. You're insured just as much as I am by the studio. Don't do anything I wouldn't do." He laughed again, and then the line went dead.

Slowly Rubi hung up the phone and turned to face Marco.

"Rubi. Are you okay?" Marco's voice, laced with tenderness and warmth, filled the room—and her heart, as much as she didn't want it to.

She looked up at him and smiled as best she could. He wasn't Alex. She had to give Marco a chance. Had to.

Hadn't he made her question what life was like without risks?

She swallowed hard. What would happen with her body pressed against Marco's for an hour with the rumble of a powerful engine between their legs, to have *him* between her legs, to smell him without his looking, to rest her head on his back without having to justify it?

She glanced out at the fast-fading sun. "Give me a minute to get some jeans on."

The phone call had shaken Rubi, but when she'd avoided Marco's questions, he hadn't pressed her to cough up the details. Perhaps Enrique had cornered her and given her the same spiel he'd given Marco on the set.

He'd begged Marco to stay out of Rubi's life—just until the shoot was over. Sure, they were made for each other, Enrique had said, but this was Rubi's once in a lifetime deal, and involvement with someone might prove a distraction.

Marco knew where Enrique was coming from, but it was damn difficult to stay away from Rubi. He promised to try to keep his distance, but that would be the hardest promise he'd ever have to honor.

Fool. Watching Rubi sashay down the hall, Marco slapped the script against the island.

He'd nearly had a heart attack just kissing her. On the Harley, having her legs wrapped around him would send him to an early grave. All right, so he wasn't eighteen, but it had never been this difficult to keep his body controlled.

With her riding pillion on his Harley, his imagination would take him to dangerous places. What would it be like to have her long legs wrapped around him all the way in the huge bed upstairs—with the fluffy down comforter he'd glimpsed once from a distance, that had haunted his dreams for weeks?

He had raced way ahead of himself. If he wanted Rubi to trust him, to give him a chance, he'd have to take it slowly and let her take the lead. He'd be damned if he'd blow his chance with her, and he would give her no reason to think he would ever react like that jerk, Alex.

Setting the script back on the counter gave him a chance to take a deep breath. What was life if it wasn't full of challenges?

He'd have to put controlling himself around Rubi right up there with riding the hardest wave or climbing Dome Mountain. He looked up.

Rubi stood in the doorway, tight jeans rounding out every curve. She hadn't changed out of her red sweatshirt, but she'd zipped up a short, black leather jacket over it easily. She had pulled her hair away from her face, and her skin glowed as if freshly scrubbed.

He wanted to stroke her cheek.

"Do I need my license?"

He couldn't answer. She reached for the wallet on the counter, and he followed the long line of her pants leg. If he put his hand on her butt, it would sizzle. He let out a deep breath.

She grabbed her license and a couple of bills from the wallet and stuffed them into her back pocket. She rubbed her hands together. "Okay. I'm ready."

I'm not, he thought, and gulped.

Before he could change his mind and hightail it out of there, he grabbed her hand. Her fingers branded him as he led her down the hall. "Let's go, *querida,*" he managed. "Clock's ticking."

"It's been a long time since I've been on a bike." She tightened her grip on his hand.

He glanced down at her excited eyes. "Don't worry. You know what they say—once you've learned, you never forget. Just relax and lean with me on the turns."

"Sounds easy enough. I hope you're more patient than my brothers were."

Reluctantly, he released her hand. "Patience is my middle name."

He pulled the helmet off the handlebar and showed her how to put it on by slipping his own on first. "It'll be hard to talk once we're on the road. Give me a thumb's up when you're ready to go. Keep your feet on the footrests."

He pointed to the metal prongs where her feet would rest. "Watch out for the exhaust pipe. It gets hot."

"Will do," she said.

After helping her adjust her helmet, he touched her nose with the tip of his finger, knowing the insulation already muffled sound. She winked at him before pulling down the eyeshield.

Marco climbed on the Harley and revved it up. He gave her a thumbs up and held his hand out to her. She eased into the cramped space between him and the backrest.

It took Rubi only a few seconds to adjust herself by wrapping her arms around his midsection. Her hands hung dangerously close to his belt buckle. He'd be in deep trouble if her hand happened to fall into his lap, since he couldn't conceal what she had already done to him.

Through all their layers of clothing, he could swear he still felt her breasts pressed against him, could imagine them naked and full, soft.

A trickle of sweat started down his temple. Stuck inside his leather jacket. Being this close to Rubi cranked his temperature up to hellish proportions.

For Chrissake, man, get a move on. He backed out of the driveway. As they turned the corner of her street, Rubi's thighs tightened around his hips and her body leaned into his. He groaned, easing his body backwards, between her hard-toned legs.

He picked up speed on Coast Highway 101. Only the cool wind whipping against them would offer temporary relief.

What had he done in his past life to deserve this torture? Unless she was his, there would be no relief with Rubi around. Ever.

Nine

"That was fabulous, Marco. When can we ride again?" Unzipping her jacket with one hand, Rubi shook her hair loose with the other.

Marco stood silently watching Rubi from her front entryway. He had never wanted anyone as much as he wanted her. "How about as soon as you finish shooting the movie?"

"Deal."

He had no intention of bothering her again before then. Enrique was right. Marco would have to put Rubi before his own desires. If he distracted her, affecting her performance, he might blow his chance with her on a personal level. He didn't want that to happen. Marco planned to ask for a transfer from the set come morning.

Glitz and glamour and the bucks to back it looked good on Rubi, and she would be better off without Marco—for now. He wanted her to be the star she was meant to be.

Overtime seemed like a good alternative to wallowing in what-if's. The agonizing, wonderful ride up the coast and back had cleared his head. He wouldn't linger on crazy thoughts of impossible love. But the wall of caution he'd built with excuses for not getting involved with a woman because of his job crumbled every time he looked at Rubi.

Rubi provided more good reasons to walk back in the door every night, safe and sound and in one uncharred piece. He rubbed the scar at the back of his neck without taking his gaze from Rubi.

Against his will her flushed cheeks and bright eyes drew him closer. Tonight the what-if's clanged distressingly in his ears, and he wanted to ignore them. Just for a while. "It's time to open your present."

"I've earned it after experiencing your driving firsthand." She tossed her jacket onto the nearby chair and smiled up at him. "Let me get you a cold drink first. Why don't you wait in the living room? Make yourself at home."

Before he could protest, she disappeared. On his way to the picture window, he peeled off his jacket and tossed it onto the back of a chair that looked as if he could sink into it and no one would ever find him.

He didn't bother turning up the light. The adjustable lighting was on the lowest setting, barely enough to lead him to the edge of the living room, but less than would disturb the natural darkness outside.

To lose himself here with Rubi would be easy. If they walked outside, just beyond the porch where the light didn't reach, they would be swallowed by the darkness, and wouldn't have to answer to anyone.

He stepped over to a side window and lifted it an inch. The distant roar of the waves tumbled into the room. "That's more like it." As much as he loved music, this sound and Rubi's laugh topped any song he could think of.

Jamming his hands into his pants pockets, he looked out at the abyss. A quick drink and he'd be on his way to the safer grounds of his own condo. The only drawback would be that it was still early, and Luis was bound to hammer him for details. For a while, at least, he wanted Rubi to himself.

"Corona or Diet Coke?"

At the sound of her voice he turned from the window. Even in the darkness he could make out Rubi's curvaceous silhouette clearly, holding a tray with enough bottles and glasses to start a small party. "Here, let me." In three strides he was at her side, taking the tray from her. He set it on the glass coffee table in front of the sofa. The package sat on the tray, still unopened.

"You can't be a lot of fun at Christmas."

"Why not?" That familiar huffiness edged into her voice.

"How can you wait so long to open a present? I'd have ripped through that, and been playing it by now." He waved the package at her.

"Don't even think about it." She grabbed it and gingerly began unwrapping the flowery paper.

Marco sighed dramatically.

Her whoops of delight when she finally got to the present itself made him smile. "Lucy tapes!" In her hands, three videos of *I Love Lucy* shows fanned out like poker cards. She set the videos down on the chair and closed the distance between them.

She'd taken her shoes off at some point, and he watched her feet move toward him. It was better than looking into her hypnotic eyes. He'd be a goner.

Slowly he lifted his gaze, anyway, taking in the curves, the hair that would feel like silk, the skin that would burn him and change him forever just as the scar on his neck had. "I'd better go. You have an early call."

"Ah. You were listening again." She wrapped her arms around his waist and rested her head against his rib cage. *"Gracias,* Marco. For everything. You've been a gift to me, and I'm not just saying that because I love the tapes."

"I like to see you smile, Rubi Red." If Lucy tapes made her this mellow, he'd have to buy her a set. Hell, he'd buy her a studio, her own writers, a Harley—whatever it took to make her this happy.

Her body relaxed against him, making him forget Lucy and Harleys. He slipped his hands through her hair to touch the nape of her neck, then trailed downward, until he cupped her incredible backside in his hands.

She sighed, pressed herself to him, her breasts soft and full, her thighs hard and unrelenting. With her head tilted back so she could look at him directly, she whispered, "Will you kiss me again?"

He stroked the exposed skin of her lovely, long neck, his body straining for control just as his jeans strained against him. They looked at one another, and he knew she was also weighing the consequences. Even in the dim light her expressive eyes spoke to him.

He'd walk through fire for her.

Hell, she was fire, and would undoubtedly burn him. If it meant he could feel this alive, then he'd jump in blindfolded. "If I kiss you, Red, I won't want to stop."

"I know." Her voice had turned huskier. She flung her arms around his neck. "I know."

The tenderness in her kiss ripped through him, a fiery rapier slashing wildly through him. Desire he'd fought to control raged like a wicked inferno, searing him right through to the bone.

He covered her mouth more fiercely. Their lips parted, setting off a swirl of sparks in his veins every time their tongues touched and teased, traced and tasted.

Sweet Jesus. Tantalizing, traumatizing Rubi. He wanted to get drunk on her sweetness. In the delectable passion unfurling right before his eyes he wanted to pleasure her, to make her forget men like Alex ever existed. He wanted to love her the way she deserved to be loved.

As he buried a hand in her hair, the other jerking her toward him, there was no way he could be reined in. Not when she kissed him back like that—firmly, then harder, until they swayed with blinding, stupefying desire. Not when she moaned, making him believe in magical promises. Not when she extinguished his fears with a whisper, and in the same luscious breath breathed heat back into his loins and heart in one fell swoop.

Trample me, Red, he begged. *Set me on fire. Just don't let go.*

As if hearing his thoughts, she clawed at his carefully tucked

T-shirt, finally pulling it from the confines of his jeans. Her fingers sizzled on his naked skin. As she led him by the belt buckle, they barely broke their kiss, stumbling up the few steps and down the short hallway to her bedroom.

If he could only have Rubi Red this one night, he would damn well make it a night neither of them would ever forget. She'd know what was missing from every love scene she'd be cast in—his passion for her.

They leaned against the doorjamb of her room, and he eased his hands down the sides of her torso, found the hem of her sweatshirt, and touched her belly. Rubi stopped all movement, inhaling suddenly, holding her breath.

He knew at that moment what it would be like to be electrocuted. His fingers trembled while making their way up her rib cage until they grazed her bare breasts. Bare breasts. The realization sent him reeling. He allowed his hand to travel over them, cup them, squeeze their fullness.

He was barely aware of the moan deep in his throat as he pulled the sweatshirt over her head and in one fluid motion took her breast in his mouth. Curling his tongue around the already raised nub, he closed his eyes and savored the taste of her, nibbling and sucking one and then the other until her body arched against him, her hands struggling with his buckle.

He half-dragged her clinging body to the bed, greedily gliding his hands over every curve until they finally tugged each other out of what remained of their clothes. As they lay stretched out, face-to-face, their breathing hard and fast, she reached down and took him firmly in her hands.

"*Ay*, Marco, *mi amor.*" She squeezed him, stroked him with slender fingers, wielding powerful spells over him until he thought he'd go mad. "Nothing . . . like . . . this . . . ever," she managed, taking her magical fingers over his back, his buttocks, his thighs.

"I know, *querida.*" His own fingers found her deliciously wet, and he stroked her until she writhed beneath his touch. He rose over her, trailing kisses over her eyes and cheeks before sharing a languorous kiss that slowed them down only momentarily.

The unbearable heat rose as he lowered himself onto her, crushing her breasts to him, melting against the softness of her delicate skin.

"Marco." Her breathing came in gulps. "Protection, honey. We must."

"Right. Right." He tore himself from her, found his wallet, and prayed to God the condom Luis had given him was effective.

She guided him into her, letting out her breath in a whisper of his name. As she wrapped her legs around his waist and her warmth spread around him, the exquisite sensation enveloped him with every rock of their fevered bodies.

As he sank deep inside the warmth of her, his last coherent thought was that he would never love anyone but Rubi.

His battered senses flailed, and he sank into fiery oblivion, taking Rubi with him.

When their breathing had quieted and their moans and sweet promises only lingered in the air around them, Marco pulled the plush comforter over them. Rubi lay in the crook of his arm, her breath soft on his chest, her hand stroking his neck, her long leg draped over his.

He looked down at the serene features of her face, wiped clear of all makeup. Innocence and beauty radiated from her. For this perfect moment, he was the luckiest man in the world. Perhaps Rubi didn't need glamour and glitz, after all. Perhaps all she needed was him.

Fool. He couldn't turn her world upside down just because she'd done that to his.

Like forbidden fruit, the taste of her made him want more, all the while knowing there would be repercussions. The knowledge didn't stop his hands from wandering, exploring the contours of her body, enjoying the way it responded to his touch, even in a restful state. His own body responded to her.

He lazily stroked the curve of her shoulder in a circular

motion until she stirred. "You're so beautiful, Rubina Delores."

She pulled his chest hair. "Marco, please don't."

She'd probably heard that line a million times. She started to pull away, but he wrapped his arms around her. "Don't turn away. Let me finish, Rubi."

What could he say to make her believe all he wanted was to hold her like this and protect her, to let her know his every dream of a woman had come true in her?

"Right here, at this moment, in my arms, there're only the two of us, Rubi. No makeup, no glitz, no big screen, no fans. I promised you only the truth. And you are, beyond any doubt, the most beautiful woman in my world. That is the simple truth to me."

He brushed her hair back from her cheek. "You look at me with those eyes and put me under a spell. You make me feel like only I exist in your world, that if we were marooned here for days we wouldn't run out of things to say, and if we stayed naked on top of that, I'd die a happy man."

She nuzzled into his embrace and pounded his chest lightly. *"Ay,* Marco. Sometimes you say the most incredible things that make me want to latch onto you forever."

"I like that image." He stroked her back gently, and she shivered.

"No." Shaking her head made her hair tickle the underside of his arm. "Sometimes you sound more naive than I feel. It's not that simple. No relationship ever is."

Had he mentioned the big 'R'? The hair on the back of his neck stood up.

She sighed deeply. "Let's not get into this now, *mi amor.* It's been so perfect tonight."

"You're right." He kissed her deep and long. He could kiss her like this for hours.

How could he possibly honor his promise to stay out of her life now, even temporarily? That was the last thing he wanted to do. Holding her in his arms, he knew coming to her bed in the first place had been a big mistake, but he didn't want to be anywhere else.

Her languid body relaxed, flowing over him, molding to fit even more perfectly against his body. Her warmth seeped through him, making all his senses come alive—all his senses.

She brushed her leg against him, and opened one eye. "Marco?" She stretched, lengthening her limbs. "Mmm. I take it you weren't going to try to sleep for a while?"

"*Querida.* I can sleep any time." He rolled her over on top of him.

Her legs straddled him, and she looked at him through heavy-lidded, sleepy eyes. She bent over him until the tips of her breasts touched his chest and her arms rested on either side of his head. She kissed him, long and slow.

His hands traveled the length of her delicate back to the curve of her hips. Her thighs tightened against his hips, and she began to rock ever so slowly.

She dragged her mouth from his. Running her fingers through his hair, she asked breathily, "Marco Antonio Carrillo. How in the world did you come to grace my life?"

He chuckled. "Luis, remember? The flyers. We have to thank him."

She chuckled right along with him, running a finger along his smiling lips. "Ah, yes. The infamous campaign."

"I guess everything happens for a reason, after all, Red. At least that's what my mother always told me."

"Mine, too." Rubi's low laugh in the darkness tinkled like the melody of delicate wind chimes. "But I think *you'd* better look for alternative side work." She shifted her body and reached behind her for his hand, gently stroking the bandages on his fingers.

He moaned with the movement, and shifted his own body, aching to be inside her again. "Honey, I'm not thinking alternative work right now."

"Then you must be thinking what I'm thinking."

She raised herself slowly, her hair cascading over him, trapping them in a willowy haven, safe from everyone but each other. The luminescence of the moon barely shone through her window, but it was enough to give him a startling view of her. His heart seemed to jump to his throat.

Inching herself back, she slid, slowly, deeply, completely over him. Marco closed his eyes. He brought his hands to her waist, slid them over her breasts and shoulders, reveling in the silky feel of her.

She slipped her hands over his, turned them until they were palm to palm, clasping fingers. Their grip tightened as they rocked in a rhythm, harder and faster, like a frenetic Caribbean beat. Her head thrown back exposed the long line of her neck, making him want to kiss it forever.

Forever wouldn't be long enough.

Marco held her up easily as she leaned into his hands, their grip never relaxing until her body tensed and held, then shuddered, raining sensations over him like wayward sparks. No longer able to hold himself back, he held her hips down, her liquid heat engulfing him.

Rubi's soft breathing on his chest, and the night sounds drifted in and out of his consciousness. He didn't want to sleep, although it had been hours since they'd last made love. If this was all the time he would have with her, he wanted to see her and touch her, smell her and taste her until she had no doubt he was hers for the asking.

Marco gently stroked the length of her arm, and brought her hand to his lips. He rested it on his chest, placing his hand over hers. With his heart pounding steady against her fingers, his determination to leave her alone was melting fast.

He drew her closer. She moaned in her sleep and snuggled into his embrace.

Marco's pager sounded from across the room. His body tensed in response. A page at this time of the night meant something major going down. He couldn't remember where he'd dropped his pants.

"Querida, I have to go." He shook Rubi gently, kissed her below the ear.

"No," she said without opening her eyes. She tightened her grip around him, nuzzled her face into his neck.

His body wasted no time in responding to the magic in her moist lips. He inhaled deeply, the biggest test of willpower suddenly before him. He reached back and clumsily turned on the bedside lamp, the fringe on the shade shaking as violently as his fingers.

"What is it, Marco?"

He sat up, alert, ready to get to work. "I have to go." The pager sounded again. He pulled her close and covered her mouth with his, savoring every delicious detail before releasing her. It would help get him through the next few hours.

Marco jumped from the bed. "Fire call, Red." He grabbed his pager from the floor. "Can I use your phone?"

She gestured to the phone on the nightstand before lifting the sheets and comforter to just under her chin. A look of worry and panic made her eyes bright, and deepened the furrows between her brows.

This was exactly why Marco had built the wall to protect himself. He'd seen his mother look like that the night his dad died out in the field. The haunted look in his mother's eyes had never faded.

Marco turned away from Rubi's gaze and dialed the station. After he imprinted the details he turned back to her, aching to take her in his arms, to promise he'd return. She'd never really told him what she felt. Maybe he was jumping the gun.

He bit back words that couldn't be said, and substituted reality. "Warehouse in the industrial section of Oceanside. The fire's bound to jump. Crew's on the way. I have to be there, too."

Rubi silently nodded. She hurried out of bed and grabbed an oversized robe off the chair near the door. They trotted down the hall, Marco pulling on clothes along the way.

At the front door he turned and hesitantly reached for her. "I'll see you when I can."

She threw her arms around his neck, hugging him close. "Promise you'll be careful."

There was nothing he could say to that, no promises he would make.

Perhaps that haunting look in her eyes would drive him harder to come back home. *Home is where the heart is,* he thought ironically. His heart was with Rubi.

He hugged her fiercely, the strong scent of their lovemaking hanging heavy and sweet between them. He kissed her once more, and left without looking back.

Ten

Rubi craned her neck for what seemed the thousandth time, searching out Marco among the new batch of firefighters on the set. Four cups of good, strong coffee had made her stomach jittery, but she couldn't blame the feeling on her overindulgence of coffee alone.

Just some word to let me know he's all right.

Rubi jumped when her mother tugged on her sleeve. "What's worrying you, *mi hija?*"

She led Rubi to a lawn chair under the eaves of the food trailer and eased her into the seat. Fishing a brush from her purse, she hummed one of her favorite Beatles songs while she applied long strokes on Rubi's hair.

"It's . . . nothing, *Mamá.*" She knew she couldn't keep much from her mother for long.

Rubi barely felt the hypnotic strokes on her hair. While she was growing up this had been a luxury, as well as her mother's ruse for getting her to talk about everything from boys to pimples.

Marco didn't fall under any category.

She was having another MAC Attack, plain and simple. All she had to say was that Marco answered a fire call, and worry about his safety plagued her. What she really wanted to say was that she wanted to see him walk over the rise, safe and sound, his smile warming her like his hands warmed her body. She wanted to see him look at her with those eyes that made her feel no one else existed except the two of them.

The repetitive strokes soothed her. Her mother's Chanel perfume softly surrounded Rubi. She inhaled deeply, the scent simultaneously reassuring and relaxing.

Her symptoms were a throwback to being a lovesick teenager. Only thing was, she wasn't a teenager, and she didn't want to be in love. Then why did he crowd her thoughts unceasingly?

They had spent just one night together, for crying out loud. Why couldn't she just see it as such?

She had worried about this from the first twinges of attraction to him. She had to stay focused on her work. Marco had made her thoughts stray, though. Until she knew he was safe, she would not rest, but it was much, much more than that.

Marco had opened something inside her she hadn't wanted open. She turned her head away from her mother's perceptive stare, from the truth that made her vulnerable.

There were no one-night stands for Rubina. Inviting Marco to her bed had been a conscious choice, made only because he might, just might feel something more than lust for her.

Her mother stopped brushing and stared from a few feet away before pulling up another chair, directly confronting Rubi. "It's not working. Have I lost my touch?"

Rubi attempted a smile. "You'll always have the right touch, Mom."

"Just maybe not today? I'll either have to brush your hair a couple of hours or yank your hair out before I get a word out of you today."

She leaned forward in the chair and held Rubi's hand in hers. "Talk to me, *mi hija*. Your timing's off. Just a smidge." She held her thumb and forefinger a half inch apart. "Not that anyone's noticed."

Rubi bit her lip, pushing the sudden urge to cry back down where it belonged. "You did."

"Honey, honey. You've been my baby for thirty-two years. I'd notice if you lost an eyelash."

"I can deal with it, Mom. Really." Rubi squeezed her

mother's hand tightly before letting it fall. She rose and paced the length of the food trailer.

Her mother slid back in her seat, watching her intently.

Rubi glanced behind her shoulder, making sure no one stood near enough to overhear them. "Marco was called out on an alarm this morning and I'm worried about him. That's all."

Her mother raised an eyebrow. "It's still *this* morning, *mi hija.*" The truth dawned in her mother's eyes. "Unless you're talking about the wee hours."

Heat rose to Rubi's face. Rather than stammer her way out of it, Rubi held her mother's gaze, until her mother's knowing nod seemed to give permission to continue.

Rubi crossed her arms and tried to rub warmth into them. "You have to understand, it was a big step for me, *Mamá.*"

"I realize that, *mi hija.* He's the first interest you've had since"—she looked around—"well, in over two years. Marco seems like a good man, and you're a good judge of character."

"I don't know about that, Mom. Alex duped me."

"Alex duped *me,* honey. Well, you're otherwise a good judge of character. You learned valuable lessons from Alex." *Señora* Flores bristled. "He changed, as all people do. He just lost sight of what's important in life."

She patted Rubi's cheek. "But you, love, you clung to what was important. The problem is that you ran with it, and shut doors and windows along the way. Marco opened everything back up again. I applaud the man, because you're not an easy one to crack open."

"For good reason. In the beginning I trusted Alex the same way, and he burned me." Rubi clasped her hands and held them to her lips before speaking again. "I don't like the way Marco seeps into my every thought. I don't like the way he makes my knees weak. And I definitely don't like the way he gets under my skin, making me worry about him like—"

"Like someone who cares?" Rubi's mother shook her head. *"Mi hija, mi hija, mi hija.* Why do you fight your need to trust? He's a good boy. I see it in his eyes. The way he looks at you—no mistaking that he cares, Rubina."

"You don't understand."

"Rubina Delores, I understand plenty." Her mother grabbed both Rubi's hands in hers. "Look at me. Not all men act like Alex. They're not after your fame, they don't use you. They love you for who you are inside. Marco touched a chord that lights you up, and he somehow forgets about the camera lights that follow you around."

Rubi shook her head. "Marco scares me. I never felt like this with Alex. Whenever Marco's around, a tornado swirls inside me. I'm afraid he'll make me lose focus when I should put one hundred and ten percent of my attention on my work."

Her mother took Rubi's face in her hands. "Work is not everything. Having no control over some things in life is scary, but can also be spontaneous and exhilarating. Maybe you'll find yourself even more creative by not holding back all the time. Do you think you can trust Marco?"

"I don't know if I can, *Mamá.*"

Rubi glanced up the street at the flurry of activity around the fire truck. Two firefighters jogged to the motorcycle ramp, joining the group that had already gathered there.

Smoke rose in huge clouds around the ramp. Rubi's stomach fluttered. The script called for her to walk past the ramp with Alex. The motorcycle stuntman would pop a wheelie off the ramp, timing it perfectly to coincide with an explosive going off. It would give the illusion of being shot at with gunfire. Other gunfire would rain on the unsuspecting characters played by Rubi and Alex. They would run, but the impact from the explosive under the ramp would send them sprawling.

Alex stomped over to the pyrotechnic and fire crews and gestured wildly—undoubtedly giving them a piece of his mind. He liked making a scene and getting noticed wherever he went, even if he looked rude and like a fool, getting into business he knew nothing about.

Rubi meant to back Alex. Safety on the set meant everything. She scanned the area for the director, but didn't see her anywhere.

"Mom, I want to see what's going on over there." She bent to give her mother a kiss on the cheek. "That's our next scene."

Her mother's brows knitted, concern written all over her face. "What they're doing over there doesn't look good. Please be careful." She hugged Rubi. "Remember all I told you, *mi hija.*"

Rubi hurried away, pushing hopeful images to the back of her mind before they could cloud her vision. She slowed as she neared the ramp, eyeing a third fire truck that had pulled up behind the others.

Scanning the uniformed men, she still didn't see Marco, although she could sense him near.

Bent over at center stage, Alex had his hands on his knees, trying to peer under the ramp without getting dirty.

Two pairs of legs stuck out from under the ramp, one in heavy black work boots, the other in black Nike Airs. The boots looked big enough to be Marco's, the long legs even more likely, but the torso disappeared beneath the ramp, long sleeves covering muscular arms, thick work gloves disguising the hands that pulled and tugged on wiring and lifted the ramp inches off the ground. A welder's mask and hard hat covered the man's face and head.

"What's up?" Rubi asked the director, who had joined the group surrounding the ramp.

"Faulty wiring of some sort. They're going to air express another ramp in, but it won't arrive until tomorrow." The director leafed through the script, highlighted in yellow and lavender with red arrows adorning the margins. "We'll go on to . . ."—she looked up at Alex and then at Rubi . . .—"the love scene. Hotel room set in ten minutes."

Automatically Rubi answered, "Sure, boss. Whatever you say."

Alex rolled his eyes. Rubi was sure she scowled, but tried

to wipe her face clean of all emotion before Alex saw her. Too late.

Alex sauntered over to Rubi, hands in his pants pockets, elbows pulled back. He had the *GQ* model effect down pat. His fine tweed blazer strained open at just the right angle over his chest to give a better glimpse of his personally trained, designer upper body.

He leaned down, placing his cheek on Rubi's as if kissing her and whispered, "Better behave yourself, woman. Act like the professional you're supposed to be, or I'll make your life hell. Don't blow this big chance for both of us, Rube."

He raised her hand to his lips. She tugged it free, discreetly digging her nails into his palm. "Then don't bait me, Alex. Understand?"

He smiled and nodded as if she'd said something clever. Then Rubi realized that cameramen from various media were roaming the area, ready to follow them to the next site. Alex turned and left her standing there, and she tried to regain her composure.

"A little nervous?" The deep voice at her ear made her whirl around, expecting to see Marco.

Luis smiled down at her, his tired eyes still alight with mischief.

"No. Where's Marco? Are all of you okay?"

Luis pointed to the feet protruding from underneath the ramp. "We're fine, thanks for asking. Technically we're off duty, but he insisted we come by here first when some revelation hit him about the ramp. Seems he's known something didn't look right about it since day one."

"I remember his saying something about that."

Luis smelled like day-old ashes. When he turned to watch Alex walk down the street, his movements were slower than normal. "Alex is a hell of an actor. Maybe that's the only way he can be a good guy."

Luis turned back to face Rubi. "We'll keep him in line for you."

The macho attitude had slithered in again. These Carrillo brothers were worse than her own. "Luis, you sound like your brother. You know, I don't need—"

Rubi looked into his tired eyes, eyes that reminded her too much of Marco's. Neither of them needed any flak right now. "Thanks, anyway," she said. "I'm sure I'll be fine."

She patted his forearm. "Get some rest. I'll catch up with Marco later—I don't want to bother him right now."

"Don't be ridiculous. He'll want to know you're here, asking about him." Luis walked over to the boots and kicked them lightly.

An unrecognizable Marco in protective gear scooted out from under the ramp. He sat up and lifted the shield of the helmet. While taking off his gloves, he looked questioningly at Luis, then scrunched up the sleeves of his shirt, exposing muscular forearms.

Still, Luis stood silent. Then he stepped aside dramatically, as if he were rewarding some game show contestant the prize behind Door Number One. The movement gave Marco and Rubi a clear view of each other.

Marco's eyebrows lifted, lighting his face. His eyes, bluer than the clearest San Diego sky on a bright summer morning, made her catch her breath. When Luis turned to join his crew, Rubi hurried to Marco before he could rise.

She lowered herself until her knees almost touched the ground. "How are you?"

"Better now." He drew his legs in and rested his clasped hands between his knees. "Much better."

She stared at his boots until the heat that had risen to her face no longer scorched her. "Everyone okay?"

"Didn't lose a soul. We contained the blaze to the two buildings on the strip."

"I'm so glad. I was worried."

"You were, were you?" He reached over and twirled a tendril of hair that had escaped her chignon. His features smoothed out, the gentle creases at the corners of his eyes no longer crinkled with amusement.

Damn if he hadn't turned it off, like an actor. Rubi tilted her head, wondering what she had said to make him don the cautious mask. "You look tired."

He shrugged. "Crew's wiped out, but they didn't want to pass up the chance to see more celebrities . . . although why they'd want to see anyone but you is beyond me."

Marco had never before referred to her as a celebrity. A chill skittered down her back.

He slapped the work gloves against the inside of his pants leg. "We'll only be here a few more minutes. I had to check out a hunch I had about the wiring under this ramp."

"*Gracias a Dios* they're ordering a new one. I didn't feel safe even walking past it."

"It wasn't safe. I wanted to make sure you'd be okay before I left the premises permanently." He rose and helped her to her feet.

"What do you mean permanently?" She brushed off her clothes, trying to brush away the uneasiness invading her.

Marco held her hands tightly, grounding her to the spot when all she wanted to do was run. "I requested a transfer back to the station. Someone has to run the show from there. As captain, it's my responsibility."

"You said you have a responsibility to your crew here, too. You have a pyrotechnic background. You're needed here." *I need you, damn it.*

"I can oversee this work and the rest of our jurisdiction from the station simultaneously. Rubi, it's better I go, just as it's best you do your work without distraction."

She glared at him. "You consider yourself a distraction? Don't flatter yourself. And don't tell me what you're doing is for my own good. This was a commitment, and now you're leaving." *Leaving me.*

"I'm not leaving you, Rubi. I'm leaving the situation, so

you can breathe easier. Enrique said—" Marco stopped suddenly, dropped her hands and raked his own through his hair.

"Enrique said what? You and Enrique talked about me, decided what's best for me?" She jabbed Marco in the chest, hard. "What happened to you, Marco? You almost made me believe you wanted me. You fought for me, for crying out loud. You made me believe, made me think . . ."

She'd taken a risk with Marco. Just as she'd dipped her toe in the freezing water, the ice around her was breaking faster than she could scramble to safety.

"I want to see you, Red. I just don't think I should see you *here.*"

She held his gaze, the tornado picking up speed inside her. Quietly she said, "Fine. As long as it's your decision, Marco, and not some outside influence." She gritted her teeth. "Wait until I get hold of Enrique."

"He wants what's best for you."

"Once he thought you were best for me. Now you're a liability. I have to go. See, Marco, I know that punctuality can make or break a movie career. *I* know what's best for me."

He grabbed her arm and turned her to face him. "Red, don't." Anguish hardened his voice. Anguish colored his eyes.

Anguish filled her, too. "I don't play games, Marco. You reeled me in and then cut me loose because you want me to focus on my work. That's very big of you. So let me get to work."

He didn't stop her that time. She walked with a surer step, her back stiff, her lip stiffened to keep from crying. The memory of the previous night slammed against her brain, and she almost faltered.

Heaven help Alex if he tries anything today. She headed for him, more than ready to step onto the battleground.

The hotel set, an unlikely war zone, sat midway between the numerous utility vans and the motorcycle ramp. The facade had a contemporary look of glass and sleek lines with architectural detail rivaling the New York Trump Towers.

The room set itself was a far cry from a battleground. Housed in a huge renovated warehouse located behind the trailers, it had ambiance to spare and could make any love scene between any couple possible. Rubi ventured in and, as she had all week, appreciated the workmanship, awed by the transformation. The producers had spared no expense to make the details look authentic.

Thick, plush carpeting muffled any sound. Black onyx sculptures filled carved-out stucco niches. Lush plants in oversize Mexican conterra stone pots graced corners and the foot of the bed, as well as the smooth marble counters. Bold prints by Diego Rivera and Picasso hung strategically on the walls, balanced by the softer hand of Van Gogh. Bottles of the finest liquors and wines stood atop the cherrywood bar opposite the bed, its deep tones polished to reflection quality. A wide, full-length mirror behind the bar reflected the bed as well as the crystalline shimmer of the bottles.

The room lavishly, shamelessly screamed 'honeymoon suite' in every sense of the word. The naked eye swept the room, taking in everything but landing, as it was meant to, on the king-size bed. One of the director's friends had lent the intricately designed mahogany headboard from South America to the company. Against the far wall and surrounded by all the fake pieces, however well done, the headboard stood out regally. A plush comforter streaked with gold, black, and beige was stacked high with pillows and shams, to create a sensual nest. Definitely geared to pamper a queen, the room could also easily conjure up wild fantasies.

Fantasies of the lap of luxury, Rubi thought. *If only it weren't with Alex.* She shuddered. Marco seeped into her thoughts with 'what-ifs,' but it didn't make her feel any better.

Rubi's makeup girl and hair stylist followed her in, and began primping her. *Good timing,* she thought. She needed a diversion. Camera personnel and sound technicians rolled in equipment. The room's missing fourth wall allowed easier access.

This was reality, Rubi thought. With fifty people in the room, doing a love scene wasn't particularly romantic, much as it looked otherwise on the big screen. She let out a breath of relief. Alex had to behave himself. So did she.

As if on cue, Alex breezed into the room, nodding his approval. His eyes lit on the bed and slowly, sensually, rested on Rubi. He wiggled his eyebrows at her and then laughed heartily. "Like old times, huh, Rube?"

He stalked over, took her in his arms and started dancing a *merengue* to a tune in his own head. He whipped her out and spun her around before pulling her close again. "Let's put the past behind us and give them their money's worth, why don't we?" He smiled disarmingly.

"Quite the charmer, as always, Alex." She stepped back, her arms taut, for the next move. Camera lights flashed again and again.

With sudden clarity, she knew she could handle Alex, love scene or not, on the set or off. If she could do that, perhaps adding balance to her life with Marco wouldn't be so difficult.

"Ready on the set!" The director's right-hand 'man' crossed the set with her black-and-white clapboard at the ready.

The director motioned to Alex and Rubi. "Everything cool between the two of you?"

They nodded. The director, looking relieved, explained how she wanted them to enter the room and where she wanted them to stand when they began to take their clothes off.

Alex walked Rubi out of the room, his arm draped casually about her shoulders. "Let's get this right the first time so we don't have to do it over and over again."

Rubi nodded her agreement.

After a few minutes, everyone readied in their positions. At the director's command for 'Action!', Rubi and Alex strolled into the dimly lit room in their roles as two star-crossed lovers.

They stood at the foot of the bed, the lines coming easily. Rubi kept her gaze fixed on Alex's face. "Can I get you a drink?" she asked, making her way to the bar.

"No." His voice turned low and husky, a growl deep in his throat. He grabbed her wrist and yanked her toward him. "I want to drink you up."

He crushed her lips with his. His hand, lost in her hair, held her neck tight.

Go with it, Rubi thought. She threw her arms around his neck, thoughts of Marco swirling violently within her.

Alex's hand moved up her torso and cupped her breast. *What?* Rubi's knee automatically came up and rammed him, right on her target.

He staggered back and doubled over, coughing and clutching himself. Obscenities dotted every other word, and his eyes looked like daggers directed at her.

Uncomfortable, muted chatter seeped into the room. Rubi glanced around before walking over to Alex, smoothing her hair. She bent to speak to him. "That was *not* in the script, Alex. Don't let it happen again."

"Sorry. Sorry," he wheezed. He waved her away.

She walked over to the director. "That wasn't in the script, boss."

"Point taken." She seemed to be trying to keep from laughing. "When he's ready, we'll go into the next scene. Alex will still have to unzip you, but you get to take off your own clothes. No help from him."

Rubi plopped into her chair and picked up her script. The makeup girl blotted the sheen of sweat already on her face with a big powder puff. The heat of the powerful klieg lights seemed to melt pancake makeup by the minute.

Rubi glanced back at the people watching the shoot. She spotted her mother behind the barricades. She stood talking animatedly with Enrique.

Anger surged through her at the thought of Enrique and Marco discussing her, making decisions they had no right to make. *Care about me, my foot.* She looked over her other shoulder. Marco, not far from the director, stared straight at her. She had no idea how he could have come this close to the set, she didn't want him this close.

She heard the director, sounding far away. "Are you ready, Alex?"

"Five more minutes, please." His voice sounded practically back to normal.

Rubi cleared her mind with a few short breaths and approached the edge of the bed, Alex at her heels. She refused to look out at Marco again.

Luckily, they needed few words for the next scene. Trusting her voice to stay steady would take more effort and time than they had to give.

Someone dimmed the lights in the room set again, the softness offering the illusion of dusk. She and Alex embraced as they had before, but this time he kept his hands where they belonged.

She stepped back, pulling his hand from her neck to kiss his palm before letting his hand fall to his side. Slowly she began unbuttoning his shirt, slipping her hands underneath to caress his chest. She turned around and lifted her hair. He kissed her neck before unzipping her dress, his hands grazing her back.

She turned around to face him, pulling the long-sleeved dress down her shoulders, letting it drop to pool around her ankles. She stepped out of her high heels.

Rubi became aware that the set was extremely quiet, as if everyone were holding their breath. Good. Something must be working right.

Alex whispered the token, "You're so beautiful."

Standing practically naked, clad in nothing but a blood-red lacy bra and matching panties, she let the sudden bout of self-consciousness pass with a deep breath. She would never get used to this part of the business, no matter how realistic she made the chemistry between her and her co-star look.

The overhead mike and camera wheeled in closer, but out

of her line of sight. She eased the shirt off Alex, her hands running over his shoulders and down the length of his arms.

She wondered briefly about the time, remembering she'd promised her mother lunch. She also hoped to catch Enrique before he headed out.

Alex's skin, warm and sweaty from the intensity of the camera's heat, repelled her. They both would smell like the dregs of a *menudo* stew gone bad before lunch rolled around.

She focused on his neck, right below the ear, and leaned in to kiss him. He moaned on cue. He was a good actor, she thought, but she'd show him some *really* good acting.

His fingers trailed down her back and she shivered despite the clammy heat that covered her body. He turned his body slightly, and she moved with it so that her body faced the crowd of technicians and beyond.

Rubi opened her eyes—and instantly realized her mistake.

Marco glared at Alex and her. His chiseled features hardened. If he opened his mouth, fire would spew forth.

Her eyes must have widened beyond what the love scene called for. She stammered, forgetting her next line.

The director sat straighter in her chair. "Rubi? What the—? Cut!"

Rubi pulled away from Alex.

"What's the matter, Rube?" Alex turned to see Marco stalking past the technicians and straight for them. "Oh no. Not again."

Marco started to unbutton his shirt then gave up, ripping it open, sending buttons flying. " 'Scuse me." He shoved Alex aside.

He yanked off his shirt and threw it around Rubi's shoulders. "We need to talk. Now."

"Get off this set right now, Marco!" She threw his shirt on the floor.

He picked it up and put it on her again.

"Cut!" shouted the director.

Marco's jaw twitched. "Five minutes, okay?" He grabbed Rubi's hand.

Alex had backed away, watching from a safe distance well behind the bar. The lights, turned on full blast, glared brightly. The chatter had turned incessantly loud. The flurry of bodies running around the set, adding to the chaos, might someday provide a good laugh, but now laughing was the last thing on Rubi's mind.

"Cut! Cut!"

Rubi heard the director. Both their movie careers dissipated before Rubi's eyes like some cruel magic trick gone awry. "Five minutes, boss," yelled Rubi. "Please."

Rubi held up her hand gesturing five, and yanked her other hand free from Marco's. Grabbing him by the upper arm, she led him off the set. She could have thrown him across, to land in the chair at the other side of the room.

"Cut, damn it!" The director jumped from her chair. "Take five! Take five, and then get him off the friggin' set!"

Eleven

Rubi slipped into the floor-length red robe her assistant brought her and waited until she was out of hearing distance before turning her full attention to Marco. Rubi crossed her arms, and her foot automatically began tapping. "What, pray tell, were you thinking, *Señor* Carrillo?"

"To be honest, I wasn't thinking very clearly, Red. The more I saw you with Alex up there, the faster all rationality flew right out the window."

Marco's drawl threaded through her like a wisp of smoke, dangerously close to igniting the cramped alcove where they stood. The ashy smudges across his cheek and forearms reminded her of where he'd been earlier. His utter exhaustion could only partially explain his irrational behavior.

Holding his shirt in his hand made him look forlorn despite his size, and she wanted, beyond any sense of rationality, to hug him. She shook her head. He melted her just when she had every reason to be angry.

She turned away. "You made me lose credibility with my director and producer, Marco." She stopped to catch her breath. "And, not that it matters much, but with Alex, too." Rubi warmed to the subject. "I would never have come stomping into your station and demand you stop a briefing to talk to me."

He raised his hands to ward off her accusation. "I know, I know. And I'm sorry. You left the ramp angry, and I should have gone after you then to explain myself better."

"There's nothing to explain, Marco."

Marco circled her. "This was important enough to interrupt your work, Red. Hear me out."

Rubi clenched her teeth, wondering how she would ever redeem herself from the chaos of the last few minutes. "Clock's ticking."

Marco nodded and stopped. "Enrique just wanted what he thought was best for you. He had concerns about you and me, only because you've come this far in your career and he didn't want to see you sidetracked."

"Neither of you had any right to meddle. What if—just if—I wanted you *and* my career? I have every confidence I could have handled it." She pulled the lapels of her robe tighter around her. "I didn't kiss you because I had nothing better to do, Marco. It . . . you . . . meant something."

"You mean more to me than *something,* Rubi. When you walked away, I thought you might just walk away for good. I won't let that happen if I can help it because I love . . ." His shirt dropped to the ground. "Man. What I meant to say is . . ." He rubbed a hand over his face.

"You, you," she sputtered. The 'L' word had stopped her cold. She backed farther from him without looking behind her, certain that an invisible ledge would start crumbling beneath her feet.

Her assistant motioned from across the room, and pointed to her watch. Rubi held up her forefinger in acknowledgment. "I have to go, Marco."

"Red, seeing you with Alex up there drove me crazy."

She didn't keep the exasperation from her voice. "It's my job, Marco." How many times would she have to explain her work to him?

"Looks tough."

She planted her hands on her hips, the tornado inside her building up steam. "I don't need your sarcasm, and I definitely don't need you to upset my life more than you have. Do you realize that in a span of a few minutes, you pretty much have wrecked all I've worked toward achieving in film?"

"I wouldn't go quite so far as that, Red. You're the star. You can salvage it when they see what you can do in the next hour."

She cringed at the 'star' connotation again. "Only if you stay off the set." Why did he always raise her blood pressure, along with her body heat? Her defenses jelled. "Besides, how would you know? You've never even seen one of my films. You admitted that yourself."

He leaned back against the wall, crossing his arms in front of the chest she couldn't take her gaze away from. "True. But I've seen you focus on the task at hand, and do your homework, and envision the end product."

She raised her eyebrows. "Quite the evaluation. Stop trying to be nice. It won't work. We won't work."

"Look, Red. I promise I won't come between you and Alex on the set again unless you give me a signal."

"There won't be any signals, Marco."

"Do you actually enjoy doing that with Alex over and over again?"

"Read my lips. It's my job. As a matter of fact, I have to go back in there and do it ten more times with Alex before I satisfy the director, and it looks good enough, real enough, to be put into the movie. Got it?"

"I couldn't do it, pretending like that. You must be a good actress." He pushed himself away from the wall. "You *are* pretending when you're with Alex, right?"

"That's it. Do you think I enjoy Alex kissing me, when all I can think about is you and last night?" She turned away, mentally kicking herself for her slip.

The comment didn't slide past him. He stepped forward and took her into his arms. "Hey, Red," he whispered, "about last night—"

She inhaled his sooty scent before pulling away from him.

She wanted to bury her head in that scent, wipe away the ash marks from his face, massage his aching body.

Then he spoke. "That love scene can't possibly compare to what we shared."

She shoved him away. *"Mira,* Marco. Get over it or get out."

He towered over her, studying her from a distance that no longer felt safe. His lips formed a grim, thin line. His jaw twitched. The light in his eyes was all but extinguished.

He raked his fingers through his hair and nodded slowly. He picked up his shirt and put it on, buttoning the one remaining button.

Then he turned and stalked out of the building, his shirt flapping like flickering flames.

The heat within Rubi cooled at an alarmingly fast rate. She grasped the back of a nearby chair to steady her shaky fingers.

From the corner of her eye, she saw Enrique approach.

"Is there anything I can do, *mi amor?"*

"Don't you think you've done enough, Enrique?" She rubbed her temples, the tornado whipping uncontrollably inside her, with no indication of fizzling out any time soon.

He opened his mouth to say something, then shut it, waiting.

"Why did you have to butt in? What is it that makes everyone I care about think they know more about what I need than I do?"

"I didn't want to see you hurt like you were with Alex. It took a long time for you to bounce back. If I had any power over anything, it would be to keep you from getting hurt like that again."

The heavy, plush robe did little to warm her. "Marco's different. You knew it before I did. It feels right. I could have handled both him and my contract, if that's what you were worried about."

The instant hurt in his eyes made Rubi wish she could take back her words, but they hung in the air between them.

Enrique squared back his shoulders. "I love you, Rubina, not your contract."

She dropped into the chair and buried her face in her hands. The sobs came slowly. She leaned her head back so the tears could trickle out the sides of her eyes and keep from ruining her makeup—an old trick Enrique had taught her. It wasn't going to be very effective if she couldn't get her act together.

He knelt beside her and gathered her to him. With his arms wrapped tightly around her, she couldn't pull away. "I'm sorry, *mi amor*," he whispered. "I had no right to intervene."

The floodgates opened and Rubi returned the full-bodied embrace. "It wasn't just you, Enrique. I'm mad at myself for not giving Marco the benefit of the doubt. I'm good at pushing people away, aren't I? What made you hang around?"

He sniffled. "I'm more stubborn than you." He sat back on his heels and pulled a monogrammed handkerchief from the breast pocket of his blazer.

Rubi tried to smile but didn't quite succeed. She hated thinking where her stubbornness might have landed her with Marco.

Enrique dabbed under her eyes before handing her the soft cloth. "You're my best friend, love, and you've been there for me. Life can't be peachy all the time." He kissed her on the cheek. "Now stop crying so I can get you back out there without missing a beat."

They glanced at the director who sat undisturbed in her chair, skimming through her script.

Enrique hurriedly scrounged around his shoulder bag for makeup. In less than two minutes, he dotted foundation under her eyes, freshened her mascara, and powdered her nose. With a final sweep of an oversized blush brush, he had her looking like new.

He glanced at the compact mirror, then dabbed at his own eyes. "You've gone and made me puffy, love. Unforgivable."

She laughed and squeezed him one more time for good measure. "I love you, too, Enrique. We'll get through this all right."

He snapped the compact shut in seeming disgust and tossed

it back into his bag. "Of course we will. Finish your work here, lovey. Then you must pay *Señor* Carrillo a visit later."

Rubi shook her head adamantly as Enrique helped her to her feet. "Not tonight. I've had a hell of a day. I just want to get to bed and get this dark spell over with."

Her stomach tightened at the thought of having to face Marco so soon. He needed time. So did she.

Enrique turned her to face the set and pushed her gently to hurry her along. "Tonight. I've got a plan. We'll straighten out this mess once and for all."

He blew her a kiss. "I'll come by your place at six. I'll bring dinner to help redeem myself."

"No desserts."

"Just one. Chocolate mousse or some other such sinful delight." He smiled and winked at her. "We deserve it."

"I thought you were my friend."

"Two spoons to allay the guilt. Now go."

Alex waited in their designated spot. He held his hand out to her. "Tough break, Rube. Ready to get to work?"

Unwilling to place herself in the line of fire again, Rubi searched his expression, waiting for the sarcasm sure to come. Instead, he remained silent, and his silence unnerved her.

Taking his outstretched hand, she walked with him to center stage and waited for their cue.

Marco and Luis sat in the Jeep across the street from Rubi's house. The lights inside burned bright.

A few cars lined the curb. Deep laughter rumbled over the snatches of conversation, drifting out to Marco on the trailing mist of fog.

He needed to see Rubina, but what would she think when he and Luis showed up on her front step unannounced, asking her for a favor Marco had no right asking? Already he could feel her bristle and back away.

He pulled at a loose thread on the cloth steering wheel cover. "I don't think she'll want to see me yet."

Luis strummed his fingers on the dashboard, his agitation far from hidden. *"Ay, ay, ay, hombre.* We came on behalf of the station tonight. Nothing personal."

"She won't see it that way," Marco muttered.

"The crew needs an answer tomorrow, *hermano,"* Luis said.

Perhaps the request was a blessing in disguise. It gave him a chance to see Rubi on her own turf, where she might be a little more relaxed and a lot more forgiving, and he was all for that.

Marco climbed out of the Jeep. "They'll have their answer. Just give me a few minutes to talk to her alone before we leave."

"Take all the time you need."

Luis fell in step beside his brother. Strains of upbeat music grew louder as they approached the well-lit porch.

He groaned inwardly, embarrassed for his behavior earlier in the day. No use trying to defend himself against her accusations. If she never spoke to him again he'd wholeheartedly understand.

Rubi got under his skin, plain and simple. When had a woman ever made him lose his head enough to stomp through the trenches, to act like a caveman? Another minute on the set and he easily could have lifted her up and thrown her over his shoulder. Carrying her off the set, however, would have had a few repercussions. Rubi would have clubbed him over the head, for one, and with good reason.

Standing in the familiar front entryway brought some comfort. He was scattered through this house in bits and pieces, starting with the front door, the first job he'd done for Rubi, the first door he'd ever sanded down in his life. The huge clay pot he'd dragged over from the truck that other time now sat in a corner of the porch, filled with the blooming and fragrant jasmine he'd surprised her with a few days later.

It didn't take much to please Rubi. Her smile was worth it,

making him feel he could conquer a ten-foot wave any day of the week. He rang the bell, hoping he could wrangle another smile from her. It was a long shot, but damn if he wasn't going to give it a try.

The door swung open. Enrique stood there, elegant as always, even though he wore jeans and some kind of shirt that definitely wasn't cotton. Marco gave him credit for the alligator cowboy boots.

If their arrival surprised Enrique, he didn't show it. "Marco, Luis, so glad you could come."

"Glad we could come?" Marco raised an eyebrow, even as he reached out to shake Enrique's hand. "Enrique, we don't mean to barge in. It sounds as if you're in the middle of a major party. I just need to talk to Rubi for a few minutes."

Enrique laughed. "Yessir. The Flores family dinners are always quite festive. Beat a lot of Hollywood parties I go to."

"The family? As in Rubi's folks and brothers?"

Enrique nodded.

Marco started for the door. "Then we really shouldn't impose. We'll come back tomorrow."

A fleeting look passed between Enrique and Luis. "Nonsense," Enrique said, patting Marco's hand. He turned to lead the way to the living room. "Join us until Rubi gets a chance to meander this way."

Marco glanced back and forth between the two, suddenly feeling he was being sandwiched between a pickpocket and his decoy. Luis stepped into the foyer ahead of him, but Marco grabbed his arm and pulled him back.

"What the hell is going on, Luis?" he snarled.

Luis yanked his arm free. *"Hombre,* I don't know what you're talking about." He straightened the collar of Marco's denim shirt. "Now watch your temper and be civil. Don't embarrass me."

"Embarrass *you?"* Marco wanted to wring his neck. Luis had something up his sleeve. All the tricks he'd played on Marco when they were growing up flashed through his mind.

He had a seasick-on-a-puny-raft-stuck-out-at-sea-for-three-days feeling in the pit of his stomach.

They followed Enrique. Marco whispered to Luis, "I'll deal with you, later." They stopped at the edge of the sunken living room and waited.

"You'd better deal with Enrique first." Luis pointed at Enrique, stepping lightly down the two stairs. Enrique worked the room, making his way quickly, but warmly, through the bodies. With a touch of his hand here, a laugh or a joke there, his face lit with happiness.

He moved comfortably among the Flores family members, and Marco wondered, with a twinge of envy, whether he would ever have that opportunity.

Enrique flicked off the music. As the decibel level lowered to that of normal speech, all heads turned expectantly toward him.

"Everyone." He clapped his hands. "We have special guests tonight."

Rubi, sitting with her back to Marco on a pearl-colored ottoman, turned slowly to where Enrique pointed, a glass raised to her lips. Her eyes widened over the rim in what looked like sheer terror when her gaze locked on Marco.

She choked and thrust the glass onto the nearby table, coughing and sputtering uncontrollably. A big burly guy slapped her on the back. Marco doubted he had a gentle touch. Marco moved toward Rubi.

"*Agua, agua!*" Rubi's mother shouted. A young woman sprinted to the kitchen for the water and sped back to her side.

Marco grabbed the glass from her and placed it in Rubi's hand. "Take a deep breath so you can drink this down."

Rubi nodded, and held out her hand to keep everyone from crowding her. Marco stayed at her side anyway.

She took a deep breath and swallowed the water.

"She lives!" a voice from across the room boomed. "Let's dance!" Laughter followed.

Rubi shot the heckler a dirty look.

Marco glanced at Enrique, standing deep in conversation with Luis—a sight that more than intrigued Marco.

Enrique cupped his hands around his mouth. "Your attention for just one more minute. I think our guests' arrival excited Rubi, and she couldn't contain herself."

Laughter rippled through the room. Rubi's cheeks flamed brighter. "Very funny, Enrique," she managed.

"Anyhow, let me introduce them. The gentleman next to Rubi is her friend, Marco. He gets credit for attempting to fix up her house. He's also a firefighter overseeing the crew working on Rubi's set with the pyrotechnic team. Welcome, Marco."

Greetings flew at him from all sides. A dozen pairs of strangers' eyes bore into him. He waved hello, realizing he'd never make a good politician. Overwhelmed by his immersion in the Flores's firepit, he ventured a glance at Rubi. She didn't help much. All she did was shrug and offer him a smug smile.

Enrique smoothly moved on. He slapped Luis on the back. "And this is Luis Carrillo. Brother of Marco. Firefighter. Handyman. And my newest partner in crime."

Luis waved. "Hey, everybody."

There was the politician in the family, Marco thought. Luis basked in the sudden limelight. *Ham.*

Luis and Enrique looked directly at Marco, then at Rubi. Rubi and Marco exchanged glances and shrugged.

"Can only mean trouble," Rubi muttered.

Marco leaned down to her and whispered, "The two of them? It'll be like throwing firecrackers in a barrel. The fuses have just been lit."

Enrique interrupted Marco. "Marco and Luis, welcome to the Flores family. Now, let the party begin."

He turned on the music to a slightly lower volume than when they'd entered the house. The soft strains of a Gloria Estefan love song filtered through the built-in speakers in the upper corners of the room.

Marco stuffed his hands in his pants pockets and leisurely took in the commotion that started up again. The red orchids

Rubi had bought the previous week added an exotic, classy touch—a very Rubi touch—to the room.

He glanced down at her on the ottoman, sipping water, and took a step toward her. Enrique blocked his way.

He grinned at Marco. "You have to meet some people, love."

Before Marco could respond, Rubi's mother flanked him on the other side.

"Marco, it's wonderful to see you again, away from the . . ."—*Señora* Flores hesitated, searching for the right words—". . . the stress of the set." She took his hand in both of hers.

Marco leaned down and kissed her upturned cheek. "It's great to be here, *Señora* Flores, but we really can't stay."

"Don't be silly. Enrique ordered enough food to feed my boys for days."

"These are just appetizers for your boys, *Mamá.*" Enrique laughed. He turned to Marco. "I just happened to run into *Señora* Flores when I left the set. I invited her, and it just snowballed into this little family gathering." Enrique's arm swept to take in the entire room of roaming bodies.

"Little?" Marco asked. A doubt niggled at the back of his mind. Enrique had hung around the fire rig earlier, more than usual. Luis caught Marco's gaze and raised his Corona in a silent salute.

"Immediate family and girlfriends." Enrique walked around Marco to give Rubi's mother a hug. "No cousins, grandmas, aunts, and uncles."

He gave Marco a slight shove toward Rubi. "Why don't you and Rubi lead us to the food line?"

Rubi's mother started to back away. "We'll talk more later, Marco." She smiled and patted his cheek. "I'm sure the boys will introduce themselves before long. I've told them all about you."

The three 'boys' nearly rivaled Marco's height. Rubi's earlier description, comparing them to the Dallas Cowboys defensive line, seemed appropriate. Her father, tall and leaner than any of his sons, withstood the playful jabs of one of them as they laughed near the picture window.

A twinge of sadness unexpectedly hit Marco. Some days his losing his dad seemed like yesterday. Pain and raw and searing grief gouged at his insides like a fiery poker. Nothing could douse that sensation when it surfaced. Most days, his father's death just wound around Marco's veins, strengthening him in ways he couldn't begin to understand.

Rubi tugged at his hand. "I'd like you to meet my dad." Her low, comforting voice was aimed at Marco. "I think you'll like him."

Marco signaled her with a squeeze of her fingers. She led him across the room, her short, flaring, black skirt swishing against her legs. Along the way, she introduced Marco to her three brothers and their girlfriends.

Her father heartily shook his hand. "Marco, my boy, it certainly is a pleasure to meet you. I've heard a lot about you. I heard you came to my Rubi's rescue one day on the set."

Marco gave Rubi a sideways glance. Her shoulders instantly tensed, and she simultaneously raised her gaze upward and shook her head. "Dad, not so loud. It only takes ten seconds and a comment like that to raise the testosterone level in here until it's suffocating."

He laughed. *"Mi hija,* I mean no harm. You know that. Your brothers and Marco here will watch you like a hawk and protect you until you're ninety-three. At least."

She kissed him on the cheek. "Well, only sixty-one years to go, then. That's something to look forward to."

Marco took hold of her warm hand. "Rubi's proven she's quite capable of taking care of herself, but that won't affect the way the rest of us want to take care of her, anyway."

She held his gaze steady. A salsa tune played, the beat picking up speed. "Do you want to dance?"

He nodded. "Excuse us, sir."

"Of course." Rubi's father combed his fingers through his

thick, gray hair. His brows furrowed for a moment, worry etched in the soft wrinkles. The fleeting look disappeared when Rubi's mother slipped her arm through his.

They made their way to the center of the living room floor. Marco placed his left hand in the small of Rubi's back. Holding her other hand against his palm unleashed a jolt that raced up his arm. He pulled her closer, attempting to keep his hands steady. He willed his mind to focus on the dance steps they were about to undertake, and not on the nearness of Rubi's body or the heat emanating from it that made Marco's palms damp.

"Basic?" Rubi asked with a hint of a challenge.

"To start." He gladly accepted that challenge. It gave him a new focal point.

"And then?"

"Hold on," he drawled.

My yes, this could get to be fun. Rubi this close, good music, and a risky challenge, laughter and the smell of good food wafting over them, the waves breaking against the surf in the darkness outside. Family all around. Life was good.

He glanced down at her, then averted his eyes. If he looked into hers, she'd hypnotize him and he'd lose his step. He wanted to keep that smug look off her face as long as possible.

"Quick, quick, slow," he muttered under his breath, making his feet move to the rhythm.

"Is there a problem?" There was no innocence in her innocent tone.

"Nope."

Ignoring the way her thighs brushed his took more energy than he could have thought possible. He looked over her right shoulder, finding a focal point in the stereo system's equalizer.

Once focused, he shut his eyes, allowing the music to fill his body and senses. His feet slid smoothly back and forth, despite the plush carpeting.

Rubi's hips moved under his hand, erotically swaying until he thought his hand would catch fire through spontaneous combustion. They danced faster, finding a natural rhythm between them. She gazed into his eyes and smiled widely.

Then he let loose. He yanked her close, their hips and thighs on fire with the slightest touch, bump, grind. Kindling. He was kindling in her hands.

Their steps shortened, and he whisked her through intricate steps that took them from one corner of the room to the other. Marco hadn't noticed when the rest of the family had left the makeshift dance floor, but when he lifted his gaze from Rubi's exuberant face they were surrounded.

Everybody around them moved. Shoulders shimmied, hips swayed, feet shuffled. The movement was tangible. Rubi's mother and father danced in a corner, heads thrown back with joyous laughter.

The idea of growing old with Rubi took root just then, and a warmth seeped through every pore in his body. Never had he been more sure of what he wanted.

He allowed himself to feel how truly right she felt in his arms. She held on to him with a sure hand. He didn't want her to let go.

He spun her out with the final strains of the song. She whooped in delight, throwing her arms around his neck. "Man, Marco. You're good! What a blast!"

Returning the hug seemed the most natural thing to do, despite the clapping going on around them. "And you *Señorita* Flores, are a ringer. I thought you said you were only a ballroom dancer."

Rubi curtsied and backhanded Marco in the stomach. He bowed automatically. The clapping slowly subsided, and the couples readied for the next dance.

She turned to Marco. "I can't give away all my hidden talents in one fell swoop."

"I'd like to see more of those hidden talents, *querida*."

"I bet you would."

"Let me get you something cold to drink. Maybe then you'll tell all."

"Don't press your luck."

They walked hand in hand to the card table set up with drinks. He opened a tall bottled water and handed it to her, and one for himself.

Enrique and Luis approached them.

"Bravo, bravo." Enrique clapped his hands. "Rubi, it's a treat to see you like this, so happy. I thought it might be a good time for us to talk."

Rubi's smile faltered. She waited patiently, silently.

Enrique continued. "The Carrillo brothers have to ask you a question."

Marco nearly choked on his water. "Now's not a good time, guys."

Rubi grabbed his wrist. "Now's a perfect time, Marco. What is it?"

Marco set the water back on the table. "The crew asked me to ask you if you would emcee the Fireman's Ball. It's a fundraiser for the Widows' Fund."

She dropped his wrist as if it were a hot coal. "You came here on business? *Business,* Marco? Were you buttering me up by dancing with me?"

He raised his hands in surrender. "Rubi, you can always say no. I'm just the middle man. I'm just asking on behalf of my crew."

"And because you know me personally, you all felt you could use my name for such a good cause?" She started backing away from all of them. From him. Again.

"It's not like that, Red. You know me better than that."

"No, I don't." She lifted her chin in that maddening defiant way of hers. "A business call? Fine. Talk to my agent."

She turned to Enrique. "You know my schedule. Good night."

She hurried out the patio door and disappeared into the darkness.

Twelve

Minute by minute, Rubi's trailer grew uncomfortably smaller. Curled up in the oversized chair, she wrapped her red robe tighter around her cold body and stared out the lone window. She rubbed the back of her neck, but the ache went much deeper than the pressure of her fingers could relieve.

Her assistant fiddled with the two remaining costume changes for the day. "Do you need anything else, Rubi?"

Rubi needed time alone. "You can take a break. Maybe you can find out when they want me back on, okay? They were having trouble aligning the new ramp."

"Will do." The assistant let herself out and shut the door softly behind her.

The morning shoot had been fine. She couldn't say the same for herself. She had searched inconspicuously for Marco, knowing he wouldn't come. He'd been serious about transferring off the set, and it was partially her fault. How many times could a person be pushed away before he finally said "enough"?

The night before, she had been wrong. By the time she had realized that and returned to the house to admit it, Marco and Luis had left.

Would she ever learn to distinguish between being used and legitimate requests? She opened her eyes to the truth. She loved Marco, but was pushing him away before he could push her away, as Alex had. She feared that as long as she was an actress she would be unable to separate her personal life from her professional one.

Marco was the sweetest promise for balance in her life. If she'd just let him in unconditionally, everything else would fall into place. Why was she trying so hard to separate the two segments of her life?

Afraid to give her heart when the shattered pieces had just begun to meld together again, she looked inward long and hard. She had to admit that Marco had started gluing together the last remaining pieces of that bruised part of her, yet she found every excuse to push him away—every lame, unreasonable excuse. Letting that fight go, what would she discover?

By the end of the day, she intended to find Marco and apologize, for starters. All she could ask for was another chance. She hoped he would give her one.

A knock sounded on the door. The day was far from over. *The ramp must be fixed.* Show time.

"Come in." She rose and peered out the window. Down the street the crew milled about the ramp and fire truck, checking last minute details. The chaos gave her comfort.

"Rubi?"

She turned from the window.

Luis stood just inside the door, looking unsure of himself. Grease spots dotted his uniform, ashy smudges streaked his arms. Shame washed over her. "Luis, I'm so glad you came by." She crossed the room to him and took his hand in both of hers. "How's the ramp coming?"

He kissed her cheek in greeting, and stepped back. He let out his breath, erasing the worry line from between his brows. "It should be okay shortly. Marco's supposed to give it the final inspection."

Silence hung heavy between them. He shifted his weight from leg to leg. "I had to come and apologize."

"No, Luis. I'm sorry. Very sorry. I overreacted, and with no good reason." She clutched her robe to her. "How's Marco?"

"Miserable."

"Me, too." She led Luis to the small dinette and motioned for him to take a chair. "Would you like some coffee?"

He shook his head. "It was my idea. I put him up to it. He didn't want to ask you about the ball."

Relief flooded her. "He didn't?"

"No. He's not using you, Rubi. Marco's not like that."

Her voice dropped to a whisper. "I know that, too, but I didn't really realize it until this morning. Foolish of me for fighting him so long, wasting time."

"It takes time, getting rid of old demons." He scooted back his chair, allowing space so he could look her squarely in the eyes. ". . . And not so old demons."

"There's more?"

"Enrique and I planned last night."

She raised an eyebrow, suddenly cautious. "Planned what, exactly?"

"Getting the two of you together. We decided you belong together and that we'd play matchmaker. Well, more like Cupid."

"Sounds like a good story line. Please. Continue."

"He called me and invited us over. It was just coincidence that the crew had already been asked about you emceeing, but it fit as a perfect excuse to talk to you if you decided not to give Marco a break."

Rubi tried to keep a poker face, but a smile tugged at the corners of her lips.

He sprang from his chair. "Our timing was lousy, wasn't it? Everything was going great with you two out there dancing, and then we blew it."

"Yeah, you did. But I didn't help much, either."

"Dramatic exit. One of your better ones."

Rubi tensed until she saw the flicker of amusement in his eyes. She relaxed, and it felt good. "That was Marco's cue to chase after me and make me see the error of my ways. He didn't get it."

"In the future I'll cue the man if he hesitates." Luis turned toward the door. "I'd better get back to work."

With his hand on the doorknob, he paused. "Is there anything else I can do?"

"No, please." She smiled. "It's my cue. I have to go to Marco now."

Luis nodded. "About the ball—forget about it, okay?"

"Enrique and I spoke this morning. I'll emcee. No problem."

He held her gaze. "You're sure?"

"Absolutely."

"Great. I'll tell the crew."

"Let me tell Marco, okay?"

"You got it. I'll see you at the ramp." Luis opened the door and stepped out, but stuck his head back in. "I like this Cupid stuff."

Rubi huddled with the group while receiving last minute instructions from the director. Alex paced around them, glancing often at the ramp across the way.

"That still doesn't look right," he complained. "Rubi, where's Marco? He's the only one who seems to know how that thing works."

"Alex, that's not true. They're all working on it. They won't let our stuntman on there or let us walk past it if they know it's faulty."

The stuntman, dressed in black leather, revved up his engine. All action on the set stopped. They watched him, holding a collective breath.

He circled at the end of the street, picking up speed on the straightaway. The front tire hit the wood ramp with a loud clap. As he came over the raised edge, he lifted up on the handlebars, easily popping a wheelie. Landing well away from the ramp, the stuntman stretched a leg out, tilting the bike until it stopped almost instantly.

He lifted the helmet shield and gave a thumbs up. Everyone clapped.

Alex sauntered over to Rubi. "How close did the director say we have be to that ramp when he hits it?"

"Close."

"It seems closer today than when we walked through it yesterday."

"Alex. It's the same distance as yesterday. The director choreographed it out for us."

"Right." He walked a few paces, turned and came back. "It's too risky. I shouldn't be that close when he hits the ramp."

"*You* shouldn't?" Rubi left the huddle and pointed to the far end of the street. "Look. It's simple. Remember? The storefronts down there will start exploding as we're walking past. We'll start running. Then this guy on the motorcycle will come flying out of the alleyway and chase us, pointing an automatic at us. But we'll weave, and he'll miss us. He'll hit this ramp because he's not watching the road. On the screen it'll show up as another car he hits, and that impact is what'll cause the explosion."

She paused and headed for the ramp until she was a few feet from it. "The explosion will knock us off our feet, and we'll land right about here while that guy goes flying and lands somewhere over there." She pointed again, this time near the place the stuntman had landed earlier. "We have to make sure we leap at the same moment the motorcycle hits the ramp."

"I know. I know. Sounds easy enough." Alex still didn't sound convinced.

"We walked through it a dozen times yesterday, and talked to the director and pyrotechnic crew." She wiped the back of her hand across her forehead. "It's pretty complicated because the timing's crucial, but we know it inside out. Trust yourself, Alex. It's a lot like in the last movie."

She patted his forearm. "No more worrying. You'll get wrinkles before your time. You'll do great."

"I know I will, but will he?" Alex jerked his head toward the stuntman. Every strand of his long hair fell back into place.

"Look." She grabbed his arm and practically dragged him across the street. "He has to make a few more runs. Let's just stand next to the ramp and get a feel for the sound and speed."

Alex reluctantly agreed.

The stuntman practiced several more times to get the landing as close to perfect as possible. Rubi convinced Alex to close his eyes and listen, to imagine them running instead of standing five feet from the ramp.

By the third go-around, Alex relaxed enough so that his shoulders didn't hunch when he heard the motorcycle wheel hit the ramp.

"That was great, Alex. We'll give him a couple more then we'll try running with him. If you want to practice the leap at that time without the explosives, just let me know."

He muttered something under his breath about finding a second career. Rubi tried to keep from laughing out loud. Just as she was about to close her eyes again, she noticed Marco.

Twenty feet south of where the motorcycle was targeted to land, he squatted, trying to get a glimpse under the ramp from that distance. One of the men on the pyrotechnic crew held a blueprint diagram and pointed toward Rubi and Alex.

Rubi glanced over her shoulder. The stuntman signaled he was ready for the explosives. The man with the blueprint gave a piercing whistle, catching the attention of a young man walking toward her and Alex with a palm-sized black gadget in his hand.

He lay on the blacktop and inched his way backward until his upper body disappeared under the ramp. Attaching the gadget to the underside took him no time at all. He scooted out and sat up, wiping his hands clean on his jeans. "Show time."

Alex licked his lips. "Now?"

"Nah. There'll be a couple more dry runs until they give the signal." He pointed to Marco and the other man, who now held a control box, much like a remote control for a small toy car. He headed back to the group near the pyrotechnic trailer.

Rubi turned to Alex. "In that case, Alex, will you excuse me for a few minutes? I need to talk to Marco."

"Go. Go." He flicked his wrist to dismiss her. She bit back a sharp remark, knowing the clock was ticking.

As she neared Marco, she couldn't take her eyes off him. He stood with his arms crossed, accentuating the hardness of his biceps. She knew their strength, even in the tender way he held her.

The man next to Marco flipped a switch back and forth on the remote control. He mouthed some explanation that Rubi couldn't hear.

Unwilling to interrupt the conversation, she waited silently by Marco's side. Her pulse beat wildly at the nearness of him, at the mere brush of her shoulder against his forearm.

Marco winked at her, but continued to listen to the man's low, inaudible tone. The man continually flipped the switch and finally said, "All right, then. We're on. I'll be back in ten."

He tipped his hat at Rubi as he walked away and placed the remote on the compact card table a few feet behind Marco. In Rubi's direct line of vision, the red light blinked steadily against the black box.

"What can I do for you, Red?"

His drawl curled through her like the fragrance of his scent. She inhaled deeply, thinking ocean and soot and sandalwood, spiraling away into deep, luscious kisses.

He tilted up her chin. "Red?"

She bit her lip until she could find her voice. "I wanted to apologize about last night."

"Let's not go there. The past is the past."

"It's taken me a long time to realize that." She reached up and stroked his cheek. She closed her eyes for a moment, but the motorcycle revving up startled them open.

She could hear the motorcycle approaching well behind her,

the engine deafening. Her gaze locked on the control box in front of her. The red light blinked faster as the cycle neared.

"Marco, the remote!"

He glanced behind him. "Shit."

He shoved Rubi aside. He started for the ramp.

"Alex, run!" The engine roared so loud as the motorcycle neared that it drowned out Marco's words. He motioned wildly to Alex, waving his arms as he ran toward him.

Rubi grabbed the remote. "Help me! Somebody help me!" She flipped the switch, but the blinking didn't stop. The man who had held it in his hands started running toward her.

As if in slow motion, Alex looked behind him. His eyes darted toward the ramp, then at Rubi, then again at Marco. His eyes grew suddenly wide with the realization of what was going down.

His legs flexed, ready to bolt, but fear glued his feet to the spot. The people surrounding them froze in the same way.

The motorcycle raced on, nearing the ramp. Marco leaped at Alex, wrapping his arms around him, enveloping him, until he disappeared beneath Marco.

Rubi stopped running toward the trailer. "Marco, no!" She dropped the remote and turned back toward him.

The motorcycle hit the ramp, and the explosion knocked Rubi off her feet, slamming her onto the hard-packed earth. "Marco!"

The stuntman flew over the handlebars. Marco and Alex hurtled through the air in the other direction. They landed hard, with a sickening crack that splintered the now silent set.

Rubi scrambled to her hands and knees, barely feeling shards of glass and wood slicing her skin with every labored movement. She pushed herself upright and stumbled toward Marco and Alex. "Marco!" she screamed again.

She passed the ramp. The motorcycle lay on its side, not far from it. The back wheel spun like a roulette wheel.

Commotion and chaos erupted. As people filled the gap between her and Marco she lost sight of him, and panicked.

Sirens sounded far off, too far away. She prayed for Luis to arrive with help.

She clawed at the sea of arms and legs blocking her way. "Let me through," she croaked. "Let me through."

Marco lay motionless. Alex struggled weakly to free himself from Marco's locked-on grip. Marco had protected Alex, breaking his fall. Rubi dropped on her knees next to Marco, prying at his arms until Alex could wriggle free.

Alex rolled onto his stomach, breathing hard, his body shuddering. He glanced up at Rubi. "I'm sorry, Rubi."

"It wasn't your fault. Now rest. Help'll be here soon."

She leaned closer to Marco and turned her head from his face to listen for signs of breathing. "Marco, can you hear me, *mi amor?*" Her voice cracked. She swiped angrily at the lone tear trickling down her cheek. *Not now.*

Blood began to ooze from beneath Marco's head. His lips suddenly looked blue. Blood trickled out of the side of his mouth and down his stubbled chin.

"Paramedics! Damn it, get some help, now!"

Rubi pulled the sleeve of her sweater over her hand and dabbed at Marco's lips and beard. Afraid to move him, she crooned his name. "Hold on, Marco. You can't leave me now."

A path cleared. Rubi hadn't even heard the ambulance pull up, but paramedics raced toward them.

Marco's lips moved. She again leaned in closer. "What, Marco?"

She lightly kissed his cheeks, his eyelids, his forehead.

"Good as new in no time," he said.

She brought her fingers to her lips and then placed them lightly on Marco's lips. She had to believe she could trust him with her heart. "Then you can escort me to the ball."

Marco's eyelids opened slowly. "Forget the ball, Red," he whispered.

She wanted to dive into the crystalline blue of his eyes, eyes that looked into her and touched her very soul. "I can't, *mi amor."* She brushed his hair off his forehead. "I have to dance with the man I love."

A smile touched his lips, and his eyes drifted shut.

Smiles beamed up at Rubi on the stage in the spacious and lavishly decorated banquet room. She smiled back. The night had gone much better than anyone had hoped. They'd raked in thousands of dollars for the Widows' Fund through the silent auction and ticket sales alone.

San Diego and Oceanside mayors and the general managers from the San Diego Padres and Chargers sat at the head table, where she and Marco had eaten dinner earlier. The thousands of firefighters attending had the opportunity to rub shoulders with politicians and the many Hollywood producers and directors Enrique had enticed to come. Not a chair in the house was empty.

Rubi's eyes skimmed over them all, then lit on Enrique and her parents and brothers threading their way through the crowd to her. She glanced at the papers on top of the podium. Not much remained to be done. Maybe she could finally rope Marco in for the dance he had promised her.

She stepped to the edge of the stage to greet the clan. "Is this fabulous, or what?" Rubi looked over their heads.

"Fabulous, *mi hija."* Her mother looked radiant in a midnight blue, long-sleeved, velvet gown. "We just wanted to tell you what a great job you've done tonight."

"Thanks, Mom. Thanks, everybody." She glanced over their heads. "Now, if we only had Marco and Luis here, we could have our own celebration. Anyone seen Marco lately?"

"Not lately, love, but believe me, he's been seen." Enrique jerked his head in the direction of the news crews. "I'm sure he's been offered a couple of movie deals. That's probably why he's hiding now."

"Probably. He *is* the stuff leading men are made of."

"We had a note delivered to our table to meet him in front

of the stage." Enrique looked around. "Looks as if we've all been stood up."

Rubi lowered herself as best she could in the slinky, raging red formal gown Enrique had brought her—his offer of a truce. He knew when *not* to be subtle. More importantly, he had saved her a dreaded shopping trip. "Marco must have something up his sleeve, then."

"Please don't bend over in that dress, *mi hija.*" Her mother looked as if she were about to take her evening wrap and place it over Rubi's shoulders.

Ah, yes, the dress had that ruffling impact all night.

What there was of the low-cut bodice swirled in beads and sequins forming an intricate design, held up—barely—by skinny spaghetti straps lined in rhinestones. The rest of the dress clung to her curves, the silky blend of the material feeling wickedly wonderful. The slit followed the long line of her left leg, all the way to mid-thigh. The back was cut out to below her waistline.

"Here, Sis. Let me help you down." One of her brothers raised his arms to her.

"Allow me." Marco's deep voice boomed over the loud din of music and conversations. Her family stepped aside to let him through. Rubi's brothers patted him on the back as he neared her.

He took Rubi's outstretched hand and brought it to his lips, not taking his eyes from hers. He let it go and reached for her waist, then stopped mid-movement, turning to face her family. "Am I the luckiest man in the room, or what?"

Heat rose to Rubi's face in a merciless wave. Her family mumbled agreement, smiles and eyes alight with joy.

"Ay, Marco, just help me down, would you?" Rubi bent over, placing her hands on his shoulders. His strong hands grabbed her waist, the heat instant and all consuming. He easily whisked her off the stage and placed her lightly in front of him.

Instead of releasing her, he pulled her closer and whispered in her ear. "You look delicious, Red. Smell delicious, too."

"So do you." He filled out his tux incredibly well. The red bow tie and cummerbund added a spark to the distinguished look.

"I love you, *Señorita* Flores."

He kissed her lightly, but the sensation swirled wildly within her. "I love you, too, *Señor* Carrillo." Her hands slid slowly down his arms. She rested them over his hands, comfortable and unmoving on her hips.

Enrique cleared his voice. "Marco, did you call us up here to serve as a shield so the two of you can do some more of this lovey-dovey stuff without interruption?"

Marco laughed. Turning to face them, he draped an arm around Rubi's bare shoulder. He looked each one in the eye and took a deep breath.

Rubi glanced up at him, taking comfort in his chiseled features, in the light in his eyes, in the humor lacing his words. None of it could ease her apprehension, knowing he had something up his sleeve.

She tightened her grip around his waist.

Marco reached into his jacket pocket. "I'm asking for your blessings, and permission to ask Rubi to marry me."

Only a split second of silence followed. Whoops and shouts of "Go for it!" sang through the air. Tears already streamed down her mother's face. Enrique clutched his hands near his heart.

Her father beamed as if someone had plugged him in. He stepped forward and placed a hand on Marco's shoulder. "You have every blessing, son." He kissed Rubi's cheek.

Marco turned toward her. "Can you try to go with the flow, Red?" He took the ring out of his pocket and dropped to one knee. "Rubina Delores Flores, will you marry me?"

He slipped the ring onto her finger, the diamond glittering in the soft lights bouncing off the dance floor.

She stood motionless, unable to wipe the smile from her

face. Her heart beat erratically. Visions of all her days, and all those luscious nights in Marco's arms, filled her. She was definitely the luckiest woman in the room.

One of her brothers yelled, "Get the videocam! We need to record this. She's speechless."

She shot him a dirty look, then winked at Marco. She ran a finger down his jawline and touched his lips. She lifted his chin so that she could look into his eyes. "I love you, Marco."

He kissed her hand. "Say you will, Red."

"Luis should be a part of this, too," she whispered.

"He is." Marco pointed behind her. Luis stood on the podium, waiting. He waved to them.

"In that case, *Señor* Carrillo, there's nothing I want more than to be your wife."

"Yes!" Marco jumped up and kissed her hard. The whoops and shouts echoed again. Her family was ready to celebrate. So was she.

She pressed her hands against his chest and pulled away from the heat of his lips. "Wait. Bend down a second."

A puzzled look crossed his face, but he obliged her. The family waited patiently, not a normal Flores characteristic.

Her hand skimmed the back of his head. The raised scar beneath his hair was the only reminder of the twenty stitches he'd taken for saving Alex. That day still haunted her.

Alex had filled his hospital room with flowers and plants, offered to buy him a car and house. Marco had politely declined everything. "Just an apology and a promise to treat Rubi well will do," he'd said, and Alex had promised.

That's when Rubi had fallen head over heels in love with Marco, and knew there'd be no turning back.

She patted Marco's head. "Okay. I just want to make sure this is a bonafide proposal, that you haven't gone and bumped your head again."

"Very funny." He pointed to her. "Enrique, have you signed her up on the comedy circuit yet?"

"Not yet, love. I'll work on it."

Everyone laughed.

Tears streamed down Enrique's cheeks. He dabbed at them as he approached Rubi, then hugged her and Marco fiercely. "You two do me no favors making me cry. My eyes get so puffy." He kissed her cheek. "I know you'll be happy."

"Thanks for playing Cupid, Enrique."

He winked at her and stepped back.

Marco got their attention. "Luis has an announcement, everyone."

Luis tested the microphone at the podium until the room was silent. "We have some late breaking news, folks."

He held up copies of *The Hollywood Reporter* and *Variety* publications. "Hot off the press—it looks as if *Señorita* Flores, our emcee for the night, has another winner under her belt. The initial reviews of her latest movie, filmed right here in San Diego County, praise her phenomenal performance. Please join me in congratulating her, and thanking her for a great evening."

Luis placed the publications on the podium, gave a raucous yell, and clapped as loudly as he could. Rubi's family rallied around her, kissing and hugging her.

He waited until the room quieted down again. "Let's also offer our congratulations to her and Marco Carrillo, my brother, on their engagement."

Marco leaned toward her and practically shouted above the noise. "He loves the spotlight. Can you tell?"

Luis jumped off the stage, and grabbed Rubi in a bear hug. "You can thank me later for that Cupid thing."

Rubi kissed his cheek. "I'll thank you now."

Luis hugged Marco, and then the clan surrounded him.

Marco pulled Rubi close. "I believe you owe me a dance." He tucked her hand in the crook of his arm.

"I believe I do."

He led her to the middle of the dance floor. Camera lights flashed unceasingly when he placed his warm hands on her. They began to move slowly to the rhythm.

"I don't think I can get used to all this, Red." He nuzzled her cheek.

She caressed his neck and whispered, "Please don't."

Marco bent to kiss her, taking her breath away.

The camera lights went wild, and then they disappeared completely.

ABOUT THE AUTHOR

Sylvia Mendoza, que nació en California, es una periodista galardonada graduada de la Universidad del Sur de California. Su carrera le ha permitido enseñar inglés como segunda lengua; también ayudó a fundar, cuando vivía en Puerto Rico, una firma bilingüe de servicios completos de relaciones públicas, cuyas dueñas y empleadas eran todas mujeres. A Sylvia, que promueve programas de alfabetismo, le encanta que sus tres hijos sean ávidos lectores y escritores, y cree absolutamente en el poder de la palabra escrita.

* * *

Native Californian **Sylvia Mendoza** is an award-winning journalist with a degree from the University of Southern California. Her career path has allowed her to teach English as a Second Language; she also helped launch a bilingual, full-service, woman-owned-and-operated public relations firm when she lived in Puerto Rico. Sylvia promotes literacy programs, delights in the fact that her three children are avid readers and writers, and absolutely believes in the power of the written word.

Own New Romances
from Encanto!

ENCANTO QUESTIONNAIRE

We'd like to get to know you!
Please fill out this form and mail it to us.

1. How did you learn about *Encanto?*
   - ☐ Magazine/Newspaper Ad   ☐ TV ☐ Radio
   - ☐ Direct Mail   ☐ Friend/Browsing
2. Where did you buy your *Encanto* romance?
   - ☐ Spanish-language bookstore
   - ☐ English-language bookstore   ☐ Newstand/Bodega
   - ☐ Mail   ☐ Phone order   ☐ Website
   - ☐ Other_____
3. What language do you prefer reading?
   - ☐ English   ☐ Spanish   ☐ Both
4. How many years of school have you completed?
   - ☐ High School/GED or less   ☐ Some College
   - ☐ Graduated College   ☐ PostGraduate
5. Please cheek your household income range:
   - ☐ Under $15,000   ☐ $15,000-$24,999   ☐ $25,000-$34,999
   - ☐ $35,000-$49,999 ☐ $50,000-$74,999   ☐ $75,000+
6. Background:
   - ☐ Mexican   ☐ Caribbean_____
   - ☐ Central American_____ ☐ South American_____
   - ☐ Other_____
7. Name:_____ Age:_____
   Address:_____
   _____
   Comments: _____
   _____
   _____

Mail to:
Encanto, Kensington Publishing Corp., 850 Third Ave., NY, NY 10022

CUESTIONARIO DE ENCANTO

¡Nos gustaría saber de usted!
Llene este cuestionario y envíenoslo por correo.

1. ¿Cómo supo usted de los libros de Encanto?
   - ☐ En un aviso en una revista o en un periódico
   - ☐ En la televisión
   - ☐ En la radio
   - ☐ Recibió información por correo
   - ☐ Por medio de un amigo/Curioseando en una tienda

2. ¿Dónde compró este libro de Encanto?
   - ☐ En una librería de venta de libros en español
   - ☐ En una librería de venta de libros en inglés
   - ☐ En un puesto de revistas/En una tienda de víveres
   - ☐ Lo compró por correo
   - ☐ Lo compró en un sitio en la Web
   - ☐ Otro_____

3. ¿En qué idioma prefiere leer? ☐ Inglés   ☐ Español   ☐ Ambos

4. ¿Cuál es su nivel de educación?
   - ☐ Escuela secundaria/Presentó el Examen de Equivalencia de la Escuela Secundaria (GED) o menos
   - ☐ Cursó algunos años de universidad
   - ☐ Terminó la universidad
   - ☐ Tiene estudios posgraduados

5. Sus ingresos familiares son (señale uno):
   - ☐ Menos de $15,000 ☐ $15,000-$24,999   ☐ $25,000-$34,999
   - ☐ $35,000-$49,999   ☐ $50,000-$74,999   ☐ $75,000 o más

6. Su procedencia es: ☐ Mexicana   ☐ Caribeña_____
   - ☐ Centroamericana_____   ☐ Sudamericana_____
   - ☐ Otra_____

7. Nombre: _____ Edad:_____
   Dirección: _____
   _____

   Comentarios: _____
   _____
   _____
   _____
   _____

Envíelo a: Encanto, Kensington Publishing Corp., 850 Third Ave., NY, NY 10022